ケイト・ピアース/著
上中 京/訳

公爵の甘美な手ほどき

Educating Elizabeth

扶桑社ロマンス
1567

公爵の甘美な手ほどき

登場人物

ジェルベイズ・サン=メイロ ―――― 第七代ディアブル・デラメア公爵
エリザベス・ウォーターストーン ―――― 継父《けいふ》にいじめられる良家の子女
ジョン・ハリントン ―――― ジェルベイズの個人書記官、サーの称号を持つ準男爵
デニス・フォレスター ―――― エリザベスの母の再婚相手
マイケル・ウォーターストーン ―――― エリザベスの実兄、スペイン独立戦争で負傷除隊した、元英国軍将校
ジャック・ルウェリン ―――― マイケルの介護人
ニコラス・ギャリオン ―――― ジェルベイズの助手
アンジェリーク ―――― ジェルベイズの幼なじみ
ビンセント・ドラクロア ―――― ジェルベイズのいとこ、スイス在住の男爵
フォレスター夫人 ―――― エリザベスの母
メアリー・フォレスター ―――― フォレスター夫妻の娘、エリザベスの異父妹《いふまい》

1

一八一四年、ロンドン

「何とおっしゃいました、公爵さま？　五百――まさか五百ポンドでは……？」男は驚きの声を上げたが、聞き間違いではなかったと悟って言葉を失った。

第七代ディアブル・デラメア公爵ジェルベイズ・サン＝メイロはゆったりと背もたれに体を預け、長く伸ばした足元を見た。急ごしらえの賭博室《とばくしつ》には、明かりはほとんどないが、それでもブーツが見事に輝くのを確かめ、満足する。従僕《じゅうぼく》は特別に調合した磨き油を使っているらしいが、褒《ほ》めてやるべきだと思った。賃金にじゅうぶん見合う働きをしてくれている。

そこで向かいの席にいる男に視線を戻した。汗びっしょりになったデニス・フォレスターだ。ジェルベイズはシャツの袖口をまくり上げて、長い指でくしゃくしゃの書類の山から借用証書をつまみ上げた。殴り書きで金額が記されている。

「ああ、違うよ、ムシュー」ジェルベイズはフォレスターの顔に希望の色が広がるのを待ってから、言葉を続けた。「五百ギニーだ」もの問いたげに片眉《かたまゆ》だけ上げると、より貴族的な尊大さが見えるのは彼自身わかっている。「君は、私の言葉を疑うと言うのかね？」

フォレスター氏の顔が、病人のような黄色になった。カード台として利用したテーブルに置かれた安ものの獣脂《じゅうし》ろうそくと同じ色だな、と思いながら、ジェルベイズは素知らぬふりで、爪の先を眺めていた。

フォレスター氏は身を乗り出し、小声で言った。「公爵さま、よろしければ、内密にお話しできませんでしょうか？」

ジェルベイズはあくびをしながら、自分のカードをテーブルに置き、台を囲んでいた人たちに目配せした。彼が会釈《えしやく》をすると、いちばんの敵であった人物は笑みを返して別室へと消え、他の客たちもいなくなっていった。公爵が獲物をもてあそぶ時間だとわかっているのだ。

フォレスター氏の要件なら聞かなくともほぼ推察できる。よくある話だ。ジェルベイズが公爵位を継いだのは二十一歳のときだったが、数えきれないぐらいの人間が、公爵家の財産をかすめ取ろうと近寄ってきた。そういう連中をどう扱えばいいのかも、もうわかっている。賭博で負けた男たちは追い詰められ、借金を免れようといろいろな方法を考え出す。

フォレスター氏が蒸留酒《スピリッツ》を二つの杯に注いでいる。この男はどういう弁済方法を申し出てくるのだろう。かなり頭の悪そうな男だが、支払いを待ってくれとでも言い出すのだろうか。ジェルベイズにとって、五百ギニーなどはした金で、払ってもらおうがもらうまいが、彼の懐具合にはたいした影響はない。革命後にフランスから逃れてきた多くの貴族は、英国には何の資産もなく貧困にあえいでいるが、ディアブル・デラメア公爵家は、そういうフランス貴族とは違う。フランスだけでなく英国にも長く地所を所有してきて、その公爵領はテューダー朝の祖、ヘンリー七世から賜《たまわ》ったものだ。要は、五百ギニーが問題なのではなく、借りを返さないやつが嫌いなだけ。さらにこの男はどうも、借金を踏み倒す卑劣漢《ひれつかん》という気がする。

フォレスター氏が咳《せき》ばらいをした。「公爵さま、申し上げにくいのですが、今夜の負けを支払う資金が私にはありません」

ふん。ジェルベイズは口を歪《ゆが》めて、安いスピリッツをぐいっとあおった。なるほどな。紳士としての面目《めんぼく》を重んじることさえないやつらしい。

フォレスター氏は、ジェルベイズの表情を見て、慌てて弁解した。「違うのです、公爵さま。金での支払いの代わりに、私の継娘《ままむすめ》を公爵さまに奉仕させようと思います。これまでにも、借金を継娘の奉仕で支払ったことがあります」

空《から》になった杯にスピリッツを注ごうとしていたジェルベイズは、動きを止めた。借金のかたに女性を差し出すと言われたのは初めてだった。もしかして、自分の娘を公爵の囲い者にしようと、この男はわざと賭けに負けたのではないだろうか？　ジェルベイズは、フォレスター氏が革命後のフランス政府と強い結びつきを持っているのではないかと疑っていた。だからこそ、フォレスター氏が自宅で主催した今日の賭博に、ジェルベイズ自らが顔を出すことにしたのだ。借金を帳消しにする代わりに、重要な情報を話してくれることを期待していたのだが。

当初の希望とは異なる申し出にとまどいつつ、しばらくずっと退屈していたジェルベイズの好奇心がくすぐられた。ただ、同時に吐き気も覚える。何とひどい話だ。

フォレスター氏が深々と頭を垂れる。「継娘でしたら、公爵さまのお屋敷にしばらく置いていただいて構いません。いずれ借金が返済できるまで、公爵さまのお望みのまま、娘には何でもさせてください」

こいつは、本気で娘を差し出すつもりなのだ。そう気づいたジェルベイズは、フォレスター氏の顔を見たまま絶句してしまった。平然と自己中心的な取引を持ちかけるとは。傷だらけのオーク材の台に杯を置き、彼は口を開いた。「興味深い申し出だな。ただ、この取り決めに合意する前に、その娘と会っておきたい」

ジェルベイズが話し終えるのも待たず、フォレスター氏はその場を立ち去った。ひとり残されたジェルベイズは、安酒を飲み続けた。暖炉《だんろ》の上のすすけた鏡に映る自分の姿がふと目に入り、杯を掲げて皮肉っぽく乾杯のしぐさをしてみた。そして黒の上着の銀糸《ぎんし》の縫い取りが、自分の漆黒《しっこく》の髪と灰色の瞳にぴったり合っていることに気づいた。妻が亡くなってから、色のあるものはいっさい身に着けなくなった。喪中《もちゅう》は黒だけでよかったのがありがたく、正式に喪が明けてからもあえて服装の色合いを変えるのも面倒だと思った。

ただこのわびしい家に、まったく色のない自分の姿が妙に合っている気がして、何だかぞっとした。ずっと影のようなやつを追い求めてきたが、自分も闇に紛れる存在になったのかもしれない。急にこの家を飛び出したい衝動《しょうどう》を、彼はかろうじてこらえた。フォレスター氏が戻るのを待たなければ。もううんざりだ。言い逃れでごまかされはしない。

ドアが軋《きし》る音がして、フォレスター氏が無理やり押すようにして、娘を部屋に入れた。ジェルベイズはゆっくりと背筋を伸ばし、女性を見た。胸元のボタンはきちんと襟《えり》まで留め、茶色の髪もきっちりと編み込んである。おそらく二十代半ば、完全に流行遅れのドレスを着ているものの、身持ちのしっかりした両家の子女らしく見える。これなら家政婦として公爵家の召使いを束ねる立場の使用人と言えば、じゅうぶん通用する。彼の中で疑念がふくれ上がった。

衝動的に、彼は娘の顎《あご》を指で持ち上げ、自分の顔を見させた。娘は背が高く、大きくなグレーの瞳、すべすべの肌、歯ももちろんそろっている。こちらをうさん臭そうに見る彼女の眼差《まなざ》しに、彼も笑ってしまいそうになった。地味な外見にもかかわらず、この女性は意思が強そうだ。すぐにめそめそするお嬢ちゃんではない。

彼女がこちらを見ているのを確かめながら、ジェルベイズは背後にいるフォレスター氏に声をかけた。「彼女は自分の意思で、私のところに来るのか？　泣きわめかれたりするのだけは、我慢ならない」

期待どおり、娘が自分の口で答えた。しっかりとした低音の声で、話し方から上流階級の令嬢として育てられたことがわかる。「私の意思で、公爵さまのお屋敷に参ります。公爵さまのお役に立てるよう最善を尽くします」言葉遣いはしっかりとしているのだが、彼女の顔には警戒感が浮かんでいる。

不意に熱い感覚が全身を駆け抜け、下腹部へと集まるのを覚えて、ジェルベイズは手を下ろした。娘は一歩退くと、汚らわしいものにでも触れられたかのように、こげ茶色のみすぼらしいドレスの裾《すそ》で手を拭いた。ふむ、不思議だ。娘が自分のところに売られる本当の理由を、彼はさらに知りたくなった。謎解きは好きだし、娘の秘密を探るのが楽しみだ。

フォレスター氏に軽く会釈すると、ジェルベイズは出口へ向かった。「金の用意ができたら連絡をくれたまえ」娘のほうへ手を差し出す。「君は私と一緒に来なさい」

静かだが命令に服従することが当然だといった彼の口調に、娘が反発してくるかと思ったが、彼女はただうなずいた。廊下で外套《がいとう》とバッグを手に取ると、胸を張って廊下を進んだ。外に出ると、星もまばらな暗い夜だった。公爵家の馬車が近づいてくると、ジェルベイズは彼女に手を貸して馬車に乗せた。

強い安酒をいきなりあおったせいか、感覚が鋭くなっていて、馬車の向かいの席に座る彼女を意識してしまう。彼女は背もたれに体を預けようともせず、びしっと背筋を伸ばしている。ぼろぼろの手提《レティキュール》げバッグを懸命《けんめい》に握りしめているが、他に荷物らしきものはない。

ふと目が合って、ジェルベイズはほほえみかけた。ちょっと手を伸ばして彼女をこちら側に引き寄せたい。自分の膝《ひざ》に座らせ、あの口に自分の舌を差し入れたい。そんな誘惑が彼の頭をちらちらとよぎる。あれこれ考えるせいで落ち着かなくなり、彼は少し姿勢を変えた。すると伸ばした足先が、彼女の足首に当たってしまった。彼女は慎《つつ》ましやかにドレスの裾を持ち上げ、自分の脚の向きを変えた。

「そう心配しなくてもいいんだよ、フォレスター嬢。うちの屋敷の者たちは、余計な詮索《せんさく》はしないし、口も堅い」

彼女がとまどいの表情を見せた。「恐れ入ります、公爵さま。ただ、私はフォレスター家の娘ではありません。ウォーターストーン家に嫁いだ母が、私の父の死後、フォレスターさんと再婚したのです」

「これは失敬。しかし、お嬢さん、君はずいぶん落ち着いているようだな。真夜中にベッドから引きずり出された女性のようには見えない」

彼女の顔が強《こわ》ばる。「残念ながら、私はフォレスターさんのお慈悲《じひ》にすがって生きている身の上でございますので。命令に従うよう強要されたのは、これが初めてではありません」

返答を聞いてジェルベイズは考え込んだ。恨みがましい気持ちがにじみ出た言葉だ。フォレスターはこの娘と不仲なのだろうか？　そもそもウォーターストーン家の娘だと名乗るこの女性は、本当にフォレスターの継娘なのかも疑問だ。もしかして愛人？　そうであれば、この娘に快楽を与えれば貴重な情報をたっぷり仕入れることもできる可能性がある。人はベッドで思わぬ秘密を口走るものだから。裸の彼女を自分の体で組み敷くところを想像して、彼のものが硬くなった。彼は、しっかりこぶしに握った彼女の手を取り、一本ずつ指を開かせてから手袋の下にのぞく肌に、キスした。ちょうど脈を取る場所だ。

「では君をウォーターストーン嬢と呼ぼう。君と会えたのは喜ばしい。今後、双方が望む形での関係が続くことを期待したい」

彼女がぎゅっと眉根《まゆね》を寄せる。何か不思議に思っていることがあるのかもしれないが、その疑問を彼女が口にするより先に、馬車が停まった。彼女は誰の手も借りず、自分ひとりで飛び降りようとしたので、ジェルベイズは彼女の肘《ひじ》に手を置き、待つように促してから、公爵家のロンドンのタウンハウスへ彼女を案内した。

いつものことだが、帰りを待つなと命じてあるので、出迎える召使いはいない。がらんとした黒と白の大理石の玄関の床に、二人の足音が響く。ついて来るようにと無言で彼女に命じ、一本だけともしてあったろうそくを手にすると、彼は階段に向かった。自分の寝室と続きになっている部屋に入ると、さらに何本かろうそくに火をつける。そして扉へと歩き出した。

「ここでくつろぐといい」

自分の寝室とつながる扉に、こちら側からは鍵《かぎ》がかけられていないことを確認してから、廊下側の扉から部屋を出た。服を脱ぐ時間が必要だろう。裸になった頃合いを見計らって、戻ってくればいい。彼の胸には期待がふくらんだ。

自分の寝室でクラバットの結び目を緩めるとき、指が少し震えているのに彼は気づいた。シャツのボタンもすんなりとは外れない。安酒を飲んだせいか、はたまた賭博に負けた男たちの絶望的な気持ちが、こちらの体にもしみついたせいか。鼻孔《びこう》を広げ、まとわりつくような不快感を嗅ぎ取る。彼は服を脱ぎ捨てると、冷たい水で体を洗った。寒かったがどうにか我慢する。やがて満足した彼は、黒いシルクのガウンに袖《そで》を通した。

わざわざ扉をノックするまでもないだろうと思い、彼はウォーターストーン嬢の部屋にそのまま入っていった。彼女はあちこち布地がすり切れた寝間着《ねまき》だけを身にまとい、化粧台の前に座っていた。部屋には高価な置物などがたくさんあり、この手の女なら、できるだけたくさんそういったものをくすねようとするものだが、彼女は何にも手を付けていなかった。珍しいな、とジェルベイズは思った。

彼女は髪をひとつに編んで腰のあたりまで垂らしていた。その姿が子どもっぽく見えて彼は一瞬足を止めたのだが、酒の勢いもあり、さらにこの女が悪事に加担している可能性も考え、彼女に歩み寄った。

彼女ははっと喉元を押さえた。「公爵さま、いったい何をしにいらしたのです？」

まったく見事な役者だ。震える声にわずかな恐怖の色までにじませているではないか。ふん。ジェルベイズはほほえんだ。彼の体がオスとしての強い反応を示し始める。彼は暖炉の近くに座ると、人差し指を曲げて、彼女にこちらへ来るようにと促した。

「こっちへ来なさい。そこでは暗い。君の務めについて、きちんと話し合っておくほうがいいから」

体を硬直させて、彼女が近づいてくる。体の前で両手をきつく組み合わせる姿勢は、学校の先生みたいだ。ただ炎に照らされた擦りきれた寝間着は、体の線をくっきりと浮かび上がらせている。そのことを彼女自身は認識していないようだが、なかなか立派な曲線だ。視線が下腹部に釘づけになり、その部分に指を這《は》わせてみたい衝動に駆られたが、ここは慎重にことを進めないと。そのとき彼女が話していることに気づいた。

「話は明日の朝にでもお願いできればと存じます。今の公爵さまは、ずいぶんとお酒を召し上がられたあとですので。私の務めというものを誤解されていらっしゃるようです」

ジェルベイズは首を振った。「いや、誤解はないぞ。夜の務めを朝に行なっても構わんが。君の望む時間帯に、いつだってできる」

彼女があとずさりし始めたが、どうしても逃がしたくなかった彼は、とっさに彼女の両手首をつかんだ。彼女が片方の手を振りほどいたところで、彼は、もうくだらない遊びはたくさんだと感じて、まだつかんでいたほうの手を引っ張り、彼女をどうにか自分の膝にまたがらせた。

「公爵さま！」彼女はそう叫ぶと、自分の体をまさぐろうとしていたジェルベイズの手を払いのけた。彼はそれに対抗して、彼女の腰に腕を回し、おとなしくさせようとした。「やめてください！　今すぐその手を放して！」

ジェルベイズは頰《ほお》に口づけした。「いいんだよ、もう芝居を続ける必要はない。フォレスターが継娘をここに送り込んだ理由はわからないが、せっかくだからたっぷり楽しませてもらう。君の話なら、明日の朝聞くよ」

彼女がまた反論しようとしたが、ジェルベイズのほうはもう何を聞く気もなかった。濃密なキスで完璧に彼女の口をふさぎ、寝間着の裾をたくし上げて脚をあらわにする。彼女はキャラメルのような甘い味がして、舌で口の中を探っていくと抵抗は失せていった。互いの舌が絡み、彼女の手が自分の胸に置かれるのを感じると、快感がうめき声となって漏れた。

そこで脚を開き、ベルトを緩めてガウンの前をはだける。軽く彼女の体を持ち上げ、そのまま硬く屹立《きつりつ》する自分のものへと下ろそうとした瞬間、彼女の歯を下唇に感じた。痛っと視線を上げると、彼女は大きく目を見開いていた。これは情熱ではなく、パニックを起こした顔だ。つまり、尻軽女ではなかったわけだ。

何たること！　自分は無垢《むく》な乙女をてごめにするところだったのか？　慌てたジェルベイズは、はけ口を失った欲望をしまい込んで言いわけを考えた。「そのまま話を聞いてくれ。これは誤解――」

彼女がジェルベイズの腕を引っかき、痛みに驚いた彼は慌てて彼女を膝からどかそうとしたが、彼女のほうから先に床に足を下ろしていた。彼ははだけたガウンの前を合わせ、しっかりとベルトを締めて結んだ。胸がむかついて、口の中に酸っぱいものが上がってくる。彼女の姿を見て、改めてぞっとした。堕落《だらく》しきった人間の中にどっぷりと浸かりきったせいで、本質を見抜く眼力まで失ってしまったのか。

「ウォーターストーン嬢、明らかに誤解があったようだ」和解のしるしに握手しようと、手を差し出す。「今後いっさい、君には指一本触れない。約束する。君には助けが必要だから、私が手を貸そう」

彼女はよろよろとあとずさりを続け、彼の寝室につながる扉にぴたりと背をつけた。

「それ以上近寄らないで！　あなたなんて……あなたなんて……自堕落な罰当たりだわ。この恥知らず！」

主寝室から廊下へ逃げようと背中を向けた彼女に、これはまずい、と気づいた彼は後ろから跳びかかった。彼女は、きゃっと声を上げてテーブルに倒れ込み、その後テーブルに置かれていたものすべてと一緒に床に突っ伏した。それでも必死にもがいて、テーブルから落ちた目覚まし時計を手にすると、体をねじってその時計を彼の頭に投げつけようとした。

ジェルベイズはぴたりと動きを止め、降参のしるしに両手を掲げた。

「その時計を下ろしてくれ。真鍮《しんちゅう》でできているから、非常に重いんだ。投げようとすれば、君が肩を痛める心配がある。非常に不愉快なことが起きたのは認める。だから君が納得できる解決策を見つけ出そう」

彼女は普通に声が出せるまで、二度ほど唾を大きく飲み込んだ。喉元が動く。「この時計の重さぐらい、持ってみればわかりますわ、公爵さま。私はかなりの重さのあるものでも、じょうずに投げられますの。小さい頃、兄に教えてもらいましたから。ただ投げるだけでなく、命中させるのも得意ですのよ」

堂々と公爵に向かってくる彼女の勇敢さに、彼は妙に感心した。認めたくはないが、なかなかの女性だ。彼の知る女性なら皆、こういった状況では泣き崩れているだろう。彼女は落ち着いた口調で、きちんとした言葉遣いのまま、公爵を痛めつけてやると脅《おど》しているのだ。しかも彼自身の時計を使って。その滑稽《こっけい》さに気づくと何だか急におかしくなって、彼は大笑いしたくなった。

「なるほど、時計を投げつけて満足するのなら、それでもいい。さあ、投げろ」

一歩彼女に近づき、片方の手を差し出す。しかし、彼女が腕を振りかぶったので、はっと動きを止めた。

「これであなたを殺せるとは思っていない。あなたなんか、殺されても文句が言える立場じゃないけど。それに、公爵さまを殺したら、打ち首になってロンドン塔でさらされるんでしょ」射撃の的を見るような視線を彼に向けながら、彼女が考え込む。「そうね、頭以外のところに当てればいいんだわ。じゅうぶんな時間稼ぎができ、私は逃げられる。私を追いかけてくることはできないはずよ」

ジェルベイズは笑いをこらえきれず、一歩彼女に近づいた。「ばかみたいなことを言うなよ。その時計をこっちに渡すんだ。それからちゃんと話そう。約束する。俺が君に触れることは絶対にない」

彼が近づくあいだに、娘はじゅうぶんに狙いをつけていた。次の瞬間、ジェルベイズは、重い時計が自分の肩に当たるのを感じた。ガウンの肩部分が裂け、彼は後ろによろめいた。

「見事な狙いだ」本当に感心して、そうつぶやいた。「大当たりだ」しかし、鋭い痛みで気が散り、ふらつきながら横の暖炉のマントルピースにつかまった。そこで大理石に頭をぶつけ、ずるずると床に崩れ落ちた。

ふと気づくと従僕の声がして、彼は目を開けた。覗《のぞ》き込む従僕のジャンの腕をつかんで、ジェルベイズはどうにか訴えた。「ジャン、彼女をつかまえろ」

ジャンは不思議そうに主人を見つめた。従僕の声が遠くに聞こえる。「どなたのことをおっしゃっておられるのですか？　公爵さまのお姿しかありませんが」

2

エリザベス・ウォーターストーンの二の腕をさらに強く握り直し、デニス・フォレスターがそびえ立つ大邸宅《だいていたく》の扉を叩いた。ロンドンの超一等地、メイフェアにあるこのグロウヴナー・スクエア一画には貴族のタウンハウスが建ち並ぶ。有力貴族が領地とは別に社交シーズンなどにロンドンでの住居として使う大邸宅ばかりだ。その中でもディアブル・デラメア公爵家が市内で使う屋敷、デラメア・ハウスは特に堂々としている。扉についた真鍮製のノッカーは、水から跳ね上がった瞬間の魚の形の鋳物《いもの》だ。緑青《ろくしょう》がうろこを縁取るおかげで魚はいっそう本ものらしく見えるが、その緑がエリザベスの顔色と似ていた。あたりをびゅっと吹き抜ける風が、最後まで残っていた葉を木の枝から落とし、エリザベスの帽子飾りの擦りきれたリボンに当たった。

「喜べ」継父が耳打ちする。「もう昼だが、喪章をつけた人でごった返してはいないぞ。つまり、おまえの暴力にもめげず、公爵は生き残ったわけだ」

そのとき扉が開き、銀髪の執事が顔を出した。エリザベスは自分を叱咤《しった》するように、短く息を吸った。

「公爵に面会したい。お手すきかな？」

継父の言葉遣いを聞いて、エリザベスは穴があったら入りたい気分になった。この人は身分や立場というものをどう考えているのだろう？　同類だと見られたくなくて、彼女は継父からできるだけ離れて立った。

執事が軽く首をかしげる。「公爵さまは、本日どなたの訪問も受けられません。よろしければ、お名刺をお預かりいたしましょう。何か申し伝えることがございますか？」

フォレスター氏は顔をしかめたが、慌ててポケットからくしゃくしゃの名刺を取り出した。名前を一瞥《いちべつ》すると、執事がさっと退いて道を開け、中に入るようにうながした。

「フォレスター氏に関しては例外とするよう、申し付かっております。どうぞこちらに」

玄関ホールの白と黒の大理石の床にははっきり見覚えがあるものの、明るい日中の光の中ではデラメア・ハウスの壮麗《そうれい》さに圧倒される。向こうに見える階段を駆け下りたのが、ほんの十時間ほど前のことだとは信じられない。彼女を自分の膝から慌てて下ろそうとした公爵の引きつった表情が彼女の頭に焼きついている。

執事が突然足を止めた。お辞儀をして扉を開くと、そこは図書室で、中の絨毯《じゅうたん》は靴が沈み込むほどふかふか、すべての音を吸収してしまう。机の向こうに座る男性を見るのは勇気が要ったが、彼女は顔を高く上げた。

微動だにしない彼の姿に、エリザベスは息をのんだ。今朝の彼は、まさに海の悪魔、フランス語にするとディアブル・デ・ラ・メアとなる。朝の光で見る彼の肌は透きとおるように白く、真っ黒な髪や猫の目のようなグレーの瞳と鮮やかな対比を見せている。シャツだけの上半身に視線が向き、肩を守るように右腕にかけられた三角帯が痛々しい。

彼女は近くの椅子に力なく腰を下ろし、うなだれた。真夜中に帰宅直後から、継父と口論になり、あげくにはやかましく怒鳴り散らされ続けたので、頭がずきずきする。泣きながら娘を諭《さと》そうとする母の態度が、それに輪をかけて彼女の心を暗く、絶望的な気分にさせた。

フォレスター氏が継娘の行動をくどくど謝罪するのを、彼女はこみ上げる怒りをこらえて黙って聞いていた。一方の公爵は、一連のできごとに何の興味もなさそうにしている。今朝継父から説明されるまで、この公爵の派手な女性関係については何も知らなかった。彼女はぐっと歯を食いしばって我慢していた。

公爵の冷たい視線が、ときおりこちらに向けられるのはわかっていた。しかし突然、公爵がばん、と机を叩いたので、彼女はびくっと跳び上がった。「フォレスター、君と話をする気はないんだ。私はウォーターストーン嬢と話したい。君は出て行け。君に用がある場合は、こちらから連絡する」

拒絶の仕方としては、芸術的でさえあった。今のエリザベスは惨《みじ》めな気分で打ちひしがれているが、そうでなければ継父がぴしゃりと口を封じられ、ほとんど何も反論できないまま退去させられる様子に、拍手喝《はくしゅかっ》さいしているところだ。

継父が完全に出て行くのを待ち、公爵は前に出て来て机に腰かけた。脚をぶらんと垂らすと、ブーツの先が彼女のドレスの裾に触れそうになる。自分の腰に置かれた彼の腕の筋肉や、肌に触れる彼の指の熱を思い出してしまった。

「フォレスターが作った借金の支払いとして、これまで君はどういう務めを果たしてきたんだ?」

その質問にはいっさいの感情がこめられておらず、また彼は口調に謝罪の色をにじませてもいなかった。それでも、今の言葉で、ぴりぴりしていた彼女の神経がいくぶん落ち着いた。彼女は顔を上げ、彼の冷たい眼差しを受け止めた。

「私は……そういった方々の奥さまをお手伝いしてきました。社交儀礼に関してということなのですけれど」うまく説明できない。「継父の知り合いというのは、ごく最近に財産を得られた方が多くて、その奥さま方は、社交界のマナーをご存じないものですから。招待状の書き方、ふさわしい書体、どのような文言を使うべきか、などをお教えするんです」

柑橘系《かんきつけい》の香りが彼の体から漂ってきて、彼女は唇を舐《な》めた。匂いを認識しないようにと、口で息を吸って、椅子の背にもたれる。今の彼は、ほとんどフランス語訛《なま》りのない英語を話している。昨夜はかなり酔っていたのだろう。

見るとはなしに、彼の口元に目がいった。あのとき、キスされるとは思っていなかったのに、いきなり舌を差し入れられて、うっとりしてしまった。はっと気づいたときには、彼はさらに破廉恥《はれんち》な行動に移っていて、男性の欲望の強さというものを思い知らされることとなった。思い出すと顔が熱くなるが、帽子が頬の赤らみを隠してくれることを祈るしかない。

「昨夜も、同じようなことをすると思っていたのか？　それで何の反論もせず、私についてきたわけか」そこで彼が言葉を切る。「それとも、私のベッドに入ることを了承していたのか？」

エリザベスは激しく首を振った。自分が現在、どれほどの苦境に立たされているかを改めて感じ、言葉を出すことさえできなかった。自分の実の母とその夫は、借金のかたに娘の体をこの男性に差し出したのだ。

「では、いったい何しにここへ戻って来た？　フォレスターは、継娘を公爵夫人にしろと訴えているのか？　それとも決闘を挑む気か？」

エリザベスからの答を望んでいるふうでもなく、公爵は窓辺に歩いて行き、邸宅の前に広がる公園を眺めた。その背中が強ばっている。上着を着ていないので、鹿革の乗馬ズボンから引き締まったヒップと長い脚の形がよくわかる。しばらくしてから、彼は肩越しにエリザベスを見た。

「君もフォレスターと同じ考えなら、気の毒だがあり得ないな。フォレスターの考えは、君の評判を守ろうとしてのものではない。君の純潔《じゅんけつ》の値段が、俺への借金に匹敵すると考えたんだ。これで借金を帳消しにできると今頃大喜びだろう」

「公爵さまは、私の純潔を奪われたわけではない――」

彼が指を立てて、彼女の言葉をさえぎる。「悪いが正直に言わせてもらう。上流社会のしきたりでは、俺は君の純潔を奪ったことになるんだ」彼がくるりとこちらに向き直る。「あのとき君が、私と落ち着いて話をして、時計を投げつけてこなければ、君の評判を落とさずに済む方法もあっただろう。しかしああやって逃げ帰り、何があったかをフォレスターに説明したせいで、君はあの男に口実を与えてしまったんだ。あいつは、君の将来も私の人生も、台無しにできる」

公爵の軽蔑《けいべつ》に満ちた言葉を耳にして、エリザベスは泣きそうになったが、どうにか取り乱さないようにした。自分の人生はもうこの先真っ暗なのだと思うと、何だか開き直ったような気分になった。「あの人にお金をあげるのなら、あなたに投げつけるのは時計どころじゃ済まさない」

公爵は眉をひそめて彼女を見つめる。

もうおどおどしているのは嫌だと思って、彼女は立ち上がった。「公爵さまが不埒《ふらち》な行為をお金で解決したいのなら、支払う相手は私だわ」

自分が公爵にこんな話し方をして、さらに挑戦的な態度を取っていることに、エリザベス自身が仰天《ぎょうてん》していた。自分で生計を立て、体の不自由な兄の世話をしながら、どうにか生きていく方法を必死で探している身の上を、うっかり打ち明けてしまいそうで怖かった。そんなことを公爵に言ったところで、何もならない。

公爵はうなずくと、書類が山と積まれた机の前に戻って来た。長い指で羽根ペンをもてあそびながら、エリザベスの様子をうかがっている。彼の沈黙の意味がわからず、エリザベスは震え始めた。すると公爵が陶器の杯を差し出した。かなり強い酒が入っているようだ。

「これを飲みたまえ。気持ちが落ち着く」

ヒステリックに笑い出したい衝動を抑え、彼女はおとなしく酒を受け取り、ぐいっとあおった。強い酒が空っぽの胃に飛び込んでいくのがわかり、咳が出たが、体は温まった。咳き込む彼女の背中を公爵がさすってくれる。その際、彼の指がうなじの髪に触れた。すると彼は酒を机に置いた。

「もうひとつ、頼みがあるんだが。その帽子を脱いでくれないか？　色褪《いろあ》せた黄色い花と擦りきれた緑のリボン越しに会話を続けるのは疲れるから」

エリザベスは、いまいましい帽子を取り去り、横にほうり投げた。彼が息をのむ様子を見て、しまった、と思ったがもう遅い。彼女は目を閉じ、彼の手が右頬と目の周りをなぞるのを感じていた。紫色のあざができているのだ。

「継父に殴られたのか？」

氷のように冷たい彼の口調に、彼女は目を開けた。かなり遠慮のない言い方だ。自分が眠れる海の悪魔を目覚めさせてしまったのだと思うと、怖くなった。ひどく動転して、息が苦しい。

彼が体を離した。「つまり君は、実際に何が起きたかを、継父には話そうとしなかったわけか」彼はふうっと息を吸うと、机の向こうの席へと戻った。「フォレスターの娘だという事実をもとに、俺は君の人格をある一定の種類の女性だと推測してしまった。その推測が間違っていた。君の状況を救うため、できるかぎりのことはさせてもらう」

こんな真摯《しんし》な説明を期待していなかったので、彼女はどうしていいかわからなくなった。

「フォレスターの家に戻りたいか?」

公爵にやさしく質問され、どうにか保っていた彼女の強気の姿勢が崩れ落ちた。「母からは家に戻ることを禁じられています。継父とのあいだにできた妹がいるのですが、私が家にいると、妹の評判に傷がつくと言って」

公爵は腰を上げ、暖炉の前まで行くと呼び鈴を鳴らした。「体を休めるんだ。ひとまず、ここが自分の家だと思えばいい。目が覚めたら、そのときにこの先どうするか話し合おう。きっとだ」

彼女はただうなずいた。疲れすぎて反論もできず、さらにもうどうだっていい気分だった。召使いがやって来るのを待つあいだ、公爵はまた机に戻り、巻紙を広げて何かを書き始めた。

エリザベスは、机に向かって仕事を続ける彼をぼんやり見ていた。長いまつ毛と高い頬骨《ほおぼね》がうつむき加減の顔で際立つ。あんなまつ毛と頬骨が私にもあったらな、と彼女は思った。

「怪我をさせてしまって、申しわけありません。どうすればいいかわからなかったんです」

彼はペンを休め、顔を上げた。彼の瞳に初めて、侮蔑《ぶべつ》以外の感情が見て取れた。

「あれぐらいされて、当然だ。だからこそ、君を助ける準備をしているんだ」

やがて召使いが現われ、エリザベスは言われるままにそのあとをついて行った。廊下に出ると、継父が後ろ手に手を組んで、歴代の公爵の肖像画を見ていた。現公爵にいちばん興味があるようだ。ずるそうな目つきでエリザベスの様子をうかがい、何かをたずねたそうにしている。しかし彼女はひと言も口にせず、継父の前を通り過ぎた。せっかくの申し出だから、今日はこの屋敷でお世話になろう。明日の朝、太陽を浴びれば気持ちもすっきりして、解決策も考えつくだろう。

＊＊＊

ジェルベイズは椅子にゆったりともたれて、フォレスターが戻って来るのを待った。ただし、苛立《いらだ》ちは完全には隠しきれず、指を肘掛けにとんとんと打ちつけてしまう。妻の連れ子を殴るとは、とんでもないやつだ。まだ若い娘なのに。そう思うと、彼はフォレスターを起き上がれなくなるぐらい殴ってやりたくなった。ウォーターストーン嬢の青あざを見て、フォレスターにひどい暴力をふるわれたことを知ると、我を忘れそうになった。おとなになって短気を抑え、理性でものごとを判断できる人間になったはずなのに。

時計が一時を告げたとき、フォレスターが図書室に入って来て、ジェルベイズの机の前に立った。ジェルベイズは座るようにと顎で示し、自分は椅子にもたれかかった。両方の人差し指を立てて三角形を作り、黙ってフォレスターを見る。沈黙が続くと、フォレスターの額から汗がにじみ出てきた。

「君は私に決闘を申し込むつもりなのか？　君の娘はそう考えているようだが。理由は……何と言ったかな？　そう、私の〝破廉恥《はれんち》な行動〟だ」

フォレスターのわざとらしい笑みが凍りつく。「公爵さま、そんなことは考えておりませんとも」ためらいがちに本題を切り出す。「しかしですな、ご自身の甚《はなは》だしい不始末により、私の家族に与えた被害を償いたいとおっしゃるのでしたら、お互い気持ちよく握手できるのではないかと思います」

ジェルベイズは大声で笑った。笑いをこらえようとも思わない。彼は首を振ると、机に上体を乗り出した。急に迫られてくるように思ったのか、フォレスターは少し怯《おび》えた様子で椅子の肘掛けをぎゅっと握った。

「私の不始末？　その言葉には承服しかねる。彼女を私に売り払ったつもりでいたではないか。まともな育ちの乙女を、おまえは自堕落な売春婦《ばいしゅんふ》みたいに扱ったんだ」ペン先をインク壺《つぼ》に浸して、目の前の文書に署名してから、その巻紙を彼のほうに押しやった。

「お前の借金に関する取り決めだ。返済は免除してやる。しかし、ウォーターストーン嬢に関する悪い噂をいちどでも耳にしたら、即座に全額をそっくり支払ってもらう。寛大な申し出だと思うが、それと引き換えに、彼女が母親と妹を毎週訪問するのを許してもらいたい。わかったな？」

フォレスターは文書の条文に見入っていた。「は、はい、公爵さま。ありがとうございます。感謝いたします、公爵さま」

フォレスターにも署名させてから、文書を取り返し、軽くうなずいて出て行くようにと伝えた。「この文書の控えを作らせて、明朝にはそちらに届けさせる」その後、そそくさと出口に向かうフォレスターに対し、いぶかるように眉を上げてみせた。

「彼女がどうなるか、気にならないのか？　妻の連れ子とは言え、おまえの娘なんだぞ」

フォレスターは肩をすくめた。「公爵さまでしたら、あの娘の使い道ぐらい、いくらでも考えつかれるでしょう。率直に申しますと、エリザベスを厄介払いできて、せいせいしております」

　フォレスターが出て行った扉を、ジェルベイズはしばらく見つめていた。怪我をした肩がうずき始め、頭痛と一緒にずきずきする。熱が出てきたようだ。ああ、くそっと小さくつぶやき、彼は呼び鈴を鳴らして、近くで控えているはずの書記官を呼んだ。

　エリザベスか。大英帝国の偉大な女王と同じ名前。自分をぎゃふんと言わすだけの才知に長《た》けた女性にふさわしい名だ。彼女にはもっとふさわしい生活があるはず。フォレスターみたいな男を頼りにするべきではない。

　彼は体を伸ばしたが、肩から腕にかけて痛みが走り、うっと息を止めた。今夜はイブリンのところへ行く予定だったが、無理そうだ。甘い言葉を並べた手紙をダイヤモンドに添えれば、飽くことをしらない愛人を我慢させておけるだろう。次に会うときには、彼女の満足するまで相手をしてやらねばならないだろうが。

　そこに書記官のジョン・ハリントンが入ってきたので、ジェルベイズは座り直した。頭を切り替えて、今日の仕事に集中する。上品で育ちのいいエリザベス・ウォーターストーン嬢が目覚めたら、何をしようかと考えるのなど、もってのほかだ。

3

金だ。つまるところ、最後にものを言うのはいつだって金なのだ。育ちのいい令嬢が、上流社会で〝きずもの〟という烙印《らくいん》を押された場合、その代償《だいしょう》としていくらぐらい支払えばいいものだろう？　デニス・フォレスターには高貴な血が入っていないのはわかっているが、意外なことにエリザベス・ウォーターストーンはまっとうな良家の子女として生まれ育ったようだ。言葉遣いや立ち居振る舞いから、すぐにわかる。

肩をほぐそうとして、また腕から肩への痛みに顔をしかめる。だいぶましにはなってきているが。見上げると、金箔《きんぱく》の格子天井絵が目に入った。豊満な裸の女神が、はにかむケンタウロスを妖艶《ようえん》な笑みで誘う様子が描かれている。これからの展開を期待してばかみたいにほほえむ女神《めがみ》と半馬人《はんばじん》の表情が不愉快で、ジェルベイズは顔をしかめた。

自分の私的な生活においては、すべてが完璧《かんぺき》に整理されていないと嫌だった。女性と深入りせずに、なおかつ女遊びが派手だという評判を保つのは気苦労も多く、面倒だ。だから私生活はすっきり単純にしておきたかった。亡き妻イメルダは性的に大胆で、英国でもフランスでも社交界は彼女のスキャンダルで持ちきりだった。彼女の死を悔やむ者はいなかった。エリザベス・ウォーターストーンに関しては誤解から間違いを犯すところだったが、これがまたややこしいスキャンダルに発展するようなことだけは避けたかった。そう考えながら、彼は机の書類に次々と署名していった。特に今、スキャンダルに巻き込まれるのは困る。

しかし、いつの間にか彼女のことを考えてしまう。現在の自分を彼本人がひどく嫌っているのだが、ウォーターストーン嬢は、自分の生活がいかに嘘《うそ》にまみれたものであるかを思い出させる存在なのだ。女性に対する最低限の礼儀はまだ守れる男だったとわかり、いくぶんなりともほっとした。さて、また仕事に集中しよう、そう思い直して彼は書類に目を通し始めた。

先ほど、新しく来られたご婦人はお目覚めで、朝食もたっぷりお召し上がりになりましたよ、と召使い頭から報告を受けた。女性のことだから、まだ気分がすぐれないだのと言い出すかと思っていたのだが、自分に時計を投げつけたときの彼女の顔を思い出して、彼女はそういう女性ではないだろうと考えた。彼女から、ひと晩では衝撃の大きさから立ち直れない、などと言われたら、逆にがっかりしていただろう。

頭痛をやわらげると聞いたので、目頭をつまんで撫《な》でながら、公爵家を担当する銀行のチルデス宛の指示書を読み返す。そのとき扉をノックする音が聞こえて、書いた数字を斜線で消し、金額を倍にした。これですっきり終わらせたい。交渉が長引くのは耐えられない。せっかく良心が目覚めたのだから、彼女には自分の目の前から消えてもらいたい。

エリザベス・ウォーターストーンが部屋に入ってくると、彼は立ち上がった。今朝の彼女は、公爵に対するかなり正式なカーツィをしてみせる。昨日の蠟人形《ろうにんぎょう》みたいな顔色よりはましになっているが、頰のあざは色が黒から紫、黄へと部分的に変わりつつも、しっかり残っている。粗末《そまつ》な毛織のドレスを着て、栗毛色の髪をかっちりと編み込んでいる。

彼女が落ち着いている様子を見て、彼は心からほっとした。昨日の彼女は、神経衰弱《しんけいすいじゃく》を起こす一歩手前の状態だった。経験上、女性のヒステリーにはいっさいかかわってはいけないとわかっている。女性が泣きわめきそうになるのを感じたら、できるだけ距離を置くべきだ。細やかな心配りが苦手で忍耐力がないのは、自他ともに認めるところだ。目の前のウォーターストーン嬢を見ると、動揺している様子はない。よし、これなら話し合いはすばやく終わるぞ、と希望がわいてきた。

「今朝は君も、ずいぶん気分もよくなったようだね」

彼女が軽くうなずいたので、彼は話を続けた。

「今回のことについて、私は賠償《ばいしょう》を求められているわけだが、具体的な内容をこちらで考えてみた」

ジェルベイズはそこでひと呼吸入れ、彼女がしっかりこちらの話についてきているかを確かめた。彼女がきちんとうなずいたので、そのまま続けていいと励まされた気がした。

「和解金として、かなりの金額を用意した。ただし、これは穏便な解決であり、今後俺を煩《わずら》わせないと約束してもらわねばならない」

ふむ。こんなことを言うつもりではなかったのに。これではまるで、彼女を邪魔者《じゃまもの》扱いしているように聞こえる。彼はこの一時間、文言に格闘してきた指示書を取り出した。受け取られそうだ。一刻も早くここから出て行くための手切れ金みたいに
「和解金として三千ポンド提供する」彼女の反応を待ったが、何の返答もない。彼は眉を上げて返事を促し、ペンをインク壺の上で止めた。「この取り決めでは気に入らないのか？　この金は君の名前で銀行が管理し、フォレスターには指一本触れさせないようにする。約束だ。三千ポンドもあれば、じゅうぶんだと思うが」

しかし娘は唇を嚙《か》んで軽く首を振った。ジェルベイズはいったんペンを下ろし、ゆっくりと息を吐いた。

「どうだ？」

「大変言いづらいのですが、どれだけのお金を用意いただいても、傷ついた評判を元に戻すことはできないと思います」

この女は自分を脅迫する気なのか、と不快感が彼の心に広がった。そんな女ではないと思ったのに。「つまり？」

彼女は両手を握りしめ、熱心に話し始めた。「昨日ご指摘いただいたとおり、私がこの家で、適切な付き添いもなくひと晩過ごしたことは、すでに多くの人に知られています」

ジェルベイズは肩をすくめる。「それで？」

「それで、私に突然持参金ができたとなれば、口さがない人たちにあれこれ言われるのは目に見えています。公爵さまの女遊びの派手さは、ロンドンでもいちばんとか――」

「パリでもいちばんだ」ジェルベイズもつい認めてしまった。

すると彼女の顔に、うれしそうな表情が浮かぶ。「パリでもいちばんですのね。公爵さまのお力を過小評価していたようですわ、失礼いたしました」

彼がうやうやしく頭を下げると彼女はまた口を開いた。彼も目の前の女性の話に俄《が》然《ぜん》興味を持ち始めていた。

「それなら未亡人のふりでもすればいいとおっしゃるのはわかっています。私は二十四歳ですから、夫がいて死別していても不思議ではありません」そこで彼女は顔をしかめた。「けれど私はとても嘘がへたなのです。そもそも今後もし夫となる人に出会った際に、未亡人だと嘘をついて交際を始めるのなんて嫌です」彼女は視線を上げ、まっすぐ彼を見た。嘘のない瞳だった。「愛する人との新たな暮らしが欺瞞《ぎまん》の上に成り立つのなんて我慢できません。そもそも、名誉を重んじる紳士が、あなたの〝お古〟である女性と結婚したいと思うでしょうか？」

それについては、ジェルベイズとしても返す言葉がなかった。彼個人としては、三千ポンドもの持参金があれば、たとえ彼女の貞操観念《ていそうかんねん》に疑問を持ったとしても、たいていの男は結婚してくれるはずだと信じていたが、彼女にその事実を納得させるのは難しそうだ。

「とにかく」彼女が呼吸を整える。「和解金を受け取るつもりはありません。私に必要なのはあなたの高度な専門知識です」

ジェルベイズはぽかんと彼女を見つめた。いつもは頭の回転が速いと自負しているのだが、今回ばかりは思考が追いつかない。「高度な専門知識？」

「フォレスターの家に帰るわけにはいかないのですが、仕事の対価でもないお金をいただきたくもないのです。でも街をうろついて客を取るような暮らしは嫌です。そこで、寵姫《ちょうき》になろうと考えました。呼び方はそれでいいのでしょうか？」彼女は眉間《みけん》にしわを作って、不安げな表情を見せる。「宮廷などで王さまの寵愛《ちょうあい》を受けたり、上流社会で活躍したりする地位の高い方たちの愛人です。パトロンを得てサロンなどを主宰《しゅさい》する女性もいますよね？　そういう女性になりたいのです。呼び方が間違っていたらお許しください。こういった方面の知識は悲しいぐらい欠落しているものですから。ただ、なおのこと、あなたにそういう女性になる方法をご教授いただけないかと思います」

ジェルベイズは穴のあくほど彼女を見つめていた。彼女が頰を赤らめたところで、たずねる。「体を使って生活の手段を手に入れる方法を教えろと言うのか？　要は売春婦と同じだぞ」面白くなさそうに、ははっと短く笑ってから、直接的な表現を使った。「その筋の職業について学びたいのなら、ロンドンの裏道をふらふら歩けばいい。十分もしないうちに、君に知識を授けたいと思う男が現われるはずだ」

部屋を完全な沈黙が覆った。聞こえるのは暖炉の上の時計の音だけ。十秒ぐらいそのままにしてから、彼はばん、と机を叩いた。

「君は上流階級の令嬢だ。そんなばかなことを考えるな」

彼女は少し顔を赤らめたものの、彼の目を見たままだ。「どうして反対なさるのかがわかりません。先ほど、公爵さまは世界有数の二つの大国の首都それぞれで、いちばん派手に女遊びをする男性だと認め、私もその事実を了解しました。そんな方以上に、私に知識を教えるのがふさわしい男性がいるでしょうか？」彼女はまた上体を起こした。手を膝の上で組み、あくまでも慎ましやかに、お上品に、ジェルベイズの言葉を待っている。

ジェルベイズは立ち上がると、窓辺から外を見た。タウンハウスの前のグロウヴナー・スクエアでは風が吹きすさび、人影もまばらだ。この娘は頭がおかしいのか？　反射的に彼女の提案を拒否してしまったが、いつの間にか好奇心が彼の意識に忍び込んでいた。みだらなことを想像し、その映像が彼を誘う。控えめで地味で、お堅いウォーターストーン嬢を高級娼婦《しょうふ》に変えられる男がいるとすれば、自分しかいない。

さっと振り返って、彼女と向き合う。「親戚はどうするんだ？　高級だろうがサロンを主宰していようが、娼婦であることに変わりはないんだ。そんな女性が親戚にいては困るという人たちもいるはずだ」

「親戚として付き合っている人はほとんどいません。私の父は、母と結婚した段階で実家と疎遠になりました。さらに祖父母は、母がフォレスターさんと再婚したときに、私たちとも完全に縁を切ってしまったんです。それに、私は社交界デビューもしていませんし」

はて、この娘が社交界デビューしなかった理由はなんだろう、とジェルベイズは考えた。一家の財政が厳しいのは、昔からなのだろうか？　そのせいで、フォレスターは悪事に手を染めるようになったのかもしれない。考えようによっては、この娘を手元に置いておくのは、自分にとっても都合がいいのかもしれない。

ジェルベイズは彼女をじっと見ながら、彼女にどういう役割を演じさせようかとあれこれ考えた。彼女の願いを叶《かな》えるのなど、いとも簡単だ。彼は席を立ってテーブルを回り、彼女も立たせてから、指で彼女の顎を押し上げて自分のほうを見させた。

「エリザベス」肉体的に親密になったのを強調するように、ファーストネームで呼ぶ。

「君は俺に純潔を奪われる寸前だった。無理やり。俺のことを恐れるのが当然だと思うのだが」

彼女は視線をそらさない。「当然、公爵さまのことは恐れています。けれど、私の社会的な評判が台無しになったからと言って、ましてやそうなったことの原因が私自身にあったのなら、公爵さまからの賠償金を受け取ってしまうのは、もっと恐ろしい行為です。そんなことを許すぐらいなら、自分でお金を稼ぎたいのです」

ジェルベイズは彼女の口元を親指で撫でた。はっと息をのむ彼女が唇を開く。そうなると予想していた彼は唇を重ね、舌を奥のほうまで入れた。驚いた彼女が飛びのくのを待ったが、彼女はじっとしている。キスに反応はしないものの、あらがおうともしない。

やさしい口づけにした。長年培《つちか》った熟練《じゆくれん》の技というものを見せてやろう、そして女として反応させてやろう——彼はそう思った。彼女のヒップの下に手をあて、自分の体に引き寄せると、激しく高鳴る彼女の鼓動が伝わってきた。手を放すと彼女は離れようとしたが、彼はその肘をつかんだ。

「君は非常に勇敢なのか、まれに見る愚か者なのか、まったく見当もつかないな」

彼女は彼の胸に額を預けてつぶやいた。「まだおわかりになりませんの？　昨夜のことがあっても、あなたに触れられるのが我慢できるのなら、どんな殿方に触れられても辛抱できるはずだと思うからですわ」

乙女らしい甘い肌の匂いを嗅ぎ取り、ジェルベイズはもっと大胆なことをしてみたい衝動に駆《か》られた。触れ方にもいろいろあるが……濃密な愛撫《あいぶ》にも彼女は反応せずにいられるのだろうか？　また大慌てで、ものを投げつけてくるのか？　その先への誘惑は強かったが、彼は自分を抑えてもっと事務的な口調にした。

「この件については、考えてみる必要がある。頭がおかしくなったとしか思えないが、どうしても、と言うのなら仕方がない。ただ俺の命令には絶対服従だ。いいな？」

エリザベスが堅苦しくカーツィをする直前、笑みをもらしたように見えた。そのまま彼女は扉に向かう。

彼女がドアノブに手をかけたところで、ジェルベイズは声をかけた。「まだ話は何も決まっていないからな。今夜、君は俺と一緒に夕食をとる。そのとき話の続きをしよう」

＊　＊　＊

公爵がエリザベスにあてがってくれたのは豪勢なしつらえの部屋だった。彼女はその部屋を苛々《いらいら》と行ったり来たりし、どれほど居心地がよくて暖かいかということにもほとんど気が回らなかった。湯あみを済ませるとメイドが現われた。メイドにとかしつけられた髪は芸術的にまとめ上げられ、肩に垂らした巻き髪が揺れた。メイドは無言で夜用のドレスをベッドに広げた。それが自分のドレスでないのはわかっている。エリ誰のものなのか質問しようとしたが、メイドは部屋から出て行ったあとだった。エリザベスのつぎはぎだらけの下着やドレスを小脇に抱えて。

広々とした部屋に敷き詰められた東洋の絨毯の上を歩き回るうちに、緊張が増してくる。選択を誤ったのだろうか？　お金を受け取らないのは、潔くて高潔な行動だと思った。だから代わりに、自分の体を差し出したのだが、こうやって何時間もひとりであれこれ考えていると、自分の判断が間違っていたように思えてきた。

用意された水色のドレスを手に取り、体に当ててみた。シルクの布地は軽くて、触れるだけで贅沢《ぜいたく》をしている気分になれる。いつも着ている、家で紡いだ毛織の生地とは大違いだ。ドレスを体に当てた姿を鏡に映してみると、丈はぴったり。何だかおかしかった。さすがはディアブル・デラメア公爵。女性の体の寸法を正確に推測できるのだろう。

少しためらったのち、彼女はドレスを着てみた。ふくらませた飾りだけの袖に腕を通し、身頃の前にずらっと並ぶ真珠貝《しんじゆがい》のボタンを留める。布地を懸命に引っ張るのだが、どうも胸のあたりだけが窮屈《きゆうくつ》だ。かわいらしい刺繡《ししゆう》のしてある水色の布地から、大きな乳房がこぼれ落ちそうになる。部屋にショールかレースの胸当てがないかと捜したのだが、襟元を覆うものは何もない。

「仕方ないわね」

そう独りごとをつぶやき、くたびれた仔牛革の靴を履いた。胸元の十字架《じゆうじか》をまっすぐにする。十時の中央にルビーのあしらわれたこのペンダントは、兄のマイケルがポルトガルで買って持ち帰ってくれたものだった。そしてマイケルこそが、エリザベスの心配の根源であり、こんなところにこうして留《とど》まる理由のすべてでもあった。

ルビーを撫でながら、兄を想う。借金を返済するまで公爵家にいてくれれば、兄の面倒も引き続きみてやる、と継父から言われたのだ。

以前の兄の姿など、もうほとんど思い出せなくなっていた。マイケルはウェリントン公爵が率《ひき》いる軍隊でスペイン独立戦争を戦うため、イベリア半島に渡った。さっそうとした青年将校としての兄の姿は、妹の目から見ても本当に凛々《りり》しくすてきだった。そして戦地で負傷し、腰から下が麻痺《まひ》したまま、灰色の顔をした気力のかけらもない人間になって戻って来た。

エリザベスがいなければ、マイケルは寝室に幽閉《ゆうへい》された状態で朽《く》ち果てるだけだったに違いない。エリザベスが懸命に頼んでも、母はマイケルの世話などできないと放置し、あんな姿になった男など、自分の息子ではない、と言い張った。

そのとき時計が六時を告げ、彼女は心を決めた。いつまでもここにいるわけにはいかない。公爵に特殊な技術を教えてもらい、自分ひとりの力で世間を渡り歩いていくのだから。ちょっとした財産を作り、公爵にも庇護《ひご》を頼めば、兄はこれからずっと最良の介護を受けられるはず。

堂々たる正面階段を下り、執事に案内されてまた別の、こちらも圧倒されそうな雰囲気の回廊《かいろう》を進むうちに、彼女の決意は強くなっていった。ダイニングルームに到着すると、執事は頭を下げて去ってゆき、彼女ひとりが残された。主役の姿はない。

すると また、不安が頭をもたげる。彼女はとてつもなく広いその部屋を見て歩いた。公爵には勇ましいことを言ったが、妹がどうやってお金を稼いだかを、兄たちが知ったら激しく動揺するはずだ。するとまた迷いが生まれる。最初の申し出どおり、三千ポンドを受け取っておけばよかったのかも。それだけの金額があれば、利子だけでも兄と二人でつましく暮らせばやっていけるはず。気が変わった、と言えば、受け入れてもらえるだろうか？

「ごきげんよう、エリザベス。みだらな絵に見入っているようだね。それは亡き妻を描いたものなんだ」

エリザベスははっとして、足を止めた。ちょうど暖炉の前にいて、その上には巨大な油彩画が飾られていた。狩りの女神ディアナに扮した黒髪の女性が、白いシルクを緩く身にまとった姿が描写されている。肩や豊満な乳房はほとんどむき出しで、裸の腿も肉感的に見える。女性の表情から奔放《ほんぽう》さと傲慢《ごうまん》さがうかがえ、エリザベスはキャンバス越しに挑戦された気分になった。

公爵は笑顔で近づいて来た。手にはワイングラスを二つ持っている。「結婚してすぐに描かれたものだ。画家と俺の二人がかりで、少しでも布をまとうように懸命に説得してこの程度になった」少し頭を下げて、公爵がグラスのひとつを差し出す。「当然のことだが、画家は彼女の全裸を何度も見ることになった。芸術を奨励することに、彼女は実に熱心でね」

自虐的《じぎゃくてき》な意味合いのこめられた彼の言葉をじっくり考えているうちに、エリザベスは急いでグラスの中身をごくりと飲んだ。ワインだと思っていたが、不思議な泡が入っている。しかし、亡き妻の不貞をつまらない冗談のように語る男性に、何を言えばいいのだろう？ 彼女はまたワインをごくごくと飲み、泡にむせ返った。

公爵が背中を軽く叩いてくれた。「飲みなれないものだったか？ シャンパーニュで作られるワインなんだ。何にせよ、気まずい思いをさせてしまったね。亡き妻のことなんか忘れて、食事を楽しもう」彼はエリザベスの手を取り、席へと導いた。「邪魔されずに話がしたかったので、給仕は自分たちですることにした」

エリザベスが恐縮して断ったところで、公爵はまったく意に介さなかっただろうが、とにかく公爵自らが深皿にスープを取り分けてくれた。おいしそうな匂いがして、彼女も黙ってスプーンを手にした。

ろうそくの明かりに、彼の袖なし胴着《ウエストコート》の刺繍の銀糸がきらめく。ウエストコートは幅の広い肩に合わせて特別に誂《あつら》えてあるらしく、中世の鎧《よろい》のように男性的な体の線を強調する。彼の姿に見とれていたこと、さらにその様子を公爵に見られていたことに気づき、エリザベスの頬が赤らんだ。

公爵が鴨肉を切り分けてくれた。今さらではあるが、何か話題を捜さなければと彼女は思った。公爵は彼女の緊張ぶりにはまるで無頓着《むとんちゃく》で、ワインをまた注ぎ、ナプキンを渡してくれた。

「そのドレスの水色は、君には似合わないな。しかし、この家に君が着られそうな服はそれしかなかったんだ」

そう言う彼の視線が、大きく開いた襟ぐりで止まり、エリザベスはいっそう顔を赤くし、背中を丸めて前かがみになった。そうだった。胸元がきつくて、乳房がこぼれそうになっていることを忘れていた。すると彼は眉間にしわを寄せ、彼女の肩甲骨《けんこうこつ》を指でなぞった。

「猫背になってるぞ。隠すことはないだろう？　自分の持ちものがどれほど立派か、わかっていないのか？」

彼の言葉に肉を喉に詰まらせそうになったエリザベスは、この会話を違う方向に持っていこうと、ぱっと思いついたことを口にした。

「このドレスはどなたのですの？　公爵さまの愛人の中のどなたかのものでしょうか？」

彼の顔から面白がるような感情がふっと消えた。代わりに浮かんだ感情が何なのか、エリザベスには理解できなかった。「知らなかったのか？　それは、今年十八歳になる俺の娘のものだ。いとしい亡き妻は、結婚してわずか四ヶ月で、俺を父親にしてくれたんだ」

「十八歳にもなるお嬢さんがいらっしゃるの？」エリザベスはあ然として、彼を見つめた。彼の今の言葉が意味するところを理解しようとするのだが、うまく頭が回らない。「どういうことでしょう？　だって十八年前と言えば、公爵さまはまだ……」そこまで言ってから、彼女は慌てて口をつぐんだ。好奇心むき出しの質問をしてしまった。ここまで無礼なことをしてしまった自分に驚いていた。

彼はこぶしが白くなるまで、ぎゅっとグラスを握り、中身をひと息に飲んだ。「俺は十五歳で結婚させられた。まあ、物理的に子をもうけることは可能だったが、妻は身ごもった体で嫁いできたんだ。俺には何も言わずに」彼の口元が歪む。「妻――イメルダは十八歳だった。彼女の人生で、もっとも美しかったときだ」彼は肩をすくめて、自分のグラスにワインを注いだ。「当時の俺は、今の君と同じぐらい世間知らずだったが、それでもさすがに、騙《だま》されたとわかったよ。どう考えたって、俺の子じゃない」

ろうそく越しにエリザベスを見る彼の目つきが険しくなっていた。「親戚のやつらに裏切られたんだ。誰とでも寝るような女を選んで結婚を押しつけたわけだからな」彼が身を乗り出して彼女の手を取る。「この屋敷に留まると決めたなら、理解しておいてもらわねばならないことがある。俺を愛するという間違いは犯すな。同情もするな。俺が君を愛することはけっしてない。面白いと思っているあいだは、君を楽しませてやるが、俺が飽きたらここを出て行くんだ」

口に入れた食べものが喉を通らなくなっていた。「私にとっては理想的なお話ですわ。公爵さまのお情けにいつまでもすがるつもりはなく、また自分の運命を恨めしく思う気もありません。今回のことは、普通の商取引と同様に考えています」

彼はつかんだ手に力を入れ、彼女の指先を自分の口元に運んで、甲に軽く口づけした。「よし。ではすばらしい食事を楽しみながら、話をすることにしよう。今後どうするか説明する。いいね？」

エリザベスはフォークを手にして考えた。彼が突然、事務的な口調になったのはなぜだろう？

「君との取引に応じる。君の今後の新たな職業にとって必要とされる知識や技術を、俺が伝授しよう」

ほっとしたエリザベスは顔をほころばせたが、いや待て、と公爵が手のひらをかざした。「しかし、このばかげた取り決めを、君のほうが最後まで成し遂げられるとは思えないんだ。俺は男を歓《よろこ》ばせる方法を君に教えるが、君とベッドをともにする気はない。この取り決めは、一般常識を逸脱《いっだつ》しない範囲に留めておきたい。そうすれば、君も正気に戻ったときに、まともな生活に戻れるだろうから」

「以前の生活に戻る気はありません。私は本気でパトロンを捜すつもりなんです」彼は椅子にもたれかかり、疑り深い目でこちらを見ていた。エリザベスの言葉を信じていいものか考えているのだろう。話の続きを待っている。「今のお話では、公爵さまのほうが損ですわ。私と体の関係を持てないのなら、そちらが得るものは何もないでしょう？」

「こちらが得るもの？」さりげない口調で問いかけながら、彼はじっと彼女の顔を見ていた。「英国に住む少なくともひとりの女性が、男性が本当にベッドで望むことを学んだと確信できること、その知識や技術を授けたのが自分だと知る喜びだ」彼が眉を上げる。「そんな機会はめったにないだろ？　男にとってはこの上ない満足感を得られるわけだ」

エリザベスは皿に視線を落とした。顔がほてってきているのがわかり、公爵がこんな気恥ずかしい話題をさっさと終わらせてくれるようにと心で祈った。

「娘のエロイーズは、フランスから今日ロンドンに到着した。君は表面上、娘のために俺が雇った付き添いだ。ディアブル・デラメア一族の英国における遠縁にあたるが、裕福ではなく夫を亡くしたばかりという身の上を触れ込みとして流す。必要な書類や、詳細な背景を作り込んで、もっともらしい話にしておく。誰かから質問されたら、その話にもとづいて答えてくれ」エリザベスが口をはさもうとすると、公爵が眉をひそめた。「反論でもあるのか？」

「いえ、公爵さま、ありません。ずいぶん……あれこれお考えになられたのだな、と」

「エロイーズはグリヨンズ・ホテルに滞在している。君は明日そこに行って娘と会い、その後、バースまで送り届けてもらいたい。それが新しい仕事の始まりだ。娘はバースにある寄宿学校に入り、もう少し英語がうまくなるよう向こう一年勉強する予定なんだ」彼はワインで口を湿らせる。「君はロンドンに戻ってきて、そのままここに住む。貴族社会では、ごく自然な流れだ」

「私は貴族社会のことなどほとんど知りません。自分でもどうしたらいいかわからないのに、お嬢さまに何が教えられるでしょう？」

公爵はグラスを掲げてほほえんだ。「娘に何かを教えてもらおうとは思っていない。ほんの数日、彼女と一緒にいてくれるだけでいいんだ」彼のグラスが彼女のワイングラスと縁を合わせ、音が鳴った。「君への教育は、こちらに戻ってきて、一緒に住み始めてからだ。俺に教われば、他の先生なんか必要なくなるぞ」

4

新たに注がれたワインをごくごくと飲みながら、エリザベスは夢見心地だった。どうしてこの部屋はきらきら輝き、ろうそくは踊るようにゆらめくのかしら、とぼんやりと考えていた。頭を上に向けて、視界を安定させようとしたのだが、結局、もっと周囲がふらふら揺れ動くようになった。

「おいおい、グラスに入っているのはレモネードじゃないんだぞ。フランスから取り寄せた自慢のシャンパンだ。君は酒を飲み慣れていないようだから、それぐらいでやめろ。言っておくが、今夜から教育を始める気はないからな」にっこりほほえみかける。「誘惑は、ゆっくり時間をかけてするものだ。あからさまに求めてはいけない。教育が終わる頃には、君にもわかるはずだ。期待が募《つの》ると――」近づいて来た彼が、親指でエリザベスの下唇を撫でる。「――抑圧された欲望が、スパイスとなる」

腕を引き上げられて立ち上がろうとしたエリザベスは、よろよろと彼にもたれかかった。彼の胸に手を置いて、倒れないように踏ん張る。しっかりしろ、とやさしく声をかけながら、彼が胴体部分に手を回した。その指先が乳房のふくらみの下側に触れる。すると急に彼女は、彼の手をつかんでその手を自分の唇に押し当てたい衝動に駆られ、懸命にこらえた。

「まだ酔っぱらってしまわれては困るんだ。マダム・シャルルと予約を取ったから。彼女の服飾店にこれから行く」

「でも、もう九時になるところですよ」そんな無茶な、と彼女は思った。「服飾店がこの時間に客を受け入れてくれるはずはありません」

公爵は彼女の肘をしっかりつかむと扉のほうへ押し、有無を言わさぬ口調で宣言した。「公爵だぞ。どんな店だって、俺が行けば開くんだ」

＊＊＊

ボンド街にある高級ブティックで、マダム・シャルルは二人の到着を待っていた。この店は一般の人間が服を買うために存在するのではなく、ごく一部の上流階級の女性が自分のためだけのデザインを相談しに来る場所のようだ。公爵とマダム・シャルルがフランス語で話すあいだ、エリザベスはできるだけ目立たないようにしていた。エリザベス自身、かなりフランス語は堪能《たんのう》なのだが、二人の会話は非常に早口でしかも口語表現が多いため、内容はほとんど理解できなかった。

エリザベスは採寸室に案内された。周囲は鏡張りで、大きなベルベット地のソファと台座みたいなものがある。公爵がソファに落ち着くと、マダムが手を鳴らして、エリザベスに台座に立つように指示した。

　エリザベスが台座に上がると、お針子が巻き尺を手に現われ、小鳥の群れみたいに台座の周囲に集まった。裾がすうすうするので、はっと気づいた彼女は、どうしよう、と焦りながら公爵を見た。彼が眉を上げ、指を鳴らすと、お針子《はりこ》たちはささっと部屋を出て行った。

「どうした？　具合でも悪いのか？」

　ワインを飲みすぎていてよかった、と彼女は思った。あまり深く考えずに何でも告白できる。さらに、台に立っているので、公爵と目の高さが同じぐらいになっているのも助けになった。

「私が悪いのですが……このような場所に連れて来ていただくとは思っておりませんでしたので、きちんとした身支度をしていないのです」

　彼がドレス姿の彼女の全身を見てから、また視線を彼女の顔に戻す。

「このドレスを置いていったメイドが、私の下着をすべて持ち去ったのです」

　公爵はじっと彼女の顔を見たまま、手袋を脱ぎ捨てた。そして、すうっと息を吸う。

「つまり、こういうことか――食事のあいだも、そのドレスの下は、生まれたままの姿だった？」

「コルセットは着けていました！」思わず大声で言ってしまい、すぐに慌てて口をつぐんだ。すると公爵の手が伸びて彼女の足首をつかんだ。バランスを崩したので、落ちないように彼の肩をつかむ。肌に彼の指が温かくて気持ちよかったが、視線を下げるのは嫌だった。

公爵は手を上にずらしながら、ベルベットのような艶《つや》っぽい声でたずねる。「他には何も身に着けていないのか？　ペティコートも、ストッキングさえなしなんだな？」彼の手がふくらはぎを撫でる。

彼の手がさらに上に進み、内腿《うちもも》に触れたところで、彼女は両膝を閉じようとしたのだが、彼が力を入れて膝を開かせたので、彼の手はさらに彼女の体の秘密を探り続けることになった。熱い感覚が全身を走る中、彼女は唇を噛んだ。

永遠とも思える時間が流れ、その後公爵はほうっと息を吐くと手を離した。

「マダム・シャルルに話して、下着も持って来させよう。下着やナイトガウンはあとの楽しみに取っておこうと、今回は、昼間用のドレスだけをそろえるつもりだったんだが」

「私が下着をつけていないとわかれば、マダム・シャルルはきっと、私が、その……」その先まではとても言葉にできず、公爵の横顔を必死に見つめることで、心のうちを訴えようとした。

公爵はかがんで床の手袋を拾う。「エリザベス、いい加減に覚悟を決めろ。無垢《むく》な乙女らしい恥じらいで駄々をこねるのなら、フォレスターのところに帰るんだ。そんなものに付き合う暇なんか、俺にはない」

静けさの中で、エリザベスは彼の瞳を覗き込んだ。かすかな苛立ちの色が見える。だめだ、覚悟を決めよう。「準備できたので、いつでも来るようにと、マダム・シャルルに伝えてください」

彼が感服したようにわざとらしく頭を下げる。「君がまともな判断のできる人で、よかったよ」

「まともな判断だとは、とても思えませんけど」と彼女はつぶやいた。

十一時頃には、エリザベスはかなり疲れてきていた。体のあちこちをひねられたり、押されたり、またくるっと回れと言われたり、人形になった気分だった。彼女には、ありとあらゆる昼間の行事や機会に合わせたドレスをそれぞれに持つべきだと公爵は固く信じているらしい。特に窮屈な散歩用のドレスが、ラベンダー色のシルクで作られることに異論を唱えて聞き入れられないとわかったあとは、もう彼女もあきらめるようになった。

ようやく、頬を紅潮《こうちょう》させたマダム・シャルルが、十日ほどでさらに新しいデザインのドレスもお届けしますと約束してから公爵に感謝の言葉を述べ、と深々とお辞儀をして退いた。興奮ぎみのお針子や助手の女性たちも退出し、公爵が台を下りるエリザベスに手を貸した。

「さて」彼はワインを彼女に手渡すと、眉を上げて質問する。「この一時間あまり、君はずっと何かを言いたそうにしていたね？　誰もいなくなったから、言えばいい」

「このドレスの代金を、どうやってお支払いすればいいものやら……」

彼が上品なグレーの上着に包まれた肩をすくめた。「なるほど、忘れていたよ。人からの施しは受けない信条を持つ女性は、贈りものさえ許してくれないわけだな」彼がグラスの縁を合わせて軽く乾杯する。顔には何の感情も表われていない。「俺にこの代金を支払う方法でもあるのか？」

「お嬢さまの付き添い役としてのお給金から差し引いていただければ」

公爵は視線を下げた。「では、結局、俺からの金を受け取るわけか」ぴかぴかに磨き上げられた自分の靴を見ている。「代金の支払いとして、はるかにいい方法がある」

その言葉の裏にある彼の意図を推《お》し量《はか》り、彼女は不本意ながらも言った。「何でもおっしゃってください。言われたとおりにします」

「よろしい」公爵は、彼女は気が進まない様子であることなど、いっこうに無頓着《むとんちゃく》だ。「では着替える前に、これを試して俺に見せるんだ」彼がソファの後ろに手を伸ばして、大きな箱を前に置いた。薄紙が何枚も重ねてある中から、布と呼べる部分がほとんどないクリーム色のレースの布切れを取り出した。紐《ひも》の部分を指にかけて、薄紙を払い落とす。

「これだ。これを着た姿を見せてもらいたい」

自分のほうに投げられたレースだらけの布を、エリザベスは反射的に手を伸ばしてつかんだ。彼が顎先で、部屋の隅にある赤いカーテンを示す。「あの中で着替えればいい。俺はここで待つから」そういうと彼は、どっかりとソファにもたれ、手を頭の後ろに回してほほえんだ。

しっとりと指にまとわりつくような滑らかな布地を握ったまま、エリザベスはカーテンのほうへのろのろと歩き出した。渋々カーテンを開ける彼女の背後で、公爵の声がした。

「それはナイトガウンだから、裸の上に着るものだ。下着のない今の君でも困らないだろ?」

ああ。カーテンを閉めてドレスを広げてみると、シルクの布地が胴体部分を覆う面積はきわめて小さく、おまけに足元からのスリットがかなり上のほうまである。これではウエストまであらわになるのではないか? 彼女は鏡に映る自分の顔に、心で話しかけた。これはまた新たな公爵からのテストなのだろうか? これを着ることを拒否すれば、また取引はなしだと言われ、家族のもとに送り返されるのだろうか? そうすれば、継父の慈悲にすがるしかない。泣きたくなる気持ちをこらえ、彼女は着ていたドレスのボタンを外し始めた。

前がはだけた状態になると、自分が悪夢に引き戻されたような感覚にまた陥った。目を閉じると悪夢にとらわれて、もう目覚めることもない気がする。この公爵とかかわるようになってから、激流にのみ込まれたような時間が続いている。どんなに頼んでも彼から慰められることはなく、彼から逃げることもできない。この取引が続くかぎり、彼には絶対に服従すると約束したのだ。自分はきちんと約束を守る人間だと証明しなければ。

目を開けて鏡を見ると、悲鳴を上げそうになった。ドレスの前がはだけた状態なのはわかっていた。しかし、試着と仮縫《かりぬ》いが続いたので、髪も乱れている。こんなしどけない姿で、肌が透けて見えるナイトガウンを着させる男の前に出るのは、全裸をさらすのも同然だ。

「まだか？」

彼の声に少しばかりの苛立ちを聞き取り、エリザベスは急いで着替えることにした。できるだけ鏡を見ないようにして、薄い布地を頭からかぶり、ぴったりと体の線が出るきつめのドレスにヒップを納める。するといきなり彼の手を肩に感じ、びくっと振り返った。

どうにか自分を励まして彼の視線をそらさないようにする。じろじろと彼女の全身を上から下まで見ながら、彼は何も言おうとしない。狩りの獲物の本能というべきか、ここで逃げ出せば、彼が跳びかかって襲ってくるのはわかっていた。

公爵は彼女の手を取り、部屋の反対側へと連れて行った。そのあたりは照明が明るく、近くの壁の全面が全身を映す鏡になっている。

「自分で自分の姿を見たか？」低い声でそう言うと、公爵は明かりの真下に彼女を立たせる。彼女は質問に答える代わりに、首を横に振った。「そうだと思ったよ」

彼との距離が近い。頬に彼の吐息を感じると、ぞくっとした感覚が背中を駆け下りる。彼女は自分の姿を確認しようと鏡のほうを向いた。公爵が声を立てて笑う。「愛欲にふける男にとらえられた無垢な乙女の図だな。俺たちは実に似合いの男女じゃないか？　春の女神ペルセポネと、彼女を冥界《めいかい》に連れ去ったハデスみたいなものだ」

腰に回された彼の腕が、彼女の体を引き寄せる。ランプに照らされた繊細で薄いシルクのクリーム色が、彼の上着の頑丈《がんじょう》な生地のグレーと黒の色合いと対照的だ。二人の違いを意識して落ち着かなくなった彼女は、少し体を離そうとした。しかし公爵の腕がさらに強く彼女を引き寄せる。

「だめだ。自分が男にどれだけの影響を与えるか、きちんと認識しておくべきだから」彼は少し腕をずらして、彼女のヒップを持ち上げ、自分の下腹部に押しつけた。「下着をはいていないと聞かされてから、ずっとこの状態なんだ」彼が両肩に口づけする。「君が無垢だと知らなければ、俺をじらしていると勘違いしていたところだ」

彼がドレスを撫でるが、特に熱がこもっているわけでもなく、今度はエリザベスのほうから、体を押しつけたくなった。

「サイズはぴったりだな。マダムには、もうあと数枚作るように頼んでおこう。ナイトガウンはベッドに置かせておくから、見つけたら必ずそのナイトガウンを着てくれ。それ以外には一糸もまとってはならない」

「お言葉ですが、こういったナイトガウンは、一般的にはしたないと言われるものではありませんか？　それに寒くて風邪をひきそうです。寝間着ならちゃんとありますので」

「かわいい人《マ・ベル》、公爵家のタウンハウスでは、常に暖炉で赤々と火が燃えているんだよ。それに、俺が君の体を温めるから。俺の体は夜のあいだ、かなりの熱を放つとよく言われるんだ」

エリザベスは、息が詰まりそうになった。公爵が裸の自分を抱き寄せている想像図が頭の中に広がったのだ。どうにか話題をそらさなければ――そう考えて口を開いたのだが、声が上ずっていて、しまった、と思った。

「マダム・シャルルは戻ってくるのでしょうか？　ずいぶん長いあいだ、私たちだけになっているようですけど」

　公爵は彼女から手を離して、肩をすくめた。「マダムは、よく心得た人だからな。出しゃばったことはせず、自分の仕事に集中する。彼女の客たちは、夫人や愛人に悦《えつ》楽《らく》を与える場所として利用する目的もあるからここに来るんだ」彼がエリザベスの頬に触れる。「だから心配は要らない。ただ君は、ひと晩でずいぶんたくさんの新しい経験をしたから、もう解放してやろう。これからグリヨンズ・ホテルまで送って行く」そう言うと、黒い旅行用のドレスとそれにぴったり合った革の外套を渡してくれた。「今夜着る服として、これをマダムが選んでくれた。他にも洗面具などが入ったカバンを用意してある。名門ホテルに、裸のまま俺に抱かれて到着したのでは、付き添い婦人としての資格を疑われるからな」

エリザベスは大急ぎでさっきの場所に戻った。走っていると思われないように気を遣いながら、できるだけ早足で歩く。あと一時間で彼と離れられる。そして少なくとも今夜はひとりでベッドに入る。

公爵が咳ばらいした。「あー、俺から離れたくて仕方ないようだが、その男心をそそるナイトガウンを脱ぐ前に、ひとつ頼みがある」

エリザベスははっと足を止め、後ろから追いついた彼が彼女のむき出しの肩に手を置いた。

「怖がることなんてないんだ。ただおやすみのキスをしてほしいだけ。ホテルの部屋まで送り届ければ、噂になるから、今してもらいたい。スキャンダルは君も避けたいはずだ」

彼女は体の向きを変え、彼の胸に両手のひらを置いた。そうすれば、彼を止められるとでも思っているかのようだったが、彼が望むことを阻止するすべはない。

「私、男性にキスしたことなんてないんです、公爵さま」

彼の腕が彼女の腰に回される。「さ、いいだろ？　簡単な話だ。嚙みつきはしないから」

エリザベスは彼のたくましい肩に手を置き、少しだけつま先立った。彼の下唇の線に口をつけようとしたが、唇が震えた。そして彼の唇のやわらかさと温かみに、驚いた。そのままじっとしている彼女の耳に、彼がささやく。

「舌で触れてごらん、マ・ベル。俺がどんな味かわかるから」

彼の言葉に従って舌を出してみると、舌先がどんなに敏感《びんかん》かわかって彼女は驚いた。彼の唇の肉感に対して、口の周りの皮膚《ひふ》と生えてきたひげのざらつきを感じる。彼の口が開いたときには少しひるんだものの、互いの舌が絡み合い、恥じらいながらダンスするのを許した。彼が満足げなうめき声を喉の奥から漏らすと、彼女は少し大胆になって彼の口の中を舌で探索してみた。硬い歯があるのがわかる。それでも彼がじっとして、唇をむさぼろうとも、体を押し当ててこようともしないので、エリザベスは徐々にリラックスしていった。

やがて首筋の筋肉が痙攣《けいれん》をおこしそうになったので、彼女はキスをやめ、かかとを下ろした。深く呼吸したあと、どうにか顔を上げて彼の顔を見た。彼は相変わらずまったく身動きしないが、興奮のしるしを隠そうともしなかった。そういう状態にあるところを見せたいのだろうと彼女は思った。欲望ぐらい自分で抑えておけると、知らせておこうと考えたのだろう。

彼はエリザベスの手を取り、甲にキスした。

「おめでとう、レッスンその一は、無事終了だ。さ、着替えを済ませなさい。グリヨンズ・ホテルに行くぞ」

5

公爵令嬢との初対面の際、少女が想像していた外見と異なることにエリザベスは少々戸惑った。公爵と血のつながりはないことは聞いていたものの、なぜか彼の女性版を思い描いていたのだ。さらに驚いたのは、これも当然なのだが、エロイーズは見るからにフランス人だった。肌はいくぶんオリーブ色、真っ黒な瞳は黒檀《こくたん》みたいで、どちらかと言えばぽっちゃりしている。ただ弾《はじ》けるような元気のよさのおかげで、生き生きした少女という印象を受け、好感を持たずにはいられない。

こちらは付き添いをしてくれる婦人だ、というエリザベスについての公爵の説明を、エロイーズは何の疑問も抱かずにそのまま受け取った。まだたどたどしい英語を練習したくてたまらないらしく、少女はすぐにエリザベスに話しかけてきた。ロンドンで楽しいことをいっぱいしたいらしい。エリザベスは、とてもかわいがっていた妹と会えなくなったことをさびしく思っていたので、こうやって年下の少女と一緒に過ごせるのは本当にうれしかった。

公爵は二人を引き合わせて必要な説明をすると、すぐに立ち去った。エロイーズがフランスから連れて来たマダム・ボネが、召使いとして二人の身の回りの世話をしてくれるとのことだった。少女が小さい頃から乳母として雇われていたそうで、母親も同然らしい。

紅茶を用意するようにと、マダム・ボネがホテルのメイドに伝える横で、エロイーズは笑顔で話し始めた。「お父さまはとてもやさしい方なの。そう思うわよね？　バースにあるグレンジャー先生の修養学校で一年きちんと勉強すれば、ロンドンの社交界にデビューさせると約束してくださったのよ。華々しいデビューにしようねって」

そこで少し身を乗り出し、エリザベスの手をぎゅっと握った。「あなたがご主人を亡くしたのはかわいそう。でも、私のお父さまが、あなたの面倒もちゃんとみてくださるわ」

それから数日、エリザベスはエロイーズを連れてロンドンのあちこちを探索し、この少女をいとしく思う気持ちも深まった。ただ、ときおり少女が、エリザベスの亡き夫についてたずねるので、良心の呵責《かしゃく》を覚えた。公爵はあの夜の約束どおり、想像上の夫の詳細な話を作り込み、それを教えてくれていた。その話をエロイーズにして、お気の毒に、と言われるたびに、ひどいことをしている気がして、少女がもっと楽しい時間を過ごせるようにといっそう気を配った。

彼女が付き添いを初めて一週間後、二人はたくさんの箱や袋と一緒に買いものからホテルへ戻った。公爵からの手紙が二人を待っていた。

「お父さまが、今夜みんなで観劇に行こうって！」エロイーズは大喜びで、ぽっちゃりした胸元で手を組み、くるりと回った。「ああ、でも、何を着ようかしら。マダム・ボネ、選ぶのを手伝って」

エロイーズが自分の寝室に消えたので、エリザベスも自分の部屋に戻った。すると、新しい黒のイブニングドレスが、ベッドに広げてあった。驚いた彼女は、その横にあるリボンのかかった箱を震える手で持ち上げた。ドレスを体に当ててみると、そのすばらしいデザインと仕立てに感嘆する。身頃の部分にびっしりと縫い込んである黒いビーズは、スカート部分にも裾に向けて散りばめてあった。動かしてみるとビーズが光を反射してきらきらと輝く。上流社会の未亡人が夜の社交的行事に着る服として、完璧だ。

箱の上には手紙が置かれていた。〝今夜はこのドレスと、箱に入っているものだけを着るように。他のものは身に着けてはならない。君のドレスの下には何があるのか知らないまま、ひと晩じゅう過ごすつもりはない〟。

声を上げて手紙を読み、何だろうという興味と、少々の不安とともに、彼女は急いで箱を開けた。丁寧に折りたたまれた黒のコルセット、黒のストッキング、ガーター、それだけだった。唇を嚙みながら、箱を逆さまにしてみたが、何も出てこない。ペティコートはもちろん、せめて最新流行のスキャンダラスな下穿《したば》きとか、そういうものもない。またすべてを箱に戻すと、彼女は化粧台の前に座った。

天真爛漫《てんしんらんまん》な公爵令嬢としばらく過ごしたせいで、本来ここにいる理由を忘れていた。そうだった。公爵と取り決めをしたのだ。きっちりと編み込んだ髪をとき、ピンを外す彼女の頭の中をいろいろな思いが駆けめぐる。まだ心の準備ができていない、と言えば彼は許してくれるだろうか？　未亡人のふりをしてエロイーズの付き添いをしているあいだは、レッスンを待ってくれ、といった口実は通用するだろうか？

公爵の顔が目に浮かぶ。だめだ、この取引を言い出したのは自分のほうなのだ。だから約束はきちんと守らなければ。公爵に意気地《いくじ》なしだと思われたくない。そう、私は高級娼婦として生きていくのだ。生活費と兄の介護費用を稼ぐには、そうするしかない。これは公爵からの試験みたいなものなのかも。どれほど従順《じゅうじゅん》なのか試されているのだ。それに、今夜は人の多いところにいて、しかも彼の娘までいるわけで、そんな場所では彼もみだらなことをしてこないはず。

＊＊＊

公爵は、開演よりもかなり早くホテルにやって来て、エロイーズとゆっくり時間を過ごした。少女の母親に対する公爵の嫌悪感を知っているエリザベスは、二人のあいだに本ものの父と娘としての情愛が存在することを確認できて喜んだ。エロイーズはとてもいい子だから。さらに公爵が娘に甘く、数々のおねだりに対してもよしよし、と応じているのを見て驚いた。

マダム・ボネも加わって話を続けたが、その間公爵はほとんどエリザベスのほうを見なかった。ああ、よかった、と彼女は思った。彼は光沢《こうたく》のない銀の上着に、黒のウエストコート、そして青く光る銀のサテンのズボンという出で立ちだった。ズボンは彼にぴったり合って、しわひとつなかった。エリザベスは今夜の成り行きが心配で、いつの間にかぼんやりと足を投げ出し、下唇を嚙んでいた。すると彼がさっと顔を上げ、彼女の様子をうかがった。

そして突然立ち上がり、早口のフランス語でエロイーズとマダム・ボネに外套を取ってくるように命じた。居間にはエリザベスと公爵二人だけが残された。彼がつかつかと近寄ってきたので、エリザベスはすぐに背筋を伸ばした。

「さて」彼が手を差し出し、彼女を立たせる。「ドレスは気に入ったか?」

「ええ、ありがとうございます。きれいなドレスで、とても気に入りました」

「よし」彼はそうつぶやくと、ビーズの並んだドレスの身頃の襟ぐりに指を滑らせた。乳房のふくらみのいちばん上をなぞるその動きに、彼女はぞくっとした。息が苦しくなり、乳首が硬くなる。ふとエロイーズのはしゃいだ声が、隣の部屋の開いた扉から聞こえてきた。

しかし公爵は指をそのままにしている。公爵の肩幅が広いので、その陰になり、少女からはまったく自分が見えないことにエリザベスは気づいた。彼の指が同じ場所を行ったり来たりするのに、彼女はどうしよう、と思ったまま何もできず、ただ彼の顔を見上げるだけ。これでは撫でてもらうのを待つ愛玩犬と同じだ。

「きれい……か」吐息混じりにそう言うと、公爵は彼女の頬に口づけした。そしてくるりと反対のほうを向き、外套を着るエロイーズに手を貸した。エリザベスも急いで自分の外套を取ってきた。認めたくはないが、彼女は慌てふためき、何をしているのかもわからなくなっていた。

劇場に到着すると、あたりはすでに混雑していた。案内された公爵家の専用バルコニーは非常に贅沢なしつらえだった。エロイーズは淡いピンクのモスリンのドレスを着ており、やわらかな色合いに暗めの彼女の肌が美しく映えた。彼女は覚えたての英語と早口のフランス語で絶えまなくおしゃべりを続け、エリザベスは話についていこうと緊張していた。

公爵はバルコニーの下の座席にいる観客を見渡していた。あらゆる階級の女性たちが、あちらでもこちらでも公爵の目を引こうとしていたが、彼は誰にも注意を向けない。それを見て、エリザベスは何だかほっとしていた。公爵はときおり、男性の知り合いに気づき、互いに会釈《えしやく》を交わしていた。

バルコニーの後列席のベルベットに体を沈めたエリザベスは、劇場の壮麗《そうれい》な光景に見入っていた。この感覚に浸っていたかった。ずっと観劇したいと思っていたのだが、劇場に来るのは何年かぶりだった。調律《ちようりつ》が始まる中、バルコニーの下で耳障《みみざわ》りな声が響き、音を立てないように気遣いながら居ずまいを正す人たちの動く気配や、ささやき声があちこちでする。舞台のすぐ前の席でときおり、女優の気をひこうと開幕を待ちわびる血気盛んな若者たちの片メガネがろうそくの明かりを反射してきらっと光る。上のボックス席では照明がダイヤモンドやクリスタルを輝かせている。

　彼女の左側に公爵が座り、上着を脱いだ。これでバルコニーの誰からも彼女の姿は見えない。彼の男らしい体がすぐ近くにあるのを意識して、エリザベスの口がからからになった。照明が落とされる中、彼が造作に脚を組む。紫と金の派手な幕が開く。エリザベスはもう少し前のほうに腰かけようとしたのだが、公爵の組んだ膝が邪魔になって前に行けない。

　開演と同時に、彼女はすぐに芝居に夢中になった。軽妙洒脱《けいみようしやだつ》なせりふに心を奪われる。どんどん舞台劇に引き込まれ、彼女はまた前に出た。今度は公爵の腿に膝を押さえつけられても、無視した。芝居は佳境《かきよう》に入り、俳優たちの演技にも熱がこもる。彼女はふっと椅子の背にもたれた。そこで気づいた。公爵が腕を伸ばし、彼女の椅子の背の上に置いているのだ。

　首の付け根を彼の手にしっかりとつかまれ、彼女はまったく身動きできなくなった。ぎこちない姿勢で座ったまま、彼女は肌に感じる彼の手の熱さに驚いた。彼の指がゆったりとした動きで鎖骨のあいだのくぼみへと下り、そこからドレスの襟ぐりへと向かう。

息を止め、舞台からも目を離さない状態で、エリザベスは体を硬くしていた。彼の手が襟ぐりからさらに下に、そして右の乳房全体を覆う。金切り声を上げそうになったが、そのとき不思議な温かさが広がり、乳首が硬くなるのを感じた。熱が下腹部へと広がる。公爵は頭を下に向けると、軽く彼女の首筋に歯を立てた。その瞬間なぜか、熱い快感が増したように思えた。

割れんばかりの拍手と、一階席からの叫び声で、第一幕が終わったのだと悟った。けばけばしい幕がさっと閉められ、あたりが明るくなる。一斉に観客がおしゃべりを始め、誰もが飲みものを求め、あるいは知り合いへの挨拶《あいさつ》のために席を立つ。公爵は慌てる様子もなく、のんびりと手を離し、立ち上がって扉を開いた。彼女はまだあたふたしていたが、彼は知り合いが挨拶に来るのを迎えるつもりのようだ。

エリザベスは公爵がさっきまで座っていた席に移動して、人目につかないようにした。何とか落ち着きを取り戻さなければ。こんなところを人に見られてはならない。公衆の面前ならば安全だと思った自分が愚かだった。彼が名うての女たらしであるのは、誰もが認めるところだ。その評判の理由を、たった今、身をもって体験しただけのこと。しばらくすると彼女も冷静になり、バルコニー席を見渡す余裕ができた。

ここでの主役はエロイーズで、みんなの注目を集めることを彼女自身楽しんでいるようだ。公爵は娘の背後に立ち、引き立て役に徹しつつ、この少女は自分の娘であり、すなわち下手な手出しをするなよ、というメッセージを世間に送っている。情けない話だが、エリザベスのほうは公爵にばかり目がいってしまう。彼女をこんな状態にしたことなど、公爵自身は何とも思っていないようだ。

「エリザベス、こっちばかり見ているぞ」公爵から小さな声で叱責《しっせき》されたが、冷たく、面白がるような眼差しを向けられ、彼女は赤面した。何もかもわかっているんだからな、と伝えられたのも同然だ。作法には反するが、彼女はぷいと視線をそらして、一階席の観客を見た。第二幕が始まり、今度は公爵が右側に座った。やっと取り戻した冷静さがどこかに飛んでいく。彼にあおられると、エリザベスの体は欲求不満の塊《かたまり》になってしまう。

やっと芝居が終わったときは、うれしいようながっかりしたような気分だった。公爵はさっと体を離すと、エロイーズとマダム・ボネの外套や持ちものなどをそろえ始めた。緊張から解放されたエリザベスは凝った肩をほぐそうと、腕を上に伸ばした。するとドレスのやわらかなシルクの裏地が興奮して敏感になった肌をそっと刺激する。その刺激に体がびくっと反応する。公爵はエロイーズとマダム・ボネを廊下へと案内し、二人の姿が出口のカーテンの向こうに消えると、エリザベスのほうにまた向き直った。

エリザベスの外套を広げて、こちらにおいでと促す彼を見て、彼女の全身がまた緊張した。おとなしく彼のほうに進むと、外套を持った彼の両腕が彼女の肩を包んだ。黒のシルクのリボンを結ぶ彼の指の背が喉元に触れると、敏感になっていた肌が反応して、歓びの吐息が漏れた。彼がはっとしたのがわかり、次の瞬間、彼女はバルコニー席の壁に背中を押しつけられていた。むさぼるように唇を奪われ、舌が口の中に差し入れられる。

彼を押し返さないばかりか、抵抗する気さえないことに、エリザベスの心を罪悪感がちくりと刺す。彼の手がドレスの裾をまくり上げても、止めようとはしなかった。彼の口は彼女をむさぼり続け、脚を撫でていた彼の手は、手袋をしたまま彼女の脚のあいだの熱っぽい部分を覆った。

「失礼いたします」

バルコニー席を担当する召使いの声が聞こえ、エリザベスも我に返って体をよじった。公爵は自分の体でエリザベスを隠しながら、彼女の耳元で小さく毒づく。そして振り向いて召使いから自分の帽子と外套を受け取った。外套に袖を通し、急いで帽子をかぶると、苦々しい笑みを浮かべながらエリザベスに肘を差し出した。

「馬車まで案内しよう」

「ありがとうございます、公爵さま。今宵《こよい》は実に楽しい時間を過ごせましたわ」

正面階段には、まだ多くの人々がいて、その人ごみをかき分けるように進む公爵に、ついすがりついてしまいそうになる。あまり彼の腕をつかむ手に力を入れないようにしようと、エリザベスは思った。玄関ロビーにエロイーズの黒髪が見え、おしゃれでいかにも高級そうな公爵家の馬車がぴかぴかの車体をきらめかせて扉の外に用意されているのがわかった。

「ダーリン！」流行の最先端の装いの小柄な金髪女性が、公爵の反対側の腕をぎゅっとつかんだ。

彼女のせいで視界がさえぎられ、エロイーズを見失いそうだと不安になったエリザベスは、公爵の腕を放して立つ位置を変えたが、その金髪女性に悪意のこもった目でにらまれた。公爵は女性の手をじょうずに払いのけ、さらにどういう技を使ったのか見当もつかないが、いつの間にかエリザベスの肘をしっかりとつかんでいた。

「レディ・マスタートン、ごきげんいかがかな？　今夜の相手はドレイコート大佐か？　それともクリーヴドン卿と一緒なのか？」

その棘《とげ》のある言い方に、エリザベスは驚いた。最初の夜、エリザベスに対してもこういう口調だった気がする。

レディ・マスタートンは、わざとらしくふくれっ面をしてみせた。彼の前腕に指をしっかり巻きつけるようにして、上体を倒し脇をぎゅっと締めて胸の谷間を強調する。

「もう一週間も私のところに来ないなんて。ジェルベイズ、私を恋焦《こいこ》がれさせるつもり？」

男女の駆け引きには疎いエリザベスでさえ、この女性がわざと公爵を怒らせようとしていることぐらいわかった。自分がここにいるのはまずい、と感じて、そっと離れようとしたのだが、公爵の手がしっかりと彼女をつかんでいる。ここにいろ、ということだ。彼がエリザベスに笑顔を向けると、彼女はこのレディ・マスタートンという女性に対して同情さえ覚えた。

「君のところに行く気はない、と伝えたはずだが」

レディ・マスタートンの尖った爪が公爵の上着に食い込み、やわらかな布地に爪の痕が残った。彼がさらに不快な表情になる。

「あなたからのお手紙なら受け取ったわ」女性が右手をくねくね動かすと指輪の巨大なダイヤモンドがきらめいた。「それに贈りものも。どうもありがとう、いとしいあなた」

公爵はレディ・マスタートンの手を自分の腕から外し、そのまま包むようにして一緒に握った。

「あれは別れのしるしだと考えてくれ。俺は他の男と通じる女と関係は持たない。ましてやクリーヴドン卿みたいなやつと寝る女なんて、まっぴらだ。教えといてやろう。あいつは酒が入ると、自分の征服した女を自慢するんだ」

固く握ったままのレディ・マスタートンのこぶしを口元に寄せたが、キスするとすぐ、汚らしいものを捨てるのと同じように、ぱっと手を離した。レディ・マスタートンの空色の瞳に浮かぶむき出しの憤怒《ふんぬ》が恐ろしくて、エリザベスは顔をそむけた。

「ジェルベイズ、あなたは愚かな人ね。私ほどベッドでの技巧にすぐれた女なんて、いやしないわよ」レディ・マスタートンはもうヒステリックになっていた。「私と同じほどベッドで楽しめる相手なんて、見つかりっこないんだから」

公爵は軽く会釈《えしゃく》をして、出口のほうへ向かい始めた。女性の言葉にまったく無関心な様子が、その横顔からうかがえた。「言いたくはないがね、イブリン。君と似たような女ならどこにでもいると思うよ」足を止めて、少し声を落とす。「俺はこれから表に出るわけだが、実際、男と見ればすぐに脚を開くような売女なら、この通りのどこにでもいるんじゃないか？」

レディ・マスタートンは、凍りついたようにその場に立ちつくした。頰が赤黒く染まり、バラ色の口紅と対照的だった。周囲にいた人たちがひそひそと話し始め、その言葉が次々に隣の人に伝えられていく。こうやって噂は、流れる水と同じように、あっという間に広がるのだ。

公爵に引っ張られるのを感じて、エリザベスは混雑する表の通りへと出た。気まぐれに動く人々にもみくちゃにされ、彼女は公爵の体にぶつかった。

「お行儀《ぎょうぎ》の悪さの見本を、私に見学させる必要はなかったと思いますわ」

「君に授業をするあいだ、あの女と寝ろとでも言うのか？　前にも言っただろ？　俺は他の男と関係している女を相手にはしない。いちどに関係を持つ女はひとりにしている」

「ずいぶんすぐれた倫理観をお持ちですこと。ただ、そういう話ではありません。問題のある女性を自分がどのように捨てるのか、それを私に見させたかっただけなんでしょう？」

それからしばらく、人混みに押しつぶされないように彼がエリザベスをしっかり抱き寄せてくれていた。「いや、君が洞察力のある人だということを忘れていたよ」彼の親指が彼女の口元を撫でる。「確かに君の言う通りかもしれないな。俺という人間を誤解させるようなことでなければいいんだが」

＊＊＊

グリヨンズ・ホテルのスイートに戻るとすぐ、エリザベスは辞去《じきょ》して自分の寝室に入った。頭がずきずきし始めてきていた。メイドがおしゃれに結い上げてくれていた髪を解くと、ほっとひと息吐けた。公爵のせいで乳房がうずく。敏感になりすぎた神経を鎮《しず》めようと、自分の体に腕を巻きつける。

扉の掛け金がかちゃりと外れる音がしたので後ろを振り向くと、公爵が壁にもたれて立っていた。銀色の眼差しでエリザベスの全身を眺め、そのまま視線をそらさずに部屋に入ってくる。

「君の体は俺を受け入れようとしていて、触れられることにも慣れ始めている。ところが君の頭はまだそのあたりのことに折り合いをつけられない。興味深い事象だ。そう思わないか？」

「いったい何の話でしょう」

暖炉近くの長椅子に腰を下ろした公爵は、幾何学模様《きかがくもよう》が美しいシルクの座面をぽんぽんと叩いた。

「君が学ぶことはたくさんある。今夜の授業では、実に優秀な生徒であることを証明したから、あのまま終わってしまうのは惜しいと思ったんだ」

「わかりました。では私は何をすればいいでしょう？」

彼がほほえむと、エリザベスの体が期待に震えた。自分がこんなふうに反応するなんて、思ってもいなかった。「それは意義深い質問だな。サロンを主宰できるまでの高級娼婦となるには、相手が何を望み、何をすればいいかは、言われなくとも察知するべきではないか？」

「私が考えますに、才能あふれる寵姫であれば、今のような状況では飲みものを勧め、今夜のお芝居についての話をするのでは？」彼女はドレスの裾を整えて立ち上がった。

「公爵さまは、何をお飲みになりますか？」

酒のデカンタが並ぶキャビネットに移動する彼女を、公爵が目で追う。「ブランデーをもらおう。君も飲むといい」見守る公爵の前で、不思議なことに手も震わせずに、彼女は酒を注いだ。公爵がまた自分の隣を叩いてここに座れと促す。

ブランデーをこぼさないようにしずしずと歩き、彼女は公爵が示した席に座った。彼はぼそりと礼を告げてからグラスを受け取り、ブランデーを飲んだ。彼女もひと口すったあと、グラスをテーブルに置いた。

「俺の望むことがよくわかったな、エリザベス。今夜ベッドをともにするつもりだったら、無駄なおしゃべりなどせず、君をベッドに押し倒し、ズボンの前を開けて君を奪っていた」

エリザベスは、はっと両頬に手をやった。顔が熱くほてっていた。

「今夜の君は、幸運に恵まれていたようだ。俺はただ、明るい気分で時間を過ごしたかっただけだから。さて、今夜の劇について、どう思った?」

安堵《あんど》の気持ちがどっと沸き上がり、エリザベスは普段のもの静かな自分を忘れて饒舌《じょうぜつ》になった。脚本のテーマについて、さらには今夜の芝居のできについても公爵と意見を闘わせた。話に夢中になり、いつの間にか靴を脱ぎ、膝を折って足先を椅子に載せていた。やがて時計が大きくいちどだけ鳴ると、もう真夜中を過ぎてしまったことを知った。

不安になって公爵を見たが、彼は立ち去る気配すらない。また緊張が戻ってきた。

「このあと俺に何をされるのかと心配なのか?　体は受け入れているのに、気持ちは怖がっているわけだな?」

彼がエリザベスの手首をつかみ、そばに引き寄せる。やがて彼女は彼のウェストコートにぴたりと体をくっつける形になった。「キスしてくれ。うまくできれば、俺も満足して帰るかもしれない」

彼女は息を止めたまま、体を公爵のほうに倒した。彼の男らしい匂いを吸い込むと酔っぱらったような状態になる。くらくらして強い酒を飲むのと変わらないのがわかっているからだ。唇を重ねると、彼の体温を感じる。すると彼のほうから濃密なキスを返してきた。快感のうめき声を喉の奥から漏らし、彼が顔の向きを変える。これで彼女も、もっとたっぷりとキスできる。彼女は片方の手を彼の髪の中に入れ、うなじを撫でた。

彼が指を広げて彼女の背中を支えながら、左右にゆっくりと揺れた。すでに鋭敏《えいびん》になっていた感覚がさらに刺激され、劇場でつけられたあと消えずにいた欲望の炎がまた燃え上がる。彼が、ドレスの襟ぐりを緩めて袖と一緒に引き下げると、乳房が黒のシルクのコルセットから飛び出した。まるで彼への捧げもののように見える。乳房全体を覆う手のひらの熱さと、彼の指先にこすられる硬くなった乳首への刺激で、彼女の体がぶるるっと反応した。

「これからベッドに連れて行く」

足先が宙に浮いていることに気づいた彼女は、はっとあたりを見回し、彼の首につかまった。体が密着しているので、彼の筋肉のたくましさをはっきりと意識する。すぐにベッドに下ろされ、彼女は静かに脚を伸ばした。

すぐに彼がエリザベスの服を脱がしにかかる。年季の入ったメイドと同じぐらい、うろたえることもなく効率的に彼女を裸にしていく。脱がし終えてベッドのそばでこちらを見下ろす公爵を見て、性的な興奮状態にある彼女の中で、不安の虫がまた騒ぎ出した。彼の表情は真剣そのもので、意識を集中させようとしてか、眉間にしわがよっている。

「あの、こういうのは……」

言いかけた彼女の唇に指を立て、公爵は彼女の体全体をシーツでくるんだ。体の線がくっきり出るが、温かい。ちらっと視線を下げてみると、体の線どころか、尖った乳首や脚のあいだの三角形のくぼみなどもくっきりと浮き出ているのがわかった。彼はまた濃密なキスをしたが、そのあとベッドから少し離れたところに立った。戻って来て、彼女は心の中で叫んでいた。彼に触れてほしい、シーツの上からだけではなく、シーツの中に手を入れて、全身いたるところをさわってもらいたい。

「あなたはどうして平静でいられるの？　私をこんな状態にしたのに、あなたは何ごともなかったかのように……」

彼がエリザベスの手を取った。その手を自分のズボンの前へと引っ張り、中央のところに押し当てさせる。彼の男性としての部分が大きく硬くなっていた。

「何ごともないわけではない」彼がエリザベスの手に、その立派なものをさらに強く押しつけると、その部分がぴくっと反応した。「君のせいでこうなるんだ。しかし、俺が理解できないのは、どうして君が俺に対してここまでの力を持っているか、だ。純真な乙女にこんなにされてしまうのが、俺としてはいささか不本意なんだ」

6

観劇から二週間後、エリザベスは公爵家のロンドンのタウンハウスに戻って来た。正面玄関の段を上がる彼女は、我ながらよくやったという満足感でいっぱいだった。エロイーズをバースにある修養学校に送り届け、互いに手紙を書くことを約束して別れた。その後ブリストル港まで、フランスに帰国するマダム・ボネに同行した。別れ際にはマダム・ボネは涙を流していた。

埃《ほこり》だらけの帽子を脱ぎ、手袋を外して鏡に自分を映し、エリザベスは笑顔を作った。当初は、少女の付き添いという責任は荷が重いのではないかと、不安だった。何と言っても公爵の代理人になるわけだから。ただ振り返ってみれば、役目をじゅうぶんに果たせたと思う。さらに彼女自身、この仕事をとても楽しんだ。豪華な列車や馬車での旅行はむろんのこと、継父にとやかく言われずに済む自由もうれしかった。

デラメア・ハウスに戻ると、公爵の続き部屋ではなく、完全に独立した寝室が用意されており、顔には出さなかったが、ほっとした。新しい部屋は違う棟にあり、窓からはこぢんまりと穏やかな内庭が見える。主寝室とは大違いだ。ロンドンの流行の最先端とされるメイフェア地区でも、芝生のあるグロウヴナー・スクエアは公園としても人気があるのだが、主寝室は、その芝生を臨むので、さまざまな音も伝わる。

彼女のために用意された部屋の内部は、クリーム色を基調にしており家具も壁紙もシルク張り、女性らしい雰囲気だった。クローゼットがあるのに気づいて中を見ると、マダム・シャルルの店で誂えたおしゃれな服がぎっしりと並んでいた。これだけの量の服が必要だと、マダムも公爵も考えているらしい。

公爵が家にいないことを確認し、彼女は新しいドレスを試したりして、機嫌よくその日を過ごした。そのうち空腹を覚えると、ちょうど暖炉の上の陶器の時計がやわらかな音で夕刻を告げた。通常の夕食の時間をとっくに過ぎている。

劇場に着ていった黒のイブニングドレスに着替え、どうすべきか悩む。自分で勝手にダイニングルームに行ってもいいものか、それとも公爵に呼ばれるのを待つべきか。新しいペイズリー柄のショールを肩にかけ、どういう人物として振る舞うかを考えた。公爵家の遠縁の未亡人か、公爵の新しい愛人か。

エロイーズの付き添い仕事が終わった今、彼女は公爵との取引をきちんと実行しようと決意を新たにしていた。そしてできるかぎりたくさんのことを彼から学ぶつもりだった。彼の愛撫に官能を刺激され、あの感触が夢にまで出てくる。正直なところ、これまでの経過を考えると、自分は正しい職業を選んだと勇気づけられた。高級娼婦として成功できるかもしれない。ただ一流になるには、あからさまな欲望が顔に出ていてはいけないだろう。この点も公爵から学ばなければ。思いがけないことだが、彼にキスしてもらいたくてたまらないのだ。

空腹を我慢できなくなり、精いっぱいの虚勢《きょせい》を張って、彼女は自分の部屋をあとにした。階段を下りるところで執事が顔を出したので、もう意気地なく部屋に帰ることもできなくなった。逃げ場がないのは、まあ、いいことだろう。執事は首をかしげてエリザベスを見ている。

「ウォーターストーン夫人、ちょうどお部屋にうかがおうと思っていたところです。何か問題はございませんか？　すべて、お気に召すように用意できておりましたか？」

エリザベスは笑顔で応じた。「ええ、万事、完璧です。細かいところまで気を配ってくれて、どうもありがとう。あの、あなたは……」

「スタンディッシュでございます。これから食事になさいますか？」いかにも公爵家の執事らしい、いくぶん仰々しい礼儀正しさで、彼は廊下を案内してくれた。ダイニングルームの前の廊下に出ると、部屋からまぶしいほどに光があふれていた。「公爵さまから、夕食をご一緒できなくて申しわけないと伝えるように、使いが参りました。手の離せない用事があって、今夜はお戻りになれないそうです」

失望感が胸に広がり、さらに自分ががっかりしていることが、何となく不快だった。腹立たしいほど魅力的なディアブル・デラメア公爵ジェルベイズ・サン＝メイロとの丁々発止《ちょうちょうはっし》のやりとりを楽しみにしていたのに。そんなことを考えて立ちつくしていたらしく、彼女はスタンディッシュ氏に背中を押されるようにしてダイニングルームに入った。すると慌ただしく人の動く気配がして、背の高い茶色の髪の男性が急いで椅子から立ち上がった。人がいることにエリザベスは驚いたが、男性のほうがさらにびっくりしたようで、彼女の正式なカーツィに、ぎこちなく会釈を返してきた。

男性は読書しながら食事をしていたのだろう。ひっくり返ったグラスからこぼれたワインが、テーブルに置かれた本を汚してしまう寸前まで広がっている。

「食事を中断させてしまって申しわけありません。私がこちらにしばらく滞在する話は、公爵さまから聞いておられませんでした？」

「とすると、あなたがエリザベス・ウォーターストーン夫人かな？」

男性のずるそうな淡い茶色の瞳に、少しばかり驚いたような色が浮かんでいた。かなりぶしつけにじろじろ見られたが、エリザベスは断固として自分から視線をそらしはしなかった。彼女の見たところ、この男性は四十代前半、必要以上に生真面目《きまじめ》な態度を取り、仕立てはいいのにわざと流行遅れのデザインにした服を着ているところから判断すると、自分の本性を表には出さない人物だろう。

「私は、サー・ジョン・ハリントン、公爵さまの個人書記官だ」

サー・ジョンはそう言うと、彼女のために椅子を引いた。一瞬ためらってからエリザベスはその椅子に腰を下ろし、彼が元の席に、彼女とは向き合う形で座るのを待った。執事がどこからともなく現われ、倒れたワイングラスを下げ、皿や銀器をエリザベスの前に用意する。公爵には個人書記官などという事務仕事の助手が必要なものなのだろうか？　この堅物の書記官が、公爵の寝室の前で延々と列を成す愛人たちの交通整理をしているところを想像してみた。いや、賭けごとの支払いを担当しているのか？　負けた分をきちんと期日までに支払う手配をする人？　何にせよ、公爵が罪に問われることがないよう懸命に働かなければならないのだろう。

そう思うと、少しおかしい。彼女はちらっとサー・ジョンを盗み見した。公爵さまのどのような不始末をもみ消すのですか、なんて食事中の話題にはふさわしくない。しかし礼儀として会話がないのも失礼だ。ふと、自分が現われたことで彼が慌ててテーブルに置いた本が目に留まり、彼女はその本を手に取った。背表紙に題名が書いてあるかと思ったのだが、古くてかすれたのか読み取れない。そこでページをめくると、そこには普段目にすることのない文字が並び、余白にはびっしりと手書きの注釈があった。帳面としても使っているのかもしれない。

彼女が口を開くより先に、サー・ジョンが彼女から奪うようにして本を取った。

「私の食事作法を非難《ひなん》されるのも当然です。ただ、私はひとりで食事するものだと思っていましたので」さっと本の中を見て、読んでいたページに印をつけ、すぐさま自分の上着のポケットに入れた。

エリザベスはとっておきの笑みを作って、彼に問いかけた。「今、ちらりと見かけたところ、外国の言葉で書かれた本ですわね？　それを翻訳なさっているのでしょう？　英語と同じように別の国の言葉を自在に使えるだなんて、頭がよくていらっしゃいますのね」

「私は何ヶ国語も理解できるんだ。翻訳は難しいが、私は困難に挑戦するのが好きでね。これは――」彼は自分の胸ポケットを叩く。「――ホメロスの『オデッセイ』という本で、元々はギリシャ語で書かれたものだ。つまり、原書なんだ」

「まあ、すごい」

彼女のお世辞に、サー・ジョン・ハリントンは少しばかり頬を紅潮させたが、彼女自身の頭の中はまったく別の考えでいっぱいだった。彼女はギリシャ語もラテン語も完璧に読みこなせる。あの本はどちらの言語で書かれたものでもなかった。この書記官とやらは、こちらの頭が空っぽだと思っているのだ。公爵のこれまでの愛人はみんな、それほど浅はかな女性ばっかりだったのか？

本当のところを追及しようとしたのだが、ちょうどスープが運ばれてきた。タイミングを失い、とりあえず食事を始めた。すると青ネギのクリームスープがあまりにおいしくて、書記官に対する怒りも忘れてしまった。ただ、その後もサー・ジョンは三歳児に話しかけるように語りかけてくる。まったく、公爵もよくこんな人に我慢できるな、と心であきれたが、書記官は公爵に対してはこんなに尊大なものの言い方をしないのかもしれない。

フランスふうの、たくさんの料理が順々に出されるコース料理というディナーだったが、食事が進み、最後の品を食べ終える頃には、エリザベスもお腹いっぱいになると同時に、公爵の書記官に対する自分の気持ちをはっきりと固めた。お世辞にも好感を持てるとは言いがたい人物だ。偉そうで、自己評価がやたらに高く、自慢話には我慢ならない。彼の話題が天候からスミレの移植法、その後王立園芸協会によって収集された植物標本へと移るあいだに、彼女のまぶたはくっつきそうになっていった。

えへん、という咳ばらいで、彼女はびくっと跳び上がった。

「またお詫びしなければなりませんな。あなたには興味のないことをいつまでもしゃべりすぎてしまったようだ。私はただ、あなたが食事を楽しめるよう気を遣っただけなんだが、あなたはベッドに戻りたくて仕方ないらしい」

エリザベスは立ち上がり、またあくびの出た口元を、かろうじて手で隠した。サー・ジョンが軽く頭を下げ、彼女の手の甲に軽く唇をつけた。彼が手を放すと、彼女も軽くカーツィして、扉へと急いだ。彼にぴしゃりとひと言投げつけてやりたかったし、これ以上くだらない話を聞かされたら自分が何をするかわからないと思った。

自分の部屋に戻って扉を閉めると、ほっと安堵の息を漏らした。メイドがクリーム色のシルクの天蓋《てんがい》がついたベッドに、ナイトガウンを用意してくれていた。メイドに手伝わせてドレスを脱ぎ、髪をとかしてもらったあと、ベッドに入る。ナイトテーブルにろうそくを一本ともしたままにしておいた。

それから二時間後、時計がときを告げるのを聞いて、彼女はベッドに起き上がった。三つ編みにして垂らした長い髪をシーツから引っ張り出し、膝を立てて胸に抱える。長旅のあとですごく疲れているし、馬車の揺れに悩まされることもないのに、眠れなかった。公爵の帰宅を待ちわびているせいか、書記官が隠そうとした本の謎が気になったからかはわからない。とにかく目が冴《さ》えている。彼女は苛立ちを枕にぶつけたあと、息を吐いた。

「こんなことしてたって、しょうがないわ」

部屋を見回したが、本棚はない。やれやれ。彼女は屋敷の図書室へ行ってみようと決め、化粧着をはおった。オーク材の板張りの階段室を進むうち、足先が冷たくなった。室内履きを忘れたのだ。

公爵の帰りを待つ召使いはいないようで、階下はがらんとしていた。月明かりがホールの床の大理石に反射し、図書室までの廊下を照らしてくれる。等身大の彫刻や、明かりのともされていないシャンデリアが、床に影を作る。ふと見ると書斎から赤い光が漏れ、彼女を手招きするように動いていた。公爵が帰宅したときのために、暖炉に火がくべてあるのだろう。書斎と図書室は続き部屋になっているので、彼女は暖かな書斎からそのまま図書室へと入った。室内の絨毯が足にも暖かかった。

かなり時間をかけて、彼女は図書室を見て歩いた。公爵の蔵書はすばらしく、多岐にわたるたくさんの本があった。いろんな本を楽しめると思うとわくわくする。革の大きな肘掛け椅子が、暖炉の光の前で彼女を誘いかける。近くの棚にはともされたろうそくもある。この暖かさに包まれていたくて、彼女は椅子に腰を下ろして本を読み始めた。

ぱちっと石炭の弾ける音で、彼女ははっと目を覚ました。いつの間にか寝ていたようで、書斎からは話し声まで聞こえる。耳慣れたフランス語訛りの低音は、公爵の声、そして堅苦しい話し方はサー・ジョン・ハリントンに違いない。自分がここにいるとは知られたくなくて、彼女は床に垂れていたナイトガウンの裾をそっと引き上げ、足先と一緒に座面に載せた。肘掛け椅子の背は書斎のほうを向いているので、静かにしていれば、存在を気づかれずに済むだろう。

公爵の楽し気な笑い声が夜のしじまに響き、エリザベスは体を硬くした。ふん、私が帰って来たことなんて、公爵にとっては取るに足らないことなのね、とひがみっぽく思う。私の様子を気にかけもせずに、外で遊び歩くなんて。彼女は耳をそばだて、二人の会話を聞き取ろうとした。

最初に気づいたのは、書記官が夕食のときとはまったく異なっていたことだ。ただの退屈な男だと思っていたが、公爵の鋭いやつぎばやの質問にも、的確に答えている。その答に彼自身が自信を持っているのはむろんのこと、なるほど、と思わせる内容でもあった。少しばかり不愉快になりつつ、エリザベスはますます不思議に思った。サー・ジョンはどうして、自分の前ではつまらない男のふりをしたのだろう?

考えにふけっているうちに、読んでいた本が彼女の手から滑り落ちた。床に落ちる前につかもうとしたのだが、間に合わなかった。本が椅子の脚の右側に落ち、ろうそくに照らされると、つい口汚い罵《ののし》り言葉が出てしまった。兵士だった兄たちから教えてもらった言葉だが、レディにはふさわしくない。彼女は体を小さくして、見つけたぞ、という声がするのを待った。

声はしなかった。

止めていた息をふうっと吐き出したとき、公爵が言った。

「夕食はウォーターストーン夫人と一緒にとったそうだな」

「はい、公爵さま」サー・ジョン・ハリントンが傲岸《ごうがん》な笑い声を立てる。「私の予想より若くて、普段の公爵さまのお相手とは異なるタイプですね。まあ、感じの悪い人ではなさそうです。会話を試みたのですが、話題に乏《とぼ》しく、こちらの言うこともほとんど理解できなかったんです。見事に空っぽの頭ですね。何か返事をしてもらおうと、必死でしたよ。あれでは、こちらの仕事の邪魔もできないでしょう」

その後、書斎の廊下側の扉が開く音がした。サー・ジョンが部屋を出て行ったのだろう。エリザベスはこぶしに握った手元を見つめていた。あの思い上がった下等動物め！　あいつは、私のことをおつむの足りない女だと考えているのだ。面白くもない話だから、ただ単調に相槌《あいづち》を打っただけなのに、最初からロバみたいな間抜けだと決めつけていたのだ。

「やあ、エリザベス」

公爵が自分の目の前に膝をついて腰を落とし、床の本を拾い上げているのを見て、彼女は悲鳴を上げそうになった。彼は本の背表紙を見て、首を横に振っている。「見事に空っぽの頭？　いやいや、『イリヤッド』のギリシャ語原書を読みこなす人物が、頭が空っぽのはずはない」彼は本を彼女の膝にほうると、立ち上がり、ぴったりと脚に合った鹿革の乗馬ズボンの生地を引っ張ってしわを伸ばした。

男らしさの象徴のような公爵の体の線に彼女の視線は釘づけになった。筋肉の動きを見て、彼女はごくりと唾を飲んだ。上着はなくシャツだけ、そのシャツも袖を肘までまくり上げていて、ふさふさと生える濃い色の腕の毛が目立つ。クラバットを緩め、彼女のものと似たような細い金縁の眼鏡を鼻の上に載せていた。

彼の姿を近くで観察すると、夜通し遊び回っていたようにはまったく見えなかった。ピカデリーあたりの賭博場にいたのかと思っていたのだが、何か難しい仕事を一生懸命にしてきた、という雰囲気がある。疲れのせいか、目の下が黒ずんでいて、眉間にはしわが刻まれている。彼女は何げなく、眼鏡の載っている彼の目頭近くをとんとん、と叩いた。

しまった、とでも言いたそうに、軽く不満の声を漏らしてから、公爵は眼鏡を外し、ポケットにしまった。それから彼女の手をつかんで、自分の頬に押し当てる。彼女は開いた手のひらにひげを感じた。

「久しぶりに会ったのに、喜ぶ声も聞かせてもらえないとはな。俺に会えてうれしくないのか？」

　エリザベスは衝動的に反対の手を彼の肩に置いた。シャツの布地越しに体温を感じられるのがうれしい。上質のブランデーの匂いとスペイン産の葉巻の匂いがする。彼女はその匂いを胸の奥深くまで吸い込んだ。わざとゆっくり、顔を近づけて、彼の唇にキスした。

「お久しぶりです、公爵さま。会えてうれしい」少しだけ唇を離して、そっと告げる。

　彼の手がうなじに添えられ、もっと近くに来いと命令する。もっと濃密なキスをしろと。彼女は目を閉じて、彼の命令に従った。舌の先を尖らせて、彼の口の中を探っていく。彼が強く反応して、彼女の体に覆いかぶさり、腰のあたりを押さえて、俺に降伏しろ、とキスで責め立てる。

「公爵さま？　外務省からまた新しい使いが来ました。こちらに通してもよろしいですか？」サー・ジョンの声が、開いたままの戸口から聞こえた。

　エリザベスが小さく快感の声を漏らすあいだに、公爵は顔を上げた。彼女が動けずにいると、公爵が立ち上がり、乱れた髪を指で整えて書斎のほうを向いた。

「ベッドに戻るんだ。また明日の朝、会おう」

　公爵の静かな命令を聞いて、彼女もはっと起き上がった。椅子から下りると裸足の足先が冷たかった。彼は書斎と通じる戸口に立って光をさえぎり、エリザベスの姿が向こうからは見えないようにしてくれた。そして図書室の反対側を指差す。どうやらあちら側にも別の出口があるようだ。彼女はうなずくと、公爵にやさしく嚙まれた下唇を舌先でなぞった。

彼が切迫感のある声でささやく。「やめろ！　またその場所を嚙んでもらいたいとき以外は、そうやって舌でなぞるな。とにかくさっさと寝室に戻るんだ」

エリザベスは口を閉じ、書斎のほうに背を向けた。ちょうど書記官が書斎に入ってきたところで、公爵は戸口から離れ、扉を閉めた。明かりが見えなくなり、あたりが闇に包まれた。

7

「やあ、ウォーターストーン夫人」公爵が立ち上がって、軽く会釈した。「これほど天候に恵まれた朝に、一緒に食事のテーブルを囲もうと決めてくれたとは、うれしいね」

エリザベスは寝ぼけまなこを、清潔な朝食室の窓の外に向けた。見事に刈り込まれた庭園に細かい霧雨が降り注ぎ、空はどんよりと鉛色だ。紅茶を受け取ったあと、公爵の示す先を見ると銀の蓋《ふた》のついたさまざまな食べものがあったので、いっきに元気が出てきた。調理されたばかりの暖かな食べものに朝からありつけるなんて、最高だ。それにすごくおいしそうな匂い。

急いで紅茶を飲み、ボリュームたっぷりの食事を始めてから、彼女は公爵の様子をうかがった。彼はテーブルの中央、主人の席に戻っている。彼の服装、それに雨に濡《ぬ》れた髪から、外に出ていたことがわかる。サー・ジョンの姿はなく、代わりに乗馬用の服装をした若い男性が公爵の隣に座っていた。

公爵はその男性を示して言った。「ウォーターストーン夫人、ニコラス・ギャリオンを紹介しておこう。彼も公爵家の親戚で、現在は助手として、私の事務仕事を手伝ってくれている。まあ、何でも屋だな」

赤毛の青年が立ち上がり、笑顔で彼女にお辞儀をした。肌の色がかなり白く、鼻から頰にかけてそばかすがいっぱいあり、琥珀色《こはくいろ》の瞳に人なつこさをにじませている。その姿は、滑《なめ》らかな動きをするグレイハウンド種の犬を思い出させる。あり余るほどのエネルギーをしっかりと知性で抑える忠実な犬。彼の年齢は、おそらく自分と同じぐらいだろう。

「はい、公爵さま。何でもいたします」ニコラスが言った。

はっきりとしたフランス語訛りがあったので、エリザベスは少し驚いた。

「お近づきになれて光栄です、ウォーターストーン夫人。僕たちの先祖はどこか遠い昔につながっていたようですね。ともに、ディアブル・デラメア家から派生したと公爵さまから説明されました」エリザベスがさっと公爵を見ると、青年の口元に小さなえくぼが踊った。「今お話しがあったとおり、僕は何でも屋で、公爵さまに命じられるまま、どんなことでもしています。先週など、公爵さまがいちばん新しい愛人と縁を切るための役目を仰せつかったのですが、いやはや、とてもレディの口から発せられるとは思えないような、罵詈雑言《ばりぞうごん》を浴びせられましたよ」

公爵が落ち着いた様子でコーヒーを注ぎ足す。「ニコラスはそう言うが、こいつだって女扱いのうまさは有名なんだ。君が街を出歩きたいときに俺の都合が悪ければ、ニコラスが付き添ってくれるはずだ」

「むろん、お付き合いしましょう。ウォーターストーン夫人、僕ができることなら何なりと」

エリザベスはさらに紅茶を飲み、どんどん気分がよくなってくるのを実感していたが、そのときサー・ジョンがつかつかと部屋に入って来た。彼女のほうをちらっと見てから、フランス語で公爵に話しかける。そのまま一、二分ほど我慢していた彼女は、とうとう、咳ばらいした。

「公爵さま、できればサー・ジョンに、私のほうがフランス語をよく理解できるようだとお伝えいただけますか?」敵意もあらわな笑みを浮かべる。「それからはなはだ恐縮ではありますが、サー・ジョンの発音はフランス語への冒瀆《ぼうとく》だと感じます。何にせよ、私に内緒にしておきたい内容を私の前で話す場合には、他の言語を使われるほうがよろしいかと」

ニコラスは懸命に笑いをこらえていたのだが、そこでついにぷっと噴き出してしまった。公爵は唇を歪めてほほえんだが、特に気分を害したふうでもなく、ただエリザベスを見ていた。

「ジョン、何か言おうとしているのであれば、その前に」穏やかな口調で公爵がサー・ジョンを諭《さと》す。「ギリシャ語も使わないほうがいいと教えておこう。たぶんラテン語も」眉を上げて確認を求められ、エリザベスはうなずいた。「他にも付け加える言語はあるか？」

「スペイン語も理解できます。ただ、話すのはあまり得意ではありませんけれど」恥をさらして真っ赤になったサー・ジョンを見て、彼女はついほくそえんでしまった。そして控えめな態度で視線を下げる。「耳がいいのか、語学が得意なのです」

「どうやらそのようだな」

公爵にそう言われると、サー・ジョンも堅苦しい姿勢を崩し、いくぶん晴れやかな表情で空気を変えようとした。「公爵さまが興味をお持ちの女性であれば、特別の才能があるはず、と予想しておくべきだった。無礼をお許し願いたい。さて、ウォーターストーン夫人、これで互いにわだかまりもなくなり、親しく話ができるね」

返答に困って、エリザベスは公爵を見た。彼はいつもの穏やかな表情で見守るだけ。

やがて彼が麻のナプキンで口を拭って言った。「ジョンは、君という人間を見誤っていたんだよ」立ち上がってエリザベスに頭を下げる。「君も寛大な心で、彼の謝罪を受け入れてもらえないか？　いろいろ言いたいこともあるだろうが、それは別の場所で聞こう。書斎に来てくれるか？」

彼女はサー・ジョンの様子を注意深く観察した。彼が自分をばかにしたことは忘れられるはずもないが、それでも彼に手を差し出し、甲にキスされるのを許した。ただし、不快感を隠しておくのには、かなりの努力が必要だった。

公爵のあとから書斎に入り、扉を閉めると、彼はすでに自分の机の席に腰を下ろし、すぐに山と積まれた書類を見始めた。どうやれ政府からの公式文書のようだ。彼の乗馬用の上着は仕立の見事な黒で、おしゃれな結び方をしてあるクラバットは、周囲にダイヤモンドをあしらった黒曜石《こくようせき》が留めてあった。真っ白なシャツが、彼の漆黒の髪色と銀色の瞳と鮮やかな対照を見せている。

彼は顔も上げずにたずねた。「バースは楽しかったか？」

彼女は濃い色の実用的なドレスの裾の襞《ひだ》を膝のあたりで整えた。「ええ、とても。ただ、エロイーズと会えなくなるのが残念で」ためらってから、正直に伝えることにした。「文通する約束をしたんですが、あなたの許可を得てからにすべきでした。反省しています」

公爵が顔を上げ、体の前で固く組んだ彼女の手を見た。「どうして俺の許可が必要なんだ？　手紙をやり取りしたいのならすればいい。ああ、手紙と言えば――」彼が封筒を彼女のほうによこした。「フォレスター家からこの手紙が君宛に届いた。おそらくあの家への茶会の招待状だろう。これで君も、母親や妹に会えるわけだ。馬車の手配があるので、いつにするか教えてくれ」

彼女は封筒を胸に抱きしめた。感激して声がうまく出ない。「私……あの家には出入りを禁じられていたのです」公爵が何も言わないので、彼女はそのまま彼を見ていた。「私のために、公爵さまが継父を説得してくださったのですね？」

「俺がかかわったと、どうして思うんだ？」

エリザベスは机に乗り出すようにして答えた。「継父の気持ちを変えさせる権力を持った人を他に思いつかないからです」泣きそうになるのをこらえ、笑みを浮かべると、彼女は手紙をポケットにしまった。「ありがとうございます。感謝の言葉も見つかりません……」

公爵は、もういい、とでも言うように、手を振って彼女の言葉をさえぎった。「では何も言うな。これは取引の一部と考えればいいんだ。君がここでめそめそしていたのでは、何を教えるのも難しくなるからな」

エリザベスは深呼吸して、気持ちを鎮めた。実家を訪問できることが、彼女にとってどれほど大きな意味を持つか、公爵にはわかってもらえないだろう。本当に感謝の気持ちでいっぱいだ。これで妹に会えるだけでなく、兄がきちんと介護されているかも確認できる。

公爵がペンを置き、机の上で手を組んだ。「ところで、取引について心境に変化はないのか？　最初の取り決めどおりでいいんだな？」

「はい。実はそれほど大変なことでもないのかも、と考えるようになりました。キスはとても楽しいものだと感じます。公爵さまのキスは、なかなか気持ちがよいものです。おそらく、キスがおじょうずなのですね」

「君が俺のキスを楽しんでいると知って、うれしいかぎりだ」彼がまっすぐにこちらを見る。「次に教えることも、同じように楽しんでくれるだろうと期待できるからな」

彼が前に回り、彼女の前で机の縁に腰を下ろした。ぴかぴかに磨き上げられた彼のブーツに、自分の顔が映るのを彼女は見ていた。

「このまま遠縁の未亡人という立場でこちらに滞在してもらうつもりだが、それでいいな？　召使いのあいだで要らぬ噂が広がるのは避けたいし、このまま君がしばらくこの家に滞在することで、貴族社会のあいだでもゴシップになるのは避けたいんだ」

その言葉の意味をエリザベスがいぶかっていると、彼はかすかに笑みを見せた。

「未亡人というのは、かなりの自由が許される。未婚の若い娘が誰かの愛人になると大騒ぎだが、いちど結婚した女性だとそうでもないんだ。俺たちが特別な関係になったところで、目くじらを立てる者はいない」

「そういうことでしたら、結婚しておかなかったのは残念です。未亡人としてなら、ずっと暮らしやすかったでしょうに」

公爵がさっと脚を組み、ぴかぴかの靴の先によごれでもついたかを調べ始めた。

「そういう見方もあるとは思うが、少し利己的にすぎる気はするね。君が妻になると決める場合、相手の男だって、早死にしようと思って結婚するわけではないだろうから」

彼女ははっと頬を押さえた。顔が赤くなっている。「まあ、そうですわね。お許しください。要らぬことを申しました。誰かの死を願ったわけではありませんの。本当です」公爵の目を見ると、面白がっているような雰囲気が伝わってきた。「まあ、冗談でしたのね？　からかうなんて、あんまりですわ。そういうことはなさらないでください」

やがて彼はまた真面目な表情に戻すと、事務的な口調で話し始めた。「取引を今後どのように実行していくかについて話し合う必要がある」

「ええ、そうですね」彼女はポケットに手を入れて、手紙を撫でた。これをお守り代わりにしよう。

「この屋敷で、君は人目につかないよう、二、三ヶ月暮らす。教育を完了させるにはそれぐらいの日数で足りるだろう」

「二、三ヶ月？」彼女は驚いて、つい公爵の話をさえぎってしまった。「教育のほとんどは、もうすでに終わっていると思っていました」

今度は公爵のほうがあ然としたので、エリザベスは頬を赤らめた。

彼はゆっくりと立ち上がり、彼女のすぐそばに来た。そのまま彼女を立ち上がらせ、自分の胸に抱き寄せる。

「ほんの数回キスされただけで、授業のほとんどが終了したと思ったのか？　そのキスがなかなか気持ちよいものだったから？」彼の笑い声をうなじに意識し、エリザベスの体をぞくっとした快感が走った。「まだ本格的な授業は始まってもいないんだぞ。いっさい何も教えていないのも同然だ。すべてを学んだあと、君は俺に触れてもらいたくてたまらなくなる。夜も昼も。そして自分からも俺にさわりたくなる」彼の歯が、喉元のやわらかな部分に食い込む。「そして俺の欲望を解放する方法や、俺から最高の快感を与えられるにはどうすればいいかを知るんだ。今の君には、想像もつかないだろうがな」

彼が強く抱きしめると、彼女の口からあえぎ声が漏れた。

「そうだ、今すぐここで、授業を始めよう」彼があたりを見回す。「昼日中、誰の目にもつく場所で。いつ人が入って来るかわからないぞ。まずはキスからだ」

エリザベスには反論の暇さえ与えず、彼がキスで口をふさいだ。そのキスにこめられた熱い要求に、彼女のほうからあらがうことなどできなかった。彼女はいつの間にか彼の背中に腕を回し、手でたくましい肩をつかんでいた。息が苦しくてもがいているあいだに、ウエストから引き上げられ、机の縁に載せられる。脚のあいだに彼の腿が割り入れられ、エリザベスは身動きできなくなっていた。

キスはゆったりと濃密なものになっていった。彼が腿を左右に揺すり、舌を出し入れするゆっくりとしたリズムと相まって、意識がもうろうとしていく。体の奥から熱くなってくるのを感じたエリザベスは、もうもがくのをやめていた。ドレスの襟ぐりが押し下げられ、乳房があらわになる。彼の手が、背中のくぼみを押し続けるので、彼女は背筋を弓なりに反らせた。当然、乳房が彼の前に差し出される格好になる。

公爵がキスしていた唇を首から下へと移動させ、そのまま乳房をなぞって乳首を吸い上げたので、エリザベスはひどく驚いて悲鳴を上げそうになった。ところがそこから生まれる快感があまりに強く、彼の髪をつかんでもっと吸い上げてほしいと訴えてしまった。おそろしいことだが、肉のうずきを鎮めてほしくなったのだ。やがて彼が反対側の乳房に移ったときには、もうされるがまま、彼の手に支えられていなければ、力なく机に寝転がっていただろう。

そのとき隣の図書室から物音が聞こえ、公爵が顔を上げた。彼の銀色の瞳が満足げに光っている。自分がエリザベスの体にどれだけの影響を与えたかがわかったのだ。彼女の乳首は固く尖って天井を向き、体全体が鼓動に合わせて上下している。コルセットの位置を戻すのを公爵に手伝ってもらい、彼女はドレスの身頃を元に戻した。その際、彼の指が触れるたびに、ぞくっと体が反応した。彼にもそれが伝わっていたのだろう、人前に出ても恥ずかしくない姿に戻るまで、やけに時間がかかった。

服装は整えたのだが、彼は机に彼女を載せたまま、動こうとしない。彼の腿がドレスの布越しに温かくてたくましく、脚のあいだの秘密の部分を彼の腿にこすりつけたくなってしまう。だめだ、レディはそんなことはしないはず。

やがて、感覚が平常になり、彼女は気がついた。彼が動けないのは、自分が彼にしがみついているからなのだ。彼女が腕を下ろすと、公爵が一歩後ろに下がって、彼女の全身を眺めた。

「さて、俺は片づけねばならない仕事がある。君はニコラスに付き添ってもらって、買いものにでも行ってくればいい。身の回りの品など、もっと個人的に欲しいものがあるはずだ。好きなものを買いなさい」

そう言うと彼は手を伸ばし、小さな革のかばんを渡してくれた。彼女の手に置かれたとき、かばんの中で、金属のぶつかる音がした。

「拒否するだろうから先に言っておく。これはエロイーズをバースに連れて行ってくれた仕事の給金だ。気がねすることなく、散財するんだ、いいな？　ではまた、夕食のときに」

やつぎばやの指示を受けたエリザベスは、その内容まで細かく考える暇がなく、ただうなずくだけだった。体はまだ彼を求めていて、今いる場所から動きたがらない。かなりの決意を持って、彼女は立ち上がった。ところが公爵がまた机の向こうの席に座る前に、彼女を呼び止めた。

「エリザベス？」

「はい、公爵さま」

「外に出て新鮮な空気に当たれば、頭もすっきりするだろうから、俺のキスを形容する言葉を考えておくといい。今の段階でなかなか気持ちよいのなら、すばらしいキスとか、至高の体験をした君は、いったいどうなるのか、想像するのも怖いよ」

エリザベスはどうにかカーツィをして、扉に向かった。公爵の低い笑い声が背後に響いていた。

8

継父の借金を気にすることなく、自分が握る財布からお金を支払って買いものをするのは、新鮮でわくわくする体験だった。母の再婚後すぐにロンドンに住むようになったのだが、経済的にも時間的にも、買いものを楽しむ余裕なんていちどもなかった。母の再婚相手が賭けごとで破産寸前の状況であると知り、彼女はまだ少女とさえ言える時期に、一家の女主人として、家計を切り盛りせざるを得なくなった。女主人とは名ばかりで、結局は召使い頭と同じだ。ただ一ペニーでも節約し、その金が賭けごとに使われないようにすることに神経を尖らせた。

とにかく忙しかった。少しでも安い食品を捜し求め、衣服のつぎはぎをするだけで一日が終わった。一方、母は以前と変わらぬ暮らしを続けた。フォレスター夫人となった母は、体裁《ていさい》を整えておくことが何よりも大切だと考え、大勢の客を自宅に招いた。みすぼらしい借家なのに、女王のように振る舞うのだ。

母は繊細で上品な茶菓子を客たちに振る舞うのが好きだが、それを焼くのはエリザベスの仕事だった。高価な茶葉を何度も使用するために苦心するのも彼女、だらしのないメイドたちが少しでも難しい仕事をするのを渋ったり、あるいは実際にできなかったりする場合、彼女がその仕事を片づけなければならなかった。結局、母の豪華なドレスのしわを伸ばすのは、いつも彼女の役目になった。

彼女は今日のドレスの前身頃を見下ろし、繊細なプリーツに感嘆のため息を漏らした。公爵家に滞在するようになってから、服飾品のしわを伸ばせとか洗濯しろと言われることがなくなった。家事の中でも特に面倒で大嫌いだったのだ。

ニコラスが一緒にいてくれたおかげで、買いものはさらに楽しくなった。どんな気まぐれにも文句も言わずに付き合ってくれるのだ。彼女は、一般の人にも本を貸し出してくれるフックハイム図書館も訪れ、本を借りられる会員にもなった。その後、ニコラスが勧めてくれた有名な手芸店に立ち寄り、自分用の裁縫道具を手に入れた。昼近くになり、二人はバークレー・スクエアにある人気の喫茶店でお茶とお菓子を楽しんだ。

公爵からは、ただの小遣い、という感じで渡されたが、財布の中身を数えてみると、残った金額だけでも、まだ当分のあいだマイケルの介護費用を支払う余裕はじゅうぶんあった。無駄遣いはできないが、少しばかり自分のための贅沢品を買っても大丈夫だ。そこで次に、彼女は有名な香水店に向かった。

ニコラスが店の扉を開けてくれ、彼女は笑顔で中に入った。ちょっとした罪悪感も覚えながら、彼女はわくわくしながら自分のためにユリの香りの石鹸《せっけん》を見つけ、さらに母への贈りものとしてラベンダー水を買うことにした。

ニコラスは店の入り口で、苛つく様子も見せずに待ってくれている。目が合って、エリザベスは彼にほほえみかけ、また店の奥のほうに振り向いた。その瞬間、手が別の女性の籠《かご》にあたり、中身を床に落としてしまったので、慌てて謝った。

「お姉さま？　まあ、本当にエリザベス姉さまなのね！」

視線を上げると、異父妹のメアリーのうれしそうな顔がこちらを覗き込んでいた。エリザベスは歓声を上げ、腕を大きく広げてメアリーを温かく抱きしめた。青いベルベットの短い上着とおそろいの帽子がとてもよく似合い、まさに花開こうとする少女の美しさを際立たせていた。

メアリーがあたりに散らばった商品を拾い集めるあいだ、エリザベスはその姿をじっくりと観察した。小柄なブロンド、十七歳になったばかり。ほんの数週間会わなかったあいだに、妹は何だかおとなに近づいた感じがする。新たに誂えてもらった流行のドレスのせいなのか。しかし、これほど豪華な服装となると、かなりの金額がかかったはず。その金はいったいどこから出たのだろう、とエリザベスは顔を曇らせた。

「お姉さまは、ロンドンを離れたって、お母さまが言ってたのに」メアリーは目をきらきら輝かせ、興奮ぎみに話しかけてくる。しっかりと姉の手をつかんだままだ。

「いったいどこにいたの？　何があったのか、教えてちょうだい」

エリザベスが返答に戸惑うあいだに、メアリーの腕を背後からつかむ手があった。

「来なさい、メアリー。早く！」

　そむけた母の横顔に、はっきりと自分に対する侮蔑の色が浮かんでいるのを見て、エリザベスは胸が締めつけられるように感じた。

「お母さま……」小さな声で呼びかけたが、母は視線を合わせようともせず、メアリーのほうだけを見ている。

「母さまったら……エリザベス姉さまなのよ」メアリーがようやく口をはさんだ。

「見間違いです。さ、行きましょ、メアリー」

　フォレスター夫人はさらに強くメアリーの腕をつかみ、その場を離れようとした。エリザベスは必死に手を伸ばして母の肩に手を置いたのだが、ぴしゃりと払われた。そして敵意むき出しの表情をした母が、鼻息も荒く言い放った。

「こんなところにやって来るなんて、いったいどういう神経なの？　あなたみたいな女と話をしているところを見られたら、メアリーの評判に傷がつくのよ！　この子は今シーズン、社交界にデビューすることになってるの。それぐらいあなたも知ってるはずでしょ。あなたは恥というものを知らないの？」

　エリザベスは強い衝撃を受け、平手打ちにされたようによろよろとあとずさりしたため、ニコラス・ギャリオンのたくましい体にどすんとぶつかった。頬が熱くなるのを感じながら、彼女はフォレスター夫人が急ぎ足で去って行く後ろ姿を見た。情けなくて、恥ずかしくて、穴があったら入りたい気分だった。ちらっとあたりを見渡し、今の騒動を誰にも見られていなかったことを確認する。

「大丈夫かい？」鼓動が耳にうるさく、ニコラスの声も彼女にはほとんど届いていなかった。抱えられるようにして店の外へ連れ出され、いつの間にかショウウィンドウの枠にもたれていた。ひんやりした外気が肌に気持ちよかった。「このまま動かないで。すぐに戻るから」ニコラスの言葉は有無を言わさぬ調子だった。彼女は返事する気力もなく、ただ涙をこらえるのでせいいっぱいだった。

すぐに戻ったニコラスに促されるまま馬車に乗った彼女は、公爵家のタウンハウスに戻るまでの道中でも、会話するのが礼儀だとは思いながら、口を開くことさえできなかった。ただぼんやりと車窓から外を眺め、実際には何も視界に入っていなかった。嫌悪《けんお》に満ちた母の顔と、当惑しきった妹の様子を思い出し、エリザベスは唇がわなわな震えるのを止められなかった。自分はいつから社会のつまはじき者になったのだろう？　きちんと説明すれば、わかってもらえるはずだったのに……。

馬車が停まると、彼女はニコラスが手を貸してくれるのを待たずに、自分から飛び降りた。玄関の外階段を駆け上がり、驚くスタンディッシュの前を通り過ぎ、家の中に入る。自分の寝室に戻り、誰の目にも触れないことを確認してから、とうとう彼女は泣き出した。

＊　＊　＊

ジェルベイズは、エリザベスの部屋をそっとノックした。何の返事もないので、もういちど、今度は少し強めに叩く。扉が少しだけ開いたので、彼はその隙間《すきま》に自分の体を押し込むようにして部屋に入ると、すぐに扉を閉めた。

エリザベスはひどいありさまだった。これまで愛人にした女性はすべて、泣くとなぜか女性らしさが際立って見えたが、エリザベスは違う。鼻が真っ赤になり、まぶたは腫《は》れ、顔全体から色がなくなっていた。おしゃれな黒のドレスを着た、はかなげな幽霊みたいだ。顔を上げて赤い目で彼を見ると、しゃくり上げて小さな泣き声が漏れる。そしてドレスの袖で鼻水を拭った。

まいったな、と思いながら、ジェルベイズは大判のハンカチを彼女に渡した。緊急に片づけなければならない仕事がいっぱいあるのに。彼女は受け取ったハンカチで大きな音を立てて鼻をかみ、くしゃくしゃになった布を返そうとしたが、彼は手のひらで制止して、もういいから、とそばに置いておくように伝えた。

彼女を横目で見ながら、部屋の奥まで行くと、彼はコップに水を注ぎ、彼女のところに持っていった。「ニコラスから聞いたんだが、何か不快なことがあったそうだな」

小さくうなずき、彼女が彼の言葉を肯定する。ジェルベイズは彼女と並んでベッドに腰を下ろした。彼女はくしゃくしゃにしたハンカチを握りしめている。

「母に会ったんです。今後いっさい、フォレスター家とはかかわるなと言われました」ジェルベイズは何も言わず、じっと無表情でいた。すると彼女が話を続けた。泣き続けたせいで、声がかすれていた。「妹とも口をきくな、挨拶を交わしてもいけないと」

「それぐらい、予想できたはずだ。君が最初にここから逃げ帰ったときだって、フォレスター夫人は君を家から閉め出したんだから」彼女がさらにハンカチを握る手に力を入れ、こぶしが白くなるのを見て、彼はそこでいったん言葉を切った。「なのにどうして今さら泣く?」

彼女は立ち上がり、腕を自分の胴体に巻きつけ、彼に背を向けた。「だって、母が本気でそんなことを言っているとは思えなかったんです。怒りで口が滑ったのか、あるいはフォレスター氏のことを恐れているからだと考えていました」振り返った彼女の目に、絶望感が満ちていた。「でも本気だったんですね。母は本当に私と縁を切りたいと思っているんです」

ジェルベイズの心に、突然エリザベスをかわいそうに思う感情が生まれた。他人に同情することだけは避けよう、いつも自分に言い聞かせていた彼は、思いがけない気持ちに動揺し、意図していたよりも厳しい口調で話してしまった。

「だから言ったじゃないか。君が選んだ職業を、家族は認めてくれないんじゃないか、と。あのときの俺の忠告を聞き、ばかげた取引をしていなければ、こんなふうに泣くこともなかったんだ」

彼女がすっと顔を上げた。こんな状況でも威厳に満ちた態度を取り戻した彼女に拍手してやりたい衝動が起きたが、彼は懸命に自分を抑えた。

「同情してくれと頼んだ覚えはありません」そこで彼女は、いちど鼻をする。「実のところ、助けてくれと頼んだ記憶もありませんわ」

ジェルベイズは彼女をにらみ返した。「ほう、そいつはよかった。なぜなら俺は君に助けの手を差し伸べる気なんて、さらさらないからだ。君は自分で、これからどうするかを決めた。だから決めたことを実行するしかないんだ。身から出た錆《さび》ってやつだな。実のところ――」彼はエリザベスの使った言葉を皮肉っぽくまねた。「君のやったことを表わす、いいことわざがあった。『ベッドを整えたら、そのベッドで寝るのは自分だ』――自分が始めたことには、責任を持てというのと同じ意味だよ」彼は肩をすくめた。「さて、俺のベッドにするか、このベッドにするか、それとも他のベッドにするか、俺が決めた場所で、約束は実行されるだけさ」

彼女の灰色の瞳に炎が燃え上がり、ほんの一瞬ではあるが、ジェルベイズは決闘用の拳銃はどこにあったかな、と考えた。彼は身構え、彼女が殴りかかってくるのに備えたが、結局彼女は大きく息を吸って気持ちを落ち着かせた。ひと安心だ。

「おっしゃるとおりですわね。私が愚かでした」彼女はまた非常に大きな音を立てて鼻をかみ、涙のあとを強引に拭き取った。「母にどのような仕打ちを受けようと、私が文句を言える立場にないのは明らかです。母はただ、もうひとり手もとに残った娘を守ろうとしただけなのですから」

そこでジェルベイズは考えた。なぜフォレスター夫人は、同じ娘であるエリザベスにここまでひどい仕打ちをするのか。ニコラスから聞いた話では、妹らしい少女は、今シーズン社交界にデビューするらしい。娘をロンドンの上流社会に紹介しようとすれば、かなりの資産が必要だ。フォレスターには突然、財政的な余裕ができたようだ。久しぶりに彼の良心が痛んだ。勘を信じれば、絶対にフォレスター家を探る必要がある。エリザベスが実家を訪問すれば、非常に有益な情報が得られるだろう。一方、感情的には彼女をあの一家から遠ざけておいてやりたい。ただ、自分の感情でものごとは決められない。彼はエリザベスの背中のくぼみに手を添えて椅子に腰を下ろさせ、自分もその向かい側に座った。

「とにかく冷静に考えろ。何もかも終わりというわけではないんだ。まだ実家を訪問する権利は残っている。形式的には、フォレスター夫人が君を茶会に招待しているんだから」

「今日みたいなことがあったのに、母はお茶に招いてくれるでしょうか?」

それは間違いない。夫のほうが契約書の義務を覚えているはずだ。義務を守らないのなら、借金を全額返済しなければならないのだ。「もちろんだ。家に入れてもらえないかと不安なら、俺が一緒に行ってもいいぞ」

するとエリザベスの顔を、一瞬警戒の色がよぎった。はて？　自分の実家について知られると困ることでもあるのだろうか？

「ありがとうございます。でも、大丈夫、ひとりで参ります。母は私に会って恥ずかしいと言っていましたから、私が実家に連れて帰る相手が、私の――」頬を赤らめ、視線をそらす。「あなたを連れて帰ったのでは、事態は余計に悪くなると思います」

彼はうなずくと立ち上がった。まあ、今のところは、彼女の説明を受け入れておこう。とにかく実家を訪問させることが大事だ。ひとりで行きたいと彼女が言い張るのなら、無理に同行しないほうがいい。何にせよ、彼女の心意気は立派だ。彼の挑戦的な言葉に気力が戻ったのか、彼女は現在の状況を受け入れたように見える。しかし家族というものは、人をひどく傷つけるものだ。実際に体験したジェルベイズはそのことをよく知っている。にもかかわらず、この女性は気丈にも困難にひとりで立ち向かおうとしているのだ。ちょっとした驚きだった。

彼はエリザベスの手を取ると手のひらにたっぷりとキスした。「いいことを教えてやろう。風呂を浴びて、着替えるんだ。きっと気分がすっきりするぞ」少し口を開き、彼女の温かな手のひらに舌先で円を描く。「ダイニングルームで食事をとりたくないのなら、トレーをここに運ばせよう」

彼女が彼の手を振りほどく。完全に普段の毅然《きぜん》とした態度が戻っていた。「いえ、結構ですわ。すっかり元気になりましたから」扉の前に進み、それとなくもう出て行ってくれと訴える。「他にすることが山ほどおありなのでしょう？　私などのことにかかわり合う暇などないはずです」彼女が扉の横に立ち、取っ手に手を置いて、振り向いた。さあ、早く、と促している。

「いやいや、君のためなら、いくらでも時間を作るよ。こっちに戻っておいで」ほほえみかけると、彼女は素直に彼の前まで戻って来た。「俺がドレスを脱がせてやろう」そう言いながら、彼はドレスを留めている紐を解いた。ドレスが床に落ちる。彼女の息が荒くなり、彼は指をいったん休めて、目の前の光景を楽しんだ。コルセットに押さえられた乳房が、大きく上下するのだ。化粧台の前まで移動し、彼女を椅子に座らせると、彼女の髪からピンを外すという複雑な作業を始めた。すべてのピンを外し、長い金茶色の髪を留めるものがなくなると、彼女は肩から力を抜き、ほうっと息を吐いた。彼は笑顔で、束縛を解かれた彼女の髪を見下ろした。

エリザベスは気づいていないようだが、触れられるのを許すことが、授業のひとつなのだ。さりげなく触れ合うだけでも、そのたびに男性としての彼を受け入れているわけで、それがやがて愛を交わす相手に変わっていくのだ。彼はブラシを置き、絡まった髪を指で解き始めた。指の背が彼女のうなじに触れるが、彼女は身構える様子などまったく見せない。かなり時間をかけて髪を下ろすと、鏡に映る二人の目が合った。

「ありがとうございます」彼が肩に手を置くと、彼女はそっと感謝を伝えた。

彼女の豊かな髪は腰に届きそうな長さで、彼はそのひと房を自分の手のひらに巻きつけ、ゆっくりと手を引いて頭を後ろに倒させて、唇を重ねた。涙の味がしたが、谷間のユリをほんのりと感じた。この香りが好きなのだろう。彼はさらに髪をしっかりと握り、彼女の体を抱き寄せた。予期せぬ強い欲望がわき、自身のものが硬くなるのがわかる。

渋々ながら、彼は顔を離し、手に巻きつけていた髪も下に落とした。そして彼女の胸の谷間にキスする。「今夜、このベッドに来る。心づもりをして、俺を待て」

それだけ言うと、彼はその場を離れた。欲望に負けてこの場にいつまでもいれば、そのまま欲しいものを彼女から奪ってしまいそうだ。今は我慢しなければ。

決意を示すかのように、彼はかちゃりと音を立てて扉を閉めた。外に出るとふうっと息を吐く。男の本能としての欲望を満たしてくれる女性なら、いつでも手に入る。エリザベスはそういう女性とは違う。じゅうぶんな経験のある彼には、相手によってじっくり時間をかけなければならない場合があることもわかっている。罠にかかった小動物は、追い詰められると猛然《もうぜん》と抵抗し、大怪我をしてしまう。それと同じだ。ふと狩りの得意だった先祖の肖像画が目に入り、彼はにやりとした。エリザベスは自分が狩りの獲物であることさえ、まだ気づいていない。

9

エリザベスは図書室の椅子で体を丸め、穏やかな静寂《せいじゃく》に身をゆだねながら、公爵の帰りを待った。彼女の部屋のベッドで待つようにと言われたのはわかっているが、部屋の中にいると緊張のあまり圧迫感を覚え、じっとしていられなかったのだ。

いつもどおり、彼は夕食が終わると外出した。玄関ホールの階段の上から、出かける彼をそっと見ていた。彼は特に上等の黒の上着、夜の社交行事用のズボンといういでたちで、普段にも増してさっそうとしていた。オペラか盛大な舞踏会のような催しで、華やかなドレスを着た女性たちの顔を覗き込む彼の姿が頭に浮かぶ。

ああ、だめ。いくら消そうとしてもつい浮かんでしまう映像を、頭から振り払おうと、彼女は首を振り、もっと小さく体を丸めた。化粧着ははおったが、その下に分厚い毛織の寝間着がないので、暖炉の火だけではじゅうぶん体が暖まらない。しかし、これも公爵の命令だった。この前買ったばかりのシルクのナイトガウンを身に着けるように言われたのだ。そのナイトガウンが体を暖める目的で存在しているのではないことは明白だ。

書斎の時計が十二時を告げると、その音に呼応するように玄関ホールの巨大な振り子時計が鳴り響く。

ある意味、彼女はほっとしていた。教育の場として、公爵が彼女の寝室を選んでくれてよかった。自分用のベッドであれば、緊張もいくらかはやわらぐだろう。まったくその気がない状態の彼女を興奮させるプロセスにこそ、彼は興味を持っているように思える。そこまで考えたところで、彼女はふと表情を曇らせ、指先を唇に置いてみた。唇を重ねるというしごく単純なことで、あれほどの快感を覚えるとは、想像もしていなかった。さらに唇以外に彼がキスした場所を思い出すと、彼女の体はかあっと熱くなった。自分で認識しているよりたくさんのことを学んだのかもしれない。公爵と取引したときには、自分の中の欲望がその取引の中身を求めることがあるとは思っていなかった。どちらかと言えば、自分の身を犠牲にするという感覚だった。

急に落ち着かなくなり、彼女は椅子から立ち上がって書斎のほうへ歩いて行った。書斎にもたくさんの本が並べてあり、それを見るために机の横で足を止めた。磨き上げられたオーク材の机の天板の上には書類や巻紙などがたくさんある。怠惰な貴族という評判のわりには、彼は非常によく働く。激務と言ってもいい。

舗装した路面をこちらに向かう馬車の音が外の公園で響き、彼女は耳を澄ませたが、馬車はそのまま公爵邸の前を通り過ぎた。窓際から離れようとした彼女は、危なっかしく積み上げられていた書籍の山に肘を当ててしまい、床に本が散乱した。慌ててしゃがみ込んで本を拾いながら、こんなところをスタンディッシュ氏にでも見つかったらどうしよう、と思った。公爵さまの机のそばで、何をしているんですか、と問い詰められるだろう。

拾い終えた本を机の隅に丁寧に積み上げたが、その際、はさんであったらしい紙がふわりと椅子の後ろに落ちた。拾って書かれた内容が目に入り、彼女は大喜びした。大好きな言葉パズルだったのだ。誰かが途中まで解いて、あきらめたものらしい。

あら、あら、これではだめよ、と彼女は小さく舌打ちした。間違いをいくつも見つけたのだ。これを解こうとした人は、答を書き込んでは消し、また別の言葉を思いつく、といったプロセスを繰り返していた。謎解きの楽しさを思うと、うれしくてため息さえ出てしまう。彼女は公爵の机の前に座り、引き出しから取り出した新しい紙を目の前に広げると、謎解きにとりかかった。

＊＊＊

ジェルベイズは足音を殺して、そっと書斎に忍び寄った。決闘用の拳銃をいつでも撃てるように手に構えている。ところが自分の机の席に座っているのがエリザベスだと知って、はっと足を止めた。編んだ髪が乱れておくれ毛がこぼれ、ろうそくの光を反射する部分が金色に輝いている。鼻の頭に眼鏡を載せた顔が、好奇心旺盛なミミズクを思わせる。化粧着の前がはだけ、クリーム色の胸元がかなりあらわになっていて、さらにシルクに包まれた乳房の部分の肌が象牙のような色であることも見てとれる。

彼は閉めた扉にもたれかかって、彼女を見つめた。帰宅時は疲れきっていたのだが、彼女の姿の美しさに、ほんわりと気持ちがなごんだ。真面目に作業に取り組む彼女は、自分では意図しないのに、かえって官能的な光景を作り出している。純真な愛人ならではの姿だ。

彼が咳ばらいすると、彼女が顔を上げた。罪悪感に混じって、勝ち誇ったような表情を浮かべている。彼女は、何をしていたかを隠そうとはしなかった。ジェルベイズは拳銃の撃鉄《げきてつ》を下ろし、注意しながら机に置いた。エリザベスはさっと拳銃を見ると、慌ててペンを置いた。

「申しわけありません。すっかり時間を忘れていました。お待たせしてしまったのでしょうか？」

ジェルベイズは机の後ろに回り込み、彼女の背後から机に置かれたものを見下ろした。しまった、と思った。こんなものを机に置いていた自分が悪いのだが、彼女はいったい何をしていたのだろう？　この文書のどこが、彼女の興味をかき立てたのか。

「机に積んであった本を床に落とし、元どおりにする際にこの紙を見つけたんです」

彼女は満足げな笑みを浮かべ、伸ばした巻紙を彼の前にちらつかせてみせた。なぐり書きの、ほとんど読めないような字でパズルが書いてあった。「私は謎解きが大好き。

なので、これも面白そうだから解いてみようかと思って」彼の表情に不穏な気配を感じたのか、彼女の顔から笑みが消えていく。彼女はさっきより不安な口調で話を続けた。「何かをだめにしたわけではないんです。私だってそこまで愚かではありませんから、元々の紙に何かを書き足すようなまねはしていません」

彼はちらっときれいな字で書かれた新しい紙を見ると、最初からあったなぐり書きのほうと一緒に、吸い取り紙の下に隠した。彼女に、書かれていた内容を忘れさせる方法を必死で考える。彼女の肘をつかみ、流れるような動きで椅子から立たせた。

「君は俺を自分の部屋のベッドで待っているはずではなかったのか？」穏やかな口調で言ったつもりだったが、非難の意図があることに彼女はすぐ気づいた。彼女は頰を染め、ずり落ちそうになっていた眼鏡を押し上げ、肘に置かれた彼の手を振りほどいた。

「公爵さまを待っていましたわ。ただ待つのをここにしようと決めただけです」

彼はまた彼女の腕をつかみ、自分の胸に抱き寄せた。そして目頭に置かれた眼鏡をつまみ取った。彼女の目の前でぶらぶらさせてから手を離すと、メガネは机の拳銃の隣に落ちた。

「ほう、なるほどな。しかし君は俺に囲われた愛人だ。俺が指定した場所で待っているべきじゃないのか？」

彼女が視線を避けようとするのを見て、ジェルベイズはにやりとした。ウェストコートの銀ボタンを見つめる彼女に、彼はたたみかけるようにまたたずねた。「違うか？」

彼女の歯ぎしりが聞こえたように思えたあと、彼女はどうにか返事した。「はい、おっしゃるとおりです。私の不心得《ふこころえ》をお詫びします」

彼は、彼女の下唇を親指で撫でた。何も言えなくなる彼女を見て、自分の指につい た弾薬の味がしたのだろうかと思った。今夜、実はスパイの容疑者を追い詰め、銃を撃ったのだ。

「君はいろんな意味で、まだ無垢な乙女だ。そのことがうれしくもある」彼女の頬にキスする。「本当は、俺をベッドに迎えるのが怖くて、ここに来ていたのではないのか？」

彼女がうなずき、顎が彼の指に押しつけられる。その瞬間、彼はすばやい動きで、彼女の肩から化粧着をはぎ取った。目の前にはシルクのナイトガウンだけの彼女が立っていた。彼女は肌を隠そうと無駄な努力を続けていたが、彼はそれを許さなかった。腕も一緒に抱き寄せ、後ろを向かせ、彼女の背中を自分の胸にぴたりとくっつける。片方の腕を伸ばし、彼女の下腹部を持ち上げると、つま先から胸までが彼女の体と密着した。

ほんわりとした女性らしい匂いが彼の鼻孔《びこう》をくすぐり、ジェルベイズは彼女の肩に鼻先を埋めた。死の危険を感じるような体験をすると、そのあとなぜかいつも激しい欲望が募る。女の温かで濡れた体に自分のものを沈め、普段よりもはるかにみだらなことをして快楽のかぎりをつくし、さらに相手の女性にも悦楽のきわみを与え、満足することで死の恐怖を忘れられるような気がする。

「机の上に君を横たえ、思う存分君を奪ってもいい」彼女を後ろ向きに抱いたまま、図書室のほうを向く。「あるいは、さっきまで君が座っていた椅子を利用するという手もある」

そのあと突然腕を放し、つんのめりそうになる彼女の体を支えてから、化粧着を床から拾った。彼女への教育をすることで、自分の欲望を満たしたいという気持ちは非常に強くなっていた。このまま彼女を床に押し倒し、具体的に何をするかを教える手もある。しかし、欲望に負けてしまっては、正しい教育ができないのもわかっていた。それに彼女とはベッドをともにしないと約束もしている。自分にその辛《つら》い事実を思い出させ、彼は化粧着を彼女にほうり投げた。

「それを着て、自分の部屋に戻れ。すぐに俺も行く」

彼女は驚いた仔鹿のように部屋を走って出た。はだしの足音が廊下から階段へと上がっていくのがわかる。ジェルベイズはすうっと息を吸い、自分の欲望をコントロールしようとした。どうしてなのだろう？　なぜエリザベスに対して、めちゃめちゃに激しく奪いたい気をおこしてしまうのだろう。彼女は官能的なゲームを楽しむような手管《てくだ》を持つ女ではない。それを強く自分に言い聞かせ、彼はエリザベスの部屋へと向かった。階段を上がり、部屋の前に着くと、ノックもせずに扉を開けた。

＊＊＊

エリザベスは化粧着を脱ぎ、編んだ髪をほどいて、ベッドの端に腰を下ろしていた。手は慎ましく膝の上で組んでいる。公爵がつかつかとベッドに近づいてきたときには、書斎で荒くなった息がまだ、普段どおりには戻っていなかった。

促されて立つと、はだしの彼女の背は、彼の肩にも届かなかった。

「俺の服を脱がせるんだ。愛人なら主人の服を脱がすのがうまくなければならない」

彼女は彼を見上げ、こくんとうなずいた。伸ばした手が黒の上着のボタンに触れたとき、彼に手首をつかまれた。

「小さな男の子の服を脱がせるのとは違うぞ。子どもならできるだけすばやく服を脱がせようとするだろうが、愛人である君の目的は、俺の欲望を高め、君を欲しくてたまらなくすることだ。わかったか？」

「はい、わかりました」そう言うと、彼は手を放してくれた。エリザベスは、今度はゆっくりと自分の体をわざと彼にこすりつけるようにしながら、彼のすばらしい仕立ての上着を脱がしていった。次は刺繍のある銀のウェストコートだ。三つあるボタンを、これもできるだけ時間をかけて外す。そこで手を止めて彼にたずねた。

「このあと、ブーツを先に脱がしたほうがいいのでしょうか、それともクラバットを緩めますか?」どきどきしていたが、どうにか落ち着いた声が出せた。彼が手を貸し、自分で靴を脱いでカフスも取ってくれたので、彼女は複雑な結び方をしてあるクラバットを外しにかかった。

シャツの襟元を開けると、黒く濃い胸毛が見えた。彼の肌の匂いを吸い込み、袖に手をかけたところで彼女は手を止めた。最初に会った夜、彼に触れられたときの記憶がふとよみがえったのだ。その映像を頭から消し去ろうとしたのだが、手が固まったように動かない。

「手を袖口から抜けばいいんだよ」

やさしい口調で、きっぱりと命令されると、彼女は現実に戻った。目を閉じて彼の腰に手を置く。シャツの裾はズボンの中にたくし込まれたままだ。彼が彼女の手を取り、ズボンの前へと置いてくれたので、彼女は覚悟を決めてボタンに手を置いた。彼に見つめられているのを意識しながら、まごつきながらもボタンを外す。彼の硬くなったものに指が触れ、彼女は真っ赤になり、慌てて手を離そうとした。

「シャツを脱がさないのか?」彼が眉を上げて挑戦的に問いかけてきた。すべきことを忘れたと、責めるような口ぶりだ。彼は両手を上げ、頭からシャツを引っ張り上げた。上半身裸になった彼の胸に手を置くと、そこが彼女の手の本来の置き場だったようにしっくりくる。

エリザベスの自信のなさを利用して、彼はベッドに座り、一緒に彼女の体もベッドへと引き寄せた。ベッドの上に彼と向き合う形で膝を抱いて座らされた。最初はできるだけ彼の体を見ないようにしていたのだが、情けないことに、ついつい彼の男らしさを確かめたくなり、腕の筋肉や幅の広い肩、ぜい肉のない腹部を盗み見してしまう。彼の右肩にはうっすらとあざがのこっていた。彼女が投げた目覚まし時計がぶつかった痕だ。公爵は体を隠そうとはせず、さあ見ろとでも言いたそうに堂々としている。やがて彼女は、好奇心を隠す必要はないのだと感じるようになった。

「そう難しくはなかっただろ？」彼は穏やかな口調で言う。「うまくいったと思うかい？　じゅうぶん俺を興奮させられたと感じたか？」

ボタンの外れたズボンの前を見て、彼女はうなずいた。

公爵は彼女の視線をたどる。「ああ、そうだ。君に欲望を感じて、硬くなっている」彼は握ったままのエリザベスの手を取り、閉じたままにしようとするその手を開き、手のひらを自分の胸板に置かせた。温かな彼の肌から確かな鼓動が伝わってくる。

「さあ、次は俺の体に触れるんだ。したいようにすればいい。すぐに、どうすれば俺が歓ぶのかがわかるはずだ」

エリザベスの不安な思いは顔に出てしまったのだろう。彼が言い足す。

「女性はやさしく愛撫される必要がある。情愛と心遣いに満ちた愛撫でこそ、女性はその気になり、興奮が高まるものだ」そして体を倒してシルクの上から彼女の乳房を手のひらで持ち上げ、親指で頂をそっとこすった。乳首が目覚め、硬く尖り始める。

自分の愛撫による効果を見て、彼は笑顔になった。「ほらな？　男も愛撫により興奮が高まるのは同じだが、もっとしっかりと触れられるほうが反応する。試してみるかい？　勇気があれば、やってみていいぞ」

「はい、公爵さま」おかしな話だが、エリザベスの不安は少し薄らいでいた。今は彼のほうが裸に近い格好をしているからだ。公爵はその事実に気づいていないのだろうか、と彼女は思った。

「ジェルベイズだ。二人だけのときは、愛人らしく名前で呼ぶんだ」彼はフランス風に、ジの音を弱く、〝ベイズ〟ではなくバーズと発音した。ジェルバーズ。「こういうことをしているときに、公爵さまはないだろう？」

返事しようにも、声が出なかった。心臓が破裂して、神経回路が吹き飛ぶのではないかと心配しているときに、冗談など言われても答えようがない。彼がこちらに腕を伸ばし、彼女の手をズボンの前に導こうとしたとき、反射的に手を引っ込めてしまった。自分の指先の冷たさを感じながら、彼の腿に力なく手を置き、好奇の目を半分開いた彼のズボンの前に向ける。ズボンの中で暗くなっている部分に興味がわく。

深呼吸して心を決めると、彼女は公爵のほうに上体を近づけ、彼の両肩に手を置いた。彼の肌の感触に勇気づけられ、思いきって手を滑らせ腕をさすってからまた肩まで上げた。指に感じる筋肉の動きが楽しく、触れられることに反応して彼が身震いするのがうれしかった。彼の喉元から肩にかけて残る古い傷痕を、指先でなぞってみる。自分のすることすべてに彼が反応するのが面白くなり、今度は腕を回して彼の背中を撫でてみた。彼のうめき声が、どうやら快感によるものだとわかると、さらに大胆になった彼女は、指先で彼の肌に円を描いた。すると突然キスされた。濃密なキスはブランデーと雨の味がした。唇が離れると、彼女は彼の胸に手を置き、まったく初めての体験を始めた。自分のほうから彼の乳首を撫でたのだ。彼が、エリザベス、とつぶやき、乳首が硬くなってくると、彼女自身の体にもぞくぞくするような感覚が走った。

「それでいい。とてもいい気持ちだ。君のほうはどう感じる?」

「わ……私もいい気持ち」そんなことを言ってしまった自分に、彼女自身が驚いた。「あなたの肌の感触が好き。たくましい筋肉がやわらかな皮膚に包まれている感じがすてき」

彼がほほえみ、銀色の瞳が熱く燃え上がる。「どんな味がするか、試してみろ。できるか?」

その場の官能的な雰囲気にうっとりしていたエリザベスだが、公爵——いやジェルベイズが自分の乳房にキスしてくれたときのことを思い出し、体を倒して彼の乳首に舌を這わせた。彼が喉の奥から低い声を出したのはわかったのだが、次の瞬間、彼女はベッドに仰向けになっていた。彼に覆いかぶさられ、彼の片方の手が自分の頭を横から固定している。片方の乳房はしっかりと彼の口にくわえられていた。

そうなると快感のあえぎを漏らすのはエリザベスのほうだ。彼は口で彼女の乳首を吸い上げ、空いたほうの手で腿をまさぐる。その手がどこに向かっているかに彼女が気づいたときは、もう止めることができなくなっていた。彼の手が脚のあいだに置かれ、彼がつぶやくフランス語が心強く響く。こんなことをされていて安心感を覚えるのは不思議だと思った。

遠くで時計が時を告げ、玄関を叩く音が聞こえる。その叩き方に切迫感があるのに気づくと、彼は、くそっと小さくつぶやいて、動きを止め、彼女から離れた。エリザベスは少し離れたところに移動して、大急ぎで身支度する彼を見守った。そのてきぱきとした動きが、こういう事態に慣れていることを物語り、彼女の中で嫉妬心《しっとしん》がわいた。この人はいったい何人の女性とベッドをともにし、そのうち何人の女性のもとを、こうやって大急ぎで立ち去ったのだろう。

彼女は居ずまいを正した。「私、怖がっていたわけじゃないわ」

「わかっている」短く答えて、彼はクラバットを首に巻き、ダイヤモンドのピンを留めた。「残念なんだが、片づけなければならない用ができた。この授業はもっと時間のあるときのために取っておこう」彼は上着に袖を通し、従僕の助けもなしに身支度を終えた。「服を脱ぐほうが、また着るよりもうんと簡単な気がするが、なぜなんだろうな」

「あら、公爵さまほどの女たらしなら、それぐらいのことはおわかりのはずではないの？」つい皮肉を言ってしまい、彼女ははっと口をつぐんだ。

彼がじっとこちらを見る。「どうした？　文句でもあるのか？」

「触れてもらうのにはすっかり慣れたのに、そのあとすぐにほうっておかれてばかり。文句のひとつも言いたくなるわ」

彼が眉間にしわを寄せて、エリザベスの様子をじっとうかがいながら、何かを考えていた。紅潮した頬や体の震えが見えているはず。自分では抑えることのできない体の反応だった。

「愛人として囲われた女が、よく言うセリフだな。いいか、君は俺のためにここにいる。俺が君の都合を構ってはいられないんだ」

反論しようと口を開けたエリザベスは、すぐに口を閉じた。厳しいがそれが現実で、彼の言い分は正しい。彼はなおもこちらを見ている。恥ずかしくて情けなくて、彼女は顔全体から喉まで赤くなるのを意識していた。一方、彼のほうは無表情だ。彼女は視線を落とし、まだボタンのかかっていない彼のウェストコートを見た。

彼がとんとん、と強めに彼女の頬を指で叩く。「愛人がパトロンとなった男の前でどう振る舞うべきかを教えると約束した。愛人なんて、楽しいものではない、それに君は愛人には向いていないとも伝えておいた。妻が泣いたりすねたりする場合、男は仕方なく我慢する。しかし金で買う愛人の場合、我慢する必要はない。求めるものが異なるからだ」

彼女はしばらく彼の言葉について考えた。心が痛かった。「それでは、私にはまだ学ばねばならないことがあるわけね」

一瞬だが、彼がふっと表情をやわらげた。「ああ、そういうことだな」そう言って彼女の頬に口づけする。「しかし私に触れられて体が反応するのは、君の官能が目覚め始めたからだということを理解しておくんだぞ。私と一緒にいるときに生まれる感情を、きちんとコントロールする方法を学ぶんだ」

彼はブーツを手に持って、扉へと歩き始めたが、立ち止まって振り向いた。

「愛人に、あなたの心が欲しいなどと言われるのだけは我慢ならない。俺の心は妻にさえ与えなかったんだから」

それを聞いて、自尊心の高いエリザベスは、すっと背筋を伸ばし、こぶしを脇に握りしめた。そこまで愚かだと思われていたとは。「あなたから何かを求めた覚えはありません」

彼は冷たい笑みを浮かべて肩をすくめた。「いずれ求めるようになるさ。経験から言わせてもらえば、女というのは愛と欲望を混同しがちだからな」

立ち去ろうとする彼の背中に、エリザベスは思わず本音をぶつけた。「別にして考える必要がありますか？　男性は妻に、自分を愛し、同時に欲望も抱いてほしいと思うべきではないでしょうか？」

彼がぴたりと動きを止めた。「もちろんそうだ。俺は亡き妻に愛を捧げ、何度も何度も拒否された」彼が深く息を吸う。「これだけははっきり言っておく。人は、愛という幻想を抱かないほうが、ずっと快適に暮らせるものだ。それから、この屋敷には愛情など存在しない。だからどこかに愛を見つけようなどとは思わないことだ。では、おやすみ」

ばしんと閉められた扉をエリザベスはしばらく見つめていた。おもむろに腕を伸ばして近くのテーブルから本をつかむと、扉にむかって投げつけた。扉板の立てた大きな音が彼に聞こえればいいと思い、さらにはその音に彼が何らかの反応を示してくれないかと願いながら。

私は彼に好意を寄せているが、それは無駄だぞ——彼は言ったのは、つまりそういうことだ。よくもまあ、そんなことを！　彼女は力なく腕を下ろすと、ベッドで小さく体を丸めた。

問題は、彼の言うとおりのような気がすることだった。

10

翌朝書斎に足を踏み入れると、ジェルベイズの頭に昨夜のエリザベスとのやり取りがよみがえった。彼女に男を歓ばせる方法を教え、うまくいけば、欲望を解き放つところまで教育を進めようと考えていた。ところが彼のほうが欲望に負け、コントロールが効かなくなってしまった。あげくに、愛は幻想だと彼女に説いてしまった。大失敗だ。

図書室に入って、椅子に散らばっていた本を書棚に戻すあいだも、彼は難しい顔で考え込んでいた。おずおずと触れる彼女の手は、確かにすばらしい快感を与えてくれた。経験のない女性が、あれほど男を歓ばせることができるとは想像していなかった。

また書斎の机に戻り、新聞を手にした。何か興味のある記事はないか――だめだ。つい彼女のことを考える。認めよう、彼女にひどく興奮させられた。彼女を女として自分の好きなように育て上げ、ベッドで自分の望むことをさせる、という考え自体が、非常にエロティックなものだ。

彼は新聞を広げ、記事の内容に集中しようとした。残念ながら、彼の頭も体も、裸のエリザベスに自分が覆いかぶさった想像図から、離れようとしない。

小さく毒づきながら、彼は窓の外を見た。まだ人の影はない。エリザベスをこの屋敷に迎え入れてから、誰ともベッドをともにしていない。そうだ、欲求不満だから、エリザベスのことが頭から離れないのだ。本能的な欲求を満足させれば、彼女を欲望の対象として見なくなるかも。

ジェルベイズは彼女のことを頭から閉め出し、呼び鈴を鳴らしてジョン・ハリントンが現われるのを待った。今朝届いた通信文書に目を通しておこうと思ったのだ。

やがてサー・ジョンが巻紙を両手に抱え、部屋に入って来た。すべて有力貴族や政府の公文書らしく、封蠟《ふうろう》を押して、そこから差出人の紋章《もんしょう》がぶら下がっている。文書が机の上に置かれる前に、ジェルベイズは広げていた新聞を脇に押しやった。

「公爵さまは、難問を解いたのですね!」

ジェルベイズはハリントンのほうを見ると、不思議そうに眉を上げた、ハリントンは、昨夜エリザベスから取り上げた巻紙二通を食い入るように見ていた。

「どういうことかな?」

「この暗号を解く鍵が見つからず、ずっと苦労してきたんです。公爵さまは、どういう方法で解いたのですか?」

「このパズルを完成させたのは俺ではない」ジェルベイズの口調が、いくぶん自虐的になっていた。「ウォーターストーン夫人だよ」

「何とまあ——しかし、どうやって解いたんでしょうね？　彼女はやはりフォレスターの手先だったんでしょうか。フォレスターの細君の連れ子だとかおっしゃっていましたよね？　母親から使いでも来て、暗号を解く鍵を教えてもらったのかもしれません」

「そいつはどうかな。昨夜、彼女がここでひとりでパズルに取り組んでいるのを見つけたんだ。自分のしていることを、俺に隠そうとはしなかったし、内容の重要性もまったく認識していないように見えた」

彼はまた紙を見下ろした。改めて見ると、非常にきれいな文字だ。実はこれはフランスからの暗殺者が誰なのかを知るための手がかりだった。長期間内偵して、やっと秘密の通信を盗み取ることができたのだ。

ハリントンが机を回ってきて、ジェルベイズと同じ位置から文書を見下ろした。「先日、彼女は語学が得意だと言っていましたよね」ハリントンが考え込む。「であれば、暗号解読も得意なのかもしれません」

「何にせよ、彼女に手伝ってもらうほかないだろうな。彼女が独力でこの暗号を解く能力を持っていたのなら、まさに天の助けだ。その場合、俺たちが本当は何をしているのか、ある程度は彼女にも伝えなければならない。そして、この暗号をどうやって解いたのかを説明させるんだ。その方法を使って他の者も暗号を解くことができれば、彼女の話は本当で、信用できるということになる。できなければ、私が彼女を処分する」

ハリントンはお辞儀をして退出しようとしたが、戸口でジェルベイズに声をかけた。「ウォーターストーン夫人が朝食を終えたか、見てきます。かなりほっそりした体型のわりに、よく食べる人ですよね」

ジェルベイズの返事も待たず、ハリントンは立ち去り、替わってニコラス・ギャリオンがぶらりと部屋に入って来た。

「ああ、ニコラス」ジェルベイズは書類の山から視線も上げずに言った。「どうやらウォーターストーン夫人に俺たちの仕事を手伝ってもらうことになりそうだ。これでフランスのスパイをやっつけられればいいんだが。詳しいことは、ハリントンから聞いてくれ」

椅子に腰かけたニコラスの瞳が好奇心できらめいていた。「で、僕には何をしろと？」

「ウォーターストーン夫人がどちら側の人間なのか、まだはっきりしたわけじゃないんだ。だから、君はこれまでどおり、ぴったりと影のように彼女に付き添ってくれ。特にフォレスター家を訪問する際は、そばを離れるな」

「お安い御用です。彼女は一緒にいて楽しい人だし、美人だから目の保養にもなります」

ジェルベイズは丸めた新聞を使って、ニコラスの頭をこつんと叩いた。「彼女に手を出すんじゃないぞ。彼女はまだ喪中なんだから」

ニコラスは逃げるようにして戸口まで行くと、振り向いてにやりと笑った。「大丈夫ですよ、公爵さま。彼女があなたを見る目にはちゃんと気づいていましたから。彼女にとって、この屋敷に存在する男性はあなただけなんですよ」

ニコラスにそう言われて、ジェルベイズはうれしくなり、エリザベスが来るまで、書類の処理をすることにした。この暗号を解くのに何日もかかったのに、彼女の解読は見事だった。おかげで書類処理が驚くべき速さで進んだ。ただし、彼女が解読できたのは、あらかじめ鍵を持っていたからなのかもしれない。この情報をフォレスター、さらにはフランスのスパイに渡そうとしているのだろうか？

「失礼します。私にお話しがあるとうかがいました」戸口に現われたエリザベスは、食べかけのトーストを手にしていた。こんなスパイが存在するものなのだろうか？

ジェルベイズが彼女を手招きして椅子を勧めているあいだに、ジョン・ハリントンが入って来て、扉を閉めた。彼女には、呼び出されてびくびくしている様子はなく、いつもの知的な好奇心に瞳を輝かせている。ここまで平気な顔ができるのは、いっさい罪の意識のない人間か、きわめてずる賢いうそつきかのどちらかだ。

「昨夜君は、パズルを解いていたと言っていたね」紙を二枚彼女の前に置く。「これがそうか？」

「はい、そうです」澄ました顔で彼女が答える。「これを解こうとした人がいたようですけど、とんでもないうすのろですわね」彼女が顔を上げると、ハリントンが大きく咳ばらいした。「鍵を見つけたあとは、とても簡単でした。ただし、解読した文章自体が、謎解きのようにわけのわからないものでしたけど」

彼女が返した紙を受け取りながら、ジェルベイズはついこぼれそうになる笑みをこらえた。「この文章の意味がわからないかい？」そして、彼女の表情の変化を注意深く見守り、また紙を差し出す。

彼女は子どもをあやすかのように、やれやれ、という表情を見せた。「意味？ 頭のいかれた人が作ったパズルとしか思えませんけど」彼女は前かがみになって、手にしたトーストの角で紙をとんとんと叩いた。「『ル・フルールと呼ばれる暗殺者が、王族の誰かを狙っている』ばかげた内容でしょう？」彼女が声を立てて笑う。「摂政王《カール》太子《トン》のお住まい《ハウス》までひとっ走りして、警護の騎馬隊にでも警告してきましょうか？」

「いや、そういう無駄は省こう。君のすばらしい才能は、しかるべき場所で使われたほうが役に立つ」ジェルベイズはゆっくりと首を振った。「俺がもっといい使い道を提案しよう。この文章はばかげている、きっと頭のおかしなやつが書いたに違いない、という考えは捨て、この暗殺者を捕らえようとしている俺たちを助けるというのはどうだ？」

彼女は口をあんぐり開けた。トーストが指からぽとんと床に落ちた。ジェルベイズが無言で合図すると、ハリントンは出て行き、部屋には二人だけになった。ジェルベイズは、そのまましばらく何も言わず、部屋が完全に沈黙に包まれたあと、口を開いた。

「俺がしたり顔でにやにやしていても、許してくれ。あ然として口もきけなくなった君を見るのはこれが初めてだし、そうさせてしまった自分を褒めてやりたくなったんだ。いやあ、めでたいよ、この瞬間を楽しませてもらいたい」

彼の言葉など完全に無視するエリザベスには、また驚かされる。「ああ、私ったら、なんてばかだったのかしら」いきなり立ち上がると、面白そうに見つめる彼の視線もまるで気にせず、両手を胸の前で組んで、絨毯の上を歩き回る。「何か変だとはずっと思っていたのに」書類の詰まれた机や図書室などをぐるりと示す。「道楽者には書記官なんて必要ないし、重要書類らしき巻紙が山積みにされた机で仕事をするはずがないもの」そして彼の前でぴたりと足を止めた。険しい顔つきで、瞳から火花が弾け飛んできそうだ。「それに、遊び人は、眼鏡をかけたまま女性を口説こうとはしないはずよ」

「エリザベス」彼女の言葉をさえぎろうとしたジェルベイズは、荒れ狂う嵐のような彼女の怒りの表情や、すぐに全体像を推理する頭のよさに魅了され、どう声をかけようか悩んでしまった。深呼吸して、椅子にゆったりともたれかかり、投げ出した足首を交差させる。

彼女はまた低くうなると、苛々歩き始めた。いろんな事情がもっとわかってきたようだ。

「お屋敷の召使いの口がものすごく堅いのも、私がここにいることを誰もとやかく言わないのも、それでなのね」彼女は自分で納得したのか、ひとりでうなずいている。「夜、誰もあなたの帰りを起きてまっていないのもそのせいなんだわ。公爵という地位にあり、さらに傲慢な主人なら、当然大勢の召使いが夜中でも待っているはずなのに」彼女が両手で頭を抱える。「真夜中に外務省から使いが来た理由もわかったわ。あのときは、おかしな時間に使いが来るな、と考えもしなかったけど」

彼は頬が緩みそうになるのをこらえ、爪の先を見ながら、穏やかな口調で言った。「おそらく君は、他のことを考えていたんだろ?」

「ええ」彼女がくるりと振り向いて、正面から彼を見る。「あなたがいつキスしてくれるかということばかり考えていたからよ！ 本当にばかだったわ」興奮して息が荒い彼女の胸元で、大きく呼吸するのに合わせて、乳房が上下した。

彼は首を傾げてその姿を見つめた。見ていて楽しい光景だった。

「あなたは政府の仕事をしているんでしょ？ 遊び人のふりをしながら」ついに息が切れそうになった彼女は、少し自分を落ち着かせてから、また彼を見た。「私の推理、間違ってる？」

「いや、正しいよ。ただ政府の仕事はやりがいがあるが、遊び人としての暮らしも楽しいんだ」そこで彼女に近づいて手を取り、甲に口づけする。わずかにトーストのバターの匂いがして、彼はその指を舐めたい衝動に駆られた。「どうやら、君の新たな楽しみが見つかったようだ」椅子へと彼女を促す。「ちょっと腰を下ろし、冷静に話し合わないか？　君の戸惑いは当然だが、理解しておいてもらわねばならないことがあるんだ」

＊＊＊

エリザベスは、椅子へ座らせようとするジェルベイズにあらがおうとはしなかった。ドレスがしわにならないように、とか言い訳して、彼の視線を避け、居ずまいを正す。これまでの自分は頭の弱い少女みたいな行動をしてきた。そして重要なことを見逃した。ちょっと考えればすぐにわかるのに、これでは社交界デビューを夢みる世間知らずの女の子と同じだ。

深く息を吸って、呼吸を整えてから、彼女はジェルベイズを見た。彼は表情ひとつ変えず、さっきと同じようにこちらを見ている。ああ、もう！　上半身裸だった彼の姿を思い出してしまう。すると、遊び人としての暮らしも楽しんでいるというさっきの言葉が頭によみがえる。渋々だが、認めざるを得ない。彼自身が望んで、多くの女性との関係を持っているのだ。

ジェルベイズが話を戻そうとする。「それでさっきの暗号のことだが、もう少し詳しいことを教えてくれないか？　俺の人格批判や放蕩《ほうとう》な生活についての苦言は、また改めてできればベッドの中で聞くから。愛の営みに情熱があると、燃え上がるものだ」

彼の言いたいことをくみ取り、エリザベスは文書に話を戻した。「誰かが王族を殺そうとしているの？　あなたは本気でそう思っているわけ？」

「ああ、思っている。このル・フルールという殺し屋については、一年ぐらい前から存在を知っていた。他の情報筋から聞いたんだ。君が解いた暗号は、暗殺計画とこいつとを直接結びつける、初めての文書だ」

エリザベスはポケットから眼鏡を取り出し、自分が解読した暗号文をまた見直した。

「お役に立ててよかった。でもこの暗号文を書いた人は、文書が横取りされたと知れば、暗号を変えてしまうのではないかしら？」

「可能性はある。しかし、経験から言うと、いちど暗号を解けば、同じ人物が作った暗号であるかぎり、新たなものも解読できることが多いんだ」彼はいったん言葉を切り、彼女の反応を見ている。「そんなばかな、と思っているのか？　いや、どれほどすぐれた暗号製作者でも、癖みたいなものがある。パズルを作るとき、どうしてもそういった癖が残るんだ」

エリザベスはうなずくだけだった。この世に裏社会のようなものがあると知り、その一端を垣間見たような気がした。闇社会の存在に、彼女は何だか魅了されていた。

「他の暗号も調べてみましょうか？　いくつか見させてもらい、私に解けるかどうか試してみてはどうでしょう？」

何ごとかを考え込んでいたジェルベイズは、彼女の申し出にはっとした。「君さえよければ、この解読した文章を外務省に届けさせ、暗号解読の専門家に、君の解読が論理的かどうかを検証してもらう。これが正しいと証明されれば、ぜひ、今後も同じように手を貸してもらいたい」

彼女が巻紙を返すと、彼はなぜかためらっている。

「外務省は君を雇いたいと言い出すと思うよ。国のために働いてくれと」彼は気軽な口調で肩をすくめたが、視線は彼女の目をとらえたままだ。「給料としては雀の涙ほどのものだろうが、これを機に今後の職業を考え直してみてもいいのではないか？」

エリザベスは椅子に深くもたれ、考えた。さまざまなことが頭で渦巻く。高級娼婦になるための教育をやめろ、と言われているのだろうか？　まあ、そうだろう。これからずっとマイケルの介護のために、彼女がかなりの金額を稼ぎ続けなければならない、という事情を彼は知らないのだから。

「政府からお給金をいただけるのなら、喜んで受け取ります。けれど、暗号解読だけで一生暮らしていける稼ぎになるとは思えないわ。他にも収入の手段を確保しておかないと」

「本当にそれでいいのか？　取引を中止したっていいんだぞ」

彼女は昂然《こうぜん》と顔を上げ、彼を冷たくにらみつけようとした。「これまでどおりに続けていきたいと思います」

彼は袖口をさっと払い、彼女の視線を避けた。「ああ、そうだろうとも。今さら教育をやめなければならないとなれば、俺もずいぶん落胆していた」

彼女は立ち上がって、わざとらしく丁寧にカーツィした。「感謝しますわ、公爵さま。これ以上私がここにいては、お邪魔でしょうから」扉に手をかけたところで、彼女はふと足を止めた。「今日の午後実家に母と妹を訪ねる予定だったんだけど、取りやめなくてもいいのよね？」

「ああ、もちろん。付き添うように、ニコラスにはもう頼んでおいたから。それから、言わずもがなだが、この件に関しては絶対に口外するな。この屋敷に滞在する理由については、フォレスター夫人に好きなだけ作り話をすればいいが、政府関連の仕事に関する話は、どんな理由があっても、いっさい口にしてはならない。我が国の安全にもかかわることだからな」

「ええ、わかっています。さっきまでそのことを見抜けなくて、愚かさをさらけ出したけど、本質的には私だって、自分の能力に自信がないわけじゃないの」

「能力とは、男女のむつみごとについてか、それとも暗号解読できることか？」彼が軽く叱るように、舌を鳴らす。「今や君は二つの職業を目指すわけだからな。具体的にどちらの分野についての話なのかを言ってもらわないと」

二つの職業？　ああ、そうだ、と思いついて、彼女が口を開こうとしたとき、ジェルベイズが手を上げて彼女を制した。

「言わなくてもわかってるさ。暗号解読に取り組んでくれた時間については、それに見合う給料を支払う。最初の契約には、暗号解読の仕事など盛り込まれていなかったからな。指摘してくれてありがとう」

エリザベスが開いた口を閉じると、かくん、と音がした。これから言おうとした内容まで、どうして彼にはわかるのだろう？　この人は本当に私の心の中が読めるのかもしれない、と思うと怖くなってきた。とっておきの上品な笑顔を彼に向けると、彼女は部屋をあとにした。まあ、いい。彼が自分をからかいたいのなら、好きにさせておこう。稼ぎが増えるのはいいことだ。これでマイケルの介護にも余裕ができた。

11

落ち着きなさい、といくら心で自分に言い聞かせても、紅茶カップを持つ手が震え、ソーサーに置くときに、かちゃかちゃと音がした。しばらくこの家を離れていたけれど、応接間兼談話室はやはり相変わらずのみすぼらしさだ。ぼろぼろの家具や汚らしい絨毯やカーテンをどうにかまともに見せようと、懸命の努力をしてきたつもりだったが、意味はなかったようだ。シルクの壁紙はあちこちがすり切れ、絨毯も織《お》り糸が見えている。ただ、エリザベスとは異なり、彼女の母はこの情けない状況など目に入らないらしく、まるで上流階級の婦人のような顔をしている。

フォレスター夫人である母は、最新流行のデザインの濃い赤紫のドレスを身にまとい、ふわふわにふくらませた髪をレースの布で覆っていた。香水店で出会ったときから、態度はまったく変わらない。エリザベスと同じ色のグレーの瞳でにらみつける彼女の中には、娘を歓迎する気持ちなどいっさいないようだ。

エリザベスは居ずまいを正して口を開いた。「メアリーはまだかしら？　あの子にも贈りものがあるの」エリザベスが心を込めて母のために選んだラベンダー水は、手渡すと同時に脇にぽんと投げ置かれた。感謝の言葉などもちろんなく、母はそちらを見ようともしない。

「あの子は、父親と一緒に散歩に出たわ。私がそう命じたのよ」フォレスター夫人がわざとらしく時計を見る。「もうすぐ戻ってくるでしょう」

幼い頃、エリザベスは母のようなはかなげな美しさを持ちたいといつも思っていた。幸か不幸か、彼女は父親似で、頑丈《がんじょう》で見るからに元気そうな女の子だったのだ。成長とともに、自分は母や妹のメアリーのようないかにも女性的な雰囲気を持つことなどできないことがわかってきて、渋々その事実を受け入れた。

「二人だけで話したほうがいいと思ってね」母がふん、と鼻を鳴らす。「おまえとはいっさいの関係を絶つべきだと思っていたんだけど、デニスに反対されたものだから……。妻としては夫の言葉に従わざるを得ないでしょ」

不快そうな母の顔を見てエリザベスは、デニス・フォレスターが継娘をお茶に招かざるを得ない理由を妻に打ち明けたのだろうか、と考えた。いや、そんなはずはない。とにかく、フォレスターに圧力をかけてくれたジェルベイズに感謝するだけだ。

「言っておくけど、メアリーの社交界デビューを妨害するつもりなんていっさいないわ」安心させようと伝えたのだが、母が何の反応も示さないので、少々面食らった。

「私が心配しているのはお兄さまのことなの。マイケル兄さまにはきちんと介護を付けてもらいたくて」

「おまえなんかに、マイケルの心配をされるいわれはないわね。少しは遠慮というものを学んだらどうなんだい？　おまえは身を持ち崩して公爵のベッドで寝るようになったんだよ。目上の者に敬意というものを払うことぐらい覚えればいいじゃないか」レースのハンカチで、エリザベスを追い払うしぐさをする。「それなのに今なお、自分のほうが立場が上みたいな顔をして。そんな偉そうな態度に、公爵がよく我慢なさるもんだよ」

燃え上がる怒りを、エリザベスは懸命に抑えた。「私は公爵さまの囲われ者ではないわ。互いに合意して、公爵家のお仕事を手伝っているだけよ。確かにあちらのお屋敷に住まわせてもらっているし、お給金もいただいているけれど、それは愛人だからではないの」

「はん、私をばかだと思っているのかい？　相手は悪名高いディアブル・デラメア公爵だよ。あの女たらしが、お前に手を出さないでいるはずがあるもんか」フォレスター夫人はばかにするように鼻を鳴らした。「ああ、もちろんおまえはたいした器量よしでもないけどね、あの男は女なら誰だっていいんだろ？」

エリザベスはぎゅっと口を結び、鼻から息を吸った。「とにかくマイケル兄さまの話に戻りましょう。公爵さまからいただくお給金で、私は介護代を払うことができるのよ」

エリザベスはレティキュールを開け、小さな財布を取り出した。せっかくのお金をこんなふうに使うのは気が進まないが、少しばかりの金額で母親を黙らせよう。彼女が手のひらに載せた財布を見せると、フォレスター夫人の目が光り、財布を奪い去ろうとしたのだが、エリザベスはさっと手を引っ込めた。

母がしっかりこちらの目を見て、話を理解するまでこのお金を渡すわけにはいかない。「マイケル兄さまの介護人を新たに雇ったわ」紙を取り出して、財布と一緒に渡す。「介護人の名前はジャック・ルウェリンさん、元軍人で、すばらしい推薦状があった」わざとぱちんと音を立てて、レティキュールの口を閉める。「はっきりさせておくけど、ルウェリンさんはマイケル兄さまの介護のために雇った人だから、その他の仕事をさせないで」

フォレスター夫人は、ろくに目も通さず紙を返した。エリザベスが手を放すと、そそくさと財布だけを自分のポケットにしまい込む。まるで、木の実を隠すリスみたいだ。その様子を見たエリザベスは、今後母が何か面倒なことを言ってきた場合、ジェルベイズに頼ればいいのだと思いいたった。こういう人は、公爵家の威光《いこう》と財力の前にひれ伏すはずだから。そう考えると勇気がわいてきて、彼女はまぶしい笑顔を母に向けた。

「私が身を持ち崩したといった話がメアリーの耳に入らないよう、私自身できるかぎりのことはします。ただ実際に、私は公爵家に雇われ、その都合であちらのお屋敷に住まわせてもらっているだけだから、私の口からはあの子に本当のところを伝えておくわ。これまでだって、フォレスターさんのお知り合いのお宅に、私が手伝いに行ったこともよくあったから、また似たような仕事をしているのだと思わせておけばいいでしょ？」

フォレスター夫人がお茶をすする。「わかったわ。ではジャック・ルウェリンて人がマイケルの介護のために家に出入りすることを認めます。その人に他の仕事をさせないよう、うちの召使いに伝えておくわ」澄《す》ました口元をナプキンで軽く拭う。「でもね、なんでそんなことをしたいんだい？　身を持ち崩してまで稼いだ金を、体が不自由な役立たずの兄のために使おうだなんて、私にはまったく理解できないね。けど、あの役立たずのこととなると、おまえは完全に理性を失うんだ」

エリザベスは、ぎゅっとこぶしを握って怒りをこらえた。「その『体が不自由な役立たず』は、あなたの息子でしょ？　よくもそんなことが言えるものね。マイケル兄さまは王立軍で戦い、国のためにつくした人なのよ」

「ふん、マイケルのことを聞かれたら、あの子は死にましたって答えることにしてるぐらいだよ。あんな体で帰ってくるのなら、死んだほうがましだったんだ」

エリザベスは母の無神経な言葉にぞっとしたが、自分の努力を誇らしく思う気持ちを失わないためにも、別の角度からものごとを見ようとした。考えれば、今では彼女も何もかも母親のおもいどおりに操られることもなくなった。それを思うとわくわくする。母が自らの不幸を恨んだり、エリザベスが不器量だとばかにするのはいつものことだ。毎度同じなのだから、母の言動を思い悩むのはやめよう。

辛抱強く母の相手をしていると、やがて妹が帰宅したと知らされ、エリザベスは喜んだ。外を歩いたせいで頬を紅潮させたメアリーが、温かく姉を歓迎してくれた。その様子を見ていた母は渋い顔をしたが、ふと気づいてもっとお茶を持ってくるようにと召使いに命じた。エリザベスはゆったりと椅子に腰を下ろし、妹の話に耳を傾けた。

メアリーの頭は間近に控えた社交界デビューのことでいっぱいらしく、その話ばかりする。かわいい妹とのおしゃべりは楽しかったが、それでもこのデビューにかかわる費用を、フォレスター家はどうやって工面したのだろうと考えざるを得なかった。ロンドンの社交界へのデビューには途方もない金額が必要だという記事を、女性向けの雑誌でちらっと見たことがあったのだ。それでも、こういうことをたずねるのは無《ぶ》遠慮《えんりょ》だし、この話で母をまた怒らせるのはやめようと考えたエリザベスは、召使いが持ってきた紅茶を黙って楽しんだ。フォレスター氏は借金のかたにエリザベスを差し出したわけだから、ジェルベイズがこのことを知ったら何と言うだろうとは思いながらも、そんなことを今口にすればただちにこの家から追い出されるのはわかっている。

「姉さまは、このままずっと家にいるの？」新しくいれた紅茶と上品な茶菓子をエリザベスに渡しながらメアリーがたずねる。「姉さまがどこでどうしているのか、母さまは何も教えてくれないのよ。気になって仕方なかったの」

「残念だけど、家に戻ってきたわけではないのよ」彼女は笑顔で答えた。「ディアブル・デラメア公爵家で立派なお仕事をいただけることになったの」何も言わないでね、と母には無言で訴える。「公爵さまから、毎週いちど午後のお休みをいただけることになったの。お母さまにたずねたら、その時間、あなたに会ってもいいと許してくれたわ。だからそのうち、私と会うのが嫌になるかもしれないわよ」

「まあ、そんなこと絶対にないわ。いつだって姉さまに会いたいもの」メアリーはエリザベスに飛びつくと、腕を巻きつけてきた。母が眉をひそめているのを無視し、エリザベスはメアリーを抱きしめてから体を離した。妹は本当に純真でかわいい少女で、人を疑うことを知らない。

その純真さを、今度ばかりはエリザベスもありがたいと思った。姉がなぜ公爵家に住み込んでいるのか、追及されでもしたら大変だ。品性下劣な両親を持つわりには、よくもこんなに純真でやさしい子に育ったものだ。まあ、父親のフォレスター氏は信用できない男だが、表面的には人あたりがいい。浅はかで見栄っ張りな母も、雰囲気としては繊細で非常に美人だ。メアリーはそれぞれのいちばんいいところだけを受け継いだのだろう。フォレスター氏が現在何をたくらんでいるのかは知らないが、メアリーがちゃんとロンドンの社交界にデビューできることを、エリザベスは心から願った。妹が落胆する姿は、見たくない。

「家に入る前に気づいたのだけど」メアリーが興奮した口調でたずねた。「家の前に馬車を停めて待っていらっしゃる赤毛のすてきな男性――」胸の前で手を組み、大げさにため息を吐く。「先日、香水店で姉さまと一緒にいらした方と同一人物よね？馬車には立派な家紋がついていたけど、あの方が公爵さまなの？　感じのいい方ね。私を見かけて軽く会釈してくださったの」

「公爵さまではないのよ。ニコラス・ギャリオンさんとおっしゃって、公爵家の遠縁なんですって。あの方も公爵家に雇われているので、一緒に仕事をしているわ。今日はこちらまで付き添いを買って出てくれて、私を無事にお屋敷まで送り届けてくださるの」

メアリーはがっかりしたようだ。「お母さまから聞いたのだけど、公爵さまは莫大《ばくだい》な財産をお持ちなんでしょ？　それなのに奥方さまを亡くされてから独身だって、きっと再婚相手を捜しておられるはずよ。おひとりではさびしいに違いないわ」彼女の瞳が計算高くきらめく。「私のことを一目でもご覧になれば、激しい恋に落ちられるのではないかしら？　そうなるとすてきよね！」胸の前で両手を組み、色褪せた絨毯の上でくるりと回る。淡い藤色のドレスが、シルクの花びらのようにメアリーの足元で舞った。

エリザベスは、心の内を顔に出すまいと努力した。いきなり十七歳の少女の夢を壊してしまうのはかわいそうだ。ジェルベイズが理想の結婚相手とされているのは、エリザベスも知っている。ただ彼がメアリーに恋をするなんて、どう考えてもあり得ない。妹は彼にとっては幼すぎる。彼はほの暗い欲望につき動かされた旺盛《おうせい》な探求心、そして高い知性を持つ男性で、こんな世間知らずで無垢な少女に興味を持つとは思えないし。メアリーの美しさに目を留めたとしても、すぐに飽きて、財産目当てに近づこうとした彼女の魂胆《こんたん》を叱りつけるだろう。

「公爵さまは、おいくつでいらっしゃるの?」メアリーがたずねる。「ギャリオンさんと同じぐらい、りりしいお顔立ちなのかしら」エリザベスの椅子に、メアリーが無理やりヒップを押し込んできた。

「そうね、公爵さまは一般的には男前だと言われている。年齢は確か、今年で三十五歳になられたとか」澄ました顔で答えるエリザベスに、メアリーはぼう然とした表情を見せた。その顔を見て、エリザベスは噴き出しそうになった。

「そんなにお歳なの? 老人なのに男前だなんて、変だわ」

ふとエリザベスの頭に、裸のジェルベイズの姿が浮かんだ。盛り上がった胸筋と自分の肌を軽く刺激する黒い胸毛の感触を思い出し、口にした菓子にむせ返った。メアリーが背中を叩いてくれたので、やっと呼吸できるようになった。

体を起こして姿勢を正したところで、フォレスター氏が部屋に入って来た。かろうじて消えない程度に火のついた暖炉の前に進んだ継父は、みすぼらしい敷物の上に立ち、必要以上にゆったりと構えてエリザベスにほほえみかける。申しわけないという気持ちがいっさいうかがえないその態度に、彼女は憤りをこらえて顔を高く上げた。こんな男に気持ちを乱されたくなかった。この男はいわゆる鉄面皮《てつめんぴ》で、恥というものを知らないのだ。

彼が作った借金の返済のために働かされることになったとき、最初はエリザベスも懸命に、そんなことはしたくないと訴えた。すると彼は兄のマイケルを家から放り出すぞ、と脅してきた。それ以来、継父の命令に逆らうのはやめた。

メアリーが紅茶を注いだカップを受け取ると、フォレスター氏はエリザベスに声をかけた。

「やあ、元気かい？　公爵家の様子はどうだ？」エリザベスに向かって紅茶カップを掲げる。乾杯のまねごとで、あざ笑っているのだ。「公爵はおまえの仕事ぶりを喜んでいるらしいな。満足させるのが難しい男だと聞いていたんだが」その場の全員にわかるようにウィンクする。

エリザベスは彼をにらみつけた。「ええ。公爵さまは本当に難しい方よ」ひと呼吸おいて、その意味をフォレスターに考えさせる。「だから、あの方を怒らせるようなことはしたくないわ。そうでしょ、フォレスターさん？」言外の意味に、フォレスターが動揺する。その様子を目にするのは、痛快だった。

勝ち誇った気分でその場をあとにしたくて、彼女はドレスをはたいて茶菓子のくずを落とし、扉へと向かった。

「では、ごきげんよう。私はマイケル兄さまと会ってくるわ」ちらっと窓の外を見ると、どんよりと雲が垂れこめていた。「今にも降り出しそうね。ギャリオンさんを寒い外で待たせたままにするのはかわいそうだし、雨が降る前に帰らないと」

メアリーが何かを思いついたらしく、手を叩いて立ち上がった。「ギャリオンさんをここにお招きしてはどうかしら？　公爵さまのことを詳しく教えてくださるかも。そうすれば、私が公爵夫人になれるのか、判断できるでしょ」

＊＊＊

エリザベスがノックすると、低い声で応答があり、彼女は兄の部屋に入った。兄がベッドではなく、窓辺の椅子に座っているのを見て、彼女はほっとした。ひざ掛けの上には、読みかけの本が載っている。部屋にはほとんど家具もなく、まるで修道士のような暮らしぶりだ。ただ、その質素な雰囲気はマイケルらしくもある。そもそもその名前も大天使聖ミカエルにちなんだものであり、守護天使と同じように兄は常に自分の信念のために闘う人だ。エリザベスはさっと室内を見回し、兄の部屋がきちんと整った状態であることに安堵した。彼女のいないあいだも、ちゃんと面倒をみてもらっていたようだ。

兄のすぐそばにしゃがみ込んだ彼女は、自由が利かなくなった兄の脚に額をくっつけた。兄の片方の手を取り、その長い指を自分の手でつかむ。マイケルはたった一歳違いの兄で、幼い頃はいつも一緒に遊び、もう少し成長してからは女の子らしい悩みを打ち明け、相談を持ちかけた。兄にとっては迷惑だっただろうが、それでもしっかり耳を傾けてくれた。

しばらく彼女はそのままじっと兄の体にもたれかかっていた。穏やかな兄の存在感に、心が落ち着いていくのがわかった。

以前のマイケルとは、こんなに穏やかに接することができなかった。ヨーロッパでの戦争から戻ってきた最初の一年、兄は怪我のせいもあり体調がすぐれず、自分で命を絶とうとすることさえあった。そんな彼を叱咤激励《しったげきれい》し、何とか新しい人生に向き合うようにさせたのは、エリザベスの努力の結果だった。思えば当時は、終わることのない口論に明け暮れていた。兄の存在を無視しようとする母にどうにか関心を持たせ、兄の介護を続けようとした。

ふっと大きく息を吐き、彼女は立ち上がって、兄と視線を合わせた。ジェルベイズと同じグレーの瞳が彼女を見ているが、そこにジェルベイズのような銀色のきらめきはない。底が見えないぐらい深く、静謐《せいひつ》に満ちている。古代の石か、狼の分厚い毛皮のような色。マイケルはあまりに色が白く、瘦《や》せすぎているが、現在の状況を考えれば、どうすることもできない。

兄はエリザベスにほほえみかけ、目の下まで落ちた彼女の髪をそっと顔から払いのけてくれた。「長いあいだ、おまえの姿を見なかったが……。下働きの召使いが、あれこれおまえの行き先について噂しているのが耳に入り、心配で寝られなくなっていたんだ」

エリザベスは、兄の指をつかんだ手にぎゅっと力を入れ、できるだけ朗らかな口調で話し始めた。「がっかりさせてしまうようだけど、たいしてわくわくするような話ではないの。フォレスターさんの言いつけで、仕事をしているだけ。いつものことよ。あの人の命令って、神様のご宣託《せんたく》みたいなものよね。継父の作った借金を払うのは継娘の務めである、嫌なら家を出て行け——そういうことよ」

今度はマイケルが彼女の手を握る。「だが今回は、ディアブル・デラメア公爵家に行かされていると聞いた。若い未婚の娘が住むには危険な場所だ」兄が言葉を切ったが、エリザベスは視線をそらした。「あの男は賭けごとに明け暮れ、女癖の悪いやつだ。あいつの屋敷に住み込んで仕事をするなんて、危険じゃないか。僕は心配なんだ」

やっとエリザベスが視線を上げると、兄の瞳がこちらを探るように見つめていた。

「公爵さまは、フォレスターさんよりはるかに紳士よ。だから心配しないで」

「だが、そもそも公爵家でどういった仕事をしているんだ？　評判が傷つくじゃないか」

「評判がどうだと言うの？」エリザベスは膝立ちになり、兄の手の中に自分の両手を置いた。神の前で歎願《たんがん》する人みたいな格好になった。「あのお屋敷で危険な目に遭うことはないわ。あちらで何かを無理強いされる心配はまったくないのよ」これに関しては嘘をつく必要はない。「実を言うと、フォレスターさんから離れられてうれしいぐらい。あの人にどんな嫌がらせをされるかとびくびくすることがないもの。だから、ね、私を信じて。そいつはよかったな、と兄さまも喜んでくれない？」

兄と目が合う。兄の瞳に戸惑いの色があったが、自分の瞳にも同じ色が浮かんでいるのだろう。ただ、マイケルのほうが、エリザベスよりはるかにフォレスター夫妻を嫌っている。

「僕の翻訳の仕事で、二人分の生活をまかなえるぐらい稼げればいいんだが」兄もエリザベス同様、語学の才能があるのだ。「僕自身の着るものや食べものを支払うのにも足りないぐらいだからな。残念だよ。金さえあれば、こんな家を飛び出し、フォレスターなんか地獄に堕ちろと祈るんだが」そこでマイケルがとぼけた顔を妹に見せる。「もちろん、おまえが小鳥みたいに小食なら、ずいぶん助かるとは思うよ」

兄のからかいには取り合わず、エリザベスは立ち上がった。マイケルは妹を非常に良識のある女性だと考えている。しかしその妹がむさぼるようにジェルベイズにキスしたことを知れば、何と思うだろう？

「実は、話があって来たの。兄さま専属の付き添い人を雇う話を前にしたわよね」

兄の口元が歪む。「そんなに気を遣って回りくどい言い方をしなくてもいいさ。はっきり言ったって、傷ついたりしないから。付き添いじゃなくて、介護人だろ」

エリザベスはレティキュールから紙を取り出し、兄に渡した。さっき母にも見せたものだ。「この人なら、看護資格もある上に、兄さまの話し相手にもなってくれるはずよ。ジャック・ルウェリンという元軍人で、部隊の司令官だった方の介護をするために除隊したんですって。近頃その司令官が亡くなられたので、職を捜していらしたの」

兄が紹介状を読む様子を、彼女ははらはらしながら見守った。ルウェリン軍曹の履歴を知っても、兄は何も言わない。やがて意を決した彼女は、つとめて明るく言った。「試しに、三ヶ月だけ働いてもらうことにしたわ。兄さまがいいと思えば、契約は延長できるの」

マイケルは紙から視線を上げると、無表情な顔で妹を見た。「ありがたいよ、もちろん。ただ尊敬すべき母上とその夫は、この人のために金なんか出すはずがない。どうやってこの人に給料を支払うつもりなんだ」

「私が払うのよ」彼女は兄をにらみつけ、胸を張った。言い争いを覚悟したが、負けるつもりはなかった。

「ディアブル・デラメア公爵家でもらう給金から払うのか？」マイケルは腕組みをして、背筋を伸ばす。鋭い眼差しでエリザベスを見据えた。

「そうよ」

マイケルは片方だけ眉を上げた。妹の言い分を信じてはいないようだが、その表情がかえって彼の顔立ちの美しさを際立たせた。「ふむ。おまえが公爵家で何をして稼ぐのかは知らないが、自分の良心に恥じない仕事なんだろうな？　おまえの名誉を守るために、ディアブル・デラメア公爵に決闘を申し込むはめになるのは、僕としても避けたいからね」

「ばかなことを言わないでちょうだい」

二人は同時に笑い始めたが、何かおかしなことを感じ取れば、兄は公爵であろうが躊躇《ちゅうちょ》なく決闘を申し入れるだろうと、エリザベスは確信した。けれど、どう考えても勝負にはならない。兄をそんな目に遭わせてはいけないのだ。兄を見ながら、彼女は心に誓った。マイケルをジェルベイズと会わせてはいけない。それだけは何としても阻止しよう。

12

豪華なダイニングルームで贅沢な調度に囲まれ、エリザベスは夕食のテーブルに着いた。テーブルには他にサー・ジョンとニコラス・ギャリオンがいる。グレーのシルクの壁掛けや銀糸で刺繍を施したカーテンが目に入る。ジェルベイズは自分の目や髪の色が特に引き立つようにこういった内装を選んだのだろうか――考えるまでもない。当然だろう。彼の意図が細部にまで反映されているだけだ。

実家の人たちについて、ニコラスには何も話さなかった。彼は、母上はお元気でしたか、といった挨拶代わりの言葉をかけてきただけで、具体的な質問はしてこなかったので、彼女は内心ほっとしていた。

心配ごとのひとつはある程度片づいた。今後はニコラスの付き添いは不要だとジェルベイズに伝えよう。彼なら他にすることはいくらでもあるはずだから。

「ウォーターストーン夫人には、今夜何を言っても上の空ですな。お加減でも悪いのかな？　何なら、メイドを呼ぶが」

サー・ジョンの耳障りな声が、考えごとにふけっていたエリザベスの頭に入り込んできた。しまった、と顔を上げる。なるほど、そう言われても仕方ない。フォークを握ったまま、皿の上で手が止まっている。

「失礼しました。あれこれ思うことがありましたの。ご質問は何だったのでしょう?」

「体の具合でも悪いのかたずねたんだ。こちらの言葉など、耳にも入っていないようだったから」

エリザベスはフォークを置いた。「つまり、いつもなら大量に食べるくせに、今日はずいぶん小食だ、体調に深刻な問題があるに違いない、とおっしゃりたいのですね?」

ニコラスが大笑いした。「ああ、そのとおりだな。おそらくサー・ジョンは、女性はものすごく大食いであるべきだとお考えなんだろう」

サー・ジョンは、憎々しげな視線をニコラスに投げかけてから、堅苦しい口調でエリザベスに話しかけた。「そんなつもりはない。ただあなたにいつもの溌溂《はつらつ》としたところが見られないので、心配しているのだ」

サー・ジョンは恥ずかしいのか顔を赤らめていた。その表情を見て、エリザベスは自問した。この人は、私のことを溌溂としていると感じていたのか? 気まずい出会いのあと、二人が一緒に時間を過ごすことも多くなり、エリザベスもこの書記官のことを理解するようになってきていた。ジェルベイズの隣にいると、彼はまったく目立たない存在になる。しかし、彼なりに長所もある。やはり好意は持てないが、真面目で仕事熱心なところは認めるべきだとも思う。

「私ごとをお話しするのは気が引けるのですけど」申しわけなさそうに肩をすくめて、エリザベスは話し始めた。「実家の人たちのことを考えていたんです」

「何か問題でもあるのか？　今日の午後は、万事順調だったとニコラスからは聞いたんだが」

エリザベスはさっとニコラスを見た。するとウィンクを返された。不思議だ。自分の一挙手一投足をサー・ジョンは気にかけている。さらに、自分がどうしていたかを、なぜニコラスは細かくサー・ジョンに報告しなければならないのだろう。彼女の中で不信感が広がる。だが、すぐに気づいた。暗号解読の仕事もすることになったからだ。サー・ジョンは、エリザベスの暗号解読能力を頼りにしているから、彼女の身に何か危険なことが起こらないか心配なのだ。実家の人たちとの関係に興味を持っているわけではないのだろう。

「ニコラスからの報告のとおりです。私はただ、昔から家族を悩ませている問題について、改めて思いをはせていただけです」どうにか小さな笑みも浮かべることができた。「どんな家族でも、心配ごとのひとつや二つあるものでしょう？　私の家族も同じです」

実際は、マイケルの顔に浮かんだ表情が、彼女の頭にこびりついて離れなかった。

小さい頃から仲がよかった兄妹ならではの直感で、エリザベスがすべてを正直に話していないことをマイケルは感じ取ったのだ。兄のことだ、きっとしつこく質問してくるに違いない。納得するまであきらめないだろう。今後兄と会うときは、言葉に気をつけなければ。

ニコラスがギャリオン家の話を始めたので、エリザベスは喜んでその話に乗った。彼は六人きょうだいの内の唯一の男の子で、これがどれほど大きな問題かという内容だった。楽しい会話のあと、やがて彼女は自室へと戻った。

＊＊＊

化粧台の上の鏡に映る自分の顔が、疲れて見える。無理もない。エリザベスは今日、初めて継父と母、兄と妹の住む実家を訪問したのだ。この体験を無事に終えたのだから、今後は訪問のたびにぎこちなさも消えていくだろう。重圧に押しつぶされそうになり、逃げ出したいと感じた。それでも、私はもう子どもではないのだ、と彼女は自分を奮い立たせた。自分が果たさなければならない責務を思い出す。そして公爵家にいられる自由を噛みしめた。彼女はかっちりと髪をまとめるピンを丁寧に外したあと、頭皮を指先でマッサージした。

そのとき、彼女の部屋の扉を遠慮がちに叩く音がした。彼女が返事をする前に、公爵付きの従僕であるジャンが、小さく開けた扉の隙間から顔をのぞかせた。冷たく強ばった表情から、このフランス人の従僕が、彼としては不本意な言葉を彼女に伝えに来たのだとわかった。ジャンは慇懃《いんぎん》に頭を下げ、エリザベスの視線を避けようとした。

「公爵さまがウォーターストーン夫人をお呼びです。ご自身の寝室でお待ちになっています」

エリザベスは立ち上がり、ドレスのしわを伸ばした。肩に下ろした髪が、ふわりと揺れる。彼女は落ち着かない気分で従僕と向き合った。「お待ちになっているって……今？」

ジャンは大げさに肩をすくめた。彼なりの精いっぱいの主人への抵抗なのだろう。

「ウイ、マダム。このようなことをお伝えする私をお許しください。驚かれるのも当然です。道理に外れた行為をなさってはいけませんと、私はお諫《いさ》めしたのです。でも、私などの言葉に、公爵さまは聞く耳をお持ちではありません」ジャンが戸口から消えると、エリザベスは屋敷の主寝室へと向かった。

扉をノックしても返事はない。しかし、こんなところを人に見られるのは嫌だったので、彼女はそっと室内に入った。

「ごきげんよう、エリザベス」

目の前の光景に、エリザベスは口をあんぐりと開けたまま、胸の前でぎゅっと手を組んだ。ジェルベイズは湯浴みの最中で、ジャンの姿はどこにもない。

「エリザベス、口を閉じなさい。ハエが入ってしまうぞ」ぼう然と見つめるエリザベスに、彼は眉を上げてみせた。「どうした？　男が入浴するところぐらい、君も見たことはあるだろう？」

彼女は首を横に振ったが、目は彼の分厚い胸筋に釘づけだった。湯の中で裸の体をきらきらと輝やかせ、彼は足先を湯の上に出し、くるぶしを湯船の縁で交差させていた。わずかにオリーブ色の入った肌のせいで、かがり火に照らされたギリシャ神のように見える。きれいな形の頭にぴたりとくっつく濡れた髪が、アザラシの皮膚のようにつややかに見える。

エリザベスの視線は彼の盛り上がった胸の筋肉を覆う毛をたどって腹部へと下りた。ヒップは石鹼が泡立つお湯に隠れているが、見ているうちに息が苦しくなった。

「手を貸してほしい」ジェルベイズはものうげに手を上げ、自分の胸元をこすった。「君も一緒に湯浴みをすればいいと思って、君を呼びに行くようジャンに命じた。するとと何だか、あいつは妙に憤慨してね。出て行ったきり戻って来ないんだ。だから背中を洗ってくれる者がいない」彼は泡の中に手を入れ、膝のあいだから海綿《かいめん》スポンジを取り出した。

拒否反応を示してもよさそうなものだが、エリザベスは気がついたら浴槽のそばに立ち、海綿を受け取ろうと手のひらを差し出していた。

「やあ、ありがとう」ジェルベイズがつぶやく。「自分で体を洗わなければならないのかな、と心配になり始めていたところだった」

浴槽のそばに腰を下ろし、彼女はスポンジをレモンの香りの湯に浸した。暖かな石鹼水を絞りながら、ジェルベイズの裸体のことを考えていると、口がからからに乾いてきた。どこから洗えばいいのだろう。おとなの男性の体を洗った体験はある。兄のマイケルの体の具合がひどく悪くて、自分で入浴できなかったからだ。しかし、今の状況はそういうのとはまったく異なる。

「ひとつ、いいことを教えてやろうか、マ・ベル」恋人に語りかけるようなジェルベイズのささやきに、エリザベスははっとした。スポンジを持った手を宙に浮かせたまま彼をじっと見つめていると、催眠術にかかったような気分になってきた。スポンジから落ちる水滴が、照明の光を反射してきらりと輝き、彼の引き締まった腹部を滑り下りていく。「そのままではシルクが台無しになるぞ。ドレスは脱いだほうがいいだろうな」

彼女は黙ってうなずくと、彼に背を向けた。濡れて暖かな彼の指を背中に感じたあと、すぐにドレスが緩んで背中がむき出しになるのがわかった。ドレスがするりと床に落ちる。彼女はまたスポンジを手に取り、彼のほうを向いた。彼は浴槽にもたれた姿勢から体を起こし、ぜい肉はないものの大きな背中に彼女の手が届くようにした。

「考えていたのだが」スポンジをゆっくりと、円を描くように彼の背中で動かし始めた彼女にジェルベイズが話しかける。「君はもう喪服を着なくてもいいだろう。気の毒なウォーターストーン氏が、哀れにも命を落としてから一年が過ぎたことにすればいい。マダム・シャルルに作らせたドレスを着てみればいい。ラベンダー色の生地にグレーの入ったドレスなら君によく似合うはずだ」エリザベスが凝りをほぐそうと背筋を押すと、ジェルベイズは、うーっと気持ちよさそうな声を上げて肩を回した。「ああ、エリザベス。今のは効いたぞ。君はジャンよりはるかにマッサージがじょうずだな」

エリザベスは、ふん、と鼻で笑うと、体を近づけてさらに指先に力を入れ、背筋の下のほうまで押していった。「本当かしら?」甘ったるい声でたずねて、マッサージを続ける。自分の手の下で、筋肉が動く感覚が楽しかった。

すると彼が突然エリザベスの手首をつかみ、スポンジを取り上げて彼女を見据えた。彼の顔にゆっくりと官能的な笑みが広がり、彼女の体をじろじろと眺める。

「ああ、そうだ。うんといい気持だよ」

彼の視線をたどると、自分のコルセットがすっかり水浸しになっているのがわかった。当然、透けた布地から乳房の形どころか、乳首まで丸見えだ。

「こっちにおいで」彼の腕が伸びてきて、濡れた手が彼女の肩を引き寄せる。彼女は膝立ちになって、彼の胸に抱かれる形になった。彼の唇が、彼女の唇を捜し当て、たっぷり時間をかけてキスする。彼女の体に快感が広がり、息が荒くなっていった。

キスを終えるとジェルベイズはまた浴槽にもたれ、エリザベスに今度は胸や腕を洗わせた。その後、特に要求されたわけではないが、彼女は彼の脚を洗い出した。足先から始め、膝までこすったところで、足先へと戻る。するとまた彼に腕をつかまれ、彼女は動きを止めた。

「俺の体すべてを洗わずに済ますつもりか？」厳しい声で責められる。

「いいえ、私は――」また言葉を失ってしまった。これまで何も言えなくなることなんてなかったのに、最近はよくある。ジェルベイズは、ふっと笑いを漏らすと彼女が握るスポンジを自分の腿のあいだに落とした。

「脚の下にあるから、拾い上げろ。場所がわからなければ、俺が手伝ってやろう」

彼女は目を固く閉じると、恐る恐る腕を伸ばし、湯をかき混ぜていった。二の腕の内側の敏感な肌が彼の硬い腿に触れる。息を止めて、彼女はさらに深く手を入れる。指を精いっぱい広げて捜していると泡立つ湯が胸元にかかり、コルセットがさらに湯をたっぷり含む。重くなったコルセットに引っ張られ、シュミーズの紐の片方が肩から落ちる。広げた指先がジェルベイズの腿に触れ、彼女ははっとしたが、反応を悟られないように歯を食いしばった。

するとジェルベイズは快感の声を漏らし、彼女の乳房をもてあそび始めた。「そんなにきつく目を閉じ、息まで止めている姿は、夏祭りで何かの競技が行なわれるとき、ビール樽《だる》に上がって地元選手を応援している少女みたいに見えるぞ」

彼はもう一方の手を湯の中に入れ、彼女の手と指を絡める。その手が硬い腿の筋肉を滑り、下腹部へと動いていくと、エリザベスははっと身を硬くした。首筋に彼が歯を立て、乳房を刺激する彼の手の動きが激しくなる。そして彼の手が彼女を彼の脚のあいだへと導くと、さらにはあはあと大きく、速く息を吸いこまなければならなくなった。

ペニスを握らせた彼がたずねる。「さあ、捜し当てたな。どうだ、気に入ったか?」

「捜し当てたのはスポンジではないようですけど、確かに興味深いものではあります」

彼が声を立てずに笑い、体が揺れた。彼に頭をつかまれ、彼女は顔を上向きにさせられる。また唇を重ねる。

「いやはや、エリザベス。君の言うことはいつもなにがしかの教訓を含んでいるな」

彼女が機転を取り戻すのを待って、ジェルベイズは手を離したが、唇は重ねたままだ。そして湯の中で重ねた手を上下に動かし始めた。そのリズムに合わせて、舌を彼女の口の中へ出し入れし、腰を突き上げる。これはいったいどういう行為なのだろうとエリザベスは思ったが、深く考えないようにした。その間にもキスは熱を帯びてくる。

頭では何をしているかはわからなくても、手は勝手に動いている。彼の舌の動きに合わせているうちに、同じリズムで彼女の体の中で熱が大きくなり、乳首やお腹の下あたりがうずく。

「ああ、そうだ」彼のかすれた声が耳元で訴える。「俺が君を歓ばせているあいだ、君も俺に快楽を与えてくれ」

突然彼が体を離した。ショックを受ける間もなく、彼女は体ごと持ち上げられ、浴槽で彼の腿にまたがされていた。ペティコートの薄い生地が脚に絡み、二人の下半身を隠す。彼女が座り直しているあいだに、彼の手が器用に動き、コルセットを脱がされていた。こぼれ出る乳房に彼が唸り声を上げてむしゃぶりつく。彼女は背中を反らして、乳房を彼に差し出した。

すでに非常に敏感になっていた乳首が初めて彼の口の感触を受けた途端、エリザベスの全身を快感が貫き、彼女は大きくあえいで彼に下半身を強くこすりつけてしまった。ジェルベイズは全裸なので、二人を隔てているのは下着の薄い生地一枚だ。そのことに気づいてショックを受けながらも、彼女は体の中心から伝わってくる彼の熱と、むくむくと大きくなるペニスを意識していた。どうしてももっと彼に近づきたくて、激しく腰を押しつける。

突然ジェルベイズが、低い声で毒づいて体を硬直させた。そして猛然《もうぜん》と腰を突き上げる。そのあと、ああっと叫んで彼女の乳房に顔を埋めた。しばらく動こうともしない彼を見て、エリザベスはおずおずと彼の髪を撫でた。

「大丈夫？」たずねると返事の代わりに、彼が舌の先で乳首を舐めた。

「うう……」そう言ってから、彼が大儀《たいぎ》そうに体を起こす。「俺としたことが、経験のない少年みたいなところを見せてしまった。すまない」だがそのあと、にっこりと笑った。「白状するよ。君と会ってから、いちども女性と関係を持っていないんだ。だから女性としての君の魅力に圧倒されたらしい」

エリザベスは顔を曇らせた。いったいどういう意味なのか、理解できなかった。自分が強く下半身を彼に押しつけたのはわかっている。すると彼の体が……変化したのだ。彼女は彼の胸から腹部へと視線を動かした。その様子を彼が見守っている。銀色の瞳は、いつも以上に官能的にきらめき、何が楽しいのか、うれしそうに見える。

そして、はっと気づいた。

「まあ、そういうことだったのね。私のせいで、体のどこかを怪我させてしまったのかと思ったわ。誤解が解けたことを示すため、腿にまたがったまま手をひらひらと動かす。「男性が快楽を得るのって大変なんだと、やっとわかったわ。あんなに――」

「不便なものとは思わなかっただろ?」まさにそう考えていた彼女を、ジェルベイズは体ごと持ち上げ、湯船から出た。

＊＊＊

ぶるっと身を震わせた彼女を、ジェルベイズは自分の腕の中に抱き寄せた。濡れたシュミーズを脱がせ、彼女を抱いたまま、近くの椅子の背に置いてあった分厚い室内ガウンを手に取る。ガウンに袖を通し、前を大きく開いて彼女の全身をすっぽりと包む。体が密着した状態で彼女は頭を彼の胸に預け、ふうっとため息を漏らした。いったい、どういうため息なのだろう？　彼女の体を見ると、すべすべの肌がまだほんのりほてり、赤らんでいた。

さらに近くに彼女を抱き寄せると、自分の腕の中に彼女がぴったりと納まった。何の違和感もなく二人の体が寄り添い、そのことに彼は感動さえ覚えた。欲望を放ったことで、彼の体は快楽で満たされ、その余韻を楽しんでいる。

絶世の美女というわけでもない、性的な手練手管をまったく持っていないうぶな娘に、あれほど強烈に欲望をかき立てられたことは驚きだった。だがまあ、深く考えるのはやめておこう。彼は彼女の体を乾かすことに専念した。彼女の長い髪は濡れた毛先が少し乾き、カールし始めていた。その髪を手櫛《てぐし》でとかし、心配しなくていいから、とささやきながら、暖炉の前の椅子まで抱き上げて運ぶ。ジェルベイズは裸だったが、肌を直接触れ合っても、彼女には身構える様子はない。よかった。彼女を抱えたまま椅子に腰を落ち着け、二人の体を大きなガウンで覆った。彼女が自分を怖がるようになってきているのではないか、と少し気がかりだったのだ。自分にそんなやさしいところがあったことさえ、ジェルベイズは忘れていたけれど。

髪のもつれをほどきながら、会話の糸口を探る。さっきの新しい官能的体験を思い出させるような話は厳禁だ。「実家はどうだった？　母上とは、お互い感情的にならずに話ができたのか？　まさか、すぐに出て行けとは言われなかっただろうな」

「母からは再度、私とは二度と会いたくないと宣言されたわ。会話だなんてとんでもない、という感じだったけど、最終的にはお互い妥協点を見つけたの。あなたのおかげよ、ジェルベイズ。あなたが口添えしてくれなければ、家族というものを完全に失うところだった」

ジェルベイズは、彼女の頭のてっぺんに口づけした。「役に立ててよかったよ。ま、公爵という地位が便利なときもあるわけだ」そう言って、少し口調を変える。「それで、フォレスターのやつにも会ったのか？」

「ええ、会いたいわけではなかったけど」エリザベスは、ふん、と鼻を鳴らし、彼の肩に預けていた頭を上げた。彼女の瞳がきらめき、売られた喧嘩《けんか》は受けて立つわ、という表情になった。「あいつったら、何ひとつ変わったことなんてない、という顔でこちらを見たあと、このお屋敷での私の〝おつとめ〟について、いやらしいあてこすりを言ったのよ。私の母や妹がいる前で」

ジェルベイズは信じられん、と首を振った。彼女の瞳からは怒りが消え、諦めのような感情が浮かんでいた。

「実家には、ちょっとした変化があったの。そのことが、ずっと心配で」エリザベスの言葉に、彼は固唾《かたず》をのんでその先を待った。「メアリーが、ロンドン社交界にデビューするんですって。いったいどこからそんなお金を手に入れたの？　私の聞いたところでは、一シーズンだけでも、莫大な費用がかかるとか。そのせいで破産する一族もあるんですって？」彼女がまっすぐに彼の目を見る。「そうなんでしょ、ジェルベイズ？」

彼女がぎゅっと眉根を寄せ問いかけてきた。こうやって普通の会話の最中にファーストネームで呼ばれたことが、何だかうれしかった。「フォレスターは賭けごとの好きな男だからな。どこかで大儲《おおもう》けしたんだろう。あるいは、君の母上が、最近になってどこかから遺産を受け取ったとか？」彼は肩をすくめた。「まとまった金を突然手にする理由なら、いくつも考えられる」彼は言葉を切り、髪を少し自分の指に巻き取った。「たずねてみればよかったのに」

彼女が背筋を伸ばす。するとガウンの前がはだけて、彼女の乳房がむき出しになった。「実は、聞くのが怖かったの。ええ、意気地なしよね、認めるわ。でも余計なことを言って、母から二度と来るなと言われたくなかったのよ。お金に困っているはずだ、と言われて気分のいい人はいないでしょう？」

ジェルベイズとしては、フォレスターが突然金回りがよくなった理由を知りたくて仕方なかった。ただ、エリザベスの実家での立場が少しは理解でき、どんな辛いことも顔には出さず、努力する彼女に感心していた。

「私がいるあいだは、母もフォレスターさんも、家計管理は私に頼りきりだったのよ」彼女が唇を嚙む。「うぬぼれていると思うかもしれないけど、私がいなくなれば、いろいろ困ることもあるはずだと考えていたわ。ところが予想とは逆に、暮らしぶりは豊かになっていた」

　思索を続ける彼女を邪魔したくなくて、ジェルベイズはただ眉を上げるだけにし、そのまま彼女に話を続けさせた。

「玄関で来客の応対をするメイドがいたわ。家の中は掃除が行き届き、きちんと修繕もされていた。さらに言えば、母は新しい葉っぱでいれた紅茶を出し、そこにお菓子まで付けたのよ」ぽかんとした彼の表情を見て、その言葉の意味を彼が理解できていないのを察したのだろう、エリザベスがほほえんで説明した。「私が家事を監督していたときは、無駄なお金は一ペニーだって使わないようにしていた。当然、住み込みのメイドなんて雇えないし、紅茶は出がらしを乾かして、最低二回は使うようにしていた。お菓子は私が焼いていたわ」

　怠惰そのものの家族のため、エリザベスが懸命に台所で立ち働く姿が頭に浮かび、説明のしようがない怒りが、ジェルベイズの中で大きくふくらんでいった。家族をきちんと食べさせるために、彼女がどれほどの犠牲を払ってきたことか。彼女の手を取り、皮膚をよく見ると、あちこちに小さなやけどの痕があった。怒りのせいで表情が険しくなったのだろう、彼女が手を払って、それ以上の詮索を拒否した。

「こき使われてばかりだったわけでもないのよ、誤解しないで。私はいろんなことを自分の思いどおりにしたがる人間だから、たくさんの仕事を自分からしていただけなの。落ちぶれた一族だと思われたくなくて、できるだけ頑張った。悪いことをしたわけじゃないわ」

彼女にもプライドがあり、それはジェルベイズにも理解できる。彼自身が人に弱みを見せたくない人間だ。彼女は、自分の家族が、落ちぶれて人から後ろ指を差されることだけは、何としても避けようとしているだけ。その頑ななまでの姿勢を、称賛こそすればばかにするつもりは毛頭ない。

彼は彼女の手を自分の口元に運び、手のひらに口づけした。「ああ、もちろんだ。君の努力は称賛に値する。ただそれでも、君の妹の社交界デビューの金を、フォレスターがどこから調達したのかは説明できない」

エリザベスがまた、彼の胸に顔を埋めた。「ええ」

これ以上彼女を問い詰める気にはなれず、さらに部屋を包む不思議な穏やかさが心地よくて、ジェルベイズは彼女の髪の下に手を入れて、うなじを撫でた。もうほとんど乾いた髪に鼻先を埋めると、さっき一緒に浴槽に入っていたのに、彼女らしい独特の匂いがした。その匂いを胸いっぱいに吸い込むと、ペニスがまた大きくなり始めた。やわらかな彼女のヒップを押しているので、彼女も当然気づいているはずだ。何か言われるのを待った、彼女は静かに顔を彼の肩に預けたままだ。彼はそっと彼女の額を後ろに押し、後頭部を自分の手のひらで支えて彼女の顔を覗き込んだ。彼女はすっかり眠り込んでいた。

やれやれ。あきらめの笑みを浮かべ、彼はしっかりとガウンで体を包んで彼女を抱き上げ、彼女の寝室まで運んでいった。数々の官能的な経験を誇るジェルベイズだが、実際にベッドで女性の体を欲望で燃え上がらせることもなく、眠らせてしまったのはこれが初めてだった。彼女をベッドに横たえ、毛布をかける。このまま一緒にベッドに入りたい衝動を、彼は懸命にこらえた。女性と一緒に眠りに落ちるようなまねはしないと心に決めているのに。これまで囲い者にもきちんと金を払い、おまえは俺を歓ばせるためにいるのだ、だから寝るな、と命令してきた。

しばらく彼女の寝顔を見て、目を覚まさないことを確認したあと、彼は自分のベッドに戻った。ろうそくを吹き消すとき、彼の顔には笑みが浮かんでいた。エリザベスは自分に悦楽を与える方法を学んだ。しかも暗号解読の能力は抜群だ。彼女の顔を思い浮かべる。確かに一般的な美女ではないだろうし、性の技巧に長けているわけでもない。それでも、彼にとっては、これまでの誰よりも魅力的で、心惹《ひ》かれる存在だった。

13

「でも、そんなの理屈に合わないわ」目の前にしわを伸ばして広げた紙を見下ろしながら、エリザベスは独り言のようにつぶやいた。ふと視線を感じて顔を上げると、サー・ジョンがこちらを見つめていた。ここは公爵の書斎をあいだにして図書室の反対側にある書記官用の執務室で、元々はサー・ジョンが専用に使っており、びっしりと並べられた本も、彼のものだ。現在はエリザベス用の机も置かれた暗号解読のための仕事部屋となっていて、かなり雑然とした雰囲気になっている。

サー・ジョンが近づいてきて、エリザベスの肩越しに机の上を覗き込む。興味津々のようだ。「その文書のうち、三つは筆跡が同じ、四つ目は私がすでに解読したが、別の人物が書いたもので、同じ暗号が使われている」

「それなら、最初にこの暗号を作った人は、今回のことにかかわるのを辞めたか、働けない状況になったかのどちらかです。そうとしか考えられません」

サー・ジョンが肩をすくめた。貧相な体つきのせいで、彼の上着にはいつもしわができているのだが、肩を動かすと余計にしわが目立つ。「これほど大それたことをするやつは、自分の身にも危険が及ぶ可能性ぐらいは理解していたはずだ。国を裏切るわけだから」

文書は流麗《りゅうれい》な字体で書かれており、文字の先を派手に伸ばしたり丸めたりしてある。エリザベスはその文字を指でなぞった。「この文書を書いた者は、すでに死んでいるのではないか――あなたは、そうおっしゃっているの？」

「ああ、そうだ。暗殺計画は今にも実行されようとしているんだぞ。計画の中心的な人物が、今になって、妻子を連れて休暇旅行に出かけるはずもないだろう？」

すぐに返答できず、部屋は沈黙に包まれた。彼女は何度か深呼吸し、さまざまな予備知識を捨て、純粋に暗号解読に没頭しようとした。忘れがちだが、ジェルベイズとサー・ジョンは裏社会のあれこれを直接目にしている。話に聞くところでは、そういう世界では、人の命は軽んじられ、裏切りなどもしょっちゅう起こるらしい。

ちらっとサー・ジョンを横目で見る。感受性が鈍く融通の利かない彼でも、人間の醜《みにく》い面ばかり見ていると、考え方に影響が出るようになったのかもしれない。

彼女はまた暗号解読に戻った。次に取りかかったのは、非常に複雑な難問で、すぐに時間の経《た》つのを忘れてしまった。織物の糸をほぐすように、ひとつずつ言葉を分解し、ほぐした糸でまた新たな布を織るように、文字をつなぎ合わせていくと、どうやらパターンが見えてきた。うれしくなって解読を進め、最初の二つの文を終えた。ところが三つ目は、解読は正しいはずなのに、完成した文章がまるで理解できない。暗号文と同じぐらい意味不明だ。

やがてサー・ジョンに声をかけられたが、視線さえ上げなかった。夕食がどうとか言っていたような——頭の隅でそんなことを思っているうちに、彼が部屋を出て行った。するとその瞬間、部屋の空気が突然変わったことに気づいた。そうだ、サー・ジョンは、早く解読しろとかなりしつこく圧力をかけてくる。この部屋にいると威圧感を覚えるのはそのせいだ。彼がいなくなって初めて、彼女はその事実を認識した。

夕食から戻って来たサー・ジョンは、ブランデーの臭いをぷんぷんさせていた。食事と一緒に楽しんだに違いない。彼は指先にリボンで結わえた手紙をぶら下げ、彼女の鼻先に突きつけた。人工的なバラの香料が強く、吐き気がしそうだ。

「今夜私は、人と約束があって外出する。公爵さま宛に、緊急の親書が届いたので、渡してもらえるかな？　屋敷にお帰りになってからでいい。アンジェリークという名の、長年の愛人からなんだ」サー・ジョンは、わざとらしく、ウィンクしてみせる。「お気に入りの女性からの便りだから、一刻も早くお読みになりたいだろうと思う」彼が体を近づけてきた。「あなたもうぶな生娘じゃないから、男が欲求を満たす必要性はわかるだろ？　ま、このアンジェリークという愛人が、公爵さまの強い欲望に応じられる女でよかったよ」

エリザベスは、どうにか笑みを浮かべた。そして顔を引きつらせながら考えた。サー・ジョンのような独善的《どくぜんてき》な男性が、ジェルベイズの部下として働くことに我慢できるものだろうか？　お山の大将でいたい彼は、どんな意味合いにおいても勝てる可能性のないディアブル・デラメア公爵の命令を聞くことなど我慢できないはずだ。

彼女は手紙を指でつまむようにして受け取ると、机のいちばん自分から遠い隅にほうり投げた。「わかりました。公爵さまに必ずお渡しします」

時間の経過とともに部屋はどんどん暗くなっていき、一方で手紙が発する強くて甘い香りがあたりに充満していった。新鮮な空気が残っていないように思えて息苦しい。エリザベスは口から呼吸し、募る苛立ちを忘れようとした。現在、エリザベス以外の女性とは関係を持っていないとジェルベイズは言っていたのに。長年の愛人をどこかに囲っているのなら、なぜそう言ってくれないのだろう。

低い唸り声を上げ、彼女は誘惑に屈した。さっと手を伸ばし、強い香水をふった手紙をつかむと、差出人を確認した。

謎の女性、アンジェリーク――きっと美人に違いない。住所はヴォクソールだった。エリザベスはその姿を思い描いてみた。ブロンドで小柄、なまめかしい女性が、ジェルベイズに抱きついて、官能的な魅力で彼を誘惑しているところ。自分とはまるで正反対の女性だ。彼女は深く呼吸し、食いしばった顎から力を抜くと、手紙を見下ろした。そして暖炉に目を向ける。手紙がすきま風に吹き上げられ、ふわっと飛んで運悪く暖炉に入ってしまうことだってあるはず。紙は一瞬にして灰になる。そんな偶然も黙っていれば、ジェルベイズに知られずに済むのではないだろうか。アンジェリークは返事をもらうまで、何通も手紙を送り続けるのだろうか。

エリザベスは、手紙を元の場所に戻し、もう火にくべたと思うことにした。実際に手紙を燃やしてしまうことなんてできそうにないので、ジェルベイズに手紙を渡し、彼の反応を観察することにした。そう決めると少し気持ちがすっきりして、彼女はまた暗号解読に励んだ。やがて図書室のほうから物音が聞こえ、彼の帰宅を知った。

図書室の戸口に立って、ジェルベイズを見る彼女の存在に気づき、彼は顔を上げた。入れと彼女にうなずきかけると、飲みかけのブランデーをぐいっとあおる。上着は脱ぎ捨て、クラバットを緩め、いくぶん髪が乱れている。暖炉のそばに立っているので、ウェストコートの銀糸に炎が反射する。振り向きざまに、縫い取りのビーズがきらめく。ひがみっぽくなっていたので、どこかの女性のベッドから出てきたばかりなのだろうか、と思ってしまった。

エリザベスが無言のまま室内へ入って来るので、彼は眉を上げ、空になったグラスを暖炉の上に置いた。落ち着いて、と言い聞かせても、怒りで声がうまく出ない。

「ベッドから出てきたばかりみたいな格好ね。着替えを手伝いましょうか？」

彼は首を振って断り、視線でエリザベスを追った。くつろいだ雰囲気で、少しばかり、何かあったのか、と考えてもいるようだ。彼に詰め寄って詰問したくなる気持ちがどんどん大きくなり、彼女は両手をこぶしに握って、自分を抑えた。彼の目元に黒髪がひと房落ちている。あれを指でそっと撫で上げたいような、頬を思いっきり平手打ちしたいような、どちらともつかぬ衝動に駆られる。

「何でそんな顔で俺を見る？　母上を思い出すよ」彼はゆったりと上着の置いてあるところまで歩き、ポケットからトランプを一組取り出した。「実は今夜、新しくできた賭博場に行ってたんだ。胴元がいかさまをしていると指摘すると、殺されかけたよ、命からがら、どうにか帰り着いたってわけさ」慣れた手つきで札を切り、数字を伏せて数枚をエリザベスの前に置くと、さっと手首を返して扇形《おうぎがた》に広げた。

「好きな札を選んでくれ。その札をよく見て、おかしなところはないか教えてくれ」

彼女のほうでも好奇心が高まってきた。札を一枚手にすると、いろいろ異なる角度から見た。残念ながら、何がおかしいのかわからない。ジェルベイズを見上げ、眉をひそめた。負けを認めるようで悔しい。「おかしなところなんて、見当たらない。トランプの札って、こんなものじゃないの？」

「へえ」彼が猫撫で声で話す。「では、今君が選んだ札が、ダイヤの8だと言えば、驚いてくれるかな？」

彼女はぽかんと口を開けたまま、ただうなずいた。ジェルベイズはさらに近づいてきて彼女を後ろから抱きしめ、手を重ねた。「札の数字の書いてないほうを確かめてごらん。感触が違うだろ？」

エリザベスは札の裏を指で撫でた。すると、上部の左隅にちょっとした違和感があった。「表面がへこんでいる箇所があるみたい」興奮して話を続ける。「札のすべてに印がついているの？　暗号みたいなものかしら」

ジェルベイズが彼女のうなじに軽くキスした。「ご名答。印をつけておけば、親として札を配る者には、誰にどの札が行ったかを把握できる。胴元や、このいかさまに加担した者は損をしないで済む」

彼は残りの札を取り出すと、また扇状に広げ、エリザベスに確かめるよう促した。彼女は時間をかけて、一枚ずつ印を調べていった。触れるとそれぞれが異なる形であるのがわかった。背後に立ったまま緩く腕を彼女の体に巻きつけているジェルベイズに、そのことを告げる。

「この賭博場では、フォレスターが夫人を俺に紹介してくれたよ。君の母親まで賭けごとをするんだな、知らなかったよ」

エリザベスはすべての札を集めてぎゅっと握ると、ぼんやりとその手を見下ろした。

「母の賭けごと好きは昔からよ。あの二人は賭博場で出会ったの」

ジェルベイズはカードを受け取ると、冷たい表情でうなずいた。彼女ははっとした。この人は苦もなく人から秘密を探り出してしまう。余計なことを言う前に、何とか話題を変えなければ。

ポケットで手紙がかさかさと音を立てた。そうだ、完璧な口実があった。

大げさな身振りで彼女はアンジェリークの手紙を取り出し、ジェルベイズに差し出した。強い香水があたりに漂い、彼は顔をしかめた。手紙の差出人をちらっと見て、納得したようだ。

「ああ、すまなかったね。どうして君の手にこの手紙が渡ったのかわからないが、とにかく届けてくれてありがとう」

「サー・ジョンから預かったの。公爵さまに渡すようにって」

「何でそんなことをする必要がある？　俺の評判に傷をつけようとしているのかと勘違いするところだ。もしかして、あの男は君に気があるのか？　ニコラスに聞いてみよう」

エリザベスの返事も待たず、彼は険しい表情で書斎に入って机の前に立ち、銀のペンナイフでピンク色の封蠟をはがした。蠟にはハート型の封印が押されている。「アンジェリークは、不安になると香水を使うんだ。不安が大きくなると、使う量も増える。こりゃ、ひどいな」彼は封筒を振って紙を机に落とした。「いったい、今は何の心配をしているのやら」

エリザベスはつかつかと彼の机の前まで行き、胸の前で腕組みをして彼を見下ろした。彼は紙を開くと手紙を読み始めた。エリザベスのことなどすっかり忘れているのか、手紙の内容を楽しんでいる。面白いことが書いてあるらしい。

彼のグレーの瞳が彼女の目を見たが、彼の感情は読めない。彼は手紙を丸めて、暖炉にほうり投げた。「君もアンジェリークのことは気に入ると思う。いや、いい機会だ、明日にでも彼女の家を一緒に訪問しよう」

「あなたがその女性のところに行きたいのなら、ひとりで行けばいいでしょ？　私が同行することはありません」

「なぜだ？」彼には本当に理由がわからないらしい。

「なぜなら――」エリザベスは一歩退いたが、積まれた本に阻まれて、それ以上は後ろに下がれないのがわかっただけだった。「私を連れて行く場所として、ふさわしいところではないから」

公爵が一歩前に出る。距離が近くなって、自分の大きく不規則にどきどきと打つ鼓動や、短く乱れたはあはあという呼吸の音が、彼にも聞こえるのではないか、と彼女は思った。

「理解できないね。アンジェリークの家に行くことで、自分の評判に傷がつくとでも思っているのか？　自分は彼女より立場が上で、パトロンに頼って暮らす女性の家には足など踏み入れられないとでも？」

「違うの、ただ――」

「では、俺の命令に従え」

「いったいどうして、私を連れて行きたいの？　あなたたちの行為を見て記録を取り、あとで参考にしろって言うの？」

するとジェルベイズに抱き寄せられ、頭を彼の肩に押し当てられた。彼の全身が、小刻《こきざ》みに震えている。どういうことだろうといぶかっていたエリザベスは、しばらくしてやっと、彼が笑っているのだと知った。

いっそう怒りがこみ上げ、彼女は体を離そうとしたのだが、彼が腕を放してくれない。

「君って人は、最高だな。訪問の目的をそんなふうに考えるなんて。他の女性と関係を持つところを、君に見させたりはしないよ。それに、ああ……俺の技巧を評価して、記録する？　この前にも言ったとおり、いちどに関係を持つ女性はひとりだけと決めている」彼がやさしく背中を叩いた。「もう少し、信じてくれてもいいだろ？」

そこでやっと彼女は体を離したが、恥ずかしくて顔が真っ赤になっていた。ジェルベイズはトランプのカードを取り出すと、にやりと笑って一組すべての札を彼女に渡した。

「君はもう寝たほうがいい。少々顔が赤いぞ。だがここを出る前に、札を一枚引いてほしい。その札が何だったか、言わないでくれよ」

エリザベスは、言われたとおりに札を抜き、その札を握りしめたまま、立ち去ろうと彼に背を向けた。

「おやすみ、エリザベス」

面白がるような彼の声を背に、彼女は自室へと向かった。自分の寝室に入って、やっと札が何だったのかを確かめようとしたのだが、手のひらを開いて息をのんだ。札がないのだ。そしてふとドレスを見ると、胸の谷間から札の先端部が覗いていた。取り出して、ハートのクイーンの謎めいた表情を見たとたん、彼女も思わず大笑いしてしまった。

＊＊＊

ジェルベイズは、アンジェリークの手紙が燃えて蛇《へび》のようにうねった形のまま灰になっているところをぼんやり見つめていた。淡いライラック色のドレスは、エリザベスによく似合っていた。彼が自分で選んだものだった。ただ彼女は、フリルのついた袖口にインクのしみをつけていた。自分の見た目にああまで無関心な女性は、初めてだった。ただ、そういうところも彼女の魅力だと思えた。

考えごとをしながら、彼は書斎の隣、図書室とは反対側にある元書記官用の執務室に入った。今はエリザベスも一緒に使う仕事部屋となったが、ほんの数日で彼女の机には秩序なくいろんなものが並べられるようになっていた。それとは対照的に、ハリントンの机は見事なまでに整頓されている。ほほえみながら、部屋を歩いていた彼は、エリザベスが机の上に残したものを見て、顔を強ばらせた。暗号による通信文書とその解読文が、あったのだ。こんな場所なら、誰の目にも触れる。

席を空ける際には、必ず書類を片づけるということぐらい、ハリントンはエリザベスに教えていないのだろうか？　何の注意も与えずに、帰宅するとはハリントンらしくない。ジェルベイズの心に別の不安が生まれる。もしかしたら、ハリントンに命じられたことを、エリザベスが無視しているのかもしれない。この文書をわざと人目につきやすい場所に放置したのだろうか？

ジェルベイズは彼女の机の前に立ち、暗号化された文書を順に並べ、その隣に解読した文章の書かれた紙を置いた。最初の二枚を読んですぐ、その重要性に気づいた。予想どおり、基本的な暗殺計画についての説明がされ、実行犯のリーダーはル・フルールだとされている。三枚目の解読は完全には終わっていないようだが、エリザベスの能力のすばらしさを改めて知り、低く口笛を吹いた。外務省の専門家チームと一緒に、何ヶ月も懸命に解読を試みたのに、これまでは糸口すらつかめなかった。あの尊大な娘は、ふん、と鼻を鳴らし、たちどころに解読してみせたのだ。きっと、『とんでもないうすのろ』たちが解読すると、どうしてそう時間がかかるのだろう、といぶかりながら。

彼は文書をエリザベスの机の右側のいちばん上の引き出しに入れ、鍵を捜した。今朝、確かに鍵をかけたはず。だが、いくら捜しても鍵は見つからなかった。長々と捜しても仕方ないので、小さく毒づいて文書を自分の書斎へ運んだ。この部屋に置いておけば安心だ。

エリザベスには冗談めかして話したので、彼女もたいしたことではないと思ったようだが、今夜はかなり危険な目に遭った。ある賭博場で、いかさまが行なわれていることを暴露し、そこを平気な顔で無事に出ていくのは、かなりの胆力が必要だ。今夜は、こういうスリルを楽しむには、自分は歳を取りすぎたかなと感じた。暗殺計画がすぐそこまで迫っているこの段階で、背後から拳銃で撃たれるかもしれないと覚悟するはめになるとは、考えてもいなかった。

階段を上がりながら、フォレスター夫人のことを考える。いかさまが行なわれていたまさにその賭博台に、彼女は座っていた。彼女はどんな表情だっただろう？　ジェルベイズがいかさまだと言ったとき、ショックを受けていた、あるいは怒っていたのか？　あのとき彼は、親としてカードを配る男に全神経を集中させていた。完全な詐欺師だった。フォレスター夫人のことまでよく覚えていない。ただ、エリザベスと同じようにほほえむのだな、と思っただけ。エリザベスのほうが、もっと元気がよくて生命力に満ちているけれど。

ベッドに入っても寝られなかった。やっとうとうとし始めたかな、というときになって、彼の頭にあのときの映像がよみがえった。彼がいかさまだと叫び、あたりが騒然とする中、台に置かれた賭け金のことをみんなが忘れかけていた。するとフォレスター夫人の黒いレースの手袋が、するすると伸びて、そのすべてを大急ぎでかばんに入れた。そして彼女は、混乱に乗じてその場からこっそりと去って行った。

14

「君たち二人に聞きたい。ウォーターストーン夫人のことだ」ジェルベイズは、自分の机の前の椅子に座ったジョン・ハリントンとニコラス・ギャリオンに真剣な眼差しを向けた。ニコラスがリラックスして、投げ出した脚を足首のところで交差させているのに対し、書記官は椅子の縁にちょこんと腰を下ろし、前のめりになっている。すぐにでも跳び上がれる姿勢だ。

ジェルベイズは、机の引き出しの鍵を開け、昨夜エリザベスが解読していた文書を取り出した。「この文書を、昨夜ウォーターストーン夫人の机の上で見つけた。安全のために引き出しにしまって鍵をかけようとしたのだが、鍵はどこにもなかった」

ハリントンが顔を曇らせ、さらに体を強ばらせた。「失礼いたしました、公爵さま。ただ、私からははっきりと言っておいたのですよ。夜、仕事を終えたら、書類はすべて鍵のかかるところで保管するように、と――」すると突然、彼は言葉を切り、心臓を突き刺されたかのように顔を歪めたあと、両手で顔を覆った。「ああ、しまった！　その複製を作ろうと、ウォーターストーン夫人の机の本来の鍵を持ち出したのです。そのまま本来の鍵のほうも返すのを忘れておりました」ジェルベイズににらみつけられ、ハリントンは真っ赤になった。息が苦しくなったのか、クラバットの結び目を緩める。

「弁解のしようもないのは事実ですが……」ためらいがちながらも、弁解を続ける。

「だからと言って、彼女が文書を出したままにしておいた説明にはなりません。鍵をかけられなくても、どこか安全な場所に保管しておくべきではありませんか？　私は確かに、彼女にそう伝えたのですから」

「ああ、そうだな。秘密厳守がいかに大切かということは、私のほうからそれとなく言い含めておこう。今回のことは、彼女がただうっかりしていただけだと思いたい」

ジェルベイズは、震えあがっているハリントンを見据えた。「君のほうからも、もういちど彼女に注意しておいてくれるかな？　同じことがまた起きるのは避けたい」

ハリントンは、わけのわからないことをぶつぶつ言いながら、また顔を赤らめ、ポケットの奥から鍵を二組取り出した。「これがウォーターストーン夫人の机の引き出しの鍵です。私の無責任な行動でご迷惑をおかけしました。申しわけありません。以後じゅうぶん気をつけます」

ジェルベイズは鍵を受け取ると、今度はニコラスに話しかけた。ニコラスは書記官が叱られている様子を大喜びで見ていた。「君は、彼女の外出の際、ずっと近くにいたんだよな？　何か不審なことはなかったか？」

「強いて言えば、ひとつだけ」ニコラスが不安そうに笑い声を上げる。「こんな話をする必要があるのかもわからないんですが」

「しかし気になったわけだろ？　それなら話してもらいたい」ジェルベイズは机の横に立って軽く腰を机に預け、腕組みをして青年の話をじっと待った。

「フックハイム一般図書館に行ったときのことです。彼女は、図書貸し出しをしてもらうための会員手続きに時間を取られていたので、僕はそのあたりをぶらぶら歩いていました。受付に戻ると、彼女は手紙の発送を頼んでいるところで、係の者にその代金らしきお金を払っていました」ニコラスは、どうってことはありませんが、と言いたそうに、肩をすくめた。「貴族院議員である公爵さまに頼めば、無料でどこにでも手紙を届けられるわけですが、彼女はそのことを知らなかっただけかもしれません」

ジェルベイズは髪をかき上げた。「あるいは、手紙の宛先を、俺に知られたくなかったからなのかもしれん」ふうっと息を吐いて、彼は窓の外を見た。「彼女から目を離すな、ニコラス。若い女性の一般的な行動と言えば、買いものとおしゃべりだ。彼女の場合は、実家の訪問というのもあるが、それら以外の行動は、すべて報告してもらいたい。彼女のことを、まだ完全には信用できないんだ」

話が終わり、ハリントンとニコラスが立ち上がった。

「ウォーターストーン夫人に、仕事部屋のほうに来るように伝えてくれるか？」ジェルベイズはニコラスに声をかけた。「彼女のことだ、きっと今頃、朝食をもりもり食べているはずだ。君も朝食室に行くんだろ？」

表情を曇らせていたニコラスの顔に、笑みが浮かんだ。「ええ、もちろんです。彼女がもう食べ終わっているといいんですが。食事の邪魔をすると、あの人はかなり機嫌が悪くなるので」

「そんなことより」ジェルベイズは皮肉っぽく言った。「自分の食べるものがなくなるほうを心配したほうがいいんじゃないか？　ぐずぐずしていると、彼女が君の分まで平らげてしまうぞ。だから急げ」不服そうに鼻を鳴らすニコラスに、ジェルベイズは笑顔を向けた。「彼女が文句を言うのなら、この家の主が横暴《おうぼう》なせいだと言い返せ。それなら彼女も、きっと納得してくれるから」

ジェルベイズは、今ではエリザベスの仕事部屋にもなった、元書記官執務室に移動し、ジョン・ハリントンから受け取った鍵のひとつに、リボンを付けながらエリザベスを待った。しばらくして現われた彼女は、きびきびした態度できちんとカーツィをした。彼のほうから近づいて、彼女に鍵を手渡した。

「これは君の机の引き出しの鍵だ。今後は書類などは引き出しにしまって、鍵をかけるようにしてもらいたい。昨夜、この部屋にふらりと入ったところ、君が解読中の文書が机の上に置きっぱなしにしてあるのを見つけた。俺が見つけたからよかったが、誰かが部屋に入って、文書を読んでいたかもしれないんだぞ」

彼女の顔から笑みが消え、さっと厳しい表情になった。鍵を奪うようにして受け取ると、急いでポケットに入れる。

「すみませんでした。この机に引き出しがあることさえ知らなかったんです。書類をそこにしまって、鍵までかけられるだなんて、思ってもいなかった。ええ、もちろん、今後は必ず引き出しに入れて鍵をかけます」

「ハリントンから説明されなかったのか？　仕事が終わったら、文書は鍵のかかるところに保管するようにと指示されたと思っていたのだが」

彼女が顔を赤らめた。「実は……暗号解読に夢中になるあまり、サー・ジョンの言葉はすべて聞き流していたの。あの人が、火事だ、と叫んでいたとしても、気にも留めていなかったと思う」

彼女の申しわけなさそうな顔を見ると、ジェルベイズとしても、その言葉を信じるほかなかった。疑問が消えると、彼の心のどこかから、ふっと緊張が抜けた。納得のいく説明だし、彼女の気持ちも理解できる。また、執事のスタンディッシュから、昨夜ウォーターストーン夫人は夕食にいらっしゃいませんでした、と聞いていた。ひどく驚いたが、遅くに軽い夜食をご用意しましたと聞き、安心した。

彼はエリザベスの手にキスした。「では、約束だ。今後は必ず書類を引き出しに入れて鍵をかけるように。非常に重要な書類だから、万一のことがあると困るんだ。あの文書が敵側の手に渡ったら、と思うとぞっとする」

「本当にごめんなさい。私が軽率だった。ええ、約束します。二度とこのようなことはしません」

「よし、それならいい」彼は自分の書斎から持ってきた昨夜の文書を彼女に渡した。

「これだ。俺の目の前で引き出しに入れて、鍵をかけるんだ」

彼女は文書を引き出しに入れて鍵をかけ、また鍵をポケットに戻した。

「さて、自分の部屋から急いで帽子と外套を持ってきなさい。昨夜言ったとおり、アンジェリークのところに行く。午前中に訪問すると彼女には知らせておいた」

彼女が部屋に戻っているあいだに、ジェルベイズも身支度をした。帽子をかぶり、肩にケープのついた外套を着る。自分で馬車を運転するときの装いだ。玄関ホールで待っていたエリザベスに肘を差し出し、にんまりする。彼自らが選んだ濃い紫の帽子が、彼女にとても似合っていたのだ。顔の形がきれいに見え、グレーの瞳に映える。

二人並んで玄関段を下りるとき、陽《ひ》の光を浴びて彼の長靴《ちょうか》と彼女の髪がきらめいた。馬番の少年が操る軽装四輪馬車《フェートン》が玄関前に停まると、ジェルベイズは馬車の後ろのステップに立つその少年に声をかけた。

「ジョー、今日は俺が運転する。おまえは休んでいればいいよ」彼が馬車の後ろに向かって硬貨を飛ばすと、馬番の少年は猿のようにすばしっこく硬貨を手にして、馬車から降りた。

ジェルベイズはエリザベスに手を貸して、高い位置にある軽装馬車の座席に座らせ、自分は反対側に回った。彼が座席に着くまでには、彼女もドレスの裾をじょうずに座席に納めていた。彼が手綱《たづな》を取ると、馬車は蹄《ひづめ》の音も高らかに走り出した。ロンドンの往来の激しい道路を抜け、しばらくするとエリザベスもくつろいだ様子になった。彼の馬車を操る技術に問題はないと安心したのだろう。ちらっと横目でその様子を見ながら、彼は運転に集中した。のろのろ走るビールを積んだ荷馬車と、郊外から市場に向かう羊の群れのあいだを通り抜けるのは、なかなかの運転技術が必要だ。

「質問があるの」往来がもっとも激しい通りを抜け、テムズ川のほうへ曲がったところで、エリザベスが口を開いた。下り坂のカーブに差しかかり、ジェルベイズは馬の様子に神経を使わねばならなかったので、小さくうなずくだけにした。「政府の仕事をしていることを、世間に知られたくない理由はわかるわ。仕事の性質上、隠しておかなければならないのは当然よ。でも女癖の悪い遊び人の暮らしをする必要はある？人の噂になるほど、派手に遊ばなくてもいいのではないかしら」

「ほう、俺が遊ぶのが嫌なのか？　だが、考えてもみろ。あの夜、賭博をするためにフォレスターのところに行っていなければ、俺は君と出会っていなかったんだぞ」鞭《むち》の先で、リーダーである馬の尻に軽く触れ、少し歩度を伸ばす。「もっと真面目な暮らし、たとえば考古学に興味があるとか、稀覯本《きこうぼん》の収集をするとか、そういうことをしていたほうがいいのか？」彼女の反応を探る。「なるほど、そういう人間のほうが君にとっては好ましいわけか。残念だが、遊び人のほうが、捜査対象者と交わる可能性が高いんだ。敵を捕まえるには、こうするしかないし、遊び人の生活は、俺に合っている」

帽子を強い風に飛ばされないように、エリザベスが顎にかけたリボンを握った。

「社会のゴミみたいな最低の人間ばかり追うのはなぜ？　そういうやつらは、暗号を作る能力も、解く知性だってないでしょう？」

ジェルベイズはちらっと肩越しに背後を見て、尾行されていないことを確認してから、道路わきに馬車を停めた。テムズ川を見下ろす場所で、干潮時にあたるため、土手際の川床が見え、交通量の多い川なのに浅瀬は泥になっている。

「君の言い分はもっともだ。しかし、情報や機密事項はどうやって漏れるか考えてみたことはあるか？　君自身のことを思い出してみろ。夜中に俺の家から飛び出したと、誰かが口を滑らせた。すると世間全般の君を見る目が変わり、レディとして暮らしていけなくなった」

彼女が考え込むのを見て、彼はさらに続けた。

「たとえ話をしよう。君が政府高官の屋敷の奥付きメイドだったとする。日々の仕事の中で、取り扱いに気を遣う情報を耳にすることもある。その家族のもめごと、高官の職務に関する話、ありとあらゆる情報に触れても、メイドにはそれがどういう意味を持つのかはわからない」

馬が神経質に足踏みするのを見て、ジェルベイズは手綱をしっかりと持ち直した。

「しかし、君が耳にした話の断片を誰かに告げ、その誰かが話の意味をつなぎ合わせる能力を持っていて、さらに何が話されているのか知りたいと望んでいたらどうなる？　脅迫や裏切りは、そこから始まるんだ」

「ええ、それはわかる。でも、そのメイドが何を知っているか、あるいは知らないかをどうやって調べるの？」

エリザベスの質問に、彼はにっこり笑って答えた。

「だから賭けごとをするんだ。負けたやつは、借金の代わりに、ちょっとした情報を俺に漏らしてくれる。実は、俺に話す内容にたいした意味があるとは誰も思わないんだ。ただの噂話、遠回しの皮肉、話したところで、誰に害があるわけでもない——やつらは勝手にそう考える」

カモメが上空を旋回し、それに馬が反応した。ジェルベイズはやさしくフランス語で声をかけ、馬を落ち着かせた。

「それから、もうひとつ。貴族は大金を賭ける。そして底なし沼に引き込まれるように、借金を増やす。他の階級の人間より、ずっとひどい。政府で大臣を務める人間が、あるいは軍隊で高位の将校が、借金が返せなくなり、その代わりに情報を漏らそうとすればどうなると思う？　俺には情報の断片をつなぎ合わせ、暗号を意味のある文章にする能力があるのだから、情報が漏れるのを阻止したい」

エリザベスは、はっと息を吸った。「フランスも同じことをしているわけね？」

「そういうことだ」彼は手袋をしたまま彼女の手を握った。「最近になって、フランスはさまざまな情報をたくさん仕入れている。そのほとんどを、賭博場で入手しているんだ。変節漢《へんせつかん》のディーラーや胴元を使い、無邪気に遊ぼうとだけ思っている人たちを、自分たちの巣へと誘い込む。その人たちが借金でどうにもならなくなった頃を見計らって、機密情報を渡せと脅す。俺に借金を作った人たちにも、借金の代わりに、秘密を教えるように求める。公にしてはいけない情報を漏らした相手に対しては、こういうことをしたらどうなるかわかっているだろうね、と警告しておく。彼らはそのときになってやっと、自分がいともたやすく祖国を裏切る行為をしたのだと気づき、ショックを受ける」

エリザベスが顔を上げ、彼の瞳を覗き込んだ。くつろいだ態度で、ごくあたりまえの調子で話したが、頭のいい彼女は、彼の仕事がどれほど危険なものかを理解したのだ。

ジェルベイズは、ふっと笑い声を上げた。「おいおい、そのきれいな瞳に浮かんでいる気持ちは何だ？　正義の味方に憧れる女の子みたいな目で俺を見るな。前にも言ったただろう、俺は善良な男ではない。できればそのことを、忘れないでいてもらいたいね」

エリザベスははっとして、視線を下げた。うつむく寸前に、頬が染まるのが見えた。強い衝動に駆られ、ジェルベイズは彼女の唇を激しく奪った。動きに驚いた馬が前に跳び出しそうになったので、彼は急いで手綱を引いた。もっとキスしていたかったが、彼は仕方なく顔を上げた。エリザベスは体を起こして姿勢を正し、帽子の位置を元に戻してから、周囲を見渡す。幅の広い道路だが、朝も早いので人の気配はまったくない。実は先ほどからジェルベイズ自身、何度も人がいないことを確認しているのだが、どうも誰かに見られている気がしてならなかった。

彼は舌鼓《ぜっこ》で馬に合図し、また馬車を前に出した。エリザベスはあたりの景色を眺めているふりをし、彼は自分の腿に密着する彼女の脚の感触を楽しんだ。

「悪いことをしたな。馬車で、しかもこういう客車のない馬車で、レディにキスするのはよくない。この償いはあとでするから、許してくれ」

やがて馬車は住宅街に入り、彼は馬を常歩《なみあし》に落とした。そしてとある邸宅の前で馬車を停めた。

「これがアンジェリークの住まいだ。このまま裏手に回って、馬屋に馬車を預けてこよう」

＊　＊　＊

アンジェリークの第一印象は、まさに想像どおりだった。ジェルベイズをひと目見るなり、両腕を広げて彼に飛びついてきたのだ。ブロンドで華奢《きゃしゃ》な体つきの全身から、彼に会えたうれしさがにじみ出ていた。ああ、だからこんなところに来たくなかったんだわ、とエリザベスの中に恨めしさが募った。アンジェリークは、彼の腕にすがりつきながら早口のフランス語でいっきに何かをまくしたてていて、それが彼に対する小言のようにも称賛のようにも聞こえた。さらに、ふわふわの毛並みの小型の愛玩犬が二匹、キャンキャン吠《ほ》えながら彼の足元にまとわりつくので、玄関ホールはちょっとした騒ぎになっていた。

エリザベスは玄関扉の横で、両手をこぶしに握りながら待っていた。およそレディらしからぬ憤りがどんどんふくらんでいった。アンジェリークの髪を引っ張り、公爵さまから離れなさい、と怒鳴りつけたい気分だった。ジェルベイズのほうも、以前にべたべたしてくる女は嫌いだと言っていたにもかかわらず、アンジェリークが彼の腕に手を絡ませ、上着にしわを作っても、気にしないどころかうれしそうにしている。

しばらく待って、もうこれ以上無視されるのは我慢ならないと思ったエリザベスは、こほん、と咳ばらいしてみた。アンジェリークは話を途中でやめ、戸口を見ると、今度は猛然とジェルベイズに質問を浴びせかけた。

ジェルベイズが、絡みつくアンジェリークの手から腕を抜いたのを見て、エリザベスはほっとした。彼が玄関口に歩いて来る。

「アンジェリーク、こちらのお嬢さんを紹介しよう、エリザベス・ウォーターストーンだ。君たち二人には、共通点が多い。話をすればわかると思うよ」

アンジェリークはさっと頬に手を当て、驚きの声を上げた。「ジェルベイズに置時計を投げつけた方ね?」ジェルベイズより、はるかにフランス語訛りが強い。満面に笑みを浮かべてエリザベスに駆け寄って来ると、ふわっと香水が漂った。「ああ、その現場にいたかったわ。泣く子も黙るディアブル・デラメア公爵さまが、一介の女性にやっつけられて、気を失うだなんて。すばらしい見世物よね」

アンジェリークの笑い声につられ、エリザベスも笑い出した。敵対心が消えていく。公爵の災難を笑い飛ばす女性となら、知り合っても損はないはず。ちらっと横のジェルベイズを見ると、二人の女性が自分を笑っていることを、いっこうに気にする様子はない。つい、笑顔を向けると、彼は仕方ないな、とでも言うようにウィンクしてきた。アンジェリークはエリザベスの腕に自分の腕を絡ませ、応接間へと案内する。

美しく装飾された応接間にお茶が届き、エリザベスは、アンジェリークが差し出す紅茶の入ったカップを受け取り、室内を見回した。エリザベス自身の好みとしては、少々華美《かび》にすぎるかもしれないが、細部まで繊細な装飾が施されている。いたるところに置物や絵画やレースのリボンが付けられている。大きなピンクのばらの模様が入った壁紙、濃いピンクと白の縞模様《しまもよう》のサテン地のカーテンの裾には派手なフリル――寵姫として有力者をパトロンに持つ女性の住む家そのものだ。それに金ぴかでフリルがいっぱいの女性らしいこの背景に、アンジェリークはよく似合っている。

ここはジェルベイズの囲い者の家なのだと、思い出し、エリザベスは鋭い視線を彼のほうに投げかけた。リラックスした姿勢で椅子に腰かけた彼は、膝にじょうずにカップを載せて、じゃれつく愛玩犬の相手をしている。何だかイメージとそぐわないが、この人に関しては一般的な思い込みは通用しない。ディアブル・デラメア公爵とは意外性のある人物なのだ。

「ねえ、ジェルベイズ、このままではいけないわ」

アンジェリークの不安げな声に、エリザベスはもの思いから引き戻され、会話に耳を傾けた。

彼は犬を撫でようと、体を倒しながら応じる。「では、俺に何をしろと言うんだ、アンジェリーク？　君が賭けごとをするのを止めることはできないぞ。大切にするものであろうが、それを賭けの対象にするのなら、失うことも覚悟すべきだ」

アンジェリークは芝居がかった大きなため息を吐き、襟ぐりの大きなドレスから、乳房がこぼれそうになった。「わざとそんな意地悪を言うのね。私は賭けごとなんか好きじゃないし、好んで賭博場に行くわけでもないわ。よくご存じのはずよ。すべてあなたのためにしていることなのに。あの男はいかさま賭博で、私からブレスレットを奪い取ったのよ。わかってるの」

ジェルベイズは体を起こし、カップをテーブルに置く。「ほう、話は興味深くなってきたな」

アンジェリークは口を開いたが、はっとエリザベスのほうを見た。

「エリザベスなら心配しなくてもいい。彼女も仕事にかかわってくれているから。実は、ル・フルールの通信の暗号を解いたのは彼女なんだ」

アンジェリークは感心した様子で手を叩くと、聖杯でも見るように、畏怖《いふ》の念いっぱいの眼差しをエリザベスに向けた。

「まあ、すごい！　ジェルベイズ、よくぞこんなすばらしい方を見つけたものね」アンジェリークは次にエリザベスに問いかけた。「どうやってあなたはジェルベイズと出会ったの？」

「その辺の事情は話せば長くなるから、また今度にしよう。それで、ブレスレットを失うことになったいきさつだ。話してくれないか？」

「あなたから指示されたとおり、ペルメル街にある新しくできた賭博場に行ってみたの。その夜はずっとカードでピケをした」顔を曇らせ、手首のあたりを指で撫でる。アンジェリークは、まだブレスレットを失ったことを悔しがっているのだ。「始めてすぐ、いかさまが行なわれていることに気づいたけど、具体的な証拠をつかみたくて、そのまま続けたの」残念そうに息を吐く。「でもいつの間にか、大事なブレスレットを賭けさせられていて、結局失ってしまったのよ。そこで、もうこれ以上続けるのはよくないと判断して席を立った」

「やつらから、他に何かを求められたのか？」

「一夜をベッドで過ごすこと。あなたを怒らせたかったんでしょうね」アンジェリークがエリザベスのほうを向いて説明した。「私は公爵さまの囲い者として、長く知られた存在なの。ジェルベイズを傷つける目的で、私を利用しようとする人はこれまでにもたくさんいたのよ」

「その賭博台には、他に誰がいた？　知っている顔はあったか？」

アンジェリークが、下唇を指先でとんとん叩き考え込む。「サー・ジョンとニコラスの姿はあったけど、二人ともあなたの命令で行ったのでしょうから……」

アンジェリーク自身が、自分はディアブル・デラメア公爵の囲い者だと認めたわけだが、それでもエリザベスは本当にそうなのかわからなくなっていた。この女性は彼の偽りの姿を補強するために、囲い者という役割を果たしているだけのような気がする。女たらしの遊び人の公爵が、愛人のひとりもいないのでは世間から不審がられる。また、この女性は情報を得るのに役立つ存在にもなるだろう。

アンジェリークがまた話し出したので、エリザベスは会話に意識を戻した。「私のブレスレットを奪った男の名前が……」アンジェリークは眉間を寄せて、懸命に思い出そうとしている。「ああ、だめだわ。英語の名前は覚えられない。何だか、木に関係する名前だったの。藪《ブッシュ》さんだか、樅木《フォー》さんだったか――」彼女は立ち上がって近くの机から、紙束を取り出してきた。「ああ、ここにあったわ。これよ」ジェルベイズは渡された紙片を、そのまま自分のポケットに突っ込んだ。

「それで、ブレスレットはどういうものだ？」

アンジェリークはまた芝居がかったため息を漏らし、両腰に手を置いて彼をにらんだ。「ジェルベイズ、あなた、何も覚えていないの？　私が英国にやっと到着したとき、あなたから贈られたものなのよ。金にルビーとダイヤモンドをあしらってある。宝石がハート型にカットしてあるのが、とてもすてきなの」彼女は笑顔で彼に投げキッスをした。「だから、私にとっては特別大切なのよ」

険しい顔つきだったジェルベイズが、ふっと表情をやわらげた。「許しておくれ。間違いなくあの品だということを確認しておきたかっただけだ。どうしてあのブレスレットを君にあげたのか、理由だって覚えている。けっして忘れはしない。必ず取り戻し、君の手に返すから。約束するよ」彼はアンジェリークのすぐそばまで行くと、彼女の頬に兄が妹にするようなキスをして、また椅子に座らせた。

「さて、最後に君たち二人で話す時間を持ってもらおう。俺がいないほうが、エリザベスもいろいろ質問しやすいだろう」彼はそう言うと扉に向かった。「俺は犬たちを庭に出してくるよ。こいつらはどうやら運動不足みたいだから。

アンジェリークが不思議そうな顔をした。「質問って、どういうこと？　暗号解読に関して、私がお手伝いできることはないもの。私はバカだから、そんな難しいことはできないわ」

ジェルベイズがうやうやしく頭を下げる。「アンジェリーク、君はバカじゃない。宝石みたいな存在だ。実はエリザベスは有力者のパトロンを捜しているんだ。寵姫と呼ばれるほどの高級娼婦になるにはどうすればいいか、君ならアドバイスもできるだろう」にやりと笑ってエリザベスにウィンクすると、彼は部屋を出て行った。二匹の犬がキャンキャン鳴きながら、彼のあとをついて行った。

アンジェリークは、ぽかんと口を開けたまま、エリザベスを見ていた。やがて思い出したように、手に持っていた紅茶カップをテーブルに置いた。

「ジェルベイズったら、また私をからかっているのね。あなたのような良家のお嬢さんが、パトロンを捜しているなんて……寵姫なんて言っても、結局は売春婦なのよ。考えられないわ」

エリザベスは顔を真っ赤にして言った。「公爵さまは、ある種のことを自分では私に説明できないとき、同性である別の女性から話してもらったほうがいいとお考えなのだと思います」

アンジェリークが、さっきよりもさらに大きく口をぽかんと開けた。そして、小さな叫び声を上げた。「あなた、まさかジェルベイズと体の関係を持ったの？」

「いえ、少しばかり込み入った事情があって……とにかく、私とはベッドをともにしないと、公爵さまは言い張っているの。暗号解読の仕事をすれば、ひとりで生きていくのにじゅうぶんな稼ぎが得られるぞ、と。でも戦争が終わればどうなるの？　結局、何か他の仕事をして稼ぐ必要があるわ。それでパトロンをつかむにはどうすればいいか、あの方から教わろうと思ったの。きっと豊富な知識をお持ちだろうと推測して」

アンジェリークは椅子から飛び降り、エリザベスの体をぎゅっと抱きしめた。「では、私もあなたに手を貸すわ。当然よ。ジェルベイズが信頼に足る人だと考えるのなら、私もあなたを信頼する」彼女がエリザベスの頬にキスした。「ジェルベイズには、何でも自分の思いどおりにならないこともあるのよ、と思い知らせたいの。あなたと二人で知恵を合わせればできるのではないかしら。でも何より、あなたとお友だちになりたいわ」

彼女は言葉を切り、エリザベスの手を握った。

「私とジェルベイズのあいだに、もう体の関係はないことぐらい、あなたならわかるわよね？　あのブレスレットを彼が私にくれたのは、彼のお嬢さんのエロイーズをフランスから脱出させるのを手伝ったからよ。彼と私はだいたい年齢も同じ、私の母は、彼の乳母だったの。私はものごころついた頃にはジェルベイズと一緒に遊んでいた。うちの家族は代々、フランスにあるディアブル・デラメア公爵領に住み、革命が起きてもずっとご一家に忠誠《ちゅうせい》を尽くしてきた」

エリザベスの心に、不思議な安心感が広がった。この女性は敵ではない。不安に思うことなど何もないのだ。アンジェリークが紅茶のお代わりを注いでくれ、二人は気持ちのいい時間を過ごした。やがて庭から戻ったジェルベイズが、エリザベスを公爵家のタウンハウスまで送り届けてくれた。

15

　午前六時、こんな早朝ならみんなまだ寝ているだろうと考えたエリザベスは、赤紫色の帽子紐を右耳の後ろできゅっと蝶々《ちょうちょう》結びにして決意も新たにすると、抜き足差し足で階段を下りた。しかしながら公爵家の執事ともなれば、これぐらいの時間には仕事を始めているらしい。彼女が屋敷の正面扉に近づいたところで、スタンディッシュ氏が玄関ホールに出て来た。残念。彼女は、何でもないのよ、と執事に笑顔を向けると、巨大な錠を外そうと掛け金に手をかけた。

　しかし、スタンディッシュ氏は、こほん、と咳ばらいをすると、低い声でつぶやいた。「私におまかせください」するりと彼女の前に出ると、手袋をしたまま掛け金をつかみ、巧みに手首をひねった。すると扉がさっと両側に開いた。

　ああ、助かった、と感謝の気持ちをスタンディッシュ氏に笑顔で伝え、外に足を踏み出そうとした彼女は、そこで逡巡《しゅんじゅん》した。雨に濡れた屋敷の前の公園には、人影ひとつない。彼女がためらっているあいだに、スタンディッシュ氏がどこからか大きな紳士用の傘を持ってきてくれた。おそらく執事の私物なのだろう。貴族が自分で傘を持つはずがないから。

スタンディッシュ氏は何も言わなかったが、こんな雨の朝に外を出歩くような不届きなまねをするのは感心しない、風邪をひいても私は知りませんからね、とその表情が伝えてくる。

外に出ると、雨は強くなるいっぽうだった。エリザベスは傘を叩く雨音の大きさを意識しながら、ドレスの裾を持ち上げ、ハイド・パークへと急いだ。マイケルのために雇った介護人のジャック・ルウェリンに会い、これからの仕事に関して指示などしておこうと思ったのだ。

公園の錬鉄製《れんてつせい》の門を抜け、あたりを見渡しても人の気配はない。強い雨にもかかわらず乗馬の練習をする猛者《もさ》が数人いるだけ。こんな天気に外を出歩こうと思うばかはいないわよね、と彼女は心で思った。

「エリザベス・ウォーターストーンさんですか?」

耳に心地のよいウエールズ訛りの声が背後に聞こえ、エリザベスは振り返った。黄色っぽい金髪の青年がびしょ濡れになりながら、彼女に気づいてもらうのを待っていた。帽子もかぶらず、古くなって擦りきれた分厚い外套は元々軍服だったようだし、履いているのも軍用ブーツで、こちらもぼろぼろだ。よく陽焼けした肌に、こげ茶色の瞳、おそらく二十代後半か。手紙でのやり取りからは、もっと年配の人を想像していたのだが。

「ルウェリンさんでいらっしゃいますのね？」

「そのように丁寧な言葉を使われると恐縮します。ただ、できれば少しでも雨を避けられるところで話をできればありがたいのですが」

二人は急いで頭上に緑が茂る木陰に避難した。低く伸びた枝の下に場所を決めると、彼が笑顔を見せ、白い歯がまぶしく輝いた。その顔を見ると、エリザベスもつられてほほえんでしまった。茶色の瞳には知性が宿り、何か温かなものを感じさせる。人から見えない場所で男性と二人きりになっているのに、不安はまるで感じなかった。激しい雨音がやがて穏やかになり、やさしく周囲の物音をさえぎる。緑の天蓋の下でゆっくり話せるようになり、エリザベスは傘を閉じた。傘を閉じる音が、この人なら大丈夫という気持ちを宣言しているように聞こえた。

「初めまして、ルウェリンさん。兄の様子をどうご覧になりました？　職務については、満足していただいたかしら？」

「マイケルさんは、お世話の楽な方です。まあ、少々頑固なところはありますが」笑顔を見せて、あなたならおわかりですよね、と問いかけてくる。「正直に申し上げると、私があの方を治療することはできません。ただ、もっと体を動かすように力になることはできます。動かすことができる筋肉は、できるだけ使わなければならないのです。特に上半身は、もっと鍛えるべきです。そこで上半身の鍛錬法をお教えしたところ、マイケルさんは非常に乗り気で、懸命に鍛錬してくれるようになりました。この調子でいけば、かなり体の自由が利くようになるのではないかと思っています。ただ――」

エリザベスはすかさず、その先を促した。「ここで会うことをお願いしたのは、率直な意見をうかがうためよ。おそらく母のことね？　兄に対する母の態度には納得できないところがあるのでしょう？」

ルウェリン氏がうなずく。「仕事の初日、その日の進捗状況やマイケルさんの様子などをフォレスター夫人に報告しようとしたのです」彼がため息をついて、トウモロコシ色の濡れた髪をかき上げる。「何でそんな話を自分が聞かなければならないのか、報告したいことがあればエリザベスにするようにと言われました」

エリザベスは、ごくりと唾を飲んだ。「母の失礼な態度を許してちょうだい。兄が人から哀れみを受ける状態で戦争から戻ってから、母はすっかり人が変わってしまって……」

「お言葉ですが、マイケルさんは立派で、人から称賛されるべき男性です。あの方が私の家族であれば、うちには英雄がいるのだと、周囲の誰にも自慢します」彼の知性あふれる瞳に、めらめらと炎が燃え上がった気がした。危険な雰囲気で、もっと年長で厳しい生活に耐えてきた人のように見える。

エリザベスは慌てて、自分の気持ちをきちんと彼に伝えた。「あなたが兄のことを大切に思ってくれてうれしいわ。もっと兄の体の自由が利くようになることがいちばん大事だから。母が何か面倒を起こすようなら、遠慮なくいつでも私に連絡してちょうだい」公爵家のタウンハウスの住所を書いた紙を渡す。「あなたのおかげで、マイケルもやる気が出たみたいね。よかった」

ルウェリン氏が敬礼した。「私の助けなど、微力ではありますが、それでも、信頼してくださってうれしいです」そして最後に軽く冗談を交える。「次にお会いするときは、もう少し濡れない場所を選んでください。はやりのカフェとか、温かくて、おいしいもののあるところがいいな」

エリザベスは笑い、しとしと降り続く雨の中を二人で出口に向かった。傘を差したかったが、我慢した。「雨の中、本当に申しわけなかったわ。どうぞ風邪などひかないようにね。それから次はもう少しまともな場所を選びます。約束するわ。それから、実家を訪問した際にもお会いできるわね。次は金曜日に行く予定なの」

「ああ、そうでしたか。ええ、楽しみにしています」

最後にもういちど頭を下げ、ルウェリン氏は公園の反対側の出口へと歩き去った。豊かなブロンドの髪がびしょ濡れになるのも、すでにぼろぼろの軍用ブーツがさらに傷むのも、まったく気にしていないようだ。エリザベスは安堵のため息を漏らすと、もと来た道を引き返し、公爵邸に戻り始めた。歩きながら、ジャック・ルウェリン氏が想像以上に若くて驚いたことを考えた。もっと年老いた人、体力的に軍隊にいるのが辛くなった老兵が退役し、なじみの環境に身を置きたくなって元上官のそばにいることを決めたのだと思っていた。軍歴としては申し分のない人物だった。それならなぜ、戦局が急を要する今、軍を辞める必要があったのだろう？

　話し方も非常に教養があり、おそらく自分と同じ階級の出身だろうと推測した。紳士と呼ばれる人たちと同じような振る舞いで、とても労働者階級の人間だとは思えない。謎だ。ただありがたいことに、この謎を解読する必要はない。金曜日にマイケルと話し、謎めいたルウェリン氏に対する兄の感想を聞こう。マイケルが満足するのなら、それでいい。

　早く公爵邸に戻りたくて、彼女は足を速めた。朝食のテーブルに着くのが待ち遠しい。短靴の中には水が溜《た》まり、道路を渡ろうとしたとき、少し上り坂になっていたので足を滑らせた。背後で馬が近づいてくる音がして、彼女は壁際に寄った。濡れた石畳を蹴る蹄の音が、どんどん大きくなり、直接自分を目がけてきているように思えて、彼女は振り向いた。

　傘が突風を受けて手から離れ、彼女は小さく叫び声を上げた。傘を拾おうとしたのだが、馬上の人の持つ鞭が、彼女の顎の下でぴたりと止まった。

「エリザベス、ずぶ濡れのようだが」

　ぽたぽたと水滴を落とす帽子の縁の向こうに、ジェルベイズの険しい顔が見え、ほっとすると同時に体の芯まで冷えていることに気づき、ぶるっと全身を震わせた。

「おはようございます」カーツィをしようとしたのだが、震えてバランスを崩す。倒れる寸前で彼の腕が伸びてきてエリザベスの腰のあたりに巻きつけられ、いつの間にか、彼女は馬に乗せられ、彼の膝の上に座っていた。彼が息で耳を暖めてくれるのだが、かちかちと歯の根が合わない。彼は片手で手綱をまとめ持ち、乗馬用コートのボタンを開けて、彼女の全身を包み込んだ。彼の胸から温もりが伝わり、ほうっとため息が漏れる。

馬は穏やかなリズムで歩き続け、彼の腕にもたれる安心感で、エリザベスはリラックスし始めた。

「馬に轢《ひ》かれるかと思った。怖かったわ」彼の胸元でぼそりとつぶやく。

「自業自得だ。こんな朝早くから、どうして外をうろつく?」

「公園の散歩も許されないの?」

「この雨の中、どうして散歩したいんだ」

彼女は顔をそむけ、答えなかった。何と言えばいいのだろう? 母が兄の面倒をみてくれないと認めるのが恥ずかしかった。そもそも何もかも打ち明けなければならない理由もない。ジェルベイズに何の権利があるのだろう。

厩舎《きゆうしや》に戻ると、彼が馬から下ろしてくれた。「頼むから、このまま自分の部屋に戻り、熱い風呂に入ってくれ」

エリザベスは彼がまだ怒っているのかどうかを知りたかった。口調は冷ややかで、表情は帽子に隠れて見えない。仕方ない、言われたとおりにしよう。彼女は従順さをカーツィで示した。「はい、公爵さま」

＊　＊　＊

ジェルベイズはエリザベスが家の中に入るのを見届けてから、馬を厩務員《きゅうむいん》に預けた。大急ぎで手袋を脱ぎ、帽子を取り、乗馬用のコートと一緒に玄関ホールで待ち受けるスタンディッシュの腕に落とした。

階段を上がるあいだも、ジェルベイズはずっと考え込んでいた。エリザベスの行動を、どう考えればいいのだろう？　こんな日でも馬を運動させたくて、ハイド・パークに乗りに出た。そうでなければ、エリザベスが外出したことすら知らなかっただろう。たまたま木陰《こかげ》から出て来る彼女の姿が目に留まった。見知らぬ男と言葉を交わしていた。

自室に戻ると、ぴったりと脚の形に合わせた乗馬用長靴を、従僕のジャンが脱がせてくれた。ジャンは長靴がひどい状態であることに気づき、悲鳴を上げていた。その間もジェルベイズの頭から、今朝の奇妙なできごとが離れなかった。認めたくはないが、いろんな意味で神経が逆撫《さかな》でされた気分だった。エリザベスが話し込んでいた男のあとを、ジェルベイズはしばらくつけてみた。服装から判断すると、金に困っているようだ。ぼろぼろの服は、どう見てもフランス政府官給品の軍服だ。いったい彼女は何を企んでいる？　エリザベスと男がかなり仲よく話していたのを思い出し、ジェルベイズはぎゅっと口を固く結んだ。胸がちくりと痛む。何なんだ、この感覚は？彼女は自分のものだと宣言したい気分だった。独占欲が彼の中でふくれ上がる。あの男はエリザベスに惚れているのか？

服もブーツもすっかり水浸しですよ、というジャンの不満げな声を無視し、ジェルベイズはエリザベスの部屋に向かった。彼女は敵側のスパイかもしれない、そのことだけを考えて行動するのだ。自分の感情に流されてはいけない。しかし、疑惑と彼女への個人的な感情がない交ぜになっていた。そのことにまた、彼は驚いた。

エリザベスの部屋に入ると、谷間のユリに迎えられた感じだった。扉に背を向けて彼女は浴槽につかり、ユリの香りが浴槽から雲のように部屋に立ち込めていた。濡れた髪を頭のてっぺんで緩くまとめているが、髪が数房肩にこぼれ落ちている。彼は無言で浴槽に近づくと、片方の手で後ろから彼女の頰をそっと撫でた。

彼女が怒り狂ったクジャクみたいな金切り声を上げた。ばしゃっと水が跳んできたので、ジェルベイズは慌てて数歩退いた。魅惑の曲線が目の前にあり、彼が見つめると、無駄とは知りつつも彼女が体を隠そうとした。そして彼の目を見て、つんと顎を上げ、背筋を伸ばした。

美しい肢体を見て、彼は大きくほほえんだ。「見事な体だね」

彼はそばに置いてあった石鹼を手に取り、手のひらに載せて軽く持ち上げてみせた。

「今日は、君が体を洗うのを、俺が手伝う番かな」うやうやしく湯船を示して、また湯の中に座るように促す。「ジャンに手伝わせるほうがよければ、あいつを呼ぶが」それを聞くと彼女は、すぐに顔を下に向けたが、唇の横がひくひく動いて笑っているのがわかった。

彼女の首は細く長く、そこから背骨へと続く滑らかなカーブが、白鳥を思わせる。彼女がゆっくりと湯に体を沈めるあいだに、彼は蛇の頭を模した銀のカフスを外し、ウェストコートを脱いで、シャツの袖をめくり上げた。

石鹸を泡立てた手で彼女のやわらかな肌に触れた衝撃は大きかった。彼は目を閉じ、手のひらに伝わる感触と、彼女の肌の匂いを堪能した。彼がつんと尖った乳首に石鹸を塗っていくうちに、エリザベスはリラックスしてきた。彼の愛撫にすっかり身をゆだねている。彼は乳首の泡を腹部へ塗るようにして広げていった。彼女に抵抗する様子がなかったので、ジェルベイズは手をさらに下のほうに移動し、脚のあいだを指で撫で、入口を確認した。

「もう少し脚を広げて。痛いことはしない、約束するから」

エリザベスの腿から力が抜けた。自分の手が彼女の脚のあいだで居場所を確保すると、ジェルベイズは唇を重ねた。やがてキスが濃密になり、石鹸まみれの彼女の手がそろそろと彼の首に巻きついた。彼は何の予告もなく、エリザベスを抱き上げベッドへと運んだ。

乾いた衣類がベッドに置いてあるから。

＊＊＊

エリザベスは、驚いて目を開けた。愛撫されて夢心地だったのに、ジェルベイズは今、彼女の体を乾かしているだけ。これではまるで風呂上がりの子どもと同じだ。彼女は小さな声で不満を訴え、腕を彼の首の後ろに巻きつけて彼の体を自分のほうに引き下ろした。彼が、ああっとつぶやき、彼の上半身が彼女の体に乗る格好になった。指を使って彼の着ているシャツの裾を背中から引き上げたのは、突然彼の体を直接自分の肌で感じたくなったからだった。彼は特に抵抗もせず、シャツを脱ぐとまた覆いかぶさってきた。彼の盛り上がった胸筋をすっかり敏感になった乳房に感じるとうれしくて、エリザベスはさらに体を押しつけた。

どこか遠い意識の中で気づいたことがあった。彼にいつも触れてほしい。彼の肌を感じていないとさびしくなる。暗号解読の仕事のせいで、官能レッスンは休止状態になってしまったけれど、それが残念でならない。その理由も明白だ。彼には中毒性がある。うっとりしながら、彼女は自分に言い聞かせていた。彼に触れられるたびに、もっと彼が欲しくなる。どうすれば彼を歓ばせられるか、彼に教えられたことがきちんと身についているだろうかと考えながら、彼女は手を下のほうへと移動させた。するとズボンの生地がはち切れそうになっている部分に手が触れた。彼がその手首をつかみ、彼女の頭の上に持ち上げてその場所に固定する。

「まだ、だめだ。今日は君から先なんだ」そう言って彼は彼女の脚のあいだを撫でた。彼の指をいちばん敏感な場所に感じ、彼女は息をのんだ。女性の秘密がひそむ場所だが、彼の指を喜んで迎え入れる。まるでそこが彼の指の本来の居場所のようだ。彼が一定のリズムで指を動かし始めると、彼女の全身に緊張が積み上げられていく。体が何かを捜している。それが何かはわからないけれど、彼が与えてくれるのだということは、本能的に察知していた。

しばらく指を動かし続けていたジェルベイズは、彼女の爪が腕に食い込む痛みに耐えきれなかったらしく、少し体を起こした。「エリザベス、もう少し体の力を抜いて。そこまで頑張らなくてもいいんだよ」

彼女は体をねじって、顔をそむけようとした。「自分でも何を頑張っているのかわからないの。私が捜しているのは何なのかしら」

「やめてもらいたいかい？　このレッスンはまた別の日にしてもいいんだぞ」彼は手を引っ込め、腱《けん》を痛めたかのように、指を曲げ伸ばしした。

「やめないで」静かな言葉に切迫感をこめ、彼女はジェルベイズの手首をつかんで、どこにも行かさないようにした。「教えてほしいの」

彼は上体を倒し、自分の舌先で彼女の唇の輪郭《りんかく》をなぞった。「別の方法で教えてもいいんだが」唇にふっと息を吹きかけてくる。「そのやり方だと、ショックを与えてしまうんじゃないかと心配なんだ」

ショックを受ける？ これ以上親密な行為があるとはエリザベスには思えなかった。二人は裸で同じベッドにいて、しかも彼の上半身が彼女の体に覆いかぶさっている。いちばん大切な場所に、彼の指を感じた。ショックを受けるほどの行為とは、他に何があるのだろう。

「では、ショックを与えてちょうだい」

ジェルベイズのみだらな笑顔を見たときに、覚悟はしておくべきだった。しかし、彼が唇を重ねてきたので、ただのキスだと思ってしまった。間違いだった。彼の口はそのまま下へと移動し、おへそのあたりへと進む。脚の付け根から茶色の毛がカールしているあたりに彼の唇を感じ、さらに内腿に彼のひげが触れた。そして、大切な場所へと彼の唇が入っていく。

はっとして体を起こそうとしたエリザベスを彼の腕が押さえ、彼女は体を動かせなくなった。

言葉を発することも忘れ、自分の脚のあいだにある彼の黒い髪を見つめていると、彼が視線を上げ、ほほえんだ。「ショックを受ける準備はできているか？」

彼の温かな息がそっと秘密の場所に吹きかけられる。彼の指が入口を広げ、キスを受け入れる準備を整える。エリザベスは黙って目を閉じた。その場所にキスされるという衝撃が消えると、強烈な快感が彼女の体を駆けめぐった。彼の舌の動きと愛撫が、春の海のようにゆっくりうねりながら、彼女の感覚をあおっていく。いつの間にか、彼女は腰を揺すり、彼の髪をしっかりとつかみ、彼の舌と指に自分の体を押しつけていた。どんどんと興奮していくのが自分でもわかるが、どうすることもできない。

断崖絶壁《だんがいぜっぺき》に立っているような感覚、自分を手招きする何かがある。けれど、それを拒否すべきなのか、飛び込むべきなのかがわからない。ただ、とても魅力的なものが向こうにある。彼がふと口を離すと、崖の縁に置き去りにされたような気がして、叫びたくなった。崖の向こうには何があるのだろう?

やめないで、と言葉にならない声を上げると、彼の口がまた、どくどくとうずく場所に戻った。彼の動きに反応するのが精いっぱいで、息をするのも忘れてしまう。腫れ上がった蕾《つぼみ》の部分を彼の舌先がいたぶり、彼の指は出し入れのリズムを速める。彼女の体は、彼の舌と口の激しい要求に応じる。次の瞬間、彼女は悲鳴を上げて自分の体を完全に彼に差し出した。強烈な悦楽を彼女の体が初めて体験する。

彼が愛撫をしながら、やさしく彼女の耳元にささやき続けるあいだに、彼女は歓喜の世界から地上へ戻った。彼女の興奮が鎮まったのを見て、彼は頭を並べて彼女の横に寝そべった。感情的になって、その気持ちを抑えられなくなった彼女は、顔を見られるのが恥ずかしくて、彼の肩に顔を埋めた。

かなり時間が経ち、エリザベスがうとうとし始めたとき、彼がぼそりと言った。

「公園で話していた男は誰だ」

彼女はジャック・ルウェリンのことを話そうと思ったが、すぐに考えを変えた。ジャックのことを話せば、マイケルのことも打ち明けざるを得ない。兄はまだ精神的に弱っている。冷静で計算高いジェルベイズの眼差しに、兄が耐えられるとは思えない。

快楽を与えれば、頭がぼうっとして秘密を何でも口走るとでもジェルベイズは思っていたのだろうか？　おそらく最初からそういう魂胆だったのだ。

彼は手を伸ばして乳房を愛撫し始めた。乳首がまた硬くぴんと尖ってきている。

「あいつは誰なんだ？」

体は彼の愛撫に反応し、反射的に彼の肩にキスしてしまった。けれど、理性は失いたくない。「知らない人よ。今、何時ですか、とたずねたあと、すごくじょうずにお金をめぐんでくれと言ってきたの」彼のズボンのボタンに手をかけ、前を開ける。

「つまり、あなたもあの人を見かけたわけね？　あなたもお金をめぐんでくれと言われたの？」

彼が何も答えないので、エリザベスは彼のペニスを指で包むと、手を動かし始めた。彼が快感のあえぎを漏らしたことに勇気づけられ、彼女は彼の鹿革のズボンの上から自分の裸の脚を絡ませた。濃密なキスをして、体をしっかりと密着させ、彼の快楽を高めていく。やがて彼はくぐもった声で悪態《あくたい》を吐き、彼女のうなじをつかんで、キスし始めた。

16

エリザベスは羽根ペンの羽先を噛み、解読に没頭して下を向くサー・ジョンの頭を見た。彼は朝からずっと、黙々と仕事をしている。彼女は手持ちぶさたの状態だった。することを思いつかない。仕方なく、手紙を書いた。エロイーズと、もうひとりの兄ヒューに手紙を書き終えると、もう他に連絡を取りたい人はいなかった。

しとしとと降り続く雨のせいで、屋敷の前のグロウヴナー・スクエアも普段より静かだった。彼女は朝から三通の新しい文書の暗号解読を終えた。解読した文書は至急便で外務省に送られた。今はもう、ここにぼんやり座って、さらに文書が届けられるのを待つしかない。

そこで机の向こうで仕事をする書記官を観察することにした。彼は着ている服が自分に合っているかにいっさい関心がないようだ。こういうところもジェルベイズとは正反対。ジェルベイズは、デザインや仕立てにも自分なりのこだわりを持ち、細かいところまで要求が厳しい。カールトン・ハウスに新たなコレクションとして加わったギリシャ神の像は、男性の体を細部まで再現しているとして、眉をひそめられつつ人気を集めているのだが、ジェルベイズの体はその裸身像を思わせる。

ああ、だめだめ。彼女は自分を心で叱りつけた。自分の私室でならともかく、今は仕事中でサー・ジョンも同じ部屋にいるのだ。妄想の中身をサー・ジョンに知られては困る。ただ、高級娼婦になるレッスンと暗号解読の仕事の境界線がわからなくなるときがある。特にジェルベイズがそばにいると、自分でもさっきまで何をしていたのか忘れてしまう。

扉が大きな音を立てて開いた。サー・ジョンが、気をつけろ、と怒鳴ったのだが、紙が数枚彼の机から風で吹き飛ばされた。そして風とともにニコラスが部屋に入って来た。封筒を手にして、部屋の隅の窮屈なエリザベスの仕事スペースにまっすぐ歩いてくる。封筒には正式な封蠟がしてあった。

「ごきげんよう、ウォーターストーン夫人。ディアブル・デラメア公爵じきじきのお褒めの言葉を伝えます」にやりと笑う彼の紅潮した頰で、えくぼが揺れた。ニコラスの濡れた赤毛は、かなり乱れていた。「新しく入手した文書なんだ。これもル・フルールが書いたものらしい」

封筒を開くと、中にはジェルベイズからの短いただし書きと一緒に、小さな紙片が入っていた。紙片はもうすっかり見慣れた癖のある尖った字で埋めつくされていた。

「確かに同じだわ」

「何が同じなんだ？　同じ暗号が使われているのか？」サー・ジョンが待ちきれない

様子で問いただす。

「暗号については解読してみないとわかりませんが、筆跡が同じ、つまり以前の文書と同一人物が書いたものです」

「同一人物だと、解読が楽になるのか？」ニコラスが質問した。

「ええ、役には立ちます」エリザベスの頭は、もう目の前のパズルを解くことでいっぱいになっていた。ニコラスの質問にも、反射的に答えただけだったが、声に興奮をにじませないようにした。新しいペンを手にした彼女は、真っ白の紙を目の前に置いた。

＊＊＊

「エリザベス、いったい何のつもりだ？」

散らかった自分の机を、ろうそくの炎が照らすのに気づき、彼女は何度か目をしばたかせた。目をこすろうとしたのだが、その手がインクで黒くなっていた。インクを顔全体に塗り広げる前に、ジェルベイズが彼女の手をつかみ、きれいなハンカチを差し出してくれた。

彼女は謝意を伝え、ハンカチで手を拭った。そのうち炎のまぶしさに目が慣れ、机の向こうを見ると、サー・ジョンの姿はどこにもなかった。恐る恐るジェルベイズの顔色をうかがう。なるほど、仕方ない。彼女はあきらめてペンを置き、体を起こした。「返答は？」ジェルベイズは引き下がろうとしない。「その暗号解読に没頭して、もう六時間になるんだぞ」彼女が、しびれた指を伸ばそうとしているのを見て、彼は眉をひそめた。「食事はしたのか？」

そこで初めてエリザベスは、お腹に何も入っていない感覚に気づいた。それに、目の奥がきりきりと痛む。「場所はロンドンよ」

「暗殺が計画されている場所のことか？」

「ええ。ル・フルールは、夏の季節だと言っているみたい。ただ、今の段階では断言はできない」彼女はペン先で文書をとんとんと叩いた。「暗号はこれまでと非常によく似た構造よ。鍵となる言葉が変えられているだけ。それが何かを割り出すには、もっと頑張らないと」

ジェルベイズが机を回り込んできて、彼女の体を引き上げ、立たせた。彼女はよろめいて彼にもたれかかってしまった。人に支えてもらうというこれまで体験したことのない感覚を楽しんだ。自分が大切にされていることを実感するのはうれしいものだ。もちろん、暗号解読のために必要だからという理由だけなのだろうが。

「今すぐやめるんだ」有無を言わさぬ口調でジェルベイズは命令した。「まず食事だ。そのあとオペラに連れて行く。文書をしまって、一緒に来なさい」

＊＊＊

ジェルベイズに見守られながら、腹持ちのいい食事をたっぷり食べたあと、エリザベスは自室に戻って大急ぎで着替えた。メイドが身支度の下準備をしておいてくれたので、たいして時間はかからなかった。ふと鏡に映る自分の姿に満足感を覚える。メイドが結い上げてくれた髪は、普段とは異なり、ふわりと軽やかな縦巻きにしてある。ラベンダー色のドレスは胸のすぐ下の切り替えから裾が大きく広がり、身頃部分にはレースの縁飾りがしてある。ドレスは厚めのモスリン生地で、身頃部分から、同じ色の靴へと優雅に流れるような襞を作る。

おどけて鏡の自分に投げキッスしてから、エリザベスはフード付きの外套を腕から垂らし、大理石張りの玄関ホールへ下りていった。黒と白で統一されたいで立ちのジェルベイズは、自分の肖像画のすぐ下に立っていた。絵からも実際の姿からも、彼の傲慢さが伝わってくる。

手袋をまとめて片手に持ち、彼がエリザベスに近づいてきた。謎めいたグレーの眼差しで彼女の全身を見ると、にっこり笑って彼女の腕から外套を取った。

「インクのしみだらけで、髪を引っ詰めに編んでいる姿からは、想像できないね」

彼は後ろを向くようにと促し、彼女の肩を分厚い外套で包んでくれた。また正面を向いて顎の下でリボンを結ぶ際、彼の指が彼女の喉元に直接触れた。少し長く彼の肌を感じていられて、エリザベスはほうっと満足げに息を吐いた。彼が離れるとすぐ、温もりが消えた。スタンディッシュ氏が玄関扉を広げて待ってくれていたのだが、びゅっと冷たい風が吹き込み、彼の温もりがなくなったことを余計に意識した。

馬車に乗り、エリザベスが座席に落ち着き、ジェルベイズがその向かいの席に腰を下ろすのとほぼ同時に、馬車の扉が開いてニコラスが乗り込んできた。「遅くなりました、公爵さま。いちばん上等の上着が見つからなかったんです。あなたの服を借りようと、ジャンを脅していましたが、あいつ、なかなか首を縦にしてくれなくて」

ジェルベイズは座り直し、不思議そうな眼差しをニコラスに投げかけた。「そのような流行遅れの服が俺の衣装室にあったことのほうが驚きだな。少なくとも三年以上前に流行したデザインだから、誰もが流行遅れだと思うはずだ。今夜、君とは他人のふりをしたい。俺が無視しても、気を悪くしないでくれ」

ニコラスは悪びれずにエリザベスにウィンクした。「僕のクラバットの結び方を見れば、そんな冗談も言ってられなくなりますよ。公爵さまは、自分が満足するように結び変えるでしょうね。でなきゃ、馬車から降ろしてもらえない」

雲のない、冴えわたった夜だった。馬車を降りるときには、ジェルベイズが手を貸してくれた。外気の冷たさに、外套が分厚くてよかった、と彼女は思った。三人が劇場に入ったのは、開演直前で、こうやって遅れ気味に到着するのが近頃の流行らしい。バルコニー席に案内されたときには、座席はほぼ埋まっており、オーケストラはすでに音合わせを始めていた。

周囲の状況を確認する暇もなく、場内の明かりが落とされた。間もなく甘美な旋律が流れ始める。『フィガロの結婚』の序曲だ。エリザベスはすっかりリラックスして、ため息を漏らすとモーツァルトの世界に入り込んだ。ジェルベイズの腕が、自分の座る椅子の背に置かれているのを頭の片隅に意識し、温かな柑橘系の香りに包まれる。

第一幕が終わると場内が明るくなり、無理やり現実に引き戻されたような気がして残念だった。ジェルベイズは、ちょっと失礼、と言ってバルコニー席から出て行った。

手持ちぶさたになったエリザベスは、少し身を乗り出すようにしてベルベットの巻かれた手すりに肘をつくと、下の席の大勢の人々の動きを見ていた。

特にジェルベイズを捜していたわけでもないのだが、反対側のバルコニー席に近く黒と白の上着が目を引いた。女性の淡い色のドレス、男性の落ち着いた暗い色の上下といった一般的な服装の中では、彼の鮮やかな色調が際立って見える。彼は、真正面のバルコニー席にいる赤毛の女性の前まで行くと、漆黒の髪の頭を下げた。仲よさそうに会話する二人をしっかり見つめたまま、彼女は座席の後ろに手を伸ばした。ジェルベイズがオペラグラスをそこに置いたのだ。拡大レンズで見ると、燃えるような髪色のその女性はずいぶん胸が豊かで、その胸元には宝石を輝やかせていた。そしてジェルベイズの手の甲を自分の口元に押しつけているではないか。ふん、と思ったエリザベスだが、ふとその席には他にも人がいることに気がついた。ピーチ色のサテンのドレスに、真珠とダイヤモンドで着飾ったアンジェリークだった。美しく結い上げた髪の効果もあり、宝石にも劣らずまばゆい輝きを放っている。

次の瞬間、エリザベスの中で張り詰めかけていた妙な緊張がふっと緩んだ。ジェルベイズがアンジェリークのほうへ向き直り、そのむき出しの腕から肩へと唇を這わせるとそのまま耳元に何かをささやいたのだが、すぐにアンジェリークがこちらのほうにウィンクしたからだった。彼はエリザベスが自分を見ていることに気づいていたのだ。手にしたオペラグラスを落としそうになったエリザベスは、少しきまりが悪くて体の向きを変えて他の席を見ることにした。

レンズの焦点を合わせた先には、異父妹のメアリーが母と一緒にいた。妹はすっきりとしたデザインの白のモスリンのドレスに、自分の瞳と同じ色の青いサッシュを締めていた。やがてレンズの視界にフォレスター氏が入った。娘の肩を誇らしげに叩く姿は、よき父親そのものだった。

まさに理想的な家族だ。母の再婚以来ずっと、自分はよそものだという感覚を常に持ってきたが、今またその慣れ親しんだ感情に心を揺さぶられた。そんなふうに思わないでおこうと気持ちを切り替え、エリザベスはそこに同席している男性がいないか確かめることにした。フォレスター氏が娘の結婚相手に、と選んだ男がいるのかもしれない。

するとサー・ジョン・ハリントンの姿が目に入り、オペラグラスを握る彼女の手にぐっと力が入った。サー・ジョンはおそらくは彼にとっての一張羅《いっちょうら》らしいモスグリーンの上着を身にまとい、息が苦しそうなぐらいクラバットをきつく結んでいる。

「あのう……ワインでも飲みませんか?」ニコラスの問いかけに、エリザベスははっとした。ずいぶん奇妙な光景を目撃したものだが、驚いた拍子にオペラグラスを落としてしまった。これではまるでいたずらを見つかった子どもだ。とりあえずワインを受け取り、隣の席に座るようニコラスに勧める。サー・ジョンのことをうまく聞き出すには、それとなく彼のことを話題にしなければならない。まずは会話をとぎれないようにしよう。

ニコラスが氷を張った容器で冷やしてあるワインボトルから、またワインを注いでくれた。どうやら話題に困っているようだ。そこで彼女は、ごくさりげなくたずねた。

「今夜は、サー・ジョンもこちらにいらっしゃるのかしら? 確か、モーツアルトが大好きだとおっしゃっていたわ」

ニコラスはグラスを掲げて、彼女のグラスに縁をかちんと当ててから、ひと息にぐいっと飲み干した。「サー・ジョンはここに来ていますよ。ただ、あの人にも給料分の働きをしてもらわないとね」

エリザベスがその意味を考え込んでいると、ニコラスが説明した。

「公爵さまの指示で、サー・ジョンは賭博場の常連たちに取り入ろうとしているんだ。今も、そういう連中と一緒にいるはずだけど、どうしてそんなことを聞くんです?

観客の中にサー・ジョンらしき人がいたのかな？」

「向かいのバルコニー席にいらっしゃるところが、偶然目に入ったの。たぶん、あれはサー・ジョンだと思います」

「ああ、そうだ。モリニュー卿のところに行くようにと、俺が指示した」

ジェルベイズの落ち着いた声が、ニコラスとエリザベスの会話に割り込んできた。ニコラスは慌てて席を譲る。ちらっとエリザベスのほうを見てから、彼女の扇子を手に取り、慣れた手つきで彼女の顔の前に広げた。頰が赤くなっているのは、彼女自身わかっていた。

「モリニューのやつはまだ二十歳なのに、自身ではとうてい払いきれない負債を作り、さらに家族全員を借金地獄へと引きずり込んだ。少年の頃から、一族の恥でしかなかったんだ。あいつの父親は軍務大臣で、フランスとの戦争の責任者だ。だからフランス政府がこの若者に目を付けるのではないかと、恐れている」

彼がのんびりとした口調で告げるその言葉の内容に、エリザベスの胸は苦しくなった。動悸《どうき》が激しくなり、きつく締めたコルセットを突き破ってしまいそう。これほど大きな音を立てていたのでは、ジェルベイズにも聞こえるのではないかと思った。

「サー・ジョン・ハリントンをどこで見かけたんだ？」

エリザベスはフォレスター家のバルコニー席を指すと、手を膝に戻してジェルベイズの反応を待った。彼はオペラグラスを手にして、向かい側の席を見ている。

「なるほど、確かにあれはサー・ジョンだ。その前の席で、モリニュー卿がブロンド娘に色目を使っているな。いかにも頭が空っぽそうな娘だ。ハリントンが話し込んでいるのは、君の継父のようだ」

「ブロンドの女の子は、半分血のつながった私の妹です。一般的には、ダイヤモンドのようなまばゆい輝きを放つ乙女だと言われていますのよ！」彼女はぴしゃりと言い返した。

ジェルベイズがしげしげと彼女を見る。「なるほど、間違いを訂正しよう。女性の美については君のほうがはるかに詳しいんだろうからな。俺ごときに何がわかると言うのだ、そうだろ？」

笑いをこらえていたニコラスが、そこでぷっと噴き出した。

「ニコラス、先ほど、君の姉上と話をしたぞ。いちばん上のホーテンスだ。どうして第一幕が終わったあと、うちの弟は姉に挨拶にも来ないのか、礼儀も心得ない男になったと嘆いておられた」

ニコラスの顔が赤く染まり、髪の色と見分けがつかないぐらいになった。ふてくされたような表情でつぶやく。「姉上が僕に何の用があるって言うんだ。公爵さまから、僕は元気で幸せに暮らしていると伝えてくださいましたか？」

ジェルベイズがじっとニコラスを見ているあいだに、第二幕が始まるベルが鳴った。ニコラスがうなだれて、もじもじしているとジェルベイズはまた口を開き、今度はもっと強い口調で言った。

「実際、君が元気にやっているとホーテンスには伝えた」ジェルベイズはそこで言葉を切り、ニコラスが落ち着かなく座り直した。「親代わりとして君をここまで育ててくれた姉上は、恩知らずの弟から直接、自分は元気にしていると聞きたかったのだと思うが」

すっかり落ち込んだ様子のニコラスにさっと背を向け、ジェルベイズは探るような眼差しをエリザベスに向けた。「悩みごとは片づいたか？」オーケストラ・ピットから、音が劇場内へと広がっていく。「今の説明で納得しただろう？」

舞台を見下ろしたまま、彼女は答えた。「何かに悩む理由など私にはありませんけれど」舞台では女性歌手が現われ、歌声が響き始める。

ジェルベイズは上体を倒して、彼女にささやいた。ちょうど首筋の脈打つところに、直接唇をつけて。「君の思考の流れが、だんだんわかるようになってきたんだ。先ほど幕間に挨拶していた、すばらしい女性はニコラスのいちばん上のお姉さんのホーテンスだ。二人が似ているのに気づかなかったか？」

彼の行動になど関心はなかった、と伝えたくて、エリザベスは肩をすくめた。すると持ち上げた肩に、彼が歯を立てたので、ぞくっとするような感覚が体の芯のほうへと走った。「あなたがどこにいるかさえ、気づきませんでした。物珍しくて、あちこちを見ていましたから」

「嘘だね」彼の息が耳にかかる。彼が耳たぶを軽く噛んだ。「それから、フォレスター家のバルコニー席に行けと、ハリントンに命じたわけでもない。そちらのほうも、心配は無用だ」喉に当てられていた彼の指が少し下方へ移動し、胸のふくらみの上側の輪郭をなぞる。「警戒していたやつが、君の継父の席に行ったまでのこと。偶然だ」

エリザベスが何も言わずにいると、彼は体を起こし、オペラに集中した。舞台上で入り乱れる色鮮やかな衣装を着た登場人物をぼんやり眺める彼女の胸には、わずかではあるものの依然として不安が残っていた。言いわけめいた説明をすること自体、まるでジェルベイズらしくない。こちらの気持ちを思いやってくれるようになったからなのか、それとも疑念は図星だったからごまかそうとしているのか。

やがてオペラは終わり、ニコラスはその場を離れて姉に叱られに行った。エリザベスはまだ、どうすべきかを思い悩んでいたため、肘をつかまれてびくっとした。ジェルベイズが、もう帰ろうと外套を広げてくれていた。そのままずっと二人は言葉を交わさなかったが、馬車に乗ってしばらくしてからニコラスがいないことに彼女は気づいた。

「ニコラスはどこ？　忘れてきてしまったの？」

＊　＊　＊

エリザベスの言葉に、ジェルベイズはほほえみ、手袋の上から彼女の手にキスした。

「姉上のホーテンスとアンジェリークと一緒に、夜食をとっているところだろう。あの二人にじゅうぶんこらしめてもらってからでないと、うちの屋敷には入れないつもりだ。食事のあいだ、あいつは礼儀知らずのばかものと罵られ続けるはずだが、まあ、当然だな」

エリザベスは視線を避けるようにしているので横顔しか見えない。その様子を見ていて、彼は心配になった。彼女が静かになるのは、何かを思い悩んでいるときだ。席を立った理由を説明したが、完全に彼女を納得させるには至らなかったようだ。実際に監視対象になっていたのが、自分の継父だと知ったら、彼女はどれぐらい不安に思うだろう。そのせいで、今回の計画が台無しになるかもしれないと考えると、ジェルベイズとしても気になる。ため息が出そうになるのをこらえて、彼は口を開いた。

「今夜はもう暗号解読はするな。帰宅したら、まっすぐベッドに入るように」

「ひとりで？　それともあなたと一緒に？」

彼女が遠慮がちに誘ってくると、ジェルベイズの下半身は俄然、元気になり始めた。昨夜、彼女が絶頂を迎えるところを目撃したので、余計に彼女が欲しくなっている。裸の彼女を自分の腕に抱くところが頭に浮かぶ。すべてを差し出してくれた彼女のぬめりを帯びた熱の中心へ、自分の硬くなった肉をゆっくりと滑らせていく感触が、現実感を持って想像できる。ゆっくり、少しずつ、快楽の園へと。ステッキを握る手に力が入った。

「ひとりで、だ」

彼に拒絶されて恥ずかしいのか、彼女は顔を赤らめた。馬車が停まると、彼を避けようと慌てて扉の留め金を外そうとして、かえって手間取っている。いつもとは異なり、彼のほうもいくぶんぎこちなく手を貸し、彼女を馬車から降ろした。あとは下働きの男性にまかせ、自分は馬車の中に戻る。

馬車を出すようにステッキで客車の屋根を叩いて御者《ぎよしや》に合図すると、彼女の驚いた顔がちらっと見えた。馬車がかなりの速度でグロウヴナー・スクエアを離れる際、彼は下腹部を見下ろして顔をしかめた。要らぬときに勃起するとは。早く興奮を鎮めないと。しかし気をつけないとエリザベスに頭の中を侵略されていきそうだ。彼女に好意を持つなど、明らかに間違いだ。同じ過ちを繰り返してしまっては大変だ。あの心の痛みには、二度と耐えられない。

人目につかない場所にある高級売春宿の前で、馬車は停まった。しばらくこの店の得意客だったのだが、馬車から降りる気になれず、彼はそのまま長い時間、馬車の窓から店の玄関を見ていた。確かに、女の肌が恋しい。しかし、エリザベス以外の女性に触れると思うと、どうにも気が進まない。

彼が大声で御者に命令すると、馬は高らかに地面を蹴り、馬車は大きく円を描いて、元来た道を戻り始めた。

彼は深く息を吐いて、エリザベスの誘いを断るぞ、と決意を固めた。率直な物言いで、非常に頭のいい女性だが、彼の仕事の中でごく小さな役割をになうだけの、取るに足りない存在でしかない。その事実を忘れないようにしよう。彼女とは取引をしただけで、それについては約束を守る。彼女の脚のあいだに自分の肉を埋めておこうとするのは、明らかに約束とは異なる。

馬車は自宅前の公園に入り、石畳で馬車が速度を落とす。よし、そうだ、と心を決めると、彼はひとりほくそ笑んだ。今日のことで、彼女としてもいろいろ文句はあるだろうが、それはまあ、いい。取るに足りない人間にも、それなりの役目はある。そのことを忘れず、あの厄介な女性の役割を過小評価しなければいいだけだ。

17

彼女は二枚目のトーストを自分の皿に置き、公爵用の椅子を見た。あれから五日、ジェルベイズは朝食室に現われず、また夜に彼女のベッドを訪れることもない。何となく、オペラに行った夜のことが思い出される。屋敷の前で、何の説明もなく彼女を馬車から降ろしたあと、ジェルベイズは売春宿に行ったらしい。下働きの男性の召使いが、笑いながらそう話しているのを耳にした。思いきって誘ってみたのだが、それが彼には不快だったのだろうか？　エリザベスからのベッドへの招待は、彼にとっては慌てて距離を置きたいほど嫌なできごとだったのか。そんなはずはない。こういう男女間のことにはまだ経験が浅いが、彼はいろんな女性から誘いを受けることに慣れているはず。彼女が馬車から降りたとき、彼はどんな顔をしていただろう——怒っていた様子はなかった。ただ、早く馬車を出したいと焦っているように見えた。

早くテーブルを片づけたいらしく、スタンディッシュ氏が付近をうろついているので、彼女は席を立った。ひとりで思い悩んでも仕方ない。とにかく暗号解読という仕事があるのが救いだ。謎解きに集中していれば、余計なことを考えずに済む。することがないと、一日じゅうでもジェルベイズのおかしな行動を考え続けてしまいそうだ。

仕事部屋の入口で、彼女ははっと足を止めた。サー・ジョンが自分の机の上にある何かを覗き込んでいる。「何か御用ですか？」

彼は体を起こすと、いつもの赤い表紙の本を拾い上げ、それを自分の上着のポケットに入れた。「ああ、これは失礼。公爵さまから、暗号をもういちど確かめるように言われたもので」

エリザベスは顎を突き上げた。この男はいつも。まるで子どもに言い聞かせるような口調で、いつも彼女が無能だと遠回しに指摘する。しかも、じゅうぶんな働きがないと公爵さまがおっしゃっておられる、みたいな言い方をするのだ。

「公爵さまが、本当にそうおっしゃったの？」

サー・ジョンはくしゃくしゃの麻のハンカチを取り出して額の汗を拭った。「自分の時間があるときは、解読した暗号を並べ替え、もう少し意味のわかりやすい文章にならないかと考えてみたいのだ。君に暗号を早く解読してもらいたくて、自分がうるさいのもわかっている」

暗号文書は常に鍵のかかった場所に保管しておくべきではなかったのですか、と彼を糾弾する言葉がエリザベスの喉元まで出かかっていた。しかし彼女は黙って、彼が本をしまったポケットを叩いているのを見ていた。

自分の席に着いた彼女は、この数日取り組んでいる文書を取り出して、彼に笑顔を向けた。いいんですよ、と伝えるつもりだった。「私もできるだけ頑張りますわ」

「私には忍耐力が足りないと思うかもしれないが」サー・ジョンがおもむろに口を開く。「ただこういったことには、人命がかかっているからね。これ以上、大切な人たちを死なせるわけにはいかないんだ」

心からの言葉のように思えた。自分の仲のいい同僚が、スパイ活動という危険な職務の中で命を落とすことがあれば、当然、サー・ジョンと同じ気持ちになるだろう。彼女は気持ちも新たに、自分の仕事に励むことにした。そのうち、サー・ジョンを疎ましく思う気持ちも消えていった。

サー・ジョンは仕事部屋と公爵用の書斎を行ったり来たりしていた。いちどニコラスがサー・ジョンをからかう声が聞こえたように思ったが、ジェルベイズの声は聞こえなかった。やがて書斎にある時計が、正午を告げるのが聞こえた。彼女はペンを置き、うーっと体を伸ばしながら、これからどうしよう、と考えた。ジェルベイズにどう接したらいいのかがわからない。

スタンディッシュ氏が扉をノックし、昼餉《ひるげ》の用意ができております、と言った。ありがとう、と気のない返事をして、彼女は自分の体を見下ろし、情けなくなった。立ち襟で首まできっちりと隠した質素な紫のドレスは、インクのしみだらけだった。どうしてここまで汚してしまったのか……なるほど、こんな姿では、おしゃれなジェルベイズは、そばにいたいとは思わないだろう。何にせよ、午後からフォレスター家を訪問する予定だから、着替えなければ。

彼女は大切な文書を引き出しにしまって鍵をかけ、自分の部屋へと急いだ。急いでいたので、メイドを呼ぶまでもないと考え、できるだけ実用的なドレスを選んだ。母に、やぼったいと言われるのはわかっているが仕方ない。しかし、体の後ろでうまく紐が結べず、苛立ちのあまり、大きな声でぼやいてしまった。「ああ、いまいましい！　男だったらよかったのに！」

「いや、その言葉には賛成しかねるな。俺にはそっちのほうの趣味はないんだ。君が女性でいてくれて、うれしいよ」ジェルベイズが後ろでドレスの紐を締めてくれていた。背中に触れる彼の指が温かい。耳の後ろのやわらかな場所に、彼がそっと口づけをする。

顔を合わせるのが気恥ずかしくて、エリザベスは鏡の前まで急いで移動し、髪を整えるふりをした。

「だいじょうぶだよ、きれいだから。難を言うとすれば、少し表情が硬いかな。これから実家に行くのか？」

「ええ、お許しをいただけるのなら」彼女はあちこちに視線を飛ばし、彼のほうだけは見ないようにした。彼が戸口に向かい始めると、やっと呼吸できるようになった。このまま出て行ってくれるといいのだけれど。彼女はレティキュールを手に取ると、ベッドのそばに落ちていた気に入りの帽子を拾い上げた。マイケルのために買い込んだ大量の本は、化粧台の上に紐をかけて積んである。あとはこの本を運ぶだけ、と思ったとき、ジェルベイズが戻って来た。ああ、もう！

苛立ちのあまり泣き出したくなったエリザベスを気にするふうでもなく、彼が本を縛った紐に手をかける。

「階下まで俺が運んでやろう。馬車に載せるのは、ニコラスに頼めばいい」

なすすべもなく、彼女はただにこにこしながら彼のあとをついて大きな階段を下りていった。玄関ホールには誰もいなかった。召使いは全員、昼食の給仕などで忙しいのだろう。

エリザベスは、ジェルベイズにありがとう、と言うために振り向いた。すると彼がじっと自分の表情をうかがっていた。「私、また何かおかしなことでもしたかしら？」

新しいパズルに出会ったかのように、じろじろこちらを見る彼に対し、エリザベスは背を向けた。

「出かける前に、昼食に付き合ってもらえないか？　今出かけると、お茶の時間の訪問にしては早すぎるだろうし、ニコラスもまだ食事中だ」

彼の言葉には少し命令口調が混じっていた。この口調が出るときは、従わざるを得ないことがエリザベスにもわかってきていた。残念そうにため息を漏らし、彼女はダイニングルームへと歩き始めた。彼もすぐあとを歩いてくる。ダイニングルームに入ると、彼はエリザベスのために椅子を引き、さらに膝にナプキンまで掛けてくれた。

「誤解があるようだから、言っておく」彼は快活な声で言ったが、それが余計に危険な雰囲気を醸し出した。「長いこと無視され続けるのは我慢ならないんだ。俺に何か問題があると言うのなら、あとでじっくり話を聞く」

＊＊＊

フォレスター家から戻って一時間ばかり、静かに自室で過ごしたあと、エリザベスは勇気を振り絞ってダイニングルームに向かった。実家では、ジャック・ルウェリンを雇ってよかったと思うことばかりだった。まず、兄のマイケルがジャックを気に入ってくれた。マイケルの体の調子も目に見えてよくなっていた。元軍人の二人が互いに尊敬し、心を開いていく姿は見ていてうれしかったし、マイケルの介護に必要な金額を稼ぐという決断の正しさが証明された気がした。自分が公爵家に留まり、マイケルの介護に必要な金額を稼ぐという決断の正しさが証明された気がした。

一方、母はますます無礼になっていた。公爵さまはどんな方なのだとしつこく聞かれると、お母さまに何の関係があるの、と言ってやりたくなった。メアリーも相変わらずで、自分の社交界デビューのことしか頭になく、またそのことしか話す気もないようだった。姉のことなど、どうでもいいらしい。

ダイニングルームに入ると、すでにジェルベイズとニコラスが席に着いているのを見て、エリザベスは笑顔になった。薄いピンクの布地と、ダイヤモンドのきらめきが公園を見晴らすバルコニーに見え、アンジェリークが来ているのもわかった。

「あら、これで楽しい顔ぶれがそろったわ」アンジェリークが、香水の匂いと紅のついた頬を、エリザベスの顔にくっつけて、挨拶した。「サー・ジョンがやっと帰ったの。あんなに退屈な人は抜きよ。私たち四人で楽しくやりましょ」

ジェルベイズがワインを注いでくれたが、エリザベスは彼の視線を避け、大急ぎでグラスを空にした。息継ぐ暇もなく、彼がまたグラスを満たし、彼女をテーブルへと案内した。スタンディッシュ氏はすでにテーブルの横に控えており、コースの最初の料理を給仕しようと待ち構えている。エリザベスはジェルベイズの右側に、二人と向き合うようにアンジェリーク、そしてその隣にニコラスが座った。

食事が始まってしばらくのあいだ、エリザベスは食べることに専念していた。とてもおいしかったというのもあるのだが、それより母が薄めたような紅茶しか出してくれなかったからだ。さんざん文句や嫌味を聞かされたあと、茶菓子のひとつも出なかった。フランス貴族ならではのいつものコース料理が次々に出され、料理に合わせたワインを飲んでいるうちに、アルコールのおかげで彼女もリラックスして会話を楽しむようになった。デザートの甘いクリームはすべて食べきれず、半分ぐらい残して、満足のため息を漏らしながらスプーンを皿に置いた。ジェルベイズが召使いに食後酒を出すように合図し、ポルト酒とスペイン産の葉巻の箱がテーブルに置かれた。

アンジェリークがポルト酒だけでなく、葉巻も受け取るのを見て、エリザベスは目を丸くした。ジェルベイズが彼女用のグラスにポルト酒を満たし、無言で嘲弄《ちようろう》するような眼差しを向けてきたので、負けん気の強い彼女は、その甘い熟成酒をひと息に飲み干した。無謀な行為だった。喉から胃まで、炎が通り抜けるような感覚のあと、涙さえ出てきた。それでもまだ、彼は挑戦的に彼女を見つめる。にらみ返すと、彼は眉を上げ、またグラスをポルト酒で満たした。

酒に口をつけるふりだけして、彼女は目を閉じた。部屋がぐるぐる回っている気がしたのだ。自分がふらふらになっていることを、ジェルベイズに気づかれないように願いながら、そろそろとテーブルに腕を上げ、肘を立てて手のひらに顎を預ける。

アンジェリークは完璧な丸に煙を吐き、エリザベスに笑顔を向けた。「ニコラスにさっき言ったの。お姉さんがいて幸せよって。ジェルベイズも私も、革命後の混乱で親戚や親しい人をたくさん失ったわ」椅子でくつろぐジェルベイズを顎で示しながら、アンジェリークはなおもエリザベスに語りかける。「実際のところ、ジェルベイズがいなければ、ニコラスも私も今ここにはいなかったでしょうね」

頭を動かすのは辛かったが、それでもエリザベスはジェルベイズに顔を向けた。

「俺をヒーローにしようとするなよ、アンジェリーク。俺はただ、するべきことをしただけだ。君だって、君なりに最善のことをした」

「あら、あら」アンジェリークが人差し指を立てて、顔の前で振る。「あなたって、褒められるのが嫌いなのよね」そしてエリザベスに話しかけてきた。「ディアブル・

デラメア家は、革命政府に裏切られたの。それを知ったジェルベイズは、すぐさま縁戚の人たちや召使いをフランスから脱出させる手はずを整えたのよ」彼女が遠くを見るような顔をした。「全員を助けられればよかったんだけど」

厳しい表情のジェルベイズの顔にも、一瞬、悲しみがよぎった。妻を亡くしたことを、まだ悔やんでいるのだろうか？　ひどく嫌っていたような口ぶりだったが。

ジェルベイズがこの話を思い出したくなさそうにしているので、話題を変える必要性を感じ、さらに自分でも何か話題を提供すべきだと考えたエリザベスは、手を上げて話を中断させた。頭がさらにふらふらした。

「私の父もヒーローだった。でも私を残して亡くなったわ。母は、私が父を殺したって言うの」

頭が霞《かすみ》に包まれたような状態ではあったが、それでも今の言葉で、その場の全員が話の成り行きに注目しているのがわかった。うなずこうとしたのだが、部屋が回転して、ワルツを踊っているみたいな気分になる。しかたなく、また手の中に顎を置いて、自分を支えた。

「エリザベス」ジェルベイズの声に気おされ、彼女ははっと彼のほうを見た。「君、意識がもうろうとしてきているんじゃないか？　そろそろベッドに入ったほうがいいんじゃないか？　部屋まで送って行こうか？」

「結構です」きっぱりと断ると、ジェルベイズが冷笑するのが見え、どうして彼は顔を歪めているのだろう、と彼女は思った。「自分のこと、悪いやつだっていつも言うでしょ。実は、私だって善人じゃないの。その話をしたいわけ」

「そうか、それなら話せばいい」彼の口調はやさしかった。「だが、明日の朝は、ここにいる全員と顔を合わさなきゃならないんだからな。どこまで打ち明けるべきか、気をつけろ」

あれ、何を話すのだったかな、と戸惑いながら、彼女は眉をしかめて記憶をたどった。記憶はサー・ジョンの扱う文書と同じ。そう、何かの機会に必ず行方が知れなくなる。

「私の父は軍人で、家を空けることが多かった。私が八歳のとき、前もって連絡もなく、父が突然家に帰って来たの。兄たちは寄宿学校に入っていて、当時家で暮らすのは私と母だけだった」思い出して、彼女はぶるっと身震いした。「家の中はいつも暗かった。母はたいてい外出し、家にいるのは私ひとりだけのことが多かったから。父の声が聞こえたとき、知らない男の人かと思って怖くなり、私は自分のベッドの下に隠れたの」

アンジェリークが身を乗り出し、エリザベスの手を取った。「ひとりで家に残される感覚は恐ろしいものだわ。私は子どもの頃、あらゆる物音が怖かった。鬼が現われて食べられるんじゃないかと思ってた」

ニコラスがコーヒーの入ったカップを彼女の顔のすぐ前に突き出す。何なのだろう、これは？　不思議に思ってジェルベイズを見ると、飲むように、としぐさで示されたので、彼女は熱々のコーヒーをひと口だけすすり、話の続きに戻った。

「父がとても怒っているのがわかったわ。エリザベスに対して腹を立てているんじゃない、おまえは何も悪いことをしてないんだからね、だから何もかも話しなさい、と父に言われた。父は自分の膝に私を載せると、いろんな質問をしてきたの。母について」彼女は肩をすくめた。「たいして話せることなんてなかったの。だって母がどこに行っているか知らなかったし。ただ、毎晩、私をひとり残して家を出て行くってことは伝えた」

そのあと父は、私の手を引いて、家じゅうを歩いて回った。あちこちで足を止め、この壁にはあの絵があったな、こちらの棚にあった飾りものはどうなったんだろう、って言ってた。白く空いた壁と、隙間だらけの飾り棚だらけだったの」

彼女は部屋のシルク張りの壁と芸術品が豪華に並べられた棚をぼんやり見た。そして、先祖から受けついだこういう品々を、賭けの支払いに充《あ》てよう、なんてジェルベイズは考えたことがあるだろうか、と思った。

「やがて私たちは、厨房に入った。家の中で暖かいのはそこだけだったの。私がお茶をいれて父に出すと、父の顔色が真っ白になった。指も震えていたわ。その前からずっと父は、絵画や家宝の宝石類はどうなったんだと、質問していた。私は母から言われたことを伝えるしかなかった。みんな修復中で、そのうち戻ってくるからって」

エリザベスはまたカップを手にして、ふうっと吹いて少し冷ました。「もちろん、母が金目のものはすべて売り払ったのよ。賭けごとで作った借金の返済のために。父もそれぐらいわかっていたはず。でもそのときの私は、父がひどくショックを受けていることが理解できただけ。そして、どうしたら父の気持ちを引き立てられるのか、懸命に考えた」

アンジェリークがちらっとジェルベイズのほうを向き、彼がうなずいた。アンジェリークは、エリザベスの手をぎゅっと握った。「それからどうなったの？　お父さまがあなたを責めていらしたのではないことはわかるし、ましてやあなたがお父さまを殺したなんてことにはならないでしょ」

エリザベスがいきなりカップを置いたので、ソーサーに当たったカップが、がちゃんと音を立てた。「父がとてもかわいそうになったの。それで、父を二階にある自分の部屋に案内した」そのときの記憶で胸がつぶされそうになり、彼女は目を閉じた。「今考えれば、ばかなことをしたものだとは思うのよ。でもそのときは、何とか父を元気づけなければ、と必死だった。まだ家に残っているものだってある、と訴えようとした。それで、自分の部屋の床板のひとつをはがし、そこに隠しておいたお菓子とお気に入りの人形を見せたの。ほら、こうしておけば、お母さまに取り上げられることもないのよって。自分の宝ものを父に見せるのは誇らしかった。すると父は私の体をつぶれるぐらい強く抱きしめ、赤ちゃんをあやすみたいに揺さぶり始めた。何だかとても腹が立ったわ」そこまで笑みを浮かべていた彼女の顔が歪んだ。「父のぼろぼろの軍服に付けてあった金色の徽章《きしょう》が自分の顔に当たる感触を今でも覚えている。息が苦しくてもがいたとき、父が泣いているのに気づいたの。だからそのままじっとして、腕を放してもらうのを待った。自分が父を泣かせてしまった、どうしようと思ったわ。自分の秘密を父に見せたからいけなかったんだって」

みんなが黙りこくってしまったので、彼女は重い息を吸った。「母が帰宅すると、両親は激しく口論し始めた。私は階段のいちばん上に座り、膝を抱えて、二人の声を聞いていた。私の世界が壊れたのがわかった」

ジェルベイズが彼女の手を取った。自分の手でしっかりと彼女の両手を包む。

「父はそれっきり帰って来なかった。志願して危険な任務に就き、戦死したの。自殺行為だと言う人もいたぐらいよ。自分からフランス軍の標的になったの。母は私を責め、いまだに機会があるごとに私のせいだと言うわ」

ジェルベイズが突然立ち上がった。座っていた椅子が後ろに倒れるのも気にせず、エリザベスを抱き寄せた。「君のせいじゃない」強く抱きしめられ、彼の声がかすれて聞こえた。「二度と、そんなふうに思ってはいけない」

そこで彼はエリザベスの体を抱き上げ、彼女を腕に抱えたまま扉へと向かった。びっくりしてきゃっと叫んだあと、エリザベスは彼の肩にしがみついた。彼は階段を上がり、彼女の部屋まで堂々と歩いて行った。ベッドに彼女を寝かしつけ、唇を重ねる。

キスから彼の強い欲望が感じられ、同じ密度の欲望を返そうとしたのだが、彼女の体は液体になったみたいに、ぐにゃぐにゃして力が入らなかった。荒れ狂う感情を鎮めるため彼に密着して安心感を得たいのに、どうにも体が思いどおりに動かない。

彼はキスを続け、彼女の体のいたるところに触れる。彼の愛撫を求めて乳房がうずく。彼もベッドに上がり、のしかかるようにして体を重ね、彼女の膝のあいだに、ズボンをはいたままの脚を割り入れる。彼がぶるっと体を震わせて言った。

「自分を責めるんじゃない。君はまだ八歳の子どもだったんだ」

エリザベスは彼の頬を撫でた。「あなたがそんなに気にすることではないでしょ？私にそう信じ込ませようとする理由は何なの？」

彼は体の向きを回転させ、仰向けにベッドに転がると彼女を自分の上に載せた。

「フランスの公爵領にあった城には秘密の通路があった。俺はその通路の存在を息子に教えたんだ。そして息子の母親、俺の妻だった女は、その存在を利用して、家族全員を裏切った」

ジェルベイズが視線を避けようとするのが嫌で、エリザベスは彼の顔を両手のあいだにはさむと、まっすぐ自分の目を見させた。「あなた、息子さんもいるのね。知らなかったわ」

「いたんだ。今はいない。妻は新しい愛人を見つけ、その男がたまたま革命政府の高官だった。その男に媚《こ》びを売るため、妻は嘘の密告をした。俺だけでなく、親戚や召使いもすべて革命政府に売ったんだ。憲兵隊がやって来たとき、みんなは、秘密の場所に身を隠していた。俺の息子、デイビッドは、隠れ場所だけでなく、金や宝石がどこに隠してあるのかも知っていた。万一の場合に備えて、俺が教えておいたんだ。そのとき俺も城に隠れてさえいれば、と今でも思うが、俺が身を潜めたのは城の中ではなかった。しかし、当然城の内部で隠れていた者もいた」彼が目を閉じる。「母親に秘密の場所を話したデイビッドは、自分がとんでもないことをしてしまったと焦った。何とか償いをしようと、俺が隠れていた古い見張り小屋に向けて走り出した。俺に警告しようとしたんだ」

彼はそこで目を開け、エリザベスを見つめた。「森を走るデイビッドを見かけた憲兵が発砲した。息子はウジ虫みたいに殺されたが、俺が駆けつけたときは、まだ息があった。あいつは、事情を話し、どうか許してください、と俺に言って息を引き取った」

彼は低い声で毒づくと、また顔をそむけた。

「そういうことさ。君の父上は、君のせいだとは思っていない。俺にはデイビッドを責める気なんていっさいないが、君の場合はさらに何の罪もない。責められるべきは、君の母親だけだ」

エリザベスは、彼と額を合わせた。涙があふれ、彼の頬に伝い落ちた。

「ジェルベイズ、かわいそうに」彼女はそう言うと唇を重ね、彼の頭を抱えて胸に引き寄せた。何とか彼を慰めたかった。しばらくそのままにしていたジェルベイズは、やがて体を離した。彼の唇に指で触れたずねる。「このままここで寝れば？」

「だめだ、間違いが起こりそうだから」彼は足をベッドから下ろし、豊かな黒い髪をかき上げた。「君は今、同情心でいっぱいだから、自分の体を捧げようとするかもしれない。俺のほうは欲望ではち切れそうになっているから、そう言われると断れる自信がない。そんな形で君を奪うのは、絶対によくない」

「どうしてよくないの？」扉に向かって歩き出す彼に、エリザベスは問いかけた。

「俺がエリザベス・ウォーターストーンと体の関係を持つときは、言いわけが入り込む余地がない状態でなければならない。食後酒を飲みすぎて訳がわからなくなったとか、俺のことをかわいそうに思ったからという理由で、俺と寝てほしくない。俺が君を求めるのと同じぐらい、君にも俺を求めてほしい」

そう言うと、わざと大きな音を立てて扉を閉め、彼はいなくなった。エリザベスは枕にもたれ、彼の言葉を思い出した。『俺が君を求めるのと同じぐらい』つまり、彼は本当にエリザベスと関係を持ちたがっているということ？　毛布を頭からかぶってさらに考える。明日の朝になれば、彼は、うっかり心にもない言葉を口走ったと考えるかもしれない。自分の傷つきやすい部分をさらけ出したことで、こちらに辛く当たってくるかもしれない。ああ、頭が痛い。それでも、彼の挑戦を受けて立ち、強い酒を飲みすぎたことを後悔する気にはなれなかった。

18

「ニコラス、何度も言わせないで。いいから帰って。あなたに付き添ってもらう必要はないの。ほら、周りからじろじろ見られているじゃない」エリザベスは人通りの多い道の真ん中で足を止め、顔をしかめた。

ニコラスはにんまり笑って首を振った。実にずうずうしい。「残念だが、公爵さまからの厳命《げんめい》でね。ウォーターストーン夫人には、どんな場合でも必ず付き添うようにと言われてるんだ」

こういう場合に備えて、エリザベスも策を練っていた。かなり大胆な計略ではあるが、これで自由に動き回れるはず。彼女は後ろから来るニコラスを振り返り、足並みをそろえた。どうも彼は歩くのが遅い。

「これから、女性の肌に直接触れる品を扱うお店で買いものをするつもりなんだけど、あなたと一緒に行くのは恥ずかしいわ。あなただって肩身の狭い思いはしたくないでしょ」

二人が足を止めたのは、マダム・イザベルのランジェリーショップの前だった。ここの下着なら官能的な気分になれるぞ、とジェルベイズから勧められていたのだ。

「外で待っていてくれるわよね？　そう時間はかからないはずだから」

ためらうニコラスをしり目に、エリザベスは店の扉を開けた。ふわーっと強烈な香水の匂いが通りに流れ出て、店の奥で鈴の音が鳴る。彼女は、ニコラスの心の葛藤を感じた。

「このようなお店であなたの姿を見かけたと、お姉さまに伝えなければならないのは、辛いわ」

ニコラスは大げさにため息を吐くと、ショウウィンドウの枠にもたれ、腕組みをした。

「わかった、降参だ。こんなことに姉まで持ち出して脅すのは反則だと思うけどね。とにかく、僕はここで待つから」

店に入ろうとしたエリザベスは、ニコラスに呼び止められて足を止めた。

「公爵さまは、あなたの肌にはライラック色がいちばん似合うとお考えのようだ。お忘れなきよう」ウィンクしてくる彼に顔をしかめてみせ、彼女はばしんと扉を閉めた。彼の笑い声が聞こえた。

さあ、ここからだ。焦る気持ちを抑えようと深呼吸する。まず何かを買わなければ。店主のマダム・イザベルに挨拶し、ライラック色のシルクの薄いローブを手に取る。小さな淡水真珠《たんすいしんじゅ》が縫いつけてあり、見るからにジェルベイズが気に入りそうな夜着だ。

彼女は店の奥にある試着室へと向かった。

試着後、またモスリンの散歩服に着替えたところで、エリザベスは店主の顔を正面から見た。「店の前で私を待っている青年がいるわね？　あの人に知られないように、店の外に出たいのだけれど、非常口はあるかしら？」

マダム・イザベルの抜け目のない茶色の瞳が、ああ、事情はわかりましたわ、と伝えてきた。「他の方と密会のお約束をなさっているのね？」そういう女性には見えないんだけど、という目つきでエリザベスをじろじろ眺める。「少しずつ時間を空けて、試着用のお品を順にこちらに持ってきますわ。そうすればあのお若い方も、試着が続いているのだと不審に思われることはないでしょう。店には裏口がありますから、そこから出て、お戻りの際もその裏口をお使いください」

具体的に要求されたわけではないが、その〝順に試着用に持ってこられたお品〟とやらは、すべて購入することになるのだろう。ただ肌を隠す役目はまるで果たさない新たな下着の数々は、きっとジェルベイズも気に入ってくれるはず。エリザベスはうなずくと、帽子を頭に載せた。「ありがとう、マダム。三十分ほどで戻ります」

レティキュールを手にして、そのまま約束した喫茶店へと駆け出す。ジャック・ルウェリンをずいぶん待たせてしまった。店内に入ると、暗くすすけたオーク材の内装に蒸気が立ち込めていて、目を慣らすのに少し時間がかかった。やがて、いちばん奥の隅の席にルウェリン氏の金髪を認めた。

彼女が近づくと、彼は警戒心もあらわに、さっと顔を上げた。今は穏やかな暮らしをしているものの、俊敏な動きで抜かりなく行動する彼本来の姿が垣間見えた気がした。それでも立ち上がって手を差し出したときには、険しい表情は消えていた。笑顔でお辞儀する姿は、くたびれた外見にもかかわらず、上品で洗練されていた。

「私のほうで時間を間違えたのかと思いましたよ」疵《きず》だらけの懐中時計を取り出して、眉をひそめる。「時計が壊れているのかな。サラマンカの戦いのあと、ずっと調子が悪くて」

エリザベスが彼の向かいの席に座ると、彼は給仕人に合図し、自分用にはコーヒーを、そしてエリザベスにはココアを頼んだ。少し落ち着いたところで、彼が口を開いた。

「あなたが届けてくれた本を、マイケルさんはとても喜んでいます。あなたはよく気のつく方ですね」

「兄が読書好きなのを知っているからよ。有名な書店に出向き、新作の並ぶ書棚を見て歩けないことが兄にとってはどれほど辛いかもわかっている」

飲みものが運ばれ、ルウェリン氏は給仕人に礼を言って、そのトレーに自ら硬貨を置いた。つまり、彼が飲みもの代を支払ったのだ。「そのことについて、相談があります。車輪《しゃりん》のついた椅子というものをご存じですか？　私もその説明図を見ただけなのですが、これに乗れば脚の不自由な人でも外出できるのです。マイケルさんに購入されてはどうかと思いまして」

彼女のためらいは顔にも出たのだろう。ルウェリン氏は大きな両手でカップを抱えるように持ち、なおも彼女を説得しようとする。「確かにそういう特殊な椅子は高価です。あなたに経済的な余裕がないことも承知しています。ただ、即座に無理だとは言わないでもらいたい」彼の表情が険しくなる。「この話は、フォレスター夫妻にもしたんです。ですが、いっさいの協力を拒否されました」

返す言葉が見当たらない。エリザベスが使えるお金のすべては、兄の介護に消えていた。「ええ、わかります、ルウェリンさん。ただ――」

「ジャックと呼んでください。ルウェリンさんと呼ばれるのには、どうも慣れなくて」

「ではジャック、その費用をどうやって工面すればいいのか、今はどうしても思いつかないの。でも、考えてみる。必ず」言葉を切って、少し言いにくい話を持ち出す。「マイケルから聞いているかとは思うけど、私はディアブル・デラメア公爵家で働いているの。公爵さまにお給金の前借りを頼んでみるわ」

ジャックが心配そうな表情になった。「いや、それはやめておいたほうがいいね。あんな男に借りを作ったら、事務仕事をするだけでは済まなくなるから。あいつはサメみたいに冷酷無情なやつだと聞いている」

自分の顔の紅潮をジャックに気づかれなくてよかった、エリザベスは思った。彼は日常報告を終えるとコーヒーを飲み干し、立ち上がった。

「残念だが、そろそろ失礼する。フォスター家に戻らなければ。あの家じゃ、マイケルが鈴を鳴らしても、誰も応じないんだから」

エリザベスはうなずき、彼と握手をしてから、自分も戸口に向かった。ほほえむジャックが逆光に照らされ、金色の髪が天使の輪のように輝いて見えた。「どちらかまで僕が送って行こうか？」

差し出された腕をそっと押し返す。「いえ、結構よ。今は買いものの最中っていうことになっているの。あなたと一緒にそのお店に戻ると、事態は複雑になるばかりだわ」

彼は屈託のない様子で、軽く敬礼し、立ち去った。エリザベスがランジェリーショップへと駆け戻ると、マダム・イザベルがやきもきしながら待っていた。

「あのお若い方は、やはり、まだかとおたずねになりました。けれど、うまくごまかせたと思いますよ。あなたのご用はもうお済みですか？」

エリザベスは鏡を見て、上唇に少し残ったココアを拭い取った。「ええ、ありがとう」店の女の子たちがうず高く積み上げていく下着の包みを見ると、ため息が漏れる。「あとで、ディアブル・デラメア公爵家に請求書を届けてくださる？　手持ちのお金では、とても支払えないから」

マダム・イザベルは驚いた声を上げ、胸の前で手を組んだ。「まあ、そうでしたの。

公爵さまは、私どもの上得意のお客さまでいらっしゃいます。お選びになった品々は、きっと公爵さまのお気に召すはずですわ」だがそこで眉根を寄せて、だめだめ、とエリザベスの前に人差し指を立てて振った。「ただ、ひとつ忠告を差し上げます。あなたが騙そうとする相手がディアブル・デラメア公爵さまであると知っていたら、私はけっして先ほどのようなことのお手伝いはしていませんでした。あの方は実に頭のいい方で、欺くことなどできませんよ」

残念ながら、マダムの言葉は真実だ。賢明な忠告を胸に、エリザベスは店を出て、巨大な荷物の山をニコラスの腕にどさりと置いた。

＊＊＊

「それで、ニコラス、どういう男だったか、詳しく話してくれるか？」

「年齢は公爵さまと同じぐらい、輝くような金髪、身のこなしから判断すると、元軍人だと思われます。あまり近づくとこちらの存在に気づかれるので、遠くからしか観察できませんでした。実際、慌てて店の前まで戻りましたが、彼女が店に帰る寸前になってしまいました」

「いや、よくやった」ジェルベイズは、ぴかぴかの長靴をぼんやりと見下ろした。

「その喫茶店にもういちど行ってみてくれ。男の正体がわかるかもしれん。十日ほど前、彼女がハイド・パークで会っていた男と同一人物だろう」

「はい、すぐに行ってきます」ニコラスは帽子と外套を引っつかむと大急ぎで部屋を飛び出した。そのまま玄関ホールを駆け抜けようとして、階段から下りてきたエリザベスと衝突しそうになった。彼は大声で謝罪の言葉を述べ、表へ出て行った。エリザベスは、仕方ないわね、というように笑ったが、ジェルベイズに見られているのに気づき、肩をすくめた。

彼女が書斎に向かって歩いて来るのが見え、ジェルベイズは姿勢を正し、いっさいの感情を自分の顔から消し去った。彼女が少し思い悩んでいる様子なので、やはり憂慮すべき事態なのかと、彼の全身に緊張が走った。先に部屋に入って待っていると、彼女が戸口から声をかけてきた。

「ご相談したいことがあるのですが、今、お時間よろしいでしょうか?」

彼がうなずくと、エリザベスは机の前まで来て、来客用の椅子に上品に腰を下ろした。彼女は立ち襟のライラック色のドレスを着て、鼻に眼鏡を載せていた。彼女が唇を噛んで、言い出しにくそうにしているので、彼の中で緊張がさらに高まった。

もじもじしながらも、ようやく彼女が口を開いた。「お給料を前借りしたいの」

彼は絶句したまま、一分近くショックから立ち直れなかった。いろんな悪いことを想像したが、金が欲しいと言われるとは、よもや思っていなかった。

「どうしてそこまで金に困っているんだ? ここに住んでいるかぎり、生活費はかからない。食費も衣服代も俺が払っているわけだから、今の給料で好きなものを買えるはずだ」

彼女は興奮してきたらしく、呼吸が大きくなり、胸が上下する。「何のためにお金が必要かは言えないわ。ただ、どうしてもお金が必要なの。それだけでは理由として足りないの？」

ジェルベイズはすぐに、謎の金髪男のことを考えた。あの男に脅迫されているのだろうか？　だから理由を言えないのか？　彼は考え込んだ。彼女が本当にフォレスターの手先で、フランス政府のスパイだったとしたら、借金してまでお金を作ろうとせずに、敵側から金を受け取っているはずだ。

「何か困ったことになっているのか？　何でも話してくれ。何を聞いても驚かないし、絶対に秘密は守る」ジェルベイズも机の向こう側に回り、自分の椅子に腰を下ろした。そして大丈夫だから、と伝えようと笑みを見せた。

残念ながら、エリザベスは大丈夫だとは思えなかったらしく、彼をにらみ返した。

「あなたにいいように操られるのはご免だわ。私が男性なら、きっと何も聞かずにお金を貸してくれていたはずよ。もしかすると、返さなくてもいいよ、とさえ言ってくれたのかもしれない。私はきちんと家計のやりくりぐらいできるし、大事なことの判断だって下せる。事務能力は男性と変わらないのに」

「君が男性なら」ジェルベイズはやさしく伝えた。「君がここで雇われることはなく、したがって、こういう会話も存在していなかった」彼は、好戦的に火花を放つ彼女のグレーの瞳がきれいだと思った。彼女が立ち上がると、その体からめらめらと炎が上がる気がして、どうしたものか、と考えさせられた。戸口へ向かう彼女に、もういちど座れと伝えると、彼女は鼻息も荒くどすんと座った。「君の頼みについて、考慮してみよう。どうするかは、週末までには伝える」それまでに、彼女が何をたくらんでいるのか見つけ出すつもりだった。時間はないが、そうするしかない。

「わかったわ。それで結構よ」彼女が息を整えた。「ありがとうございます」

「君が部屋から出る前に、俺のほうから言っておかねばならないことがある。俺たちがどういう契約を交わしたか、覚えているか？」彼女がぴたりと動きを止めたので、彼はほほえんだ。「君は自分の行動すべてに、責任を取ることができないんだ。君は俺に従うと約束した」

「私が約束したのは、肉体的な快楽に関して、あなたからの指示を受けることよ。私の人生にとやかく口をはさむ権利をあなたが持っているわけではないわ」

彼は背もたれに上体を預けると、両手を頭の後ろで組んだ。背中を伸ばして彼女の全身を視界に入れる。彼女の視線は、盛り上がった彼の腕の筋肉を追う。彼女がごくりと唾を飲んだ。

「よし、では別のやり方で問題解決ができるか考えよう。金を作りたいのなら、他にも方法はある。実は、近頃、俺が君を伴うことが多いので、あの女性は何者だと、よく聞かれるんだ。二人でいろいろ考えれば、君を愛人にしてもいいという男の中から、君のほうも我慢できそうな相手を見つけられると思う。その男に頼めば、手付金みたいな形で、君の必要とする金額を出してもらうこともできるだろう。そういう可能性を考えてみたことはないのか？」

自分で言いながら、エリザベスが他の男のものになると思うと、ジェルベイズの中で激しい拒否反応が生まれていた。彼女を他の男に取られたくないという思いが、胸から全身へと広がっていく。腕を伸ばして、つい今、放ったばかりの言葉を取り返したくなる。

エリザベスが立ち上がり、強ばった表情で机に近づく。天板に手を置き、顔を突き出して言った。「あなたは本当に最低だわ。こんなのただの嫌がらせじゃない。理由は、つい自分の秘密を私に打ち明けてしまったからよ。こんなことする必要はなかったのよ。あの秘密を利用して、あなたを苦しめるつもりなんて、私にはまったくなかったんだから」彼女はそう言うと、くるりと背を向け部屋を出て行った。

ジェルベイズはふうっと息を吐いた。ふん、くだらない。秘密を打ち明けたこととは無関係だ。とにかく彼女が何を隠しているのか調べなければ。今や、暗号解読より、彼女の秘密を突き止めるほうが重要になってきていた。

＊＊＊

どすどすと音を立てて階段を上がり、壊れそうな勢いで扉を閉めると、ほんの少しだけエリザベスの気分も晴れた。かけていたメガネを床に投げたが、踏みつぶしたい気持ちはどうにか抑えた。

よくも、まあ。椅子にふんぞり返って、偉そうな笑みを浮かべ、給料の前借りを拒絶するなんて。おまけに金持ちの男を見つけて、愛人になればいいだなんて。ジャックの言っていたとおりだ。公爵に頼ろうとした自分がばかだった。この状況では、兄の苦境を公爵に打ち明けるなんて、あり得ない。

ベッドに突っ伏すと、泣きたくないのにとめどなく涙があふれてきた。しゃくり上げ、体を震わせて激しく泣いたあと、怒りも消えていった。すると冷酷な現実を論理的に考えられるようになった。ジェルベイズは何も間違ったことは言っていない。大金を渡すのだから、その金を何に使うかたずねる権利はもちろんある。

彼女はポケットからきれいなハンカチを出し、顔を拭いて鼻をかんだ。そして考えた。なぜ怒りにまかせた反応をしてしまったのだろう。彼はただ、大金を作る別の方法を提案しただけだった。そもそも誰かの愛人になりたいと言い出したのは、エリザベスだったのだ。

彼女ははっとした。自分の本当の気持ちがわかってきたのだ。彼から警告されていたのに、勘違いし始めていたのだ。彼は自分に好意を持つようになったのでは、と。そして愚かにも、彼と一緒の将来というものを考えるようになった。

さらに、ジェルベイズが教えてくれる快楽の世界を極めてみたい、という気持ちもある。正直に言えば、こんなふうにレッスンを途中で投げ出すのは嫌だ。最後のところまで知りたい。お金の問題でここを去らねばならないのなら、いちどだけでもいいからジェルベイズに自分の体を愛してもらいたい。その後、本ものの娼婦として生きていく。実際、経済的な側面を考えれば、それしか方法はない。暗号解読の仕事で政府から支払われる給料ではとても足りない。

バラの造花からほつれたシルクの糸を指でたどっているうちに、彼女の心は固まった。もうお金のことでは彼に何も頼まない。その代わり、彼のベッドを温めさせてもらいたい。そうすれば最初の取り決めは終わる。彼が与えてくれる最高の快楽を体験すれば、きっと踏んぎりもつく。彼のことは忘れ、新しいパトロンに頼る生活を始めるのだ。そしてマイケルの介護費用を捻出できるだけのお手当てをもらう。

著しく現実的な決定をすると、お腹のあたりがむかつく気がして、彼女はベッドを下り、呼び鈴を鳴らした。泣いてひどい状態になった顔を洗いたかった。新しい計画を実行に移すのはそのあとだ。

けれど鏡を見ながら、どうして心臓がぎゅっと何かに握り潰されるような気分なのだろうと彼女は考えた。息をするのも苦しいのは、なぜ？

19

「解読が終わりました」エリザベスは、机に向かって書類仕事をしている公爵に書斎の戸口で声をかけ、そのまま待った。

彼がメガネを外して頭を上げると、天井の高い部屋の窓から射し込む陽光を浴びて、黒い髪が青く輝いた。「入りなさい。よければブランデーでも持ってこよう。ずいぶん顔色が悪い」

仕方なく礼を述べ、エリザベスは、サー・ジョンが引いてくれた椅子に腰を下ろした。そしてブランデーを受け取り、暗号の原本と自分が解読した文章を記した紙を広げた。

解読文を見たジェルベイズは、小さな声で毒づいた。「これでは何もわからないのと同じだな。〝摂政王太子の暗殺は、今夏、ロンドンで実行〟か」

エリザベスは反論した。「でも考えてみてください。摂政殿下が避暑のためブライトンで夏を過ごされるのは、誰もが知っています。夏にロンドンまで出て来られるのは、特別な行事があるときではないでしょうか」

「議会の要請で儀式などに出席しなければならない場合は、ロンドンに戻って来られますね」サー・ジョンが言った。「ナポレオンを打ち負かしたことを祝う戦勝記念パレードには、摂政殿下も出席されると思います。パレードは当然、この夏には行なわれるはずです」

「確かに、そうだ。いいところに気がついたな、ハリントン」ジェルベイズが戸口に近づき、大声で執事を呼ぶ。「外務省に連絡しよう。祝勝パレードの計画が持ち上がったら、すぐに知らせてもらうよう手配する。これで少しは対象が絞れたな」

サー・ジョンは解読文の紙を手にして、ニコラスを捜しに行った。一緒に外務省に報告に行くのだ。エリザベスは椅子に座ったまま、少しずつブランデーを舐め、サー・ジョンたちが出かける際の喧騒《けんそう》をやり過ごした。やがて自分のブランデーグラスを手にしたジェルベイズが近づいてきて、彼女の前にしゃがみ、グラスをかちんと当てて軽く乾杯した。

「見事だ、エリザベス。君の懸命な働きを忘れはしない。本当にありがとう」

エリザベスは深呼吸して覚悟を決め、そっとつぶやいた。「ではキスして、公爵さま。そうしてもらえるとうれしい」

ジェルベイズはグラスを床に置き、彼女の顔に両側から触れた。しばらく見つめたあと、すぐにこぼれ落ちる彼女の髪を耳の後ろにかける。彼女は目を閉じ、彼の口が近づく気配を自分の唇に感じ、彼の匂いを吸い込んだ。もうこの匂いは忘れられない。

彼はやさしく唇を重ねたあと、彼女の口を開かせた。すぐに同じ熱情を返しながら、自分の体が彼の体にどう応じればいいかをすっかり学んでいることに、彼女は驚いた。キスが濃密さを増し、二人の舌がダンスするように押したり引いたりを繰り返す。彼女は腕を彼の首に巻きつけ、指先を彼の豊かな髪の中に入れた。顔に添えられていた彼の手が探るように下へ移動し、乳房をしっかりとつかむと、あえぎ声が漏れた。

彼の手が襟ぐりから中へ入り、硬く尖った乳首を見つけた。その指が、舌の出し入れと同じリズムで先端部をこする。もっと彼を近くで感じたくて、エリザベスは胸を突き出した。腿を割って入ってきた彼の胴体が強く押しつけられ、ドレスの布越しにも硬くなったペニスの熱さを感じる。彼女は片方の足を上げて、彼のヒップを押し、もっと自分のほうへ引き寄せようとした。

エリザベスの口の中で、彼のうめき声が響いた。彼の手は、彼女の脇を滑ってドレスの裾をたくし上げ、ガーターの先へ、左右の腿が合わさる部分を撫でた。

エリザベスはは体をのけぞらせて、快感を叫んだ。「ああ、もっと。お願い」

するとジェルベイズジェルベイズの動きが止まった。彼女の腿に置かれた彼の手が凍りついたように動かなくなる。かすかだが、口も離れている。彼は指を引っ込め、彼女を椅子に座らせた。

「だめだ、これ以上はできない」彼が手を上げて見せると、指が震えていた。そのことに気づいたジェルベイズは、しまった、という顔をした。「自分が今、俺に何をしているのか、君自身が理解していないんだ。君がこの屋敷に来てから、俺は女性と関係を持っていない」

さらに抱き寄せようとするエリザベスの手を振りきって、彼は立ち上がった。目の前の大きく盛り上がったズボンの前を見つめた彼女は、そのあと視線を上げた。冷たく傲慢な彼の顔があった。

「俺をじらして楽しんでいるつもりか？　くだらないゲームはよすんだな。君がもういちど俺に触れたら、即座に君を押し倒して、体を奪ってやる。摂政王太子殿下と内閣の大臣全員がこの部屋に入って来たって、やめないからな」

エリザベスが反論しようとするのを、彼がさっと手を上げて制止した。

「君にとってどうするのがいちばんいいか、俺のほうがよくわかっている。頼むから俺を信じてくれ。俺には経験があるから、今これ以上のことをするのは賢明でないと判断できるんだ。最初の取り決めを守らないとな」

「守りたくない場合は？」エリザベスは椅子から腰を上げ、彼の目の前に立った。乳房が彼のグレーのウェストコートに触れ、彼の顎に鼻が当たりそうだった。彼が固く結んだ唇の周囲を指先でなぞる。頬をびくつかせながらも、彼自身は後ろに下がろうとしなかった。

部屋の外で昼食の用意ができたと知らせる銅鑼《どら》が鳴った。スタンディッシュ氏が召使いを急《せ》かし、準備に追われているのが聞こえる。エリザベスはさらに前に出て、意図的にジェルベイズの体を押した。肩から膝まで二人の体が密着する。そしてつま先立ちして彼の幅の広い肩をつかみ、唇にキスした。かかとを下ろすときは、わざと自分の体を滑らせ、彼の興奮のしるしにこすりつけた。

「失礼いたしました、公爵さま。これはただ、教わったことの復習みたいなものですわ。今日はこのあとずっと、おとなしくしています。お約束しますわ」

最初に体を離したのは、ジェルベイズのほうだった。エリザベスは達成感を味わった。急いで部屋をあとにする彼を見て、彼女はしめしめ、とにんまりした。もう少しのところまできた。もう少しで彼が自分を抱いてくれる。ただ安心してはいられない。彼の欲望は爆発寸前のところまでふくれ上がっており、早く関係を持たなければ、手近の売春宿にでも行って、欲求を処理してしまうだろう。経験の少ない彼女にも、彼の愛撫に切迫感があるのがわかった。

あともう少し、彼を追い詰めよう。そして彼がもう我慢できなくなったとき、そこにいる女性になればいい。目前に迫った甘い体験を思って、彼女は笑顔になった。経験豊富だと自分で認める彼が、自分のかけた罠で身動きできなくなるはずだ。

＊　＊　＊

玄関ホールの時計が十二時を告げると、エリザベスは意を決して自分の部屋をあとにし、公爵家の主寝室のある一画へと向かった。金の嵌《は》め込み細工のある重々しい扉の前で、室内の物音に耳を澄ます。複数人の声が聞こえれば、従僕のジャンがまだ部屋にいるということだ。何も聞こえないので、彼女は扉を少しだけ開けて、中を覗いた。ジェルベイズが暖炉の前でグラスを手に、険しい表情で立っていた。

彼は姿勢は変えずに、ただ視線だけを動かして扉のほうを見た。透けて見える薄いガウンの下に身に着けているのがシルクの夜着だけだということ、彼女が髪を下ろしたままにしていることを彼が認識する。

「何が望みだ、エリザベス？」

彼女は数歩だけ室内に入った。真紅の絨毯にはだしの足先が沈む。緊張のあまりこぶしを握りしめたくなるが、どうにかこらえ、深く息を吸った。「決めたの。誰かの愛人になる前に、自分の体をあなたに愛してもらうと。私の初めての男性になって。私のすべてをあなたに捧げたいの」

「決めた？　君が、ひとりで？　俺たちの取り決めはどうなる？　俺のほうはずっと約束を守ってきたんだぞ」彼はグラスに口をつけ、ひと息に飲み干した。「どうして気が変わった？」

彼の手からグラスを取ると、彼女はそれを暖炉の上に置いた。「あなたの教え方がうますぎたのね。だからあなたと寝てみたくなった。あなたの他に、自分から寝たいと思う男性はいない」そう言いながら彼の肩に手を置き、乳房をシルク越しに彼の胸にこすりつけると、彼の頰の筋肉が波打った。「あなたが私の体を求めるのは、今だけだということぐらいわかっているわ。だから約束する、捨てないでとすがりついたりはしない。でも、今夜だけはあなたを独り占めさせて」

彼にぎゅっと手をつかまれる。つかむ力の強さに、彼女の手はしびれそうになった。

「なぜ俺がその頼みに応じなければならないんだ？　何ひとつ変わっていないんだぞ。今君の前にいるのは、何週間か前に、君を無理やり奪おうとしたひどい男なんだ」

「変わったのは、私のほうよ」彼女は慌てて告げた。「あのときの私は、世間知らずの女の子で、いろんなことを怖がっていた。だから取り決めをしたのよ」

「今とどう違うんだ？　今の君は、もっと世間を知っているとでも言うのか？」彼の笑い声が残酷に響いた。「今でも君は純真な乙女だ。俺のせいで変わってほしくない」

彼の目を見つめたまま、エリザベスは一歩下がり、シルクのガウンをはらりと床に落とした。やわらかなライラック色の夜着が肌にまとわりつき、体の線がすっかりあらわになる。ジェルベイズは、はっとしたそぶりを見せ、罵り言葉をつぶやいたものの、目を離せない様子だった。

エリザベスはゆっくりと彼に歩み寄ると、そっと彼の頰を撫でた。指が伸びてきたひげを感じる。彼女は、心臓が喉から飛び出しそうなほどどきどきしていたが、声には不安を出さないようにした。「なるほど、あなたからは私を快楽の世界に誘う気はないのね。では賭けで決めましょう。カードで勝負して、勝ったほうの望みどおりにする」

ジェルベイズの表情が一瞬変わり、彼が興味を持ったのがわかったが、すぐに厳しい顔に戻り、冷たく鋭い目つきで彼女を見据えた。「賭け率にもよるが、本気で俺に勝てると思っているのか？」ふん、と鼻で笑う。「その間違った考えを正してやりたくなるよ。それだけの理由で、賭けに乗ると言ってしまいそうだ」

「では、言えばいいでしょう？」甘えるような口調で彼女は言った。「でなければ、負けるのを怖がっているのかと思ってしまうところだわ」

「負ける？　君に？」彼の顔に笑みが広がる。「エリザベス、確かに君にはらはらさせられることは多い。しかし、賭けごとに関しては、君は素人だ」

彼は暖炉の前に小さな台を運んでくると、燭台《しよくだい》もその近くに移動し、台の上を照らすようにした。ブランデーのデカンタとグラスを二つ、暖炉横のテーブルに置く。エリザベスが右側の椅子に腰を下ろすと、彼がピケ用のカードを差し出した。

「自分で札を切りたい？　それとも私を信じて、私に切らせてくれる？」

無言で、ああ、好きなように、と手を振って伝え、彼はエリザベスの向かい側の席にどっかりと座って脚を組んだ。「その格好じゃ、いかさま用の札をどこかに隠し持つわけにもいかないだろうからな」わざと卑猥《ひわい》な目つきで彼女の全身を見る。「それに、君がいかさまをしていると思われる場合は、体じゅうを探ればいいだけだからな」

彼女は笑みをこらえて、札を切り始めた。その鮮やかな手さばきに、ジェルベイズがはっと注目する。

「ピケをするのは初めてではないらしいな。しかし言っておくが、俺のピケの腕前はロンドンでも五本の指に入ると評判なんだ」

エリザベスは札を切りながら、少し不安げな笑みを浮かべてみた。「ピケで遊ぶのは久しぶりだわ。でも、レディの中ではうまいほうだと自分でも思うの」そして札を台に置き、うつむきで表情が彼からは見えなくなる瞬間、ほくそえんだ。実は、兄たちが負け惜しみ混じりに笑いながらいつも言っていた――おまえが男なら、賭博でひと財産築けるのにな、と。

最初の回の親《ヤンガー》を決めるため、札を引こうと伸ばした彼女の手を、彼がつかんだ。

「勝者が具体的に何を得るのか、決めていなかった」

「私が勝てば、あなたをベッドに誘う」

「君が勝つことはないね」彼は椅子の肘掛けから乗り出して、グラスにブランデーを注いだ。

エリザベスは彼を見つめ返した。「ではあなたが勝った場合の望みは、何なの？」

「一ケ月間、俺の風呂の世話は君ひとりでする。それから、一週間はいっさいの反論をしない。どうだ、できるか？」

エリザベスが引いた札のほうが小さかったので、彼女がディーラーとなって札を配った。「簡単に勝てると思っているのね。いいわ、始めましょ。それとも女に負けるのが怖くなった？」

彼は憮然《ぶぜん》とした表情で、自分の札を見た。最初の回はあまり点差がつかなかった。ほんの数点ではあったがジェルベイズのほうが多く点数を獲得し、そのせいか彼はリラックスして、手元に置いたデカンタからブランデーをまた飲んだ。エリザベスは懸命に、自分が慎重なプレイヤーだという印象を植えつけようとしていた。次の回では手役の宣言の段階でエリザベスが大きく得点し、さらに点数計算でも大きく引き離したため、彼女の二勝と数えられた。そして三回目で勝敗がついてしまった。彼がまたブランデーを飲み、くそっとつぶやきながら不用意に札を交換すると、エリザベスは身を乗り出して細いレースの紐を肩から滑り落とした。

久しぶりのピケ遊びが、とても楽しかった。驚きだった。これほど楽しいのは、ジェルベイズが好敵手だからだ。相手がどの札を持っているかを計算する能力がびっくりするほどすぐれているのだ。その結果、彼女の手札を正確に推測してきた。ただし、彼女のほうも計算能力には自信があり、ピケの腕は彼より上手だった。というわけで、肩をうまく動かしてわざと紐をずらすという手段まで使ったのだ。自分がどの札を持っているかを彼に忘れさせるためなら、どんな手段も使うつもりだった。

エリザベスのむき出しの乳房が自分の手札のすぐそばに来ているのを見たときには、

ジェルベイズは飲んでいたブランデーにむせ返りそうになった。わざとこんなことをしているのか、と思ったが、彼女は自分の手札に集中しており、胸がはだけていることに気づいていないようだ。茶色の髪が肩に落ち、クエスチョンマークを逆さにしたように見える。そのすぐ下にやわらかそうなふくらみがある。ジェルベイズは無理に視線を自分の手札に戻したが、彼女が、うふん、と声を出し、その瞬間、勃起してしまった。きまり悪くて、座り直す。

勝負の行方はまだ見えない。次に捨てる札が勝敗を決するだろう。これまでに捨て札を迷ったことなどないのに、彼は一瞬ためらった。

「どうするの、ジェルベイズ？」

彼女の艶っぽい声に、彼ははっとしてつい顔を上げてしまった。大失敗だった。目の前の光景に、彼は息もできなくなった。夜着の肩紐が両方とも肘のあたりまで落ち、ごく薄いシルクとレース飾りは、乳首の先に引っかかるようにしてそれ以上落ちずに済んでいるだけだった。

焦った彼は、手にした札が何だったかも確認せずに、場に捨ててしまった。エリザベスは、困ったような声を出して、紐を肩に戻した。「この夜着には、本当に苛々させられるわ。マダム・イザベルに返品しようかしら」そう言って、肩紐をつまむ。

「この紐が長すぎるの」

ジェルベイズは乾いた唇を舐めた。このシルクの布切れを引きちぎって、彼女の体に自分のものを埋めたい。きっと返品できるような状態ではなくなるだろうな――いかん、いかん。みだらな妄想を頭から振り払い、彼は自分が捨てた札を見た。

「クローバー」

ああ。自分の愚かさを心で呪い、残りの手札をほうり投げた。

彼女が笑顔で、自分の手札を見せる。ダイヤだ。欲望に注意力を奪われるまでは、彼女の手札がダイヤだとわかっていたのに。いや待て、自分から進んで負けたのか？

結局、彼女と体を重ねる口実が欲しかっただけなのか？

「私の勝ちね。さて、あなたには負けた分を払ってもらいましょうか」

ジェルベイズは彼女を見つめ、投げ捨てたカードを集めた。ゆっくりと立ち上がり、優雅に頭を垂れて敬意を示した。「負けは必ず支払う。これから俺は、君の思いのままだ」

＊＊＊

エリザベスが立ち上がると、手にしていたダイヤの10が床に落ちた。震える指で彼の頬を撫でてから、クラバットの結び目をつかむ。背の高い彼の全身を見ながら、心の中でジャンに感謝した。ぴったりした上着と長靴は脱ぐのにも従僕の手伝いが必要だ。ジャンが先に脱がしておいてくれなかったら、誘惑の第一段階でつまずいていたところだった。

糊の効いたクラバットをほどくことに集中していたが、ときおり指の背が彼の喉に触れた。ぱちぱちと火が燃える音の他には、布がこすれる音しかしない。彼のシャツの胸元が開き、引き締まった胸筋があらわになった。エリザベスは手を彼の胸板に滑らせ、たくましさにうっとりした。顔を寄せると彼特有の匂いがして、嗅覚が刺激された。喉元で脈打っている場所に、彼女はそっと唇をつけた。

彼はじっと動かない。彼女の行動を邪魔はしないが、協力もしない。呼吸は普段どおり、彼女が背伸びして口にキスしても変わらない。そっと舌を差し入れようとしたのだが、彼が口を開いてくれないので、彼女は彼の下唇を嚙んで引っ張った。舌が入ると、その感触を楽しむ。舌を絡ませながら、手は彼のウェストコートのボタンを外していく。彼のほうも舌を動かしてきたので、小さくあえぎながら、何度も角度を変えながら互いの舌でダンスする。そのうちウェストコートが床に落ちた。彼の体を押して、暖炉のそばの椅子に彼を座らせる。大きく投げ出した彼の脚のあいだに立ち、さっと頭からシャツを引き抜いて脱がせた。男らしい美しさにほれぼれし、手で筋肉を確かめる。たくましい胸や腕に何度も円を描いた。唇でも同じ動きをして、彼の肌の味を楽しんだ。

「きれいだわ」

そう言って、尖った彼の乳首を口に含むと、彼の手が椅子の肘掛けをぎゅっとつかんだ。ズボンの中央は三角形に盛り上がっているので、その部分には触れないように気をつけながら、彼女は彼の膝にまたがり、首を抱き寄せてまた唇を重ねた。

彼女がキスをやめると、彼が不満の声を漏らした。彼の腿をはさむようにして、膝から脚の付け根に向けて自分の腰を動かすと、彼女の体の中心部の熱が彼のペニスを刺激し、反応するのがわかる。

手を伸ばして、ズボンの前ボタンを外すと、彼の息遣いが荒くなった。外に飛び出したものを見ると、称賛のため息が出る。長くて硬くて大きな彼のものを片方の手でしっかりつかみ、撫でさすった。やがて彼が腰を浮かし、彼女の手に自分のものを押しつけ始めた。

教えてもらったとおりにしたい、彼を満足させたい、その気持ちが強くなり、エリザベスは彼のものを自分の中へ導こうとした。だが懸命に努力しても、思ったようにはいかない。彼のものが大きすぎるのか、受け入れるべき自分の場所が小さすぎるのか、とにかくどうしても入らないのだ。少しでも痛みを軽減できるよう、自分の体の向きを変えてもみたのだが、苦痛が増すばかりだ。泣きそうになり、彼女は視線を上げた。彼がじっと見ていた。グレーの瞳がぎらぎらと銀色に光っていた。

「お願い」小さな声で訴える。

「どうしてほしいんだ？」彼はシルク越しにヒップを撫でながらたずねた。

「どうか、助けて」

「しかし、賭けに勝ったのは君だぞ。君の好きなようにするのではないのか？」

彼女はまた腰を動かした。彼の目が熱を帯びる。「私を助けたくはないの？」

ジェルベイズはしばらく彼女を見つめてから、あきらめたように息を吐いた。「助けるべきじゃないのはわかっている。だが、俺も聖人ではない」彼の手が、彼女の下唇を撫でた。「君はいつもせっかちすぎる。わかったよ、じゃあ、目を閉じて体の力を抜いて」

エリザベスの唇の輪郭をなぞっていた彼の手が、口の中に入り、彼女はその指を舐めた。彼は満足そうな声を上げ、濡れた指で彼女の脚のあいだを探った。

「これで助けにはなるだろう」彼は指をゆっくりと動かし、すでに腫れぼったくなった蕾《つぼみ》の周囲を撫でた。

そのすぐ下で彼のペニスの先端部だけが、彼女の体の中に隠れている。彼女は少し体重を前に移動し、彼の肩につかまった。彼の指が振り子のように行ったり来たりを繰り返しながら、彼女の感覚をあおっていく。からかうように、いたぶるように。いつの間にか、彼女のヒップがそのリズムに合わせてゆっくりと動いていた。円を描きながら、やわらかな場所を彼に押しつけている。

彼女の体が自分の指と動きを合わせ、徐々に自分を受け入れていく過程を、ジェルベイズは懸命に耐えていた。

彼は、エリザベスの様子を確認しようと顔を上げた。目を閉じた彼女のまつ毛が頬で揺らぐのが見えた。そして彼女の頭ががくっと後ろに倒れ、白い喉がむき出しになった。自分が蛇使いにでもなった気分だった。獲物を罠にかけ、意識を失わせて襲うのだ。腰をくねらせる彼女に向かって、彼はぐっとヒップを突き上げ、さらに深く彼女の中に入った。

「最後のチャンスだ。やめてほしいのなら、今言ってくれ。ここで君の気が変わったのなら、どうにか自分を抑えるように努力する。だが、このあとはもう無理だ。俺だってただの男なんだ」

エリザベスが感じる脚のあいだの痛みはさらにひどくなり、下腹部深くに広がる感じだったが、それでも彼女は体重を利用して、無理にでも彼を奥のほうに迎え入れようとした。その場所が限界まで押し広げられたような気がして、これ以上彼を受け入れるのは無理だとしか思えなかった。息も絶え絶えに彼の名前をつぶやいた。

「ああ、そうだ。痛いんだな」ジェルベイズは、強く息を吐き出し、彼女の体の向きを調整して、もっと奥へと進んできた。こんな中まで入ってくるなんて、彼女にはまったく想像できなかった。

彼女はそうっと目を開け、彼の顔を見た。激しい興奮が見て取れた。彼の力強い鼓動が、指に伝わってくる。「これで全部？」

「全部入ったか、ということか？」彼が下を見て、にやりと笑う。「いや、まったく。それに愛の営みは、これからだぞ」

「あなたのすべてをちょうだい。愛の営みのすべてを教えて」うっとりした声で彼女は言った。彼が与えてくれる生々しい感覚がうれしく、まだこれからだという行為への期待が高まった。

そのとき、暖炉の上の時計が二時を告げた。するとジェルベイズは、彼女を抱き寄せて言った。「悪いな、エリザベス。君の誘惑の時間はこれで終わりだ。初めてのときは、全裸の君に覆いかぶさりたい。だからこのままベッドに行く。脚を俺の体に巻きつけて、しっかりつかまれ」

20

五分間。

この何週間ものあいだ、ずっと夢みてきた行為が始まり、純粋な極楽を味わってから、地獄へ突き落とされるまでにかかった時間は、たったの五分だった。ジェルベイズはエリザベスを抱いたままベッドに転がり、彼女を上に載せて仰向けになった。前腕を目の上に置き、ううっとうなる。彼女にはどうしようもないへたくそだと思われたに違いない。実際のところ、三分間はもっと奥まで突き立てたい衝動を必死でこらえた。残りの二分間は、今すぐ引き抜かなければという焦りを抱えながら、それでもこのままでいたいという狂おしい欲望と格闘していた。実に情けない。

胸元を見ると、彼女はちょうど自分の心臓の上あたりに頭を預けていた。その顔が紅潮している。彼の視線を感じたのか、彼女は手で体を支えて上体を起こした。彼女が何かを言おうとしたので、ジェルベイズは自分の手でその口をふさいだ。

「『これで全部?』と言おうとしたのなら、許さないからな」彼の指を引っ張ってふさがれた口を開ける彼女に向かって、威嚇的に告げる。

彼女は眉をひそめ、彼を見つめてからまた顔をしかめた。大きく見開いた目は真剣そのものだった。彼の頭を撫でて前髪を耳にかける。「いいのよ、ジェルベイズ。今夜はあなたも大変だったのはわかるもの」言葉を切って軽くキスする。「あなたのほうの事情もわかるわ。女を相手にカードで負けたあとでは、ベッドで男らしさを誇示するだけの力は残っていないでしょうから。お年を召した元放蕩者《ほうとうもの》には、とうてい無理よね」

罵り言葉を叫びながら、ジェルベイズは彼女の手首をつかみ、彼女の体をベッドに組み敷いた。彼女の言葉が終わる前には、つかんだ手首を彼女の頭の上に固定していた。彼はものも言わず、見下ろした。殊勝《しゅしょう》そうに目を伏せた彼女の頬に、まつ毛が浮き上がった。しかしよく見ると、硬く閉じた口元が笑っているようだ。怪しい。

「お年を召した？　俺が？」彼はエリザベスにまたがったあと、体を倒してむさぼるようにキスをした。「もう寝かせて、と悲鳴を上げるのは君のほうだぞ。お願いだから許して、と俺に懇願するようになるんだ」

彼女は軽く肩をすくめただけだった。ジェルベイズは乳房をつかむと、その先端を激しく吸い上げ始めた。

＊　＊　＊

彼女は目を閉じ、体が強く彼を求めるのを意識しながらも、今度こそは彼の誘惑に負けないでおこうと心に誓った。自分はそうやすやすと誘惑されないと、彼に思い知らせなければ。

やがて時計が三十分過ぎたことを伝えた。懇願する状態は、もうかなり前に過ぎていた。彼女はもだえ、ジェルベイズを噛み、爪を立て、とにかく自分の中に彼を迎え入れようと必死だった。彼はずっとこちらを見下ろしている。ほほえみ、からかい、それなのに彼の体に触れることを許してくれない。両手はまだ頭の上で固定されたままだ。筋肉質の彼の体に汗が光る。もがく彼女を抑え、彼女の肉体のどこかにまだ他に責めさいなむ場所は残っていないかと捜す。もう全身で身もだえしているのに。

腫れぼったくなった口に彼がキスしようと顔を近づけてきたので、エリザベスは目を見開き、左右に首を振った。「ジェルベイズ、早く。あなたが欲しい。さっき言ったことは忘れて。愛の営みに関して、あなたの技術は世界一よ。それにカードの腕も超一流だわ」

首筋に、彼がくすっと笑った息を感じる。その瞬間、脚のあいだに彼の指が何本か入ってきた。指は奥のほうへと進んでいく。親指だけが入口の上で敏感になった蕾をもてあそぶ。彼の爪先が、腫れて敏感になったその肉の突起物をひっかくように刺激すると、彼女は耐えきれず大きな声であえいだ。彼の口は乳房へと下り、指の動きと同調するように乳首を吸い上げる。快感が霞のように全身を包んでいく。この感覚はもうなじみのものになった。彼女は腰を突き出して、もっと彼を体の奥に感じようとした。

手首をつかんでいた彼の手が離れ、脚が大きく広げられるのを感じて、エリザベスはぶるっと震えた。体を支えている彼の腕に膝をかけさせられ、彼を奥まで迎え入れる準備ができた。腰の下に彼が枕を入れ、頭が胴体より少し低くなった。高く持ち上げられた脚のあいだで彼が位置を調整しているのが見える。息をのんで彼の視線を受け止め、腰をさらに高く上げる。うずく肉の中へ、彼がゆっくりと入ってくる。自分の鼓動を五回数えると、彼のものが完全に自分から出て行く。そうはさせないぞ、と足首を彼の背中で組んで体を離さないようにしたのだが、彼がうまく肘の角度をつけて、脚を組めない。また彼が入ってくる。五つ数えるとまた出てしまう。それを何度も繰り返す。

狂おしい時間がさらに三十分ほど続き、時計はやがて三時を告げた。エリザベスは彼の腕に嚙みつき、彼の名前を叫んだ。彼は笑ってベッドから下り、そのまま暖炉のほうへ歩き出した。信じられない。勃起した、全裸の男性像が炎に照らし出される。彼は堂々とグラスを手にして、エリザベスに乾杯するようなしぐさを見せてから、ブランデーを飲んだ。「お年を召した元放蕩者と横柄《おうへい》な乙女に」

自分が歯をむき出しにしてうなり声を上げることがあろうとは、エリザベスは想像もしていなかった。「よくも、そんな……」

彼女がジェルベイズに跳びかかった瞬間、ブランデーグラスが宙に舞った。こぶしを振り上げ、彼を押し倒して馬乗りになる。分厚いトルコ製の絨毯ではあったが、倒れる瞬間は彼がエリザベスを胸に抱き寄せ、衝撃を自分の大きな背中で受け止めてくれた。抱き寄せられた腕から離れようともがくが、彼は体を震わせて笑い転げている。

彼は絨毯の上を転がって二人の体の位置を変えた。彼が上になると、暖かなブランデーがぽたぽたと彼女の顔に落ちてきた。二人の視線が合い、彼がほほえむ。征服した者の笑みだった。ゆっくりと首を振ると、またブランデーのしずくが彼女の体を濡らす。彼女は唇に舌を這わせて、琥珀色《こはくいろ》の蒸留酒がジェルベイズの汗を少し含んだ液体を味わった。ふとお腹に当たる硬いものに気づき、腰を突き上げる。消えずに残っていた欲望の炎がまた燃え上がり、自分の中に彼を感じたくなる。

挑発的に唇を舐めると、欲望に満ちた彼の眼差しが、彼女の舌の動きを追う。

「二人とも、ブランデーまみれだわ」彼女は少し頭を起こし、舌先でひげの伸びてきた彼の顎に円を描いた。

彼の体がぶるっと震え、反射的に腰を突き下ろした。彼も舌を出し、彼女の鼻を舐める。すぐに二人は、互いの体を舐め合い始めた。

ブランデーをすっかり舐めたあと、彼はエリザベスを抱き上げ、二人はまたベッドに戻った。彼にヒップをつかまれ、自分の体を貫かれるときには、彼女の全身は燃え上がりそうになっていた。すぐに快感が爆発し、息をするのも忘れるほどだった。

彼女がクライマックスにもだえるあいだ、ジェルベイズは歯を食いしばって、自分の子種を彼女の中に放ってしまわないようにこらえていた。彼女の体の内側が、しっかりと自分を締め上げていく力と闘うのは、拷問のようなものだった。彼女の長い脚が自分の胴体に蔦《つた》のつるのように絡みつく。

彼女の顔の両側に手をつき、自分に抱きついてくる彼女の体と距離を取ろうとした。

「エリザベス、放してくれ。外で出さないとならないんだ」

彼女は力を緩めてくれたが、不思議そうな顔で、彼女の腰に片腕を巻きつけ、彼女の腹部に腰を激しく突き下ろす彼を見ていた。狂乱の瞬間が訪れ、目の前が真っ白になるまで、彼は欲望を放ち続けた。そして彼女の乳房に崩れ落ちて、はあはあと呼吸した。脳の回線が焼き切れたのか、彼女の言葉が理解できるまでには、少し時間がかかった。

「どうして外でださないといけないの？」

ああ、しまった。エリザベスの好奇心を満足させるよう、きちんと説明しなければならない。彼はまたベッドに仰向けに転がり、黒いシルクの天蓋を見上げた。天蓋にはマンタ《デビルフィッシュ》と肌もあらわな人魚が刺繍してある。疲れていないときなら、彼女が質問を忘れるまでキスして、答えずに済ませるのだが、今はそこまで元気がない。彼女の口を封じるのはキスがいちばん有効なのだが。

「君の中に子種をまけば、君に赤子ができるかもしれない」

彼女が手を伸ばして、今や悲しくうなだれる男性器に触れたので、ジェルベイズは悲鳴を上げそうになった。彼のものを握ったあと、彼女は励ますようにぽんぽんと叩いた。聞きわけのないペットみたいに扱っている。

「忘れていたわ。聖書では、愛の営みはただ子どもをなすことが目的で行なわれるべきだとされていたわね」

不満の声を漏らし、彼は自分の手を彼女の手に重ね、ペニスに強く押しつけたままにした。

「この話は朝になってからしよう。もう君は自分の部屋に帰ったほうがいい。ここにいることをジャンに見つかるとまずいから」

彼女が起き上がると、シーツが落ちて乳房がむき出しになった。笑みを浮かべ、疲れてはいるが満足そうな顔をしている。「残念ながら、そのとおりね。これだけ体を使うと、さすがに疲れたわ」

ジェルベイズは彼女の体を抱え上げ、廊下を歩いて彼女の部屋まで連れて行った。上掛けをめくり、ベッドの中心に彼女を載せる。ひとつだけつけたろうそくが闇を照らし、彼女の肌の滑らかさを強調する。枕に広がった彼女の茶色の髪が金色に輝く。乳房の先端が、陰りを帯びた暗い色のバラの花びらのように見え、その指でこすってくれと手招きしてくる。

呼吸が乱れる。もういちど彼女が欲しい。どうしても。熱に浮かされた状態だが、これが病だとしても、幸福感に満たされ、満足して死ねるだろう。

ジェルベイズはすぐに彼女の中に入り、激しくその体を奪った。彼女も同じぐらいの熱情で応じてくれた。彼をしっかりと抱き寄せ、同じリズムで腰を突き上げる。やがて絶頂を迎えて声を上げたあと、彼はそっと体を引いた。

彼がベッドから下りるときには、エリザベスはもう眠りに落ちていた。見下ろした彼女の寝顔は、曙光《しょこう》の中で純真そのものだった。ふと、このまま彼女のベッドに入り、一緒に眠りたい気がした。初めて会ったときから、彼女と一緒にベッドに入れば、安らかにぐっすりと眠れるだろうと思っていた。今も、心の底からそう信じている。

何と、愚かなことを考えたものだ。いちど体を満足させれば、欲望は消えるはずだった。実際は、欲望はますます募るばかりだ。

「おやすみ、エリザベス」彼はそっとつぶやいた。

彼女は、いちどだけ情熱の夜を体験するつもりだったようだが、そうはいかない。

彼自身がもういいと言うまで、彼女は自分のベッドを温めるのだ。うーん、と伸びをすると疲れはしているが体が満足しているのがわかる。

よし、エリザベス・ウォーターストーンには、これから俺の要求に慣れてもらう。

21

「ウォーターストーン夫人がこっそり会っていた男の名前がわかりましたよ」

ニコラスの声にジェルベイズはフォークを置き、ニコラスに扉を閉めて近くの椅子に座るよう促した。まだ朝の七時で、エリザベスは朝食室に姿を見せていない。心配そうなニコラスの表情が目に入ると、これまでの満足感が消えていった。食欲も失せる。

「二人が会っていた喫茶店の常連客と話をしたんです。男の名前はジャック・ルウェリンというそうです」ニコラスはポットに手を伸ばし、自分用にコーヒーを注いだ。

「身なりはぼろぼろですが、ルウェリンというやつは紳士階級の人間のようです。噂では、軍人だったものの、性格がやさしすぎて戦闘に不向きだという理由で除隊させられたとか」

「ルウェリン……」ジェルベイズは思いをめぐらせた。「カーマーゼン公爵がルウェリン姓だな。俺の知るかぎりでも、子息が三名いたはずだ。親戚なのかな」

ニコラスはコーヒーをがぶ飲みし、公爵に眉をひそめられるのも構わず口元を手の甲で拭った。「詳しいことは、まだ何もわかっていません。しかし、話を聞いたかぎりでは、このジャック・ルウェリンという男は祖国を裏切るようなやつだとは思えません。正義感が強くて、間違っていると思えばどんな相手にも立ち向かうという話でした」

ジェルベイズもコーヒーを飲み終えた。「この男がフランス政府と何らかの接触を持っているのか、さらにフォレスター家とのつながりについても調べろ。今度ウォーターストーン夫人がこの男と会ったときは、あとをつけてくれ。こいつがどこに住んでいるのか、知りたい」

ニコラスは言いにくそうに口を開いた。「理屈はわかるのですが、公爵さま、ウォーターストーン夫人がフランス政府のスパイだとは、僕にはどうしても思えないのです」

ジェルベイズはズボンのポケットに手を突っ込み、メガネを取り出した。「君には本音を言うがね、ニコラス、俺にもそうは思えない。だが俺は、誰も信用してはいけないことを身をもって学んだ。特に女には気を許すな。だから全力で真相究明にあたってくれ」

ニコラスはうなずくと、朝食に専念し始めた。部屋の外に出て廊下を進み、正面階段を見上げる。エリザベスの姿はない。彼は召使いを呼んで、ウォーターストーン夫人が目覚めたら熱い風呂を用意するようにと命じた。あれほど激しい営みのあとでは、体のあちこちがひりひりするだろう。ふと笑みが浮かんだが、書斎の扉を閉めるときには険しい表情に戻っていた。

自分を信じて何もかも打ち明けるようにと頼んだのに、彼女は嘘をついた。ジャック・ルウェリンという男の存在を隠し続けている。ジェルベイズは、散らかった机の書類を見るともなく眺めた。単純にあの男のことをエリザベスにたずねればいいだけのことかもしれない。けれど、また知らないと言われるのは耐えられない。こちらはもうルウェリンの存在を知っているのに。彼女がただ、自分を信じてくれさえすれば。万一彼女がフォレスターの陰謀に加担していたとしても、裁判でその罪を追及されたときには、できるだけ彼女を守ってやろうと決めているのだから。

そこでジェルベイズは、はっとした。ほとんど無意識に、彼女を守ろうと決めていたことに気づき、その意味の重さに衝撃を受けた。スパイの容疑をかけられた人間を、自ら助けようとするのか？　エリザベスとはいったい、自分にとってどのような存在なのだろう？　彼女と体の関係を持ってしまい、今後もその関係を続けたいと望んでいる。きっと彼女は、これまで出会った中でもいちばん利口な女なのだろう。ただ、もっとも不運な女性と言えるのかもしれない。彼は罵り言葉を口にすると、机の引き出しから紙を取り出し、文書を作り始めた。

＊　＊　＊

深い眠りからやっと覚めたエリザベスは、窓から射し込む陽光を目にして、もう昼近い時刻だと気づいた。うーん、と体を伸ばすとあちこちが痛く、さらに昨夜の情熱を思い出させる場所がうずいた。すると扉が開いてメイドが陽気な顔をのぞかせた。

「おはようございます。よろしければ、お風呂の準備を始めます」

「ああ、お願いするわ」

風呂が用意されると、彼女はガウンをはおって、そろそろとベッドから出た。いい香りのする熱い湯で体がリラックスしていく。舌先を少し出すと、唇がまだ腫れているのがわかり、思い出して体にぞくっとした感覚が走る。彼女は湯船の縁に頭を預け、天井を見ながら考えた。情熱の一夜が明け、彼はどんな態度でこちらに接してくるのだろう？　彼女自身、感情をうまく顔に出さずにいられるのだが、彼は心の中が嵐のように荒れ狂っていても、まったく平静な外見を装うことができる人だ。

首筋に石鹸を塗り、さらに考える。実を言えば、不安なのは、彼の自分への反応というより、自分の彼に対する反応だ。朝食室で彼を見つけたら、サー・ジョンとスタンディッシュ氏の目の前で、彼にキスしてしまうのではないかと怖い。髪を洗いメイドがそばに置いてくれたきれいな湯で石鹸を落とす。その間もつい笑顔になっている。彼と一夜を過ごしたことにはまったく後悔はない。望んでいたとおりのすばらしい体験だった。

しかし、将来のことを考えると笑みが消えた。このあと自分のパトロンとなってくれる男性を見つけなければならない。ジェルベイズが与えてくれる快楽を体験した今となっては、他の男性との生活を考えると惨めな気分になる。彼の姿を見たとたん、どうかこれからも私を抱いて、と泣いてすがってしまうのではないだろうか。それなら、彼を避けたほうがいいのでは？　考えているうちに、どんどん落ち込んでいき、彼女は足を引きずるようにして湯船から出ると、のろのろと身支度を始めた。目覚めたときの満たされた気分は、完全に消えていた。

仕事部屋に入ると、サー・ジョンがすでに部屋じゅうを歩き回っていた。優越感もあらわに、彼女の机に置かれた新たな文書を指差す。

「ゆっくりしていればよかったのに。そもそも、あなたがここで働く意味などなかったんだ。私が解読した結果、暗号はもうほぼすべてわかるようになった」

彼女はつかつかと机に歩み寄り、暗号文書を引っつかんだ。「サー・ジョンが解読できるような簡単な暗号だったとすれば、私なら眠ったままでも解読できますわね」

戸口で咳ばらいが聞こえ、彼女はくるりと振り向いた。ジェルベイズがメガネの奥から彼女の様子をうかがっている。ためらいがちに彼女を眺め、その後怒りに燃えるサー・ジョンの顔を見た。「何か、問題でも？　口論しているように聞こえたが」

エリザベスは、いたずらを見つかった五歳児のように真っ赤になり、一方サー・ジョンは居ずまいを正す。

「私はただ、新たに届いた暗号を、自分独りでほぼ解読できた、とウォーターストーン夫人に伝えたんです。ところが彼女は、私の言葉に異議を唱えたのです」

エリザベスは視線を上げ、ジェルベイズが自分を官能的な眼差しで見ているのに気づいた。下腹部が熱くなり、考えがまとまらない。そのため、弁明が意図していたより強い口調になった。「サー・ジョンは、私がここで働く意味などないと考えているようです。公爵さまも同じ意見なのですか？」

ジェルベイズは、エリザベスの目を見たまま、サー・ジョンに話しかけた。「ウォーターストーン夫人に暗号解読の仕事をさせるんだ。その後、もし彼女ができないと言った場合には、君も解読を試みればいい」

不安のあまり下唇に歯を立てていたエリザベスは、さらに強く唇を噛んだ。どうやら、サー・ジョンの言い分が通ったようだ。つまり、ジェルベイズは結局自分のことを信用してくれていたわけではなかったのだ。

サー・ジョンは勝ち誇った笑みを口元に浮かべ、頭を下げた。「ありがとうございます。私はただ、公爵さまのお役に立とうとしただけなんです」そう言うと、彼は部屋を出て行った。廊下を歩く彼が、鼻歌を口ずさむのが聞こえた。

エリザベスは椅子に腰を下ろし、目の前の文書をぼんやりと見ていた。ジェルベイズは戸口に立ったまま、まだ彼女の様子を見ている。彼女はペンを手にして、ペン先を整えるために、かなり乱暴にナイフで削り続けた。

「君なら何の問題もなく暗号を解読できるはずだ」返答を期待しているのか、彼はそこで言葉を切った。顔を合わせるのが嫌で、エリザベスが何も言わずにいると、彼はため息を吐いた。「君の資質を問題視しているんじゃない。そこは理解してくれ。情報が正確であるように、万全を期す義務が俺にはある。だから、全員、疑ってかかる。誰の仕事に関しても、他の者が内容を確認するようにしているんだ」

エリザベスはゆっくりと顔を上げ、彼を見た。「わかってるわ。ただ、暗号解読はすべて、サー・ジョンにおまかせしてはどうかしら。だって、私はもうすぐここを出て行く身なんだし」

彼はメガネを外し、ズボンでレンズを拭った。「それはどういう意味なんだ?」

何でもない、と思っていることを伝えたくて肩をすくめようとしたが、うまくできなかった。「合意したわよね? 私は新しいパトロンを見つけるという話。他の男性を楽しませることに傾注《けいちゅう》しなければならないのだから、こちらで働くのは無理だわ」

彼の眼差しが氷のように冷たくなった。ちらっと時計を見る。「一時間後、アンジエリークの家を訪ねる。君も一緒に来るんだ。君の将来については、あちらに着いてから話そう。さっさと準備しろ。あまり待ちたくないんだ」そう言うと、彼は出て行き、ばたんと扉が閉まった。

残されたエリザベスは、何だか落ち着かない気分だった。自分が何かを間違えてしまった気がしてならないのだが、どうしてそんなことになったのかがわからなかった。

ふと机の上の暗号文を見ると、同じような感覚があった。何かが違うのだが、何がどう違うのかがわからない。実際、サー・ジョンの言うとおりだな、と最初は思った。ばかばかしくなるぐらい、簡単な暗号なのだ。ただ、その意味をつないでいこうとすると、鍵が見つからない。

暗号化のための語句を見つけようと格闘していたら、一時間近く経ってしまった。やっとジェルベイズに言われたことを思い出し、彼女は急いで自分の部屋に戻ると気に入りのラベンダー色の散歩服に着替え、おそろいの帽子をかぶった。玄関に下りると、ジェルベイズが先に待っていた。ケープつきの黒い外套を着込み、フェートンまでエスコートしてくれた。

彼の運転で馬車が交通量の多い道路を進む中、彼は何度も会話を試みたが、エリザベスはずっと黙り込んだまま、何の問いかけにも応じなかった。馬車は住宅街へと入った。アンジェリークの家に到着したときには、太陽は雲に隠れていた。口数の少ないメイドが、フリルだらけの応接間へと案内してくれる。エリザベスはピンクの縞模様の瀟洒《しょうしゃ》な椅子に座り、ジェルベイズは檻《おり》に入れられた動物のように苛々と部屋を歩き回っていた。

アンジェリークは部屋の戸口ではっと足を止め、豊かな胸元で両手を組むと、最初はエリザベスを、次にジェルベイズを見つめた。そして晴れやかな笑顔で彼に語りかけた。

「ついにエリザベスとベッドをともにしたのね！　よかった、二人ともおめでとう」

エリザベスは口をあんぐり開けて、ジェルベイズのほうを見たが、彼はたくましい肩を窮屈そうにすくめてつぶやいた。「アンジェリークはフランス女性だからな。海の向こうで始まった情事でも勘づくんだ」

エリザベスは慌てて立ち上がった。「違うよ、何も始まっていないわ。一夜だけのことだったの。ジェルベイズ、私があなたに求めたのはそれだけでしょ」

アンジェリークの存在など無視して、彼がエリザベスに詰め寄り、指先で彼女の顎を上に向けさせた。「君が俺に求めたこと？　俺が与えられるのは、あれだけだったとでも思っているのか？　ずいぶんな言い草じゃないか」彼の口調がどんどんとげとげしくなる。「一夜だけで終わると考えていたのなら、ひどく誤解したんだな。あれっきりだなんて、あり得ない」にやりとエリザベスを見下ろしてから、アンジェリークに視線を投げかける。「君からも話してやってくれ、アンジェリーク。経験上、そういうことにはならないと」

アンジェリークは困ったように、腕を広げた。「私たちがお互いを慰め合ったのって、まだおとなにもなっていない頃だったから……。今のあなたについて、私からは何とも言えないわ。おそらくエリザベスの判断のほうが正しいのかも。あなたが与えられる歓びだと、彼女には物足りなかったのではないかしら」

「ちくしょう！」低い声で彼がつぶやく。「君たち二人を相手にするのなら、きいきい泣き叫ぶハルピュイア（ギリシャ神話に登場する怪物。猛禽類《もうきんるい》の羽根と体に老婆の顔がついた、醜悪で下品な存在）のほうがましだとさえ思えるよ」

アンジェリークが軽やかな足取りでエリザベスのすぐ隣にやって来て、腕を組んだ。

「さ、エリザベス、私と一緒にいらっしゃい。ジェルベイズはほうっておけばいいわ。自分で機嫌を直してもらいましょ。あなたにはあげたいものがあるの。きっと必要になると思うから」

＊　＊　＊

エリザベスは顔を引きつらせながらも、小さな海綿と黒い酢が入った壜《びん》に見入っていた。アンジェリークが落ち着いた声で、これらを使うことによって妊娠せずに済むのだと説明している。さらに月のものが終わってからの日数を計算し何日目がもっとも妊娠の可能性が高いという話までしてくれた。こういった知識を頭に入れても損はないだろうと、エリザベスも思った。その後アンジェリークが具体的な使用法を教え始める。糸を縫いつけた海綿を酢に浸し、それを……。

もういい、と思ったエリザベスは、アンジェリークの説明をやめさせた。「どうしてそんなことまで私に話すの？　私はもう二度とジェルベイズと体を重ねるつもりはないのよ」

アンジェリークは海綿や酢の壜を小さな袋に詰め始めた。その顔が真剣だった。「これはあなたにあげる。ジェルベイズにではなく、あなたへの贈りものよ。あなたが別のパトロンを見つけるとしても、こういうものが必要になるわ。妊娠しないように気をつけて」アンジェリークが、袋の紐をしっかりと締める。「私生児が生まれたって、その面倒をみてくれる父親なんてめったにいない。私の知り合いは、子どもを産んで囲われていた家を無一文で追い出され、赤子と一緒に路上で物乞いをするしかなくなったの」

エリザベスはその話にかなりのショックを受け、アンジェリークが自分の手に握らせたやわらかな革の袋を突き返す気分にはなれなかった。

「それから、ジェルベイズのことだけど、彼があなたを簡単に手放すとは、私には思えない。独占欲の強い人なの」

アンジェリークは話しながら、ベッドを下りて扉のほうへとエリザベスを引っ張っていった。エリザベスの抵抗などお構いなしだ。

「さすがのあなたもあの人から逃げるのは無理だと思うわ」彼女がいたずらっぽくほほえみ、二人は階段に向かった。「そもそも彼のもとを離れる必要なんてないでしょ？　私が彼と関係を持ったのはごく若いうちだったけど、当時でも彼のテクニックは最高だったわよ」そしてウィンクで言葉を締めくくった。

ジェルベイズは階段の下で待っていた。皮肉っぽい声が階段の上まで響く。「これほど時間が経ってからでも、当時の俺のテクニックを褒めてくれるのはうれしいね。感謝するよ、アンジェリーク。エリザベスも君の勧めに従ってくれるといいんだが」

あまり広くもない玄関に飾りものがたくさん並べてあるので、ジェルベイズが余計に大きく感じられたが、エリザベスは彼を無視してアンジェリークをハグした。「いろんなこと、本当にありがとう。あなたの忠告は忘れないようにする」

馬車が動き出すまで、ジェルベイズは何も言わなかった。馬車を巧みに操って、混雑する市場を抜け周辺道路に出たところでやっと、横を向いた彼女のほうを彼が横目で見た。「アンジェリークからの忠告とは何なんだ？　何か贈りものでも受け取ったのか？」

エリザベスはレティキュールをしっかりと胸に抱き寄せ、彼をにらみつけた。「あなたには関係のないことよ」

馬車は緩い上り坂に差しかかり、若干速度が落ちた。彼は手綱を片方の手でまとめて持つ。その顔に一瞬、楽しそうな表情が躍るのが見えた。「妊娠しないで済む方法を教えてもらったんだろ？　俺はこれ以上子どもを持つ気はないし、そのことは誰もが知っている」

「あら、それならよかったわ。私だって、あなたに孕《はら》ませられるのなんてまっぴらよ」ぴしゃりと言い返す。

馬車はもうグロウヴナー・スクエアに差しかかっていた。屋敷に近づき、馬の歩様がゆっくりと常歩へと変わる。エリザベスはさっと手を引っ張られて、彼の唇がその甲に押しつけられた。抵抗する暇さえ与えられなかった。

「こら、こら。レディらしくもないものの言い方はやめたほうがいいぞ。こっちがはらはらしてしまう」彼は彼女の手を放そうとせず、手首のあたりの手袋に隠れていない部分にそっと歯を立てた。「この話はまたあとで、誰にも見られない君の部屋でしよう。ベッドの上でなら、もっと他の、君も気に入るような解決策が見つかるのではないかな」

「嫌よ！」彼女は無理に手を振り払った。息を乱し、慌てて扉の掛け金を捜す。彼の瞳で嵐が巻き起こり、彼女ははっとした。じっとしていろ、と言われるかと思ったが、下働きの召使いが走って出迎えに来たので、彼は開きかけた口を閉じた。召使いが手を貸してくれるのを待たず、彼女は馬車から飛び降り、全速力で家の中に駆け込んだ。

＊＊＊

三十分ばかり自室にこもって元気を取り戻したエリザベスは、忍び足で階段を下りて仕事部屋に向かった。彼女が部屋に入るとサー・ジョンが顔を上げ、急いで立ち上がった。

「先ほどは私も言いすぎた。どうか許してもらいたい」彼が咳ばらいしたが、そのごほんという音が耳障りだった。「実はあのあと、もういちど暗号を見たところ、午後になって暗号の最後の部分が複雑なのがわかった。私が考えていたほど、単純な暗号ではなかったんだな」

おざなりの返事をして、笑顔で自分の机の鍵を開けた。鍵はジェルベイズから渡されたもので、リボンで首からぶらさげている。引き出しの中に収まった文書を見て、はて、と考えた。この謎は、解決しておくべきだろう。

「どうやってこの暗号をもういちど見たのです？　机の鍵を開けなければ見られないのに。鍵は私と公爵さましか持っていないはずですが」

いつも持っている本を取り出すと、指で赤い表紙をとんとんと叩いた。「前にも話したと思うが、暗号の中でいちばん複雑な箇所を、この本に記録するようにしているんだ。時間のあるときに、ゆっくり考えられるだろ」本をポケットに戻して、彼女にほほえみかける。「この本のことなら心配無用だ。肌身離さず持ち歩いているんだから」

彼が向けてきた笑みが温かかったせいもあり、エリザベスはもう疑問は解決したと判断して暗号解読にとりかかった。没頭するあまり、いつものように夕食を忘れ、ジェルベイズと話し合わなければならないことも頭から消え失せていた。暗号のことで頭がいっぱいだったのだが、玄関の時計が十二回も鳴り続いたのでさすがに顔を上げた。真夜中？　そう気がついて椅子の上で上体を起こし、凝った肩をほぐす。インクで書かれた文字が、紙の上から舞い上がり、目の前で踊っているように見えた。

屋敷内に人の気配は感じられない。彼女はろうそくを手に自分の部屋へと戻った。薄底の室内履きだけの足では、分厚い絨毯の敷かれた廊下を歩いても物音は立たない。扉を開けた瞬間、彼女はびくっとして足を止めた。暖炉のそばに座るジェルベイズの後ろ姿が目に入ったのだ。ほとんど消えかけた火のほうに彼は脚を投げ出していた。

意を決して深呼吸すると彼女は彼の座る椅子に近づき、腰に手を置いて侵入者と向き合った。この部屋に来てくれと頼んだ覚えはない。しかし、彼が眠っているのに気づいて、ふっと笑顔になった。力の抜けた指のあいだに本が置かれ、クラバットが緩んで喉元があらわになっている。彼女はそっと身を乗り出して、彼の鼻に載っているメガネを取り去った。彼女自身疲れていたが、彼の全身から疲労が伝わってきた。このまま眠らせておいてあげよう、と彼女は思った。

彼女は小さく投げキッスをして、小声で言った。「おやすみなさい、公爵さま」そしてドレスを脱ぎ、ベッドに入った。やがて眠りに落ちていく寸前、自分より先に彼が目覚めたらどうしようか、とは思った。しかし疲れきっていたため、そういった心配で眠れなくなることもなく、彼がこんなに近くにいるとわかっていても、妙に落ち着いた気分だった。そして夜の闇に身をまかせた。

22

「許せない！」書斎の机に詰め寄ろうとするエリザベスを見て、ニコラスは慌てて進路を空けた。ジェルベイズは背もたれに上体を預け、腕組みをして彼女を見つめた。かすかに、何ごとだろう、といぶかしがっている様子もある。

「何が許せないんだ？」

「あなたよ」エリザベスが、無防備な彼の頭にベルベットの袋を投げつけてきた。危うく頭に当たるところだったが、彼はすばやく手を伸ばして袋を受け止めた。彼を痛めつけようとした意図がくじかれ、エリザベスは地団駄《じだんだ》を踏まんばかりに悔しがった。

「私の枕にそんなものを置くなんて！」

ジェルベイズは眉を上げ、手で合図してニコラスを部屋から出て行かせた。「それがどうして君をここまで怒らせることになったんだ？」袋を逆さにすると、金属同士が触れる軽い音がして、硬貨が中から出てきた。「その夜の情事に満足した男が、相手をしてくれた女性に金を払うのはあたりまえのことだ」

エリザベスは鼻息も荒く、どすんと椅子に座った。レディとしてのマナーなどあったものではない。「お給金はちゃんといただいてるわ。そんなものまで欲しくはないの」嫌悪感いっぱいの表情で、机の上の金貨を顎で示す。

ジェルベイズは彼女の様子をうかがいながら、金貨を積み上げ始めた。「何が気に入らない？　金が必要なんじゃないのか？　給料の前借りを頼みに来たのは、ごく最近のことだったように思うのだが」

エリザベスは息をのみ、嘲笑するような彼の眼差しを受け止めた。「私があなたと寝たのは、それが目的だったと言いたいの？　お金を得るための手段だったとでも？」

「さあ、どうなんだろう」彼が考えるそぶりを見せる。「そうだったのか？」

彼女は机に視線を落とした。ジェルベイズのこぶしのすぐ横に金貨が積み上げられている。

「私があなたと寝た理由は、私に触れる最初の人はあなたしかいないと思ったからだわ」彼の目が、きれいごとを言うな、と糾弾しているような気がして、エリザベスは身をすくめた。「あなたに忠告されたから、従ったまでのことよ。他にパトロンを見つけて、お金を出してもらうつもりだから」

彼が握ったこぶしを少し緩める。「つまり、こういうことか――君が俺と寝ることを決めたのは、金目的ではなく、まあ言うなれば、感傷的な理由があったから、しかし、すぐに別のパトロンを見つけ、その男からなら体を売る対価として金を受け取るのも問題ないと考えている——こういう理解で間違いないか？」

エリザベスはぞっとした。そういうふうに言われると、自分が強欲な人間のように聞こえる。しかし実際のところ、本質的には彼の言うとおりだった。彼女はうなずき、机の上の彼の手を見ていた。彼と目を合わせるのが怖かった。彼の瞳に軽蔑の色が浮かんでいるのはわかっていた。

彼は椅子の背にもたれていた体を起こし、突然積み上げた硬貨を手の甲で払った。かなりの勢いだったので、金貨が二枚、くるくる回りながら彼女の膝の上に落ちた。彼は立ち上がると窓辺に立ち、彼女には背を向けた。

「考えたんだ。君が急に俺を誘惑しようと決めたのは、俺から金を引き出すためだったのかなと」くるりと振り向いた彼のグレーの瞳がぎらついていたが、声は妙にやさしかった。「あるいは、何らかの理由で復讐《ふくしゆう》しようとしていて、俺と寝ることを決めたのかと」

エリザベスは昂然と顔を上げ、彼をにらみ返した。「どちらも違うわ。強欲になったからでも復讐のためでもない。強いて言えば——」彼女はさりげない口調で涙をこらえたが、涙声になりそうでどうにか笑顔を作った。もう行かないと。「好奇心はあったかもしれない。とにかく、望みは叶ったから、出て行きます。すぐに荷物をまとめ、あなたの都合のいいときに、いつでもこの家を去ることができるように準備しておくから」

立ち上がるといっきに涙があふれ、視界がぼやけたまま扉へと歩いた。どうしても扉を開けられずにいると、いつの間にかジェルベイズが彼女のすぐ後ろに立っていた。

「出て行ってほしくないんだ。エリザベス、君には俺のベッドにいてもらいたい」

彼女が扉板に額を預けると、うなじに彼がキスしてきた。二人とも同じように息が荒かった。「もしかしたら、互いに誤解しているんじゃないか？」彼の唇が、彼女の耳元へと移動する。「もしかしたら、金を渡せば、もうしばらく一緒にいてくれるんじゃないか、俺の行動をそう説明したら、君はどう思う？　行かないでくれるか？」

エリザベスは目を閉じた。彼の要求に身をまかせたいという思いが、どんどんと大きくなっていった。彼の手が肩に置かれるのを感じると、あきらめのため息が漏れた。彼のほうに向き直り、震える手を伸ばして彼の頬をそっと撫でた。彼がその手をつかみ、頬を両側から包んだ。

「暗号をすべて解読し、暗殺者を捕えるまでは、どこにも行かない。けれど、あなたからこんな形でお金を受け取るのは嫌。ここから出て行かないのは、私がここにいたいと思うからで、お金のためじゃない。そのことは理解して」

「俺が君に、ここにいてくれと頼むのも、俺がそう望むからだ。どこにも行かなくてよかったと君に思ってもらえるよう、俺も努力する」

彼の唇が近づいてくる。濃密なキスが所有権を宣言すると、彼女は彼の肩につかまって、そっと体重を彼に預けた。彼が体を離して唇が離れると、このままでいて、と訴えたくなる気持ちを抑えなければならなかった。

彼は頭をかきむしり、大きく膨らんだズボンの前を見下ろして、うなり声を上げた。

「このまま君を寝室まで連れて行き、どれほど君の存在をありがたく感じているかを体で伝えたいところなんだが、これから外務省に行かねばならん」

エリザベスは震える口で息を吸い込み、乱れたドレスを整えた。「私にも片づけなければならない仕事があるから。今回の暗号は、特別に複雑なの」

彼はさっとお辞儀をした。「わかった、では、俺のほうはここでひとり、人前に出られる姿に戻すから、君は仕事部屋に行って暗号解読に取りかかってくれ」

＊＊＊

ジェルベイズは読んでいた本をぱたんと閉じ、図書室の時計に目をやった。もう十二時を過ぎているのに、仕事部屋には明かりがちらついている。立ち上がって伸びをして肩をほぐすと、書斎から仕事部屋に向かった。

彼は戸口で扉枠にもたれ、机に向かって一心不乱に働くエリザベスの姿を見つめた。

彼女は眉根をぎゅっと寄せ、手に持つペンを宙に浮かせたまま、何かを考え込んでいた。こちらに気がつかないのを利用して、ジェルベイズはこっそり彼女の背後に近づき、肩越しに机の上を覗き込んだ。殴り書きされた多くの文字や、今はペンがまったく動いていないところから察するに、最新版のル・フルールからの暗号文は、ほとんど解読が進んでいないようだ。

エリザベスの肩に手を置くと、筋肉がかちかちに固まっているのがわかった。そっと指に力を入れ、マッサージしようとしたのだが、彼女はその手を振り払おうとする。するとほんのりと彼女の匂いが立ち昇り、彼女の肌の温かさとも相まって、すっかり疲れていたはずの彼の体を刺激した。「エリザベス、もう寝る時間だ」

彼女はジェルベイズのほうを見ようともせず、目の前の文書に集中している。ふと彼の口から笑いがこぼれそうになった。無視されるのは嫌いなはずだった。特に自分のベッドを温めてくれるはずの女性から知らんふりをされるのは許せないと思っていたのだが。

「エリザベス」今度は命令口調にしてみる。「俺はベッドに入りたい。できれば君と一緒に」

この言葉には、さすがに彼女も顔を上げた。何となく申しわけなさそうな笑みを浮かべ、ずり落ちそうになっていたメガネを押し上げる。「どうぞお先に。私もすぐに行くから。この部分だけ、何としても解読しておきたいの」

もうこれ以上言っても無駄だと考えたジェルベイズは、未使用のペン用の羽根の中から特に毛先の長いガチョウの羽根を選び、羽根先で彼女の耳たぶを、その後うなじをくすぐった。その後、舌先を羽根がなぞった同じ場所に這わせる。

ぞくっとした反応が彼女の体からは伝わってきたが、それでも彼女はまだ顔を上げようとしない。もうこうなれば仕方ない、とジェルベイズは羽根を寝かせるようにして胸元からドレスの中へと入れていった。机に斜めに腰かけ、緑のベルベットのドレスの襟できっちりと留められた真珠貝のボタンを外す。シュミーズとコルセットが見えて息が荒くなり、さらに羽根を動かした。魅力的な胸のふくらみから、乳房の先端へと羽根先でなぞる。何度も円を描くように肌をくすぐると、乳首が尖ってきたのがわかり、うれしくなった。

彼女の首に息を吹きかけ、命令口調で誘いの言葉を告げる。「君に触れさせてくれ。君の中に入りたい」

彼女があきらめたのがわかった。彼女の手からペンが落ちる。ジェルベイズはそのペンも使って、官能的な攻撃を倍加させた。彼女は頭をのけぞらせ、甘えるように彼にもたれかかる。自分に向けられた長い喉に彼はキスの雨を降らせた。彼女の体を抱え上げて彼女の上半身を覆っていたすべての布地を緩め、乳房をむき出しにし、むさぼるように口に含む。

彼女のほうも、彼の肩をつかんでキスしてきた。ジェルベイズは彼女の体を抱えて机の上に仰向けに寝かせると、ドレスの裾をめくり上げた。ここまで来ると彼女も、まだ仕事をしなくては、とは言わなくなり、彼はズボンの前を開け、彼女の体に分身を突き立てた。もうひとつ別の職務があったのだと彼女には思い出してもらいたい。

しばらく動かずに待っていると、彼女が彼の口の中であえいだ。彼女の歓びが伝わってくると、これではじゅうぶん満足できないと彼は気づいた。「エリザベス、俺にしっかりつかまれ。続きは寝室でする。全裸の君が欲しい」

机から軽々と彼女を抱き上げた瞬間、自分のものがさらに深く彼女の体に入り、彼女が強い快感に息をのんだ。彼は笑って廊下へ出た。

階段を上っていくあいだも、一歩ごとに強烈な刺激が走るためか、彼女は背中を反らせ無言で、もっとと訴えてくる。彼の呼吸も荒くなっていったが、彼女を抱えて階段を上がっているせいではない。

踊り場まで来たところで、彼女の体が小刻みに震え始め、彼は足を止め、彼女の叫びが屋敷じゅうに響かないよう自分の口で彼女の口を覆った。しかしこのままではまずい。踊り場にある出窓に彼女のヒップを置き、分厚いベルベットのカーテンで二人の体を隠す。彼の手が離れると、彼女の体はぐったりと下に崩れかけたので、彼は腰を突き上げて彼女を押し上げた。彼女の全体重が、二人の体がつながっている部分にかかってくる。

彼の口が覆っているので、彼女の叫び声はあたりには漏れてはいない。彼は腰を動かすのと同じリズムで、舌を出し入れした。激しく突き立てた瞬間、かすかに残った最後の理性により、彼は急いでペニスを抜く。彼女のヒップを両側から撫でながら、空っぽになるまで欲望を放ち続けた。

＊＊＊

「ああ、帰ってくると、やれやれだ」ニコラスの声が玄関ホールに響いた。「ああいう賭博場で時間を過ごすのが、つくづく嫌になる。何も知らない能天気な人間が、いかさま師の罠に落ちていくところを黙って見てなきゃならないんですからね」

「悲しいことだが、賭博による興奮の魅力に勝てない人間はたくさんいるからな」サー・ジョンの澄ました声が聞こえた。また、えらそうなことを、とエリザベスはジェルベイズの胸に顔を埋めたままほほえんだ。

「だが、サー・ジョンご自身も、この種の興奮に惑わされているのでは？　今夜はかなり負けておられたように見受けたんですが。何枚も借用書を書いていましたよね？」

「いやまあ、スパイをつかまえるためには、こちらも賭けごと好きだと思わせる必要があるからな」サー・ジョンがばかにしたような口ぶりでニコラスに応じる。「若い君にはわからんのだろうが、自分の金では遊んでいないんだ。資産を減らしたくはないから」

ニコラスは、ははっと笑った。「でも公爵さまの財産を使うのは構わないと考えるわけですか？」

「当然だろう。これは公爵さまの仕事なんだから。そもそも公爵さまは莫大な資産をお持ちだから、賭博で少々の負けがあったところで、痛くも痒《かゆ》くもないだろう」

ジェルベイズが体を強ばらせるのをエリザベスが感じた。

「しかし公爵さまご自身でも好きなだけカードで遊べばいいものを。最近はめったに賭博場に姿をお見せにならないな」

「気づいていなかったんですか？　公爵さまはウォーターストーン夫人と夜を一緒に過ごすのが忙しいんですよ」

「ウォーターストーン夫人と？　公爵さまが？」サー・ジョンの言葉には、驚きと不快感が混じっていて、エリザベスは自分が恥ずかしくなった。ジェルベイズから離れようとしたが、彼にさらに強く抱き寄せられるだけだった。

やがてニコラスが台所のほうに去って行く足音が聞こえ、エリザベスがもう放して、と言いかけたとき、ジェルベイズの手が彼女の口を覆った。

「あのずる賢い売女め」サー・ジョンがつぶやく。「フォレスターのやつも大喜びだろうよ」小声だが階段の上まではっきり聞こえた彼の言葉で、エリザベスの心は重く沈んでいった。サー・ジョンが玄関を出て、扉が閉まる音が聞こえ、屋敷はまたしんと静まり返った。

ジェルベイズに床に下ろしてもらうとすぐ、彼女は自分の部屋に駆け込んだ。彼が追いかけてきて扉を閉める。どきどきしながら、彼女は懸命に訴えた。

「継父のためにあなたと寝たんじゃないわ。けっしてそんなふうに思わないで」

珍しく、ジェルベイズの顔にいろんな感情が浮かぶ。「信じていいのか？」

エリザベスは胸を張った。「借金を帳消しにしてもらうために、公爵さまを誘惑しろ、とフォレスターさんに言われていたら、即座に拒否していたわ。それからお給料を前借りしようと思っていたお金も、継父のために使うんじゃない」

ジェルベイズが首をかしげる。「継父のための金だとは、いちども思わなかった。あの男には会ったこともある。君があいつを嫌うのも無理はないと俺自身感じる」

彼が近づいて彼女の手を握ったので、エリザベスはやっと普通に息ができるようになった。

「さて」彼がつぶやいた。「続きだ」

唇が重なり、サー・ジョンの奇妙な行動について、聞きたかったたくさんの質問ができなくなった。ジェルベイズの愛撫とたくましい体に征服され、いっさいの思考は彼女の頭から消えていた。

＊＊＊

眠りについた彼女をベッドに残し、ジェルベイズはひと気のない屋敷を歩いて、ひとり仕事部屋に向かった。出しっぱなしにしていた暗号文書を引き出しにしまって鍵をかけ、乱れた机の上を少し片づける。そしてろうそくをつけて彼女の椅子に座った。ハリントンの不用意な発言のあと、エリザベスからあれこれ質問されることを覚悟した。ところが彼女がいちばん気にしたのは、継父との共謀を疑われることだった。これにはジェルベイズも驚いた。フォレスターと公爵の個人書記官との関係について、彼女なら疑念を抱くだろうと思っていたのに。

椅子を少し斜めに向け、机の端に足を置く。

質問されたとしても、快楽を与えることで気をそらせるとは思っていた。それが彼の望みでもあった。唇を舐めると、まだ彼女の味がして、うれしくなった。官能のレッスンに関しては、申し分ない生徒だが、その他の面でも彼女の優秀さを感じていた。とにかく、頭の回転が速いのだ。しかし今後の計画を考えれば、彼女の気をそらす方法を考え出す必要がある。愛の営みで質問をさえぎる作戦は、だいたいのところ、効果があった。しかし、さすがの自分にも、昼となく夜となく、常に行為に及ぶだけのスタミナはない。これが暗号のすべてを解読し、暗殺計画へのフォレスターの関与をあぶり出すまで続くかと思うと……。

彼はろうそくを吹き消し、自室へと向かった。ベッドに入る寸前、心のどこかにエリザベスの部屋に戻って、夜明けまで彼女と一緒に過ごしたい、という気持ちがあることに気づいた。しかし、そんな行為は賢明とは言えないだろう。まったくもって、まるで賢明ではない。

23

「いったい何ごとだ？」

「よくはわからないのですが、公爵さま。朝来たら、この状態でした」

ハリントンとニコラスを追い払うように脇に下がらせ、ジェルベイズはエリザベスの机に歩み寄った。彼女は、ペンを握ったまま、机に突っ伏していた。文字がいっぱい書かれた紙に押しつけられた頰が、吸い取り紙代わりになっていた。

現在は朝の八時だが、彼女が何時間この状態だったのか、ジェルベイズには知る由《よし》もない。彼は椅子の横にしゃがんで、彼女の手首で脈を探った。

「エリザベス？」

まぶたが痙攣するように動いたあと、彼女はしばらくぼんやりとジェルベイズを見ていた。やがて焦点が合うようになってきたのだが、その疲れきった眼差しに、彼はぞっとした。「暗号が解けない」かすれた声で訴える彼女に、彼は思わず手を差し伸べた。「私、頭が悪いんだわ」

涙が一筋、つんと尖った彼女の鼻を伝い落ちる。彼女が泣くのを嫌っているのは知っていた。何だか胸がいっぱいになり、彼はエリザベスの体を抱き寄せた。

悔しそうにすすり泣きながら、自分の胸に顔を埋めるエリザベスをジェルベイズは抱き上げた。空になった彼女の椅子に自分で腰を下ろし、彼女を膝に載せる。子どもをあやすように、彼女の体を揺すり、特に意味もない言葉を英語とフランス語両方で彼女の耳元にささやいた。そして片手で背中をさすった。

しばらくすると、彼女のインクまみれの手が彼の首に回された。しがみつく彼女に、ジェルベイズは大判のハンカチを取り出して渡した。

「疲れすぎているんだよ。暗号が解けないのはそのせいだ。頭が悪いからじゃない。重圧に応えようとしたんだな。俺が追い詰めた。悪かった」彼女が何か言おうとしたが、彼はその唇に指を立てて制した。「何も話さなくていい。もう週末だから、一緒に出かけよう。そのあいだは、暗号のことなんかすっかり忘れて、思う存分楽しむんだ」インクに汚れた頬に口づけする。「もちろん、俺も精いっぱい楽しませてもらう」

＊＊＊

それから二時間後、エリザベスは公爵家の豪勢な馬車にジェルベイズと向かい合って座っていた。公爵領であるエセックス州チッピング・オンガーの主邸宅とロンドンのタウンハウスを往復するために使われる大型馬車は、長時間の旅でも快適に過ごせるよう、スプリングも上等でクッションがいい。これほどあっという間に旅支度が整ったことが、今でも信じられない。エリザベス自身は何もせず、ただ寝ていただけだったが、ジェルベイズの有無を言わさぬ命令に、屋敷の全員が従わざるを得なかったようだ。目が覚めると彼女は帽子をかぶり、外套をまとっただけで、もう馬車に乗せられていた。

タウンハウスの中では息が詰まる気分だったため、外出はありがたかった。さらに、つかの間でも、どう頑張っても解けない暗号に苦しめられずに済むのはほっとした。もちろん、本音で言えば、ジェルベイズと二人きりになれるのもうれしかった。暗号解読に進展がないのが気がかりで夜中に目覚め、夜明け前にそっと仕事部屋に向かった。次に気づいたときには、彼に自分の名前を呼ばれていた。

「気分はよくなったかい？」ジェルベイズがほほえみかけてきた。

「ええ、かなり気が晴れたわ。ロンドンを離れるのはいい気分だなと、ちょうど今考えていたところなの」

彼が向かいの席から彼女の手を取る。「そう感じてくれてよかった。そこでひとつ、頼みがある」彼が少し手を引っ張ったので、彼女は前に体を倒した。「暗号解読の専門家、エリザベス・ウォーターストーン嬢はロンドンのタウンハウスに置いてきた、と考えてもらいたい」当惑する彼女に、彼がなおもほほえみ、彼女の手袋を脱がした。「ここからは魅惑の未亡人、ウォーターストーン夫人として、禁断の週末を愛人と過ごすふりをするんだ」

社会儀礼を無視した彼の提案についてエリザベスが考えているあいだに、もう片方の手袋も脱がされていた。今、帽子のリボンを引っ張っている彼に、彼女は問いかけてみた。「魅惑の未亡人ならするけれど、育ちのいい未婚の娘がしないことって、何かしら？」

「たとえば、俺と並んで座るとか」

彼女は反対側の座席に移動した。彼が肩を抱き寄せ、たっぷりとキスしてきた。彼にあらがう気がいっさいなくなり、同時に体が熱く、感覚が鋭くなる。すると彼は、少し体をずらしてドレスの身頃部分のボタンを外し始めた。

「初めて出会った夜、二人で一緒に馬車に乗り、俺の家に君を連れ帰った。あのときも、馬車の中で君を奪いたかった」

その告白に、彼女は身構えた。「でもあのときは、私のことなんてほとんど知らなかったわけでしょ？　そんなことを考えるなんて、信じられない。そもそも、馬車の中で、その……そのようなことができるの？」

彼の長い指が、彼女の顎をつかむ。「不快な記憶でしかないあの夜の話をするのは、俺としても気が進まないのだが、あのときのことを思い返してごらん。フォレスター の借金の代償は君の体だと俺は信じていたんだ。つまり売春婦だ。そうであれば、俺の望みどおりのことをしてくれるものだ」申しわけなく思っているのだろう、彼の口元がぎゅっと結ばれた。

最後のボタンが外れ、彼がコルセットの下に手を入れて、乳房を撫でた。その触れ方から、誰にも渡さないぞ、という意思さえ感じられる。親指が乳首をもてあそぶと、彼女の全身を快感が貫いた。

「それから、〝そのようなこと〟が可能かどうかについてだが、まさしく可能なのだと、君はこれから身をもって知るわけだ」

＊＊＊

その後、ずいぶん時間が経ってから、ジェルベイズは目を開けた。視線を下ろすと、きれいに髪を結いあげたエリザベスの頭のてっぺんが見える。彼が、馬車の中で〝そのようなこと〟は実にたやすく行なえ、また楽しいものだと教えたあと、抱かれたまま眠りについたのだ。絶頂を迎える彼女が、性的な快楽に完全に身をゆだねる感じが、ジェルベイズは好きだった。その後、必死に彼女が自分にしがみついてくるのもうれしかった。

今もエリザベスは、紅潮した頬を彼の胸に預け、ウェストコートの銀ボタンを握りしめている。馬車の窓を覆っていたブラインドを上げようと、彼は少し座る位置をずらした。馬車がどのあたりまで来たのかを確かめたかったのだ。外は暮れなずんでいたが、もう公爵領近くの集落まで来ているのはわかる。

またブラインドを下ろして、元の位置に戻る際、ペニスがぐいっと引っ張られる感覚で、自分がまだ彼女の体の中にいることを思い出した。このままでも、もう一回営みを始められそうだ。たくさんの布地の下に手を入れると、彼女が目を開けた。彼がたぐり上げられたペティコートとくしゃくしゃのドレスを元に戻そうとすると、彼女は眠そうにほほえんだ。

ヒップをつかんで彼女の体を持ち上げようとすると、彼女が小さく、うーん、と言った。本能的に、また彼女の体を下ろし、勃起しつつある男性器で貫きたくなる衝動に気づいて、彼ははっと動きを止めた。

夢みるような眼差しで、彼女がこちらを見ている。「服を着たままなのに、その下では体がつながったままなのは、不思議な気分だわ」

それを聞いて、反射的に腰を小さく突き上げてしまった。理性で抑えるのは無理だった。それでも、どうにか自分を取り戻し、彼女の体を離した。持ち上げた彼女の体を、自分の隣の座席に下ろす。そのあと、急速に大きくなったものをズボンにしまい、窮屈になった前ボタンを無理やり留めた。

彼女は何も言わずにその様子を見ていた。ドレスがかなり乱れているためか、体を抱きかかえるように腕を胴体に巻きつけていた。自分の身なりを整えたあと、ジェルベイズは彼女を自分の脚のあいだに立たせた。馬車が揺れるので、彼がドレスやコルセットを元どおりにする間、彼女は彼の肩につかまっていた。

「ジェルベイズ」帽子と手袋を渡し、向かい側の席に座らせると、彼女が口を開いた。「さっき目覚めたとき、あなたはまだ私の中にいた。でも、前もって準備することまで頭が回らなくて……」

彼女が何の話をしているのかジェルベイズが悟ると、彼女は真っ赤になった。彼は信じられない思いだった。俺としたことが、何とうかつだったのだろう。レッスンはしてきたし、優秀な生徒ではあっても、彼女は本ものの寵姫でも、経験豊富な既婚婦人でもない。こういうことにどう対処すればいいのか、彼女にはわからないのだ。もちろん、馬車の中で体を奪われるとは想像もしていなかった。

「次の月のものはいつの予定だ？」

未婚の乙女への質問としてはあまりに無遠慮だったので、エリザベスが言いよどんでいるのがわかった。それでもどうにか答を返す。

「次の月曜日から始まると思う」そう言っておどおどしたような笑みを浮かべた。「それって、いいことでしょ？　アンジェリークから教えてもらった数え方だと、今はいちばん安全なはず」

ジェルベイズも笑顔を返した。この週末、彼女の月の障りを気にすることなく、いつでも彼女の中に入れるのだ。想像するだけで、彼の体が反応する。「ああ、そうだよ。非常にいいことだ」

街道から引き込み路に入ると、遠くかなたの丘にそびえ建つ壮大な領主館が見えてきた。彼はエリザベスに、ブラインドを上げるように促した。馬車は速度を落とし、楡《にれ》の大木が並ぶ曲がりくねった砂利道を進んで行く。霧に覆われた暗闇の中で、明かりが見え隠れする。馬車は最後の急坂を上がっていった。

「まあ」エリザベスが感嘆の声を上げる。「すごく、きれい」

ジェルベイズも反対側の窓から、目の前に近づいてくるサン＝メイロ館を眺めた。弧を描く引き込み路の向こうの湖に月が反射し、堂々たる正面玄関から空までが銀色の階段でつながっているかのように見える。ジェルベイズの父が、外観を古典的なギリシャ建築に似せて造り替えたのだが、実に優雅な姿だった。コリント式の細い溝のある長い柱や装飾破風《ペディメント》が月明かりに映え、建物自体が青白く輝いて、この世のものとは思えない美しさだった。

＊　＊　＊

馬車から降りるエリザベスに手を貸そうと、ジェルベイズが反対側から駆け寄ってきた。彼女はしっかりつかまろうと、彼の袖を強くつかんだ。大邸宅が幻想的に輝く姿を見て、彼女はついたずねた。「この建物って、霧の中に浮かんでいるように見えるわ。いつもこんな感じなの？」

ジェルベイズは肩をすくめ、彼女を玄関の外階段へと案内した。荷物を運ぼうと、大勢の召使いが馬車の周囲に群がった。「そうだな、こういう感じになるのはよくある。ただ、ここに帰って来るのは、俺も久しぶりなんだ」

荘重なオーク材の扉を抜けて建物内に入るとき、彼の腕をつかむエリザベスの手に力が入った。「では、帰って来られてよかったわね」ふと見上げると、柱のないドーム型の天井が非常に高く、ハンマービームと呼ばれるゴシック様式の梁《はり》で支えてある。いつの時代のものかもわからないが、由緒のありそうなぼろぼろの旗印《バナー》が梁に吊るされ、すきま風に揺れている。磨き上げられたオーク材の壁の前には、中世の武器が並べてある。ジェルベイズに促されるまま、彼女は狭い木製の階段を上がった。

「この建物が創建されたのは、かなり昔、十五世紀の終わり頃でね。そこまで古そうには見えないだろうが」階段の先は中二階になる室内バルコニーで、大天井と下の広間が見渡せる。「ここは元々大広間だったところだ。このバルコニーも、音楽隊や吟遊詩人のための場所だったんだ。父は古臭いと言って内部を近代化し、外観もすっかり変えてしまったんだ」

彼の口ぶりから判断すると、先代公爵による改築をジェルベイズはあまり快く思っていないようだ。そのことについて質問しようと思ったのだが、彼が足を止めて、大げさな身振りで扉を開けた。

「あまり噂になるのもよくないから、君専用の寝室や衣装部屋を用意した。ただ、この区画は俺の区画と中の扉でつながっているんだ」

エリザベスはきょろきょろ見回しながら部屋に入り、ゆっくり息を吸った。色褪せてはいるが、シルクの壁紙が上品だ。彼女は五感が部屋の気配に刺激されるのを意識した。大昔からこの部屋で繰り広げられてきたさまざまなできごとに思いを馳せる。ここには家庭があった。子どもが生まれ、その子どもの成長を見守り、幸福を喜び、家族の死を悼む場所だ。彼女は家族の歴史が刻まれていく家に住んだことはなかった。本来の意味での家庭を知らない。それなのに、この場所には家庭があったことをすぐに感じ取った。

そんなことをジェルベイズに言おうと振り向くと、彼は室内に入らず戸口にいた。自分の感じたことは、おそらく女性ならではの感傷的な話でしかなく、彼はそんな話を聞きたくもないだろうと思い返した。家族の愛情や、愛情があるからこそ細部にも気を遣った内装になっていることなど、言ったところで理解はしてもらえないだろう。そして自分がそんな愛情や気遣いに飢えていることも知られたくない。腕組をして室内に入ってこようともしない彼は、エリザベスの感情には気づきたくないぞ、と身構えているみたいに見えた。

彼女は何とか笑顔を作った。「寝室として、申し分ないわ。ここならぐっすり眠れそう」

彼は大股で近づいてくると、彼女をさっと抱き寄せた。「君が寝るのはここじゃない。夜は俺のベッドで過ごし、睡眠時間もかなり少なくなるだろう」

彼女も腕を上げて彼の首に巻きつけ、二人はしっかりと抱き合った。彼にキスされたが、これから朝までずっとこんなふうにキスされ続けるのだろう。彼の情熱と張り合えるぐらい激しいキスを返しながら、彼女はこの部屋で何世代もくりひろげられてきたであろう愛の営みを思い描いた。ジェルベイズと同じように男らしいディアブル・デラメア公爵家の継嗣《けいし》が何人もいたはずだ。

「先に夕食にしよう。食べ終わったら、ベッドだ」笑みを浮かべながらも断定的に彼が告げる。「君だって、早めにベッドに入りたいだろ？」

＊　＊　＊

はっと何かに起こされた気がして、ジェルベイズは目を開けた。静かな夜の空にフクロウが鳴いていた。頭を動かして、かたわらに丸くなって眠るエリザベスの顔を見つめる。片方の手は彼の胸に置いているが、もう一方は彼の体に敷かれ動かせないようだ。月光のせいで、普段は茶色の髪が、あちこちで金色に見える。唇も銀色に輝いている。

ほうっと長く、ゆっくり息を吐き、彼女の裸の肩に手を這わせた。彼女は眠ったままほほえみ、さらに体を近づけてくる。顔を彼の胸にぴったりくっつけ、鼻先が黒く硬い胸毛に埋もれている。フクロウのせいで、夢の途中で無理やり目を覚ましてしまった。まだ半分ぐらいその夢の中にいるようだ。穏やかな気分だった。腕には自分の息子を抱いていた。

ああ。その映像がまだ鮮明で、これから数分か、数時間か、しばらく苦悩することになると覚悟した。そのときエリザベスが何か寝言をつぶやいた。眠っているのに、彼の緊張を感じ取ったのかもしれない。

数分経った。暖炉の上の時計が時間の経過を教えてくれる。ジェルベイズは慎重に息を吐き、悲しみが消えていくのを感じた。いつもなら内臓をえぐられるような気分で苦痛をやり過ごすのに、エリザベスの存在が、苦しみを乗り越えるのを楽にしてくれた。

特に人目を引くような美人ではなく、どちらかと言えば地味な面立ちの彼女を、ジェルベイズはじっと見た。この女性とひとつのベッドで眠ることは、最高の体験であることがわかった。こういう夜を望んでいた。夜のしじまでひとり目覚めた彼は、彼女のおかげで心に平穏が訪れたことを実感していた。その事実を認識しながらも、そんなふうには考えないでおこうと思った。すると、体が彼女に反応し始めて、彼は衝撃を受けた。もうだめだ。どうしても彼女を抱きたい。彼女の体に自分の印を刻み、二度と出て行くなどと言わせないようにしなくては。

それより深くは考えず、彼は彼女をベッドに組み伏せ、その上から覆いかぶさった。

彼女の中に入りたい衝動があまりに強く、もうあと一秒でも待てなかった。自分の腿を彼女の膝のあいだに割り込ませると、彼女が何となく気づき始めた。そしてひと息に腰を突き下ろし、これ以上奥には入れないというところまで深く自分のものを沈めた。脈打ちながら彼女の体の中でさらに大きくなるものを受け入れようと、彼女が腰の向きを調整した。二人の呼吸と鼓動が同じリズムになる。

何の前触れもなく奪うとは、まともな男の行為ではないとは思ったが、彼女はまったく抵抗しなかったので、ジェルベイズとしてもほっとした。それどころか、彼女は脚を高く上げ、彼のヒップをつかみ、彼がさらに奥へ入って来られるように協力してくれた。うなり声を上げながら、彼は彼女が差し出してくれたすべてを受け取り、さらにもっと、と要求した。腰を突き出すリズムはどんどん速く、勢いを増し、彼女がマットレスの中に埋まってしまいそうだった。二人の体がひとつに溶け合う中で、ジェルベイズは、彼女の中に大切にしまわれていたものを受け取り、彼女の与えてくれる心の平穏を二人で分かち合おうとした。

さらに速く腰を動かすうちに、彼女があえぎ始めた。彼女の肌に、はっはっと短い自分の息がかかる。彼女が目を開け、彼の顔を真剣な眼差しで見た。彼は少し体を起こし、彼女のヒップを持ち上げた。彼女の脚を自分の肩にかけさせ、さらに大きく腿を広げながらも、打ちつける動きは止めなかった。彼女はまた目を閉じ、手探りで彼の前腕の筋肉をつかんだ。彼女の全身が張りつめた状態になり、自分でも今自分の体がどうなっているのかを理解していない様子だ。ただ、もっと、と叫んで、自分からも腰を激しく突き上げている。そして、快楽が彼女を高みへと押し上げた。

彼も猛然と打ちつけながら、喉の奥で低く咆哮《ほうこう》していた。強く締め上げられる感触に、呼吸ができなくなった。何も見えない。最後にいちど、強く激しく突き立て、彼女と同じ歓びの極みへとのぼっていった。二人で作り上げた悦楽の園で、二人一緒にもだえ、楽しみつくす。この場所が大好きだ。

こんなに急に起こしてしまったことを謝ろうと思ったが、言葉が見つからなかった。そして彼女のほうからも、言葉を求めてこなかった。またベッドに仰向けに寝て、彼女の体を自分の上に載せる。目を閉じると、これでもう足りないものはない、という気になった。エリザベスがもたらした平穏が、彼を満ち足りた気分で包んでいた。

24

物音でぼんやりと目覚めたエリザベスが片目だけを開けると、かわいいリボンが風に揺れる様子がちらっと見えた。メイドのエプロンの紐だ。そして扉がばたんと閉まった。部屋に漂うおいしそうな匂いに嗅覚を刺激され、彼女はいっきに覚醒して、唇を舐めた
大きな影が彼女の上で動き、滑らかなシルクが枕元にするりと落ちてくるのを感じる。彼女に中国のローブを着るように勧めたジェルベイズは、自身も同じようなシルクのローブを着ている。彼のローブには黒地に銀糸でドラゴンの刺繍があった。
彼女はローブに袖を通し、髪を片方に垂らすと、ジェルベイズの待つテーブルへ近づいた。たくさんの皿が並び、朝食の用意がすっかり整っていた。非常に空腹だったので、彼女は喜んで自分の皿に熱々の料理を盛り始めた。やがていくぶん空腹感もまぎれたところで、ゆったりと椅子でくつろぐジェルベイズのほうを向いた。
彼が眉を上げる。「何だ、足りないのか？　もっと料理を持ってこさせようか？　プラムプディングとか、もっと満腹感を味わえるもののほうがいいか？　君が痩せる

のは困る」

顔をしかめるふりをして、エリザベスは彼のカップにコーヒーを注ぎ、自分もコーヒーを飲んだ。「お気遣いをどうも。でも、まずはトーストを食べてから考えるわ。ジャムも残っているし」

彼は手を伸ばして皿からトーストを一枚つまみ、彼女の鼻先で振ってみせた。「バターも塗ってやろうか?」そう言って、バターやジャム類の入った銀のトレーを自分の前に持ってきた。イチゴのジャムをすくい取ろうとしたようだが、気が変わったらしくハチミツの容器の蓋を開けて、思わせぶりにエリザベスを見た。「君はハチミツが好きか?」そうたずねながら、彼は体を起こしトーストを手にした。

エリザベスがうなずくと、彼はトーストのバターを塗り、そのあと、彼女の体に腕を回して持ち上げ、自分の膝の上に載せた。彼女の手のひらにトーストを置き、金色に輝くハチミツ容器にスプーンを入れる。彼女は、何が始まるのだろうと興味津々で見守っていた。すると容器に入れたスプーンを高々と掲げ、斜めにした。彼女は慌ててハチミツが落ちてくる場所に手を移動し、金色の蜘蛛《く も》の糸のようなねっとりした液体をトーストで受け止めようとした。ぼんやりしていたら、そこらじゅうハチミツだらけになってしまう。

ジェルベイズは朗らかな笑い声を上げて、彼女がトーストでハチミツを受け止める様子を見ていた。やがて彼女は、たっぷりのハチミツがかかったトーストを頰ばり、勝ち誇った笑顔を彼に向けた。彼女がトーストを食べ終わると、彼はまたハチミツ容器にスプーンを入れる。

エリザベスは動きを止め、彼の目をじっと見ながら笑みを浮かべた。「トーストなしでもやってみましょう。あなたの体にこぼれたハチミツは私が舐めとってあげる」

最初のしずくがぽたりと垂れ、彼女の裸の胸の真ん中を伝い落ちていった。彼女はほうっと息を吐き、彼の肩に頭を預けた。彼が舐めてくれなければ、もったいないと罪悪感を覚えたかもしれない。しかし、彼の口が喉から乳房のあいだを滑り下りていく。目を閉じて肌に感じる彼の舌に意識を集中させた。自分も彼の裸の体に垂らしたハチミツを舐めてみたくてうずうずする。このあときっと、彼に同じことをさせてもらえるはずだ。

＊　＊　＊

二人で湯あみをしたあと、ジェルベイズは公爵家の領地管理人と話があるとかで、エリザベスはひとり散策に出た。広大な庭園を心ゆくまで楽しんでいたが、そのうち、庭園の一画に高いレンガ塀があるのに気づいた。塀には黄色く塗った扉があり、塀の向こうを見たくなった彼女は、扉を開けた。

そこでは農夫が、ひとりで畑を耕していた。ニンジンを収穫している最中のようだ。

ゆっくりと、しかし着実に鋤《すき》を下ろすリズムが一定で、その動きは優美ですらある。さらにいろんなハーブや花の香があたりに甘く立ち込めていた。

彼女は目を閉じ、花束のような香りを胸いっぱいに吸い込んだ。ミント、ラベンダー、それからついさっき水やりが終わったのだろうか、ゼラニウムのちょっと生臭いような匂いも混じっている。彼女は帽子を脱ぎ、顔に陽光を当てた。穏やかな雰囲気に気持ちが洗われる。

「おはようございます」目を開けると、作業をしていた農夫が目の前に立っていた。「お大木の幹みたいにごつごつした顔で、透明なブルーの瞳がきれいに輝いていた。「お嬢さんが、昨夜、お出《い》でなすった方かね？」

エリザベスはにっこりした。「ええ、そうよ。この自家用の畑がきれいで、見とれていたの。ここの管理はあなたがしているの？」

「ああ。他の農夫みたいに大きな畑の管理はできんが、この広さぐらいなら、まだじゅうぶん面倒はみられる」ぼろぼろの帽子を脱いで、老農夫が頭を掻《か》いた。「公爵さまをこちらに来るように説得なさったとは、たいしたもんだ。都会ってのは、ずいぶんごみごみしたところだと聞いた。そんなところにずっといたんでは、坊ちゃまの命がいくらあっても足りない」

ジェルベイズが〝坊ちゃま〟だった頃を想像して、彼女の頰が緩んだ。「私はそれほど公爵さまに影響力のある人間ではないのよ。門に到着するまで、この領地のことは何も知らされていなかったんだもの」

老人がうなずく。「うむ、それでいいんだ。男にはふるさとと呼べる場所が必要で、そこは大切に、誰にも知られないようにしておきたいものだ。坊ちゃまの場合は、特にそういう場所が必要なはずだ」そしてブルーの瞳をウィンクした。「しかし、お嬢さんの坊ちゃまに対する影響力は疑いの余地もないね。奥方さまが亡くなられてから、女性をこちらに連れて来られたことはなかったんだ。女の召使いどもは、あれこれ噂して、まあうるさいこと」

エリザベスは頬を赤らめ、下を向いた。何だかこの農夫の目を見るのが怖くなったのだ。実用的な短靴を履いた足元を見ていると、鼻先に突然花束が差し出された。うれしくなって、笑い声が出た。

「これはお嬢さんのために。坊ちゃまに笑顔を取り戻してくださったお礼だ」

彼女は、かぐわしく咲く花に鼻を埋めた。「ありがとう。公爵さまがいつも笑っているように、私ももっと努力するわ」もういちど感謝の言葉を告げ、彼女はドレスの裾をたくし上げると台所のほうへ歩き出した。含蓄のある農夫の言葉の意味を、あれこれと考えながら。

＊　＊　＊

「我が一族の肖像画を展示した部屋があるんだが、見てみないか?」

その日の夕刻、ジェルベイズからの誘いに、エリザベスは笑顔で応じた。彼はペイズリー柄のショールを彼女の肩に巻いてくれた。寒さを心配する必要はなかった。彼の胸に抱き寄せられると体がほてってきたからだ。ただ、そのせいでぞくっと震えはしたが。彼のほうは満足そうに低くうなると、彼女の肩に置いた指を下にずらし、ドレスの襟ぐりをなぞった。当然のように彼女の乳首が反応し、硬く尖っていく。

二人はまず、天井の高い玄関ホールに出た。ジェルベイズはサン＝メイロ館の執事を呼んで、大きめの燭台にろうそくを用意させた。大きな謁見室《えっけんしつ》や応接間の前をいくつも通り過ぎると、突き当たりに両開きの扉が見えてきた。屋敷の裏側の部屋は、ひし形の窓があるので、日没間近の太陽では、不規則な形のガラスを通過するだけの力強さはなく、あたりは薄暗い。

彼がろうそくに火をともした。暗がりに炎が輝き、彼の顔を照らす。「サン＝メイロ館の西翼すべてが、展示室になっているんだ」

ついて来るようにと無言で伝えると、彼が先に展示室に入っていった。エリザベスを案内するために準備されていたのは明らかだった。窓の鎧戸は開けられ、分厚いベルベットのカーテンも窓の横に引いてまとめてある。窓は天上から床までの高さがあり、縦に長い部屋の全体を効果的に照らすよう、壁にはきれいに火のついたろうそくが並べてあった。壁が温かな色に輝き、彼女の訪問を歓迎しているかのようだった。

エリザベスはしばらく足を止め、その光景を眺めた。この部屋も天井が高く、アイボリーと金で色調が統一されている。白い綾織《あやおり》のシルクの壁紙にはバラが描かれ、絨毯は紺と金色が渦を巻く紋様になっている。

エリザベスは肩にショールをしっかりと巻きつけ、ジェルベイズのすぐ横に立った。「でも、すばらしい部屋ね。きれいだわ」そこで少し口ごもりながら、本音を伝えた。「明日の朝ゆっくり見学したほうがいいのではないかしら？　この暗さでは、肖像画を見ても、誰が誰だかわからないのではなくて？」

「残念ながら、明朝は時間の余裕がない。それに、夕暮れどきのほうが、特徴が強調されて見える気がする」そして彼女の背後に立つと、その真上の肖像を指した。「さて、これが最初に英国で爵位を得たサン＝メイロ家の男だ。英国のディアブル・デラメア公爵家の祖だな。〝ばら戦争〟におけるテュークスベリーの戦いで大敗北のあと、ヘンリー七世はフランスに逃げたんだが、そのときに逃亡先の有力貴族だったサン＝メイロ家がヘンリーを匿《かくま》い、さらに彼がボズワースの戦いで反撃した際に、多大な援助をした。ヘンリー七世が王位につくと、サン＝メイロ家は英国とフランスの両方で領地が認められ、財を成した」

エリザベスは肖像画に顔を近づけ、今横に立って指先で腕を上下に撫でるジェルベイズとの相違点を捜した。肖像画の作者のサインを見ようと目をすがめたときに、彼がさらにぴったりと体を密着させてきた。「ホルバインって……」横を見ると、彼が楽しげに笑っていた。「あのハンス・ホルバインなの？　個人で所蔵されているホルバイン作の肖像画なんて初めて見たわ。しかもその家の先祖を描いたものなのね」

彼女の手を自分の腕に載せたジェルベイズは、次の肖像画の前に移動した。こちらは家族を描いたものだった。「真ん中の女性がマチルダ、初代ディアブル・デラメア公爵の妻だ。二人のあいだには子どもが七人いた」

エリザベスは声を立てて笑い、そのはずみでショールが床にずり落ちた。「マチルダさんは、あまり楽しそうな表情に描かれていないわね。確かに子どもが七人もいれば、女性はなかなか大変だわ」

ジェルベイズが床からショールを拾い上げてくれた。彼の黒髪がろうそくの光を反射して輝き、ふとあの髪に自分の指を這わせたらどんな感じだろうと、エリザベスは思った。すぐに、ああ、だめ、と衝動を抑える。彼が肩にショールをかけ、ずり落ちないようにうまく巻いてから、彼女の正面に立った。彼がそのままショールの端の房飾りを引っ張って、お腹の上で蝶々結びにすると、エリザベスは鋭く息をのんだ。彼の指が乳房の下側に触れたのだ。

ショールの下で肩を抱く彼に、また壁のほうを向くようにと促され、彼女は次の絵を見た。彼の温かな吐息がうなじのあたりの髪をくすぐる。「記録では、マチルダが産んだ子どもは全部で十五人なんだ。そのうち成長したのが七人だ。これでも当時は運がよかったほうだ。半分は生き残ったわけだから」

エリザベスは先ほどの不用意な発言を恥じた。「それを聞くと、この女性が悲しそうなのも理解できるわ。ちゃんと理由があったのね」

ジェルベイズの手が、彼女の背中のくぼみに移動し、次の肖像画へと案内された。

「この人物については、どう思う？」

肖像画としてはかなり小さなもので、彼女は近くまで顔を近づけた。女性が馬に乗っている絵だが、レディらしい横乗りではなく、男性と同じようにまたがっている。燃えるような赤毛を束ねもせずに風になびかせ、挑戦的な眼差しでこちらを見ていた。

「この時代の女性にしては珍しいところがいろいろあるわ。この頃のおとなの女性は貞淑さを示すために髪を布で覆っていたはずでしょう？ まさかこの女性が未婚の少女ということはないだろうし」エリザベスはもういちど肖像画を見た。「すごく世慣れた感じに見えるもの」

「これはレディ・マルゲリート・ド・ヴィリヤだ。初代ディアブル・デラメア公爵の生涯《しょうがい》を通しての愛人だった」

「まあ！ 自分の妻を十五回も妊娠させておいて、まだ愛人を持っていただなんて、よくもそんな時間があったものね」

彼がにやりと笑い、エリザベスの唇に軽くキスした。「我が一族の男たちは、女性に対する無尽蔵のスタミナを誇っているんだ。そうでないと、好みの女を見つけることも、見つけたあとに自分のものとして囲っておくこともできないだろ」彼がまたキスしてきたが、今度は彼女の口の中に舌を差し入れた。「君なら当然わかっていると思ったんだがな。代々、女遊びが盛んだという評判を得るには、相応の努力も必要だったんだ」

彼のキスは濃密になり、エリザベスは彼の首に腕を巻きつけ、体重をすっかり彼に預けてしまっていた。彼は満足そうな声を上げると、彼女の手を強く引っ張り、次の絵の前に移った。ろうそくを掲げて、その絵を照らす。「これが第二代ディアブル・デラメア公爵だ。長男ではなかったが、生き残った息子の中では最年長だった。このサン＝メイロ館の建設に着手したのは、この人だ」

彼女は顔をのけぞらすようにして、その絵を眺めた。独善的な表情で、背の高い椅子に腰を下ろし、長靴を履いた足元には二匹の狩猟犬《しゆりようけん》を従えている。皇帝みたいな態度で手を横に突き出し、絵の右側に書き込まれた新大陸の地図を指差している。その地図の詳細を確かめたくて、彼女は眉間にしわを作って絵を見つめた。

満足いくまで見たあと、しつこくお腹に円を描きながら乳房に触れるジェルベイズの指を振り払おうと、彼女は体をよじった。すると彼が指を広げて、彼女の腹部を押し、体全体を密着させてきた。彼女は目を閉じ、背中をこすりつけるようにして、どんどん硬くなっていく彼のペニスを感じた。

「何か言ったか、マ・ベル？」

「あなたのご先祖は、海洋貿易で財産を作ったの？」息が上がって、言葉が途切れる。

その理由をジェルベイズに悟られてしまったのが悔しい。

彼の手が上へと移動し、乳房全体をつかむ。同時に体を前に倒して、彼女の首筋に顔を埋める。「ああ、確かそうだったはずだ」

下を向くと、彼の親指と人差し指が、先端部をつまんで揉んでいるのが見えた。その場所から移動しようとしたが、彼の膝に邪魔され動けない。「ジェルベイズ」うなじから耳たぶへと、彼の口がキスと歯を立てるのを繰り返しながら進んでいく。「こんなことをされたのでは、肖像画をじっくり見ていられないわ」

「ふむ、集中力が足りないのではないか？　俺はやめるつもりはないから、見たいのなら自分で努力しろ」

彼女は怒りの眼差しで、回廊のような展示室を眺めた。まだまだ先は長い。このままではまずい。高等教育を受けた育ちのいいレディらしく、彼女は決意も新たにさっと彼から逃れ、数歩先の次の肖像画の前へと進んだ。

エリザベス朝の服装の女性がこちらを見下ろしていた。ぴんと糊を効かせた特徴的な襞襟に白鳥のような細く長い首を隠し、四角く大きく襟の開いたドレスの胸元には宝石をたくさん飾っている。年齢は若そうだが、非常に落ち着いた雰囲気がある。猫を思わせるグレーの瞳は、現公爵とまったく同じだ。

そう思っていると、またジェルベイズにつかまってしまった。ああ、失敗。彼の腕が体に回され、片方の手がヒップを、もう一方が乳房をつかむ。彼女の中で欲望が渦を巻いてわき立ち、彼の手に体をこすりつけたくなってしまう。彼の手が襟からドレスの中へと入ってくると、彼女ははっと動けなくなった。

「これは二代目の長女だ。彼女の名前を当てたら、褒美《ほうび》としてキスしてやろう」

「テューダー朝の服装であることを考えれば、その女王のどちらかと同じ名前でしょ。つまり、メアリーかエリザベス。私に当てさせるんだから、当然エリザベスよ」

「ご名答！　そうだ、彼女が私にかかわるもうひとりのエリザベスなんだ」彼が親指で彼女の唇を撫でる。「キスは、今がいいか？」

彼女が唇を開くと、彼は荒々しくキスし始めた。彼女の欲望は、熱となってキスに表われてしまう。その熱情に応じるように、彼の体に緊張が走る。彼が体を離すと、彼女は不満のあまり金切り声を上げそうになった。瞳にも荒れ狂うような欲望が表われていたのだろう、こちらを見下ろして、彼がほほえんだ。

「君が何を欲しがっているのかはわかる。しかし、まだだ。お預けというのを覚えないとな」彼が奥のほうへと続く壁を示す。肖像画はまだまだ残っている。「俺の先祖について、君が知性あふれる考察を披露してくれることを、非常に楽しみにしている」

部屋の端のほうまで進む頃には、もうコメントするようなこともなくなっていた。しかし、彼女が言葉に詰まると、ジェルベイズが彼女の体をいたぶる。そこで仕方なく、彼女も目の前の絵画について話し始めるのだが、体が彼を求めて悲鳴を上げている状態では、気の利いたコメントなどできるはずもない。どんどん意味のないことを言うようになり、そのたびに彼の手と口がまた彼女の感覚をあおっていった。

ぼんやりと見上げると、そこにあったのはチャールズ二世の肖像画だった。巨大な黒のかつらをかぶり、ディアブル・デラメア公爵家の生まれたばかりの赤子を抱いている。国王自らがこの赤子の後見人となったようだ。王政復古や多くの庶子など、いくらでもコメントできそうな人物の絵を前にしているのに、ジェルベイズの手がドレスの裾をたくし上げて腿の上へと進んでくるので、気が散って何も言えなくなっていた。やがて彼の手は脚のあいだに落ち着き、指を広げて彼女の体を押し上げる。彼女は少し踵を上げ、彼の胸に背中からもたれかかった。

「チャールズ二世は――」どうにか話し始めたとき、彼の指が敏感になっていた蕾の部分をこすったので、彼女は息をのんだ。「―― 〝陽気な君主〟とも呼ばれる……」

ジェルベイズは指をすばやく動かし始めた。聞こえるか聞こえないかという声で、彼女の耳に直接語りかける。「その理由は?」

「理由は……」彼の指が自分の体の奥へと進んでいくのに合わせて、彼女はつま先でバランスを取りながら、腰を動かしていた。「彼にはたくさんの愛人がいたから……あ、だめ。ジェルベイズ、お願い……」

何がだめで何をお願いしているのか、彼女自身にもわからなかった。何にせよ、この中途半端な状態をどうにかしてもらわないと、叫び出しそうだった。

彼はエリザベスの体の正面を自分のほうに向け、荒々しくキスした。彼の腿に飛び乗って、自分の脚を彼の腰に巻きつけたいというレディとしてあるまじき衝動を抑えるのに必死だった。彼が体を引き、見つめ合ったときには、はあはあと息を乱していた。

「前にも言っただろう、忘れたのか？」彼の言葉をエリザベスはじりじりしながら聞いた。「期待を高めることこそ、愛の営みの大切な部分だと。君はすぐに最後の部分へと急ぎすぎる」

妙に落ち着いた彼の声が、じれる彼女の神経を逆撫でした。彼女はさっと体を離し、背中でこぶしを作った。「それは失礼いたしました。公爵さまのお相手を務めるには、私はあまりに経験不足だったようですので、これ以上私がここに留まり、ご気分を害してしまうのは心苦しく思いますわ」わざとらしくカーツィをする。「では、ごきげんよう」

彼がさっと手を伸ばし、彼女を自分の体に引き寄せた。「そこだ、君のそういうところが問題だと言っているんだ。私の言葉を忠告と受け取らず、すぐに喧嘩腰で言い返す」

エリザベスは彼のウエストコートに額を押しつけ、動きを止めた。今顔を上げれば、顔に浮かんだ表情から心のすべてを読み取られてしまいそうで怖かった。こんな形で要求に応えてしまうのは、彼にはもうあらがえないのだということの証明のような気がした。自分はもう完全に彼の意のまま。自分を愛してくれと彼に懇願する情けない女のひとりになってしまう。そんな女がこの世にどれだけいることだろう。

「ごめんなさい。きっと私には、寵姫になるのにふさわしい情熱がないのね」

「情熱がない？　たっぷりあるじゃないか、マ・ベル」彼は太い声で言うと、広げた指で彼女の髪をかき上げて、キスした。「それを俺にくれ」完全に命令だった。「君の情熱のすべてを」

彼に手を引かれて、部屋のいちばん端まで移動する。行き止まりになった壁には大きな鏡が掛けてあった。そこに映る自分の姿にエリザベスは驚いた。髪も服装もひどく乱れ、全身をほてらせて官能的に誘いかける女性が映っていた。

「前にかがんで、このテーブルに両手を置くんだ。そして鏡から目をそらすな」

何も考えられず、ただ命令どおりに体を倒していると、彼は燭台を置く位置を調整し、炎が彼女の顔と体だけを照らし、彼の顔は暗がりに隠れるようにした。彼がドレスやペティコートをめくり上げる衣擦れの音が聞こえる。たくさんの布が、ウエスト部分にうまくたくし込まれている。

冷たい大気を裸のヒップに感じ、ジェルベイズが満足そうに息を吐いた。彼が使う柑橘系のコロンの香りが、興奮した彼の肌の匂いと混じってあたりに漂う。彼女はリラックスして自分の体重をテーブルに預けた。彼の手が、ヒップから足首、そして膝を順に撫でていく。さっきまで張り詰めたような表情だった彼の顔は、もう影になって鏡には映らない。彼が足首にキスし、唇を膝から腿へと移動させる。内腿から、いちばん大事な場所にキスされて、大きなあえぎ声が出てしまった。彼はただキスするだけでは終わらず、彼女の体を固定して舌をその中へと入れる。先を尖らせて深いところまで入れては、いたぶるように軽く舐める。快感が彼女の中でどんどん積み上がり、最後に大きくたっぷりと舐められると、その部分が収縮し始めた。すると彼はゆっくりと立ち上がった。

鏡越しにしっかりと視線を合わせながら、彼はズボンの前ボタンを外し、彼女に覆いかぶさった。「俺から目を離すな。俺もずっと君を見ている」

むき出しの欲望に満ちた瞳を、鏡を使って彼女に見せつけながら、彼がエリザベスの体をゆっくりと満たしていく。彼の筋肉質で毛深い腹部が背中に当たる感覚に、彼女は快楽のため息を漏らした。彼は根元まですっかり彼女の中に埋めると、しばらくじっとしていた。彼女がリラックスし、彼の大きさに慣れる時間を与えてくれているのだ。少しずつ大きさがなじんでくると、彼は抜き差しを始めた。そしてヒップを撫でていた手を前に回し喉を撫でてから乳房をつかんだ。

「俺が愛撫するところを見るんだ」彼が指先で乳首を転がし、そのリズムに合わせて、からかうように、すばやく、浅くペニスを出し入れする。

そのからかいにエリザベスは耐え続けた。もっと深く最後まで入れてほしくてたまらない。そのとき、彼の瞳が鏡で銀色に光り、彼の手が脚のあいだを覆った。

「男はこの体位が好きなんだ。なぜだかわかるか？」

普段なら、言葉にも気を配るエリザベスだが、今はそんな場合ではない。「女性の顔を見ずに会話できるからでしょ！」鋭く言い返すと、彼が笑った。

「なかなか興味深い意見だな。しかし俺の考えはそうではない。もちろん、今この体位を取る理由とも、まったく異なる」彼がエリザベスの背中に体重をかけ、彼女がどうあがいても脚のあいだの大切な部分が、彼の手から逃れられないようにする。「違うんだ。理由は男が支配権を握れるからだ。突き立てる強さや深さを自在にコントロールできるし、相手の女性の位置や動きを自分の思いどおりに操れる」

「反論は……できない」ジェルベイズがなおもゆったりとしたリズムで軽く突き出しては引くという動きを続ける中、エリザベスは息も絶え絶えだった。

「うむ。文句があるようだが、最後には俺に感謝するようになる。これについては、俺を信じろ」

もうあと少しで絶頂に達することがわかりながら、宙ぶらりんの状態で待たされ続けていたエリザベスの耳に、玄関の呼び鈴の音が届いた。大型馬車が厩舎のほうに移動する音も聞こえる。

「さて、客たちが到着し始めたようだな。ここの執事は、到着客をどのように案内するだろうな。応接室で待たせて、執事がここまで捜しに来るか、それとも俺たちは展示室にいるようだから、お好きにそちらに行ってくださいとでも客に言うかもしれん」彼が突然深く突き立てたので、エリザベスは大きくあえいだ。「こういうことをしているところを誰に見てもらいたい？　執事か、俺の母上か？」

「は、母上？　あなたのお母さまが、こちらにいらしたの？」悲鳴のような声が出た。彼の指が猛然と動き、腫れた肉の突起をこすり上げた。二度目で彼女は全身が弾ける感覚に襲われ、咆《ほ》えるような声を上げかけたが、彼が慌てて彼女の口を手で覆い、すぐに彼自身も絶頂に燃え上がった。

エリザベスは普通に呼吸さえできなくて、ましてや話すことなどとうてい無理だったが、彼はドレスを元に戻し、部屋の隅にある隠し扉を示した。彼が扉を開けると、その先に狭い急階段があった。

「ここを二階上がれば、右側に扉がある。その向こうは俺の寝室だ。身支度を整えるために、十分与える。俺は招待客用の正式玄関で待っている。さあ、早く！」

ジェルベイズは彼女を送り出して扉を閉めると、自分も鏡の前に立って服装を整えた。かなりひどいありさまだったが、乱れた髪を手ぐしでとかし、深呼吸をした。母上がここに来ることはない。ずっとブライトンの海辺で優雅に暮らしているのだ。客として迎えるのは、領民の代表たちや、領地に住む親戚たちで、公爵として、この人たちをもてなす義務が彼にはある。

エリザベスの慌てた様子と、ぼう然とした顔を思い出し、ジェルベイズはほほえんだ。ずいぶん急いで階段を上がって行ったが、ちゃんと姿を現わすだろうか？　クラバットの結び目を直しながら考える。姿を見せてほしい。あの茶色の髪の小鳥には、闘鶏なみの根性がある。彼女のことを思うと、また体の一部が反応してしまう。まったく困ったものだ。

最後にもういちど鏡を見て、完璧な姿になったことを確認すると、温かく客を迎えるための笑みを顔に貼りつけ、玄関に向かった。

25

歴史ある壮大な建物の階段の踊り場で、エリザベスは足を止めて玄関にいる客たちを見下ろした。髪がきちんとまとめられているか確認し、飛び出したピンを押し込む。ラベンダー色のシルクのドレスの裾の三つある大きな襞の向きを正すと、できるだけ優雅に見えるはずの笑みを浮かべて階段を下りていった。近くにいる人たちに、軽くごきげんようと声をかける。ほんの二分ほどで、ジェルベイズの母が客の中にいないことはわかった。親切な執事が、先代の奥方さまはブライトンにお住まいで、私どもにそのお顔を見せてくださることはめったにないのです、と教えてくれた。息子が領地に戻ったからと、わざわざ訪ねては来ないようだ。

彼女はつんと顎を突き上げ、ジェルベイズを捜した。金の応接間で輝くような黒髪が目立ったので見ると、彼は小柄な婦人と話していた。女性の年齢はよくわからないが、立ち去りたそうにする彼の袖をつかんで、放すまいとしているようだ。

エリザベスは二人のそばまで行くとカーツィをしてほほえみ、仕返ししてやるから、という意思を視線で彼に伝えた。ああ、どうぞ、とでも言うように、彼はほんの少しだけ首をかしげる。その表情を見て、彼がわざと嘘をついたのだと再確認したエリザベスは、その頰を引っぱたいてやりたくなった。

「やあ、ウォーターストーン夫人、来たんだね」耳をつんざくようなジェルベイズの大声に、エリザベスはびくっとした。隣の女性がかなりの年配であることはそばに来てわかったが、それにしても頭蓋骨《ずがいこつ》を吹き飛ばすのではないかというほどの声量で、女性の耳に直接話しかけている。「叔母上、こちらが客としてサン＝メイロ館に滞在してもらっている、ウォーターストーン夫人です。さっきからお話ししていましたよね？　その女性ですよ」そしてエリザベスのほうを向いて、彼女に年配の女性を紹介する。「ウォーターストーン夫人、こちらは俺の大叔母にあたる、レディ・コッツルモアだ。この領地内の別の屋敷に、未婚の娘三人と一緒に住んでいる」

ジェルベイズの後ろを見ると、さえないドレスの女性が三名、窓際にいた。エリザベスが会釈すると、それが何か失礼なしぐさでもあったかのように、三人はひそひそと何かをしゃべり始めた。

ジェルベイズは、それ見たことか、という目つきで彼女にほほえみかけると、つかんでいた大叔母の手をエリザベスの手にゆだねた。

「公爵さまから、あなたもディアブル・デラメア公爵家とは縁戚関係にあると聞きましたよ、ウォーターストーン夫人」年老いてかすれた声が、へたな人が弾くバイオリンみたいに耳障りだ。「マチルダの産んだ子たちの末裔《まつえい》なの？　どの子かしら」

エリザベスは軽く扇子を顔に当て、ジェルベイズをにらみつけ、そのあと引きつった笑いを漏らした。「私自身には血のつながりはありませんの。亡き夫が親戚だっただけですから、誰がどこの血統にあたるかなど、詳しいことはわからないんです」

そこでジェルベイズが頭を下げ、後ろに下がった。「では、女性同士のお喋りを楽しんでください。きっと話に花も咲くでしょう」

エリザベスはもう仕方ないとあきらめ、気詰まりな三十分をレディ・コッツルモアと過ごした。近くの長椅子に案内して一緒に腰を下ろし、笑顔で気配りを忘れず、老婦人が公爵家の歴史を延々と語るのに付き合わされた。レディ・コッツルモアのほうも、本質的にはエリザベスにはお構いなしに、ひとりでしゃべっていた。

ジェルベイズは広間を歩き回り、客たちに愛想《あいそ》を振りまいていた。ロンドンにいるときよりも、自分の領地にいるほうが気が楽なようだ。自分にもこんな避難所があるといいのに、とエリザベスは思った。そして叶わぬ願いと知りながら、同じ場所を彼と避難所として共有できればいいのに、とも思った。

年長者への気遣いから、レディ・コッツルモアに公爵家とのかかわりを根掘り葉掘り聞かれてもやさしくいなしていたが、やっと解放されてひとりになることができると、エリザベスはジェルベイズに歩み寄った。彼はちょうど戸口にいて、客二人を見送ったところだった。つかつかと近づき、自分でも最高だと思えるカーツィをしてみせる。

「公爵さまのおかげで、非常に有意義な三十分間を過ごすことができましたわ。ありがとうございます。知的好奇心を刺激され、自分はこの一族の一員なのだと実感することができました」

「礼には及ばんよ。当意即妙《とういそくみよう》の答で、自分の機知の限界に挑戦するのは楽しかっただろう」

言い返そうとしたエリザベスだが、そのとき下働きの男性の召使いが、応接室や謁見室が並ぶ廊下の突き当たりにある、展示室の扉を開けた。客たちがぞろぞろと二人の前を通り過ぎ、展示室に向かう。ジェルベイズが彼女の顔を見た。「まだ見ていない絵もあったな」

彼に促されるまま、二人は展示室に入っていった。しかし鏡の前のテーブルに余分の燭台が置かれているのが見えたとき、彼女ははっと足を止めた。彼の忍び笑いを聞いて、うなじのあたりと、もう少し秘密の場所にある毛が、ざわっと逆立った。

「大丈夫だよ、マ・ベル。ほんの一時間前に、君のみだらな姿がこの鏡に映し出されていたと気づく者はいない。君はレディ然としているし、茶色の髪にも乱れたところなどない」

「あなたの行動は許しがたいわ。お母さまがこちらにいらしたなんて、よくもそんな嘘がつけたものね」

ジェルベイズは彼女を自分の正面に向かせ、手の甲に軽く口づけした。「言っただろ、君を黙らせておくのが俺の生涯の野望のひとつなんだ。母を持ち出してうまくいったので、あのときは心で快哉《かいさい》を叫んだよ」

怒りを抑えておけなくなってきたので、エリザベスはさっと彼のそばから離れたのだが、やって来た執事ともう少しでぶつかりかけた。急な動きのせいで、よろめいて壁際に近づき、そのまま視線を上げると、家族を描いた絵があった。さっきは気づかなかった絵だが、描かれた人物を見て、その場から動けなくなった。ジェルベイズ少年が犬を抱え、その父親らしき人が、息子を守ろうとするかのように肩に手を置いていた。ジェルベイズ少年の眼差しが切なかった。

さらにその隣の絵にも驚いた。陰に隠れて見逃すところだったが、ジェルベイズとその妻イメルダ、そして二人のあいだに立つ幼児が描かれていた。幼児はおそらく、二、三歳か。不思議な感情がわいてきて、エリザベスはその絵に引き寄せられていった。ジェルベイズの息子は黒髪で、少し横目でこちらを見ている。

肩に手を感じて、エリザベスはびくっとした。ジェルベイズが説明する。「息子のデイビッドだ。俺に似ていると、よく言われたよ」

ちらっと彼の顔を見たが、感情はまったく表われていない。声も平板だ。「とてもきれいな男の子ね。整った顔立ちはお父さん譲りだわ」

彼の銀色の瞳に、一瞬不思議な色がよぎった。肩をつかむ彼の手にも、ほんの少し力が入った。「ありがとう。デイビッドは俺の宝ものだった」

「公爵さま」横で待っていた執事が声をかけてきた。現実に戻った気がして、彼女はすっかり落としてしまった自己防御の壁を、また高く張りめぐらそうと、彼に背を向けた。ジェルベイズを自分の胸に抱き寄せて慰めてあげたい、という不思議な衝動に駆られたが、結局、その場から立ち去ることにした。絵画をさらに見て回り、あちこちで、この人とあちらの絵の人は似ているなどと言ったり、先代公爵夫妻についての話を聞いたりもした。

やがてジェルベイズとまた合流したときには、彼女はすっかり落ち着きを取り戻し、ごく普通の様子で彼の腕に手を置いた。彼と一緒にダイニングルームに入ると、客たちのために食事が用意してあった。好きなものを自分で皿に取って食べるスタイルだったので、彼が料理を取り分け、ワインも持ってきてくれた。

どこか腰を下ろすところはないかとあたりを見回す彼女に、ジェルベイズが開かれたガラス戸を示した。「外のテラスに座らないか？　あまり寒くはないようだから」

霧のない夜だった。木の葉を揺らし、女性のドレスの裾を乱す風もほとんどない。大理石が敷き詰められたテラスの椅子に、二人は向かい合うようにして座った。グラスを掲げて乾杯するとき、半分が影になった彼の顔を、エリザベスはじっと見た。

「この場所が好きなのね」皿に山盛りのロブスターのパテの塗られたパイをつまみながら、彼女はたずねた。首を縦に振って、渋々そうだと認める彼を見て、さらに質問を続ける。「では、どうしてもっとしょっちゅうここに帰って来ないの？」

「ここに長くいると、ロンドンでの生活に戻るのが嫌になるからだ。都会での生活では、俺は別人になっていなければならない。最近、本来の自分とは異なる男を演じるのが辛くなっているんだ」

「その生活はいつになったら終わるの？　あなたが本来の自分に戻れるのはいつ？」

その瞬間、彼がさっと無表情になり、背もたれに体を預けた。「それは君の頭を煩わせる問題ではない。結局のところ、君がここにいるのも今だけなんだから」

エリザベスは立ち上がり、ワイングラスをテーブルに置いた。勢いよく置いたので、かつん、という音がした。「あなたにそういう態度を取られるのが大嫌い。あなたが私を締め出すことには、我慢がならないわ」

ジェルベイズは優雅に肩をすくめ、顔を少し上げて彼女を見つめた。「おや、おや。俺たち二人のあいだで、大嫌いだの我慢がならないだのは、えらく大げさな言葉じゃないか？」

「あら、そうかしら。あなたがそう思うのなら、話はここまでよ。おやすみなさい」

彼女はひょこっと頭を下げてカーツィのまねだけすると、彼に背を向けた。彼が追いかけて来る気配はない。室内に戻った彼女は、気もそぞろなまま、他の客たちにおやすみと伝え、自分の寝室に戻るために階段を上がり始めた。

扉を閉めると、部屋の静けさが体にこたえる気がした。彼女は靴を蹴り脱ぎ、ひし形の窓辺に近づくと、カーテンを閉めて、部屋を暗くした。着替えようと衣装室に行くと、深皿に入れられたポプリの匂いがした。乾燥した花びらに触れ、遠い夏の香りを胸に吸い込む。

それから何をするでもなく時間が経ち、やがて客たちが帰っていく気配がした。低い話し声や馬車の音などが聞こえる中、彼女はやっと着替え始めた。ジェルベイズの冷たい言葉が、まだ彼女の頭に響いていた。これから彼にどんな態度を取ればいいのだろう？　世間に見せている冷淡な遊び人という姿の下に、ときおり彼の本質が見える。すでに本当の彼を何度か、ちらっとではあるが目にしている。しかし彼は、自分の傷つきやすい面をエリザベスに見せまいとしているし、見られてしまうとひどく後悔し、そんな自分は存在しなかったことにしようと躍起《やっき》になる。そして彼女の心遣いや心配をはねつける。

コルセットを外しながら考える。冷たくあしらわれても、気にしないでいられるだろうか。そもそも、彼の殻を破ることが、いつからこんなに重要になったのだろう？　そして、彼の冷酷な言葉に、真実が含まれていることが多くなったのも。彼とずっと一緒にいるつもりなんてなかったのに。

やっと寝ようと決め、ベッドに入ったのは、もう真夜中を過ぎた時間だった。髪をまとめるピンをすべて抜き取り、髪を背中に広げようと頭を後ろに下げて振ってみる。そしてまたジェルベイズのことを想う。あんなに情熱的に愛の行為をしたあと、将来についてたずねただけの彼女に、ひどい言葉を投げつけてくるなんて。

彼の無言の命令を聞き入れて引き下がるか、思いきって行動してみるか、決断しなければならない。思いきった行動にはリスクがともない、けっして癒えることのない傷が魂に刻まれるかもしれない。

どうしようかと考えていると、公爵の主寝室とつながる扉が開き、彼が姿を現わした。身に着けているのは、黒いシルクのローブだけ。このまま何も言わずに無視し続けられるとは思っていなかったし、彼が来ることを予想さえしていた。けれど、自分が今、どんな表情をしているかが不安になった。心の内を見透かされそうで怖かった。そこで、彼から顔をそむけ、窓際に歩いて行った。彼が音もなく近寄って、彼女の背後に立ち、肩に手を置いた。

長く、意識しながらゆっくりと息を吐いてから、エリザベスは彼と向き合った。彼のローブの前を開け、胸筋を撫でる。指をそっと滑らせておへその周囲に円を描くと、腹筋に力が入る。また指を上に移動し、胸毛に絡める。彼の乳首に舌を這わせ、もういちど指を下へと滑らせる。

「では、厳しい言葉を浴びせる気はないんだな?」彼が小さな声でたずねた。

「ええ。あなたが浴びるのはキスだけよ」

肩に置いた手に力を入れ、彼はエリザベスの体を持ち上げるつもりだったらしいが、彼女がその手を振り払った。彼の命令には従わず、自分で膝を床につける。膝立ちの状態で彼の腿に手を置き、彼の顔を見上げた。彼は目を閉じ、少し心配そうな表情だ

くなった。これから何が行なわれるかを理解し、期待を高めている。彼女は何だかうれしくなった。

エリザベスの指が自分の内腿を撫でながら体の中心部に近づいていく。ジェルベイズは、彼女が頭を垂れている姿を見下ろした。彼女の手が男性器を包み、うれしそうに何かをつぶやく。ペニスがいっきに太くなり、喉がからからになった。勃起したものが彼女の口に入った瞬間、いっさいの言葉が彼の頭から消えた。熱くなった自分の肉を彼女の舌が舐めていく。そして温かな喉の奥へと深く引き入れる。こういう方法で男を歓ばせるようにと、彼女にこれまで教えたことはなかったのだが。

ジェルベイズは彼女の髪をつかんだ。もう我慢できそうにない。

不慣れだが、情熱のこもった彼女の口の動きで、息もできなくなる中、彼は快楽のきわみを味わった。これまでに経験したことのない強烈な快感だった。他の女性に性的満足を与えてもらったことは何度もある。けれどこんな体験は初めて。どうしてなのだろう? そして快楽を得たあと、そういった女性に目もくれなくなってしまったのはなぜなのか? 喉の奥からうなり声を上げ、彼はエリザベスに自分のものを放すように命じた。「もういい。ベッドに行こう」

彼が差し出した手を取ると、エリザベスは優雅に立ち上がった。苛々するほどゆっくりとローブを脱ぎ、床に落とす。彼に一歩ずつ近づき、やがてぴったりと体を押しつけてきた。胸から滑らせた手で、彼のローブを肩から外して脱がす。そのあとつま先立って、キスしてきた。そのキスに熱がこもってきて、圧倒された彼は、倒れそうになって足を後ろに出した。彼女がすべてを差し出すようになる過程で、彼の体も常に彼女を求めるようになっていた。そこまで求めないつもりだったのに。

彼女がジェルベイズをベッドに押し倒し、その上に乗ってきた。反射的に彼女の体ごと抱いて回転し、自分が彼女を所有していることを明確にしたかったのだが、何となくそうすることをためらった。

彼女の両手が、彼の顔を両側からはさむ。またキスされる。彼はゆったりと構え、自分の欲望をコントロールした。彼女の欲望が、二人をどこまで引き上げてくれるのかを見届けたくなったのだ。彼はそっと彼女の背中を包むシルクに手を滑らせた。

彼にとって、今目にする光景は、完璧な絵のようなものだった。エリザベスは肌に直接ローブをはおっていて、前から見ると全裸で欲望をかき立てるのに、後ろからは繊細なシルクのガウンが肌を完全に隠している。

ヒップをつかんで、うずくペニスの上に引き下ろそうとしたのだが、薄いシルクの生地が滑って彼女の体が指からすり抜けてしまう。彼女は体をすりつけるようにして、彼の脚のほうへと移動した。言葉で命令する代わりに、腿を広げて阻止しようとしたのだが、彼女は足先まで移動してしまった。そして足の裏を舐められると、彼はああっと叫んで、シーツを握りしめた。彼女は足への攻撃をやめるどころか、足首にたっぷりキスし、ときどき歯を立ててくる。

エリザベスは足先に愛撫し、自分の力におぼれてしまったかのように小さくジェルベイズ、とつぶやいた。その声が、彼の耳に心地よい。彼女の奴隷《どれい》になるのも、たまにはいいだろうと彼は思った。今夜だけ、このベッドの上では、彼女のものになろう。好きなだけいたぶり、満足するまでおもちゃにすればいい。

ほうっと漏らすため息もなまめかしく、広げた彼の脚のあいだに、エリザベスが座った。うつむくと、はらりとこぼれる髪が彼の下腹部に触れる。彼はぞくっとして、シーツの上でもだえた。彼女の頬が股間のすぐ横に置かれる。彼女の指が腿の筋肉をなぞり、やがて、まだ大きくなり続けるペニスに触れる。

彼女が自分の上にまたがり、ゆっくり、本当に少しずつ体を下ろしていくあいだ、ジェルベイズは、頼むから早く俺を奪ってくれ、と懇願《こんがん》しそうになっていた。脈打ちうずくペニスを、彼女の中に納めたかった。膝を立て、腰を突き上げる荒々しい姿は、我ながら野生の馬のようだと思った。彼女のほうもその奔放さを受け止め、同じ激しさで自分の体へと引き入れる。二人は高温のるつぼのようになった彼女の体は彼の骨や肉を溶かす。二人はひとつの体になり、ひとつの体になり、痛いほどの欲望を共有する。

クライマックスが近づくともう思考など消え、ジェルベイズは動物的な本能のまま彼女を組み敷いていた。新たに目覚めたオスとしての支配欲は、ロンドンで間違いなく彼を待ち構える不安の声や嘘や裏切りとは、はっきりと一線を画すものだった。

26

馬車がロンドン郊外に近づくと、ジェルベイズの顔はのどかな親しみやすさを失い、ただ険しい表情で何を考えているのかもわからなくなった。その狭い空間にずっと同じようにいたのに、エリザベスは、彼の世界から自分が消えてしまったのだと感じるようになった。激しく情熱をぶつけ合ったので、今後はもっと、こちらに心を許してくれるようになるのでは、と期待していたのだが、彼女の捨て身の行動も、結局は無駄な努力だったようだ。

あのあと彼は自分の部屋に戻り、朝食のときもほとんど彼女には声をかけてこなかった。彼の冷淡さに、エリザベスも黙り込んでしまった。彼から棘のある言葉を投げつけられるのが嫌だったので、馬車に乗ってからも彼女からは話しかけなかった。会話はすっかりあきらめた彼女は、馬車の窓に顔をくっつけ、風景を眺めていた。馬車は石畳の上をゆっくりと進み、道路にあふれるように群がる人々のあいだを抜けていく。

自分でできることはやった。もう選択肢はない。暗号を解読し終えたら、彼の家から出て行こう。今後、ジェルベイズは心の壁を高く厚く張りめぐらせるはずだ。彼女が本来の彼の姿を見ることもなくなるだろう。彼の何げない視線、さりげないしぐさ、その些細《ささい》な行動のすべてから、彼が自分を遠ざけようとしているのを感じた。

公爵家タウンハウスの堂々たる玄関前に、馬車が停まった。制服を着た下働きの召使いが飛び出してきて、馬車の扉を開け、エリザベスに手を差し伸べた。彼女は礼を言って馬車から降り、ジェルベイズを待たずにさっさと家の中に入った。玄関ホールの大理石の床に足を踏み下ろし、出迎えてくれたスタンディッシュ氏に軽く挨拶をした。

＊＊＊

髪をきっちりと編み込み、鼻にメガネを載せた姿で、エリザベスは仕事部屋の机に座った。サー・ジョンがやって来て、あたふたと仕事の準備をしながら、彼自身の机の椅子に座った。彼が落ち着いたところで、エリザベスは穏やかに彼に挨拶した。

「ウォーターストーン夫人、元気そうで何よりだ。公爵さまとの週末は、いかがでしたかな?」彼がウィンクしてきたので、エリザベスははっとして背筋を伸ばした。

「あちらでは、いろいろとお楽しみもあったことだろう」

頬が赤くなるのをどうにかごまかし、サー・ジョンの侮蔑的な言葉を無視するために、引き出しを開けて文書を取り出し、忙しいふりをした。「ええ、おかげさまで。確かにロンドンを離れて新鮮な空気の中で時間を過ごすのは、楽しい体験でした」

「私も地方に土地を所有しているんだよ」彼の笑い声には、悔しさがにじんでいた。「もちろん公爵領の由緒ある大邸宅みたいな豪華なものではないがね。それに何重にも借金の担保が設定されているから。まあでも、今度私と一緒に、そこで週末を過ごすというのはいかがかな?」

あからさまに性的な誘いを受け、彼女はしばし言葉を失った。突然ジェルベイズと一緒に彼の領地で週末を過ごせば、周囲の人たちの目にどう映るのか考えてもいなかったが、このあとニコラスにも言い寄られることになるのかと思うと、うんざりした。「ありがたいお申し出ですが、もうじゅうぶん新鮮な空気を堪能しましたので、当分はどこにも行かなくてもよさそうです」そして目の前の文書を示した。「片づけなければならない仕事もたくさんありますし。でも、お誘い、ありがとうございます」

サー・ジョンは不満そうにぶつぶつ言うだけで、そのまま仕事に取りかかったので、エリザベスはほっとした。それでも気持ちを鎮めるために、ぼんやりと暗号を見つめ、指の震えが収まるのを待たねばならなかった。動揺が収まってからも、彼女を見下したサー・ジョンの言葉に、心が傷ついたままだった。これまでサー・ジョンはエリザベスに対して、まがりなりにも紳士がレディと接する際の態度を取ってきた。見せかけだけだったにせよ、今はそういう礼儀をまったく示さず、彼女を自分の下に置いていい人間として扱うことにしたのだ。彼の下に……文字どおり、体をそういう状態にすることを考えているのかも。ふん。

窓の外を見ると、黒光りのするジェルベイズ専用の二輪馬車が玄関に横づけされていた。ジェルベイズが黒の乗馬用の外套の裾をはためかせて仕事部屋の前を通り過ぎる。黒のトップハットが顔を隠し、表情はわからない。何だかやりきれない気分になり、彼女はペンを握り、仕事に身を入れることにした。少しでも早くすべての暗号を解読すれば、それだけ早くこの家を出られる。

昼食の時間になると、ニコラスがコーヒーを注いでくれた。これで二杯目だ。サー・ジョンは用があるとかで、どこかに行ってしまったので、ようやく肩の力を抜くことができた。ニコラスがコーヒーを飲みながら、彼女にほほえみかけてくる。「公爵さまを週末連れ出してくれて、本当によかった。もうずっと長いあいだ、あの方は休みらしい休みなんて取っていなかったから」

その後ニコラスに何を言われるかと身構えていたが、彼はただケーキをもうひとつ手に取るだけだったのでほっとした。頬ばったケーキをお腹に入れたあと、彼ははっとポケットに手をやって、新しい紙を取り出した。「しまった、すっかり忘れていた。ここに書かれた情報が、解読の手助けになるのでは、と公爵さまがおっしゃっていたんだ」

折りたたんだきれいな紙を渡されると、公爵の太くてしっかりとした筆跡が目についた。「ナポレオン戦争の戦勝記念として、六月三日にロンドンでパレードが計画されている。ロシア皇帝とプロイセン国王が、摂政王太子殿下と一緒に行進されるらしい」

ニコラスが、ヒューっと唇を鳴らした。

「暗号文でも六月と書かれていると推測していたの。でもうまく隠してあったから、自信がなくてこれまでは言っていなかった」エリザベスが身を乗り出す。「でもそういうパレードなら、フランス政府の暗殺者にとっては摂政王太子殿下を殺す絶好の機会ね」

「さらに、同盟国の元首も一緒に殺せる」ニコラスが険しい表情を見せた。「六月三日まで、もう一週間しかないぞ。暗殺が具体的にどの場所で計画されているのかわからないのに。ロンドンじゅうを練り歩くわけだし、沿道には非常に多くの人が集まる」

エリザベスは立ち上がりながら言った。「おそらく最新の通信文には、場所も書いてあるはずよ。暗号さえ解けばわかる」彼女はジェルベイズからの手紙を丁寧にたたんで、自分のレティキュールに入れた。

「これからフォレスター家に行くのかい？　付き添いが必要なら言ってくれ」

エリザベスは気もそぞろに、彼に笑顔を向けた。「暗号解読がどこまで進展するか次第ね。いつもなら嫌味ばかり言われてうんざりするけど、今日はいい気晴らしになるかもしれないわ。出かけるときは、お願いするわね」

＊＊＊

エリザベスは手袋をはめたままの指で、窓ガラスの汚れを拭い取った。外を見ても、まだ母とメアリーの姿はない。散歩に出かけた二人が間もなく戻ると言われてから、もう十五分ぐらいになる。手持ちぶさたなので、エリザベスは散らかった客間を片づけ始めた。出したままの食器類や空っぽの花瓶を集め、台所に運ぶ。何度も行ったり来たりして息が切れたが、次に本の整理に取りかかる。ほとんどが母の好きな娯楽小説だが、フォレスター氏のものと思われる本もある。継父の本は、書斎として使われている家のいちばん奥の小さな部屋に戻しておこう、と彼女は決めた。

部屋の前まで行き、軽くノックするが応答がない。中に入ると、フォレスター氏の書斎は、いつもながら家の他のどこよりもきれいに整頓されていた。彼女は客間から持ってきた本をいったん机に置き、一冊ずつ棚に戻し始めた。すべて並び終えたとき、マットとして敷かれた革に半分隠れるようにして赤い表紙の本が机の上にあるのが見えた。妙な胸騒ぎがして、彼女はその本を手に取った。

適当なところで本を開くと、余白に細かい文字がびっしり書いてある。サー・ジョンの筆跡だ。彼女は目を閉じ、これは思い過ごしだ、いつも彼が持っている本に似ているから、そう思い込んだだけだ、と自分に言い聞かせた。しかし、だめだった。どう見ても彼の字だ。さらによく見ると、暗号の断片と、解読した文章が書かれているのがわかり、本を落としそうになった。暗号の原版は彼女が持っているので、彼女の知らぬ間にサー・ジョンが写し取ったに違いない。

彼女は机の後ろの壁をぼんやり見ながら、赤い本を胸に引き寄せた。いったいなぜ、サー・ジョンの大切な本が、フォレスター氏の書斎にあるのだろう？　サー・ジョンは確か、常に肌身離さず持っていると言っていたが。

廊下の向こうに乾いた咳が聞こえ、エリザベスは大急ぎで赤い本を革のマットの下に入れると、反対側の壁際にある本棚のほうに移動した。その後すぐに、フォレスター氏が現われた。「エリザベスか？　自分の母親の顔を見に来たんだな」

地図を調べるふりをしていた彼女は、さっと振り向いて継父に笑顔を見せた。「ごきげんよう、フォレスターさん。お元気そうで何よりだわ」

地図を戻すと手が震え、それを見とがめられないように、しっかりと指を組み、彼女は堂々と戸口へと進んだ。呼吸が乱れているのをフォレスター氏に悟られなければいいのだが。彼は戸口に陣取ったまま動いてくれないので、彼女は部屋から出て行けなくなった。彼の横を通り過ぎようと、さりげなく本棚を示しながら体の向きを変える。

「お母さまとメアリーを待つあいだ、客間を片づけていたの。あなたの本もあったから、こちらに運んで棚にしまっていたところよ」

フォレスター氏はまだ、じっとエリザベスを見ている。「いつもの癖が出たわけか。この家を上流階級みたいに見せようと、おまえはいつも気を遣っていたからな」彼がウインクして、彼女の頰をつねる。「公爵家のタウンハウスでは、片づけ仕事なんてないだろうからな。まあ自分のベッドを整えるぐらいのもんだろう」

「あちらでは家事はいっさいしないのよ」継父の言葉に同意する。「有能な召使いがたくさんいるもの」

「そうらしいな」

玄関で物音がした。母と妹が帰宅したのだ。フォレスター氏も体を起こして玄関を見たので、そのタイミングを利用して、エリザベスは彼の横をさっとすり抜けて、簡単に頭を下げた。「お母さまに挨拶して、お茶の時間にするわ。あなたも一緒にいかが？」

彼はゆったりと自分の机に近づき、首を振った。「いや、今日はすることが多いんだ。女性だけで楽しんでいけばいい」

去り際にもういちど部屋の中を見ると、机の上に赤い表紙の本があるのを見つけたフォレスター氏が顔をしかめていた。小さく、しまった、というようなことをつぶやき、机の引き出しを開けて本を中に入れていた。そのあと、背後に鍵がかけられる音が聞こえた。

た。母はいつもどおり、エリザベスの訪問を喜んでいるとはとても言いがたい様子だった。腰かけるとすぐに、さまざまな不平不満をあげつらい始めた。まずはメアリーの社交界デビューの費用、ジャック・ルウェリンがいかに無礼か、さらには流行に後れないでいるにはどれほどお金がかかるか。

母が自分の言いたいことにしか興味がなく、会話する気などまったくないことを、エリザベスは生まれて初めてありがたいと思った。エリザベスとしては、ただうなずいて、ときおり紅茶を飲んで、古くなったマカロンをかじっていればいいだけだった。頭では、先ほど新たに知ったことの意味合いを考えて、恐ろしくなっていた。サー・ジョンは、フォレスター氏の仲間なのだろうか？　そして別の、もっと恐ろしい可能性に思いいたり、マカロンを喉に詰まらせそうになった。まさか。継父がフランス政府と通じているのだろうか？

そのとき扉が大きく開き、エリザベスは紅茶のカップをほうり投げてしまいそうになった。メアリーが入って来ただけだったのに。彼女は妹に笑顔を向けた。瞳の色に合わせた薄いモスリンのブルーのドレスのメアリーは、とてもかわいらしかった。たっぷりの襞のあるペティコートの衣擦れの音を響かせ、エリザベスの隣に座ると、大げさにため息を吐いた。「ああ、姉さま、来てくれてうれしい。散歩の途中でも、姉さまのことを話していたのよ」

姉の手を取るメアリーを見て、フォレスター夫人は面白くなさそうに鼻を鳴らした。

そのときメアリーの手首できらりと光るものが目に留まり、エリザベスは何だろうと顔を近づけた。メアリーはうれしそうな声を上げ、誇らしげに腕を突き出した。

「見て！　お父さまにもらったの。きれいでしょ？」

金のブレスレットだった。ダイヤモンドとハート型のルビーが流れるように金の鎖を飾っている。見たことはないのに、なぜかこのブレスレットのことを知っている気がした。

「フォレスターさんに、買ってもらったの？」

「妹を責め立てるような口調はやめてちょうだい」母が口をはさんだ。「父親が愛娘の社交界デビューに際して、贈りものをすることぐらいどこにでもある話でしょ。なぜそんなことを聞くのかしら」

妹の悲しそうな顔を見て、エリザベスは言い返したい気持ちを抑えた。励ますように妹の手をとんとんと叩く。「ええ、本当にすてきだわ。あなたにとてもよく似合っている」

その後カップをテーブルに戻し、メアリーのたわいのないおしゃべりを十分間我慢すると、立ち上がった。「ごちそうさま。少しだけマイケルの様子を見てくるわ。そのまま帰るから」

母が勝手にしなさい、と手を振り、エリザベスは家の裏にある階段を上がった。こちらのほうが兄の部屋に早く行けるのだ。兄の部屋の前まで来ると、気持ちを落ち着けようとひと呼吸置いた。ちょっとした表情の違いや態度から、兄には心の中を読まれてしまう。今は兄の協力が必要なのであり、守ってもらいたいわけではない。

ノックすると、ジャック・ルウェリンの心地よい声が、どうぞ、と告げた。中に入って二人の姿を見た彼女の顔に、笑みが浮かんだ。二人はカードで遊んでいたようで、部屋にはもうもうとスペイン葉巻の煙が立ち込め、少しブランデーの香りも漂っている。

ジャックはすぐに立ち上がり、彼女を迎えた。「エリザベス、よく来てくれたね。フォレスター夫人のお相手は大変だったでしょう。僕が二度と家の表玄関を使わないように注意しろと言われたはずだ」肩をすくめてマイケルのほうを見る。「僕が、召使い用の裏口を使うことを忘れるのが気に入らないみたいでね」

マイケルは笑って、エリザベスに手を差し伸べた。「こっちに来て座ってくれよ。ジャックが窓を開けて、煙を追い出してくれるはずだから。じょうずに頼めば、紅茶だっていれてくれるかもしれないよ」

「紅茶は要らないわ」

マイケルは彼女の手を握り、自分の唇に当てた。「どうしたんだ、これは？　手が氷みたいに冷たいぞ」

ジャックは窓際から急いで二人のそばに戻ってくると、彼女を見た。「何か困ったことでも起きたのかい？」

その穏やかな声に、彼女は安心感を覚えた。大げさな言い方はしないが、この人はいろんな能力のある人なのだと思える。そのおかげで、彼女の心にも勇気がわいてきた。

「困ったことなのかどうかもわからないの」ジャックに促されて椅子に腰かけながら、エリザベスは打ち明け始めた。二人の顔を見て、どういうふうに頼めばいいか、その言葉を頭の中で練習する。頭がおかしくなったと思われないことを祈るしかない。

「私は非常に重要な情報を握っているんだけど、その情報をどこでどうやって入手したかは説明できないの。その情報に関して、気がかりなことがあるのよ。いずれ問題になるかもしれない。その場合、私を助けてくれる?」

兄はわずかに眉根を寄せ、ジャックのほうを向いた。「もちろん、助ける。それから、ジャックは完全に信用できる人間だ。僕が保証する」

「結局は、何でもなかった、という話になるのかもしれない。でも、この話を誰にも言わないと約束してもらいたいの。この家族の誰にも、それから公爵さまにも」

「何か盗んだのか?」マイケルが落ち着いた声でたずねた。それでもその質問の裏にある、厳しい意図がエリザベスには感じられた。

「いいえ。それから質問される前に言っておく。私は母さまと違って、賭けごとなんかしない。当然、借金もない」少しためらい、二人の顔を見る。「とにかく、私の言葉を信じてもらうしかないの」

ジャックがうなずいた。「僕はそれで構わない。万一のときは、できるかぎり力になろう」
「右に同じだ。ジャックが言うとおり、俺も手伝う。だが、じゅうぶん気をつけると
だけは、約束してほしい」

感謝の気持ちでいっぱいになり、エリザベスはほほえんだ。「ありがとう、二人とも。これで少しは気が楽になったわ。最悪の事態になっても、自分には味方がいると思えるもの」もうこの話はしばらく頭から切り離しておきたくなり、彼女はぱん、と手を叩いて雰囲気を変えた。「さて、私もカードに加えてもらおうかしら。ジャックとはまだお手合わせする機会がなかったわよね」

ジャックが値踏みするような目で彼女を見た。彼に見えない場所で、彼女は兄にウインクした。何度かプレーして、すべて彼女が勝ち、動揺もかなり収まったところで、公爵家のタウンハウスに帰る心の準備もできたと彼女は思った。帰れば間違いなく、大きな問題が彼女を待ち受けている。

お金を賭けていれば、兄もジャックも丸裸になったところね、と思いながら、彼女は馬車に向かった。ニコラスの待つ表通りまでジャックが送ってきてくれた。馬車がタウンハウスに近づく中、彼女の頭ではっきりしてきたことがあった。サー・ジョンとフォレスター氏が仲間であるという実際の証拠はない。ジェルベイズに説明するにしても、彼女の言葉を信じてもらうしかないのだ。彼はすべての情報に関して二重に

検証する。サー・ジョンが例の本を手元に持っていないことを証明しなければならないが、その方法がわからない。

実際のところ、彼女が知らないだけで、サー・ジョンはジェルベイズの命令で動いているのかもしれないのだ。うかつなことをすれば、ジェルベイズの計画を無駄にしかねない。しかし、そうであれば、フォレスター氏が容疑者だと、自分に教えてくれてもよさそうなものだが。わかっていれば、もっと手伝えることもあったはず。

馬車を降りようとしたとき、彼女はやっと気づいた。鈍い衝撃が全身に走る。ジェルベイズがフォレスター氏への疑念を自分に伝えなかったのは、理由があったから、あるいは自分を信用していないから。そう、エリザベス・ウォーターストーンが、デニス・フォレスターの娘だからだ。自分がフランス政府と通じていると、本当にジェルベイズは考えているのだろうか?

27

エリザベスは、いちばん質素なドレスを選び、メイドの手を借りることなく着替えて夕食に向かった。髪をきっちりとひっ詰めるように編み込んで、鼻の頭にメガネを載せる。ジェルベイズと言い合うようなことになるのなら、できるだけ女性であることを武器にしたくない。体を使って惑わせたとは言われたくないのだ。彼がエリザベスの仕事を暗号解読だけに限定しておきたいのなら、彼女にとってもそれは望むところだ。実際、現在はサー・ジョンの赤い本のありかをはっきりさせておかねば、ということで頭がいっぱいで、ジェルベイズの胸の内など気にしていられない。

前を歩くサー・ジョンとニコラスのあとから、エリザベスはダイニングルームに入った。スタンディッシュ氏がテーブルに蓋のついた銀の大皿を置き、そこから肉汁の匂いが立つ。エリザベスはごくっと唾を飲み、今日は一日、まともな食事をとっていなかったことを思い出した。

公爵さまはご不在です、と聞いて、ほっとした。これで気がねなく食欲を満足させられる。食事が始まっても、彼女はひたすら食べることに集中していた。さっさと食べ終わりたくて、ニコラスからいつもの軽口を叩かれても、ろくに返事もしなかった。ただ、ニコラス自身、どことなく上の空という感じもする。彼女自身の緊張のせいで、そう思うだけなのだろうか？

召使いが立ち去るまで待ち、彼女はワイングラスに手を伸ばした。重いグラスをつかもうとして手を滑らせ、きゃっと悲鳴を上げる。グラスはサー・ジョンのいるほうへ倒れ、サー・ジョンのグラスも一緒に、彼の体に向かって盛大に中身をぶちまけた。

罵りながら立ち上がるサー・ジョンの腿全体に赤ワインが広がる。

「どうしましょう、サー・ジョン。本当にごめんなさい。私としたことが、とんだ粗《そ》相《そう》を」エリザベスはテーブルを回り込んで、真紅のシミを取り除こうと、彼の上着、ウェストコート、ズボンを熱心にナプキンで叩いた。「上着を脱いでもらえれば、台所で塩水に浸してきます。すてきなお召しものが台無しになっては大変です」

彼女はサー・ジョンの周りを飛び回るようにして、彼の上着を脱がした。彼が貧相な体つきであることを感謝したい気分だった。ジェルベイズのように、立派な体格にぴったりと誂えた上着を着ていたら、脱がすのに手間取っていたところだ。サー・ジョンに制止する暇を与えず、彼女はほとんど駆け足で廊下に出た。せっかくの努力が水の泡になっては困る。

裏の階段までたどり着くと、彼女は明かりの下で、上着のすべてのポケットを探った。例の赤い本はどこにもない。さっきナプキンで拭ったときに、ウェストコートやズボンのポケットにもないことを確認した。思ったとおりだ。彼女は急いで台所に行き、塩水をもらって赤く染まっている部分を浸した。

うまい具合に、塩水にワインがしみ出し、やがて桶《おけ》の中は真紅に染まった。上着が茶色だったのも好都合で、ほとんどシミは目立たなくなった。その後、桶の底に残った泥状の塩を海綿につけて小さく跳びはねたシミも抜いた。これからのことを考えると身がすくみそうになり、頭の中を空っぽにしておきたくて、余計に丁寧に汚れた上着を元どおりにしようとした。

頭の中を空っぽにはしておけなかったものの、じゅうぶんきれいになり、気持ちも落ち着いたところで、彼女はダイニングルームに戻った。スタンディッシュ氏のおかげで、テーブルはすっかりきれいになっていた。新しくワインを満たしたグラスが、彼女の席の右側に置かれていた。残念なことに、ジェルベイズも彼女の右側の席にいた。彼女の姿を目にすると、彼は立ち上がって挨拶した。

「ごきげんよう」

どうにか笑顔を返したものの、エリザベスは全神経をサー・ジョンに集中させていた。サー・ジョンは立ち上がろうともせず、彼女が自分のところにやって来るのを横柄な態度で待っている。台所で下働きをするメイドでも、こんな扱いは受けないだろう。「ずいぶん時間がかかったんだな」

「申しわけありません。シミを完全に取り除こうとしていたもので」上着をさっと広げて見せる。「いかがかしら。新品同様にきれいになりましたわ」

サー・ジョンは不満そうな声を上げ、ひったくるように彼女の手から上着を取り、立ち上がって袖を通した。「まあ、これならいいだろう」不承不承、という感じだ。「しかし明朝、完全に乾いたときに少しでもワインの痕が残っていたら、弁償してもらうからな。君が新しい上着代を支払うんだ。公爵さまに甘えた声でねだれば、それぐらいの金は出してもらえるはずだ」

自分の席に戻るあいだ、頬が熱くなっていくのを彼女は感じていた。ジェルベイズがこちらを冷笑している気がして、彼の視線が気になった。

「ジョン」ジェルベイズの声が威嚇的に響き、その氷のような冷たさに、テーブルにいた全員が、はっと彼のほうを向いた。「ウォーターストーン夫人は、君のために懸命にシミ抜きをしてくれた。それなのにまだ、君から彼女に礼を言っていないようだが」

サー・ジョンは顔面蒼白《がんめんそうはく》になってうなだれた。ジェルベイズの視線を避けているのだ。そしてちらっとエリザベスのほうを見た。「ありがとう、ウォーターストーン夫人」

「どういたしまして、サー・ジョン」

みんながぎこちなく黙り込んでしまい、ジェルベイズはなおも、サー・ジョンに不審の眼差しを向ける。普段なら冗談ばかり言っているニコラスも、今日は静かだ。会話を続けようと涙ぐましい努力をするニコラスに、当たり障りのない返事をするのも苦痛になってきた。ジェルベイズはゆっくり椅子にもたれ、テーブルを見渡す。その様子が、捕食動物がどの獲物を最初に襲おうかと考えているみたいに見えた。

最初に席を立ったのは、サー・ジョンだった。ナプキンをテーブルに置き、さっとお辞儀をする。急な動きのためか、椅子の脚が床にこすれて嫌な音を立てた。

「このあたりで失礼する。今夜の任務を遂行するために、服を着替える必要があるのでね。ウォーターストーン夫人には感謝してもらいたいところだな。私のような安月給の人間でも、もう一枚上着は持っているから」軽蔑の眼差しをエリザベスに向けてから出口へと歩き出し、廊下に出ると扉を閉めた。

ニコラスは驚いたように、唇を鳴らした。「心配ないよ、ウォーターストーン夫人。あの上着は、もう何年も前から雑巾にでもしたらいい状態になっていたんだ。あのけちん坊が新しい上着を買う、いいきっかけができただけだ」

「慰めてくれてありがとう。でも、今回のことは私が悪いのよ」彼女は腰を上げた。「あんなうっかりしたことをするなんて。私らしくもない失敗だったわ」

「ああ、確かに君らしくない」ジェルベイズが、彼女をまっすぐに見て、険のある言い方をした。エリザベスが彼のほうに向き直るには、少し勇気が要った。

「完璧な人間などいない、そういうことですわね、公爵さま」

「実にそのとおりだ」彼が片方の眉を上げる。「最近、他にも間違いを犯したのでははないのか？」

彼女は顔を上げ、胸を張って答えた。「何のことでしょう？　何にせよ、もし私が間違いを犯したら、そのことを最初に指摘するのは、きっと公爵さまですわね」

逃げるようにして廊下に出たエリザベスは、その足で仕事部屋に向かった。あの赤い本の謎を明らかにするためにはサー・ジョンの机を調べる必要があり、その後、今は継父のところにあるあの本をどうすべきか、考えなければならない。

彼女の仔牛革の室内履きは、大理石の床でもほとんど足音を立てず、当然ふかふかの絨毯を歩いても人に気づかれる恐れはない。彼女はジェルベイズの書斎を抜け、仕事部屋の扉を開けた。そっと忍び込んで、サー・ジョンの姿がないことにほっとする。彼が今夜はもう帰ったというのは本当だったようだ。

壁のろうそく立てに、ぽつんとひとつろうそくが燃えているが、重厚なオーク材の家具は影になっている。サー・ジョンの大きな机まで行くと、彼女は鍵のかかっていない引き出しを開け、文書の内容にざっと目を通していった。上の段の引き出しには特に不審なものはなく、彼女は下の引き出しを調べようとしゃがみ込んだ。そして調べることに熱中するあまり、周囲の状況に気を配るのを忘れてしまった。ジェルベイズのおしゃれな長靴が突然視界に入ったときには、金切り声を上げそうになった。

「いったいこれは何ごとだ？　君は何をしているんだ？」

慌てて立ち上がったエリザベスは、どっしりしたサー・ジョンの机の縁につかまって体を支えた。「今夜じゅうに、解読を終わらせようと思っていたの。過去に解読した暗号があって、それを参考にすれば、今回の解読の役に立つかもしれないとサー・ジョンに言われ、それを捜していたのよ」晴れやかな笑顔をジェルベイズに向ける。「ダイニングルームであんな粗相をしてしまったあと、その過去の文書がどこにしまってあるのか、たずねるのを忘れてしまって」ジェルベイズが無言のままなので、彼女は最悪の事態も覚悟した。「私が何か悪いことをしたとでも言うの?」机を示してたずねる。「この引き出しには鍵がかかっていなかった。国家秘密がこの中にあるとは思わなかったわ」

「君が何か悪いことをしたとは、言っていない——今のところは」

反対側の縁を回って机の外に出ると、少しはジェルベイズとのあいだに距離が置けた。しかし、彼は少しずつ近寄って来る。彼女は出口をちらっと見た。

「ところで、すべての暗号解読には、あとどれぐらいかかるんだ?」彼がたずねる。

この部屋からの逃走計画は断念し、エリザベスは自分の机の後ろに避難した。「摂政王太子殿下の暗殺は、同盟国そろっての戦勝記念パレードの日に計画されていると考えて間違いなさそうね。あとは、その具体的な内容、場所と時間を調べるだけよ」

ジェルベイズが苦悩の表情を浮かべた。「まさにその情報が欲しいんだ。それも、できるだけ早くに。パレードはもう一週間後に迫っている。パレードは取りやめるべきだという俺の進言に、政府や軍の関係者はひどく気分を害している」

エリザベスは仕事のことを考えているふりをしたが、胸の動悸は激しく、指先が震えていた。今すぐ、この部屋から出て行って、とジェルベイズに言いたかった。彼と話しているうちに、うかつなことを口走ってしまいそうだ。いや、それより問題なのは、彼に助けを求めることだろう。

「エリザベス？」

「はい、何かしら？」

「最近しでかした間違いについての話だが、俺もたくさん間違いを犯した。君に負けないぐらい、何度も」彼が、口元を歪めて笑う。「しかし、それらを後悔しているかと問われれば、していないと答えるだろう。さて、俺は自分の部屋に戻る。おやすみ」

立ち去る彼の後ろ姿を見ながら、エリザベスは必死に涙をこらえた。このあとそっと彼のベッドに入ったら、彼はどうするだろう？　喜んでくれるだろうか、それとも慇懃な態度で、出て行きなさいと命じるだろうか——ああ、だめだ。彼女は暗号解読に意識を戻した。実際にそんなことをする勇気がないのはわかっている。まずは、暗号をすべて解き、彼に満足してもらい、サー・ジョンの不審な行動の理由を突き止めなければ。将来のことを考えるのはそのあと。今はそんな暇などない。

机に向かって頬杖をつき、ぼんやりと文書を見下ろしているうちに、涙で文字がぼやけてきた。はらりと一粒の涙がこぼれ、紙の上に落ちる。すると、堰《せき》を切ったように涙があふれた。大変、と慌てた彼女は、ショールの房飾りで涙を拭き取ろうとした。文書は青いインクの湖みたいになっていた。涙を拭ったあと、少しでも元の状態に戻そうと、顔に近づけてみた。するとインクがにじんだせいで、紙の表面にへこんだ箇所があるのに気づいた。

はっとして、彼女はもうひとつろうそくをともし、あたりを明るくした。へこんだ箇所はインクを使わずにペン先だけで書かれた言葉のように見える。涙で文書を汚してしまって慌てたが、結局そのおかげで思いがけず、文書に隠された言葉を発見できたわけだ。

エリザベスは息を凝らして、最初の言葉を解読した。すると隠された文章も、同じ暗号が使われているのがわかった。そこから新たな通信文のすべてを解読するまでには、さほど時間もかからなかった。新たな文章には、暗殺に関する詳細な指示、場所、時間などの情報が含まれていた。

彼女は慎重に、解読した文章をきれいな紙に写し取った。文章の最後のほうになると、書き写す速度が鈍った。どうすればサー・ジョンがこの通信文をフォレスター氏に届けるのを阻止できるだろう？　そのことはジェルベイズには伝えておかねばならないのに。

通信文の原本は持ち出すことができないが、濡れてインクがにじんだ状態では、この部屋に置いたままでも大丈夫だろう。そもそも、サー・ジョンが、それに他の誰にもこの暗号を解読できるとは思えない。彼女はもう一枚紙を取り出して目の前に置くと、ペンを動かし始めた。自分の勘が正しいことを祈るしかない。

書き終わって体を起こしたときには、もう十二時を過ぎていた。家は静まり返り、妙に不穏な気配が漂う。彼女は短くなったろうそくを手に、階段を上がった。明日の朝はやらなければならないことがたくさんある。けれど、心と体を温めてくれるジェルベイズがそばにいないと、ぐっすり寝るのは無理だろうと彼女は思った。

28

「今、何と言った？　彼女の行動とは？」ジェルベイズは懸命に驚きを隠し、ニコラスの報告に耳を傾けた。

「ええ、ウォーターストーン夫人のことです」ニコラスは慎重に言葉をつないだ。「今日の早朝、前と同じ喫茶店でジャック・ルウェリンと会っていました」

「やられたか」ジェルベイズは机をばん、と叩いた。顔を上げるとニコラスが同じ姿勢で指示を待っているのに気づき、呼吸を整えた。「わかった。このまま調査を続けてくれ。何らかの裏があるに違いない」

ニコラスがなおも言いにくそうにうなだれる。「ジャック・ルウェリンの住居を突き止めろと言われていましたが――昨日、フォレスター家の前でウォーターストーン夫人が訪問を終えるのを待っていたところ、ジャック・ルウェリンが彼女と一緒に現われました。馬車のところまで見送りに来たようです。今日、あとをつけて、確認しました」

心を貫く不安と闘いながら、言いにくそうにしているニコラスに先を促す。「二人の様子は？　仲はよさそうだったのか？　男の彼女に対する態度は親密な感じだったか？」

「馬車に乗る彼女に手を貸す際、男は彼女を抱き寄せ、頬にキスしていました。彼女がそれを嫌がっているふうには見えませんでした」

　窓辺で話を聞いていたジョン・ハリントンが、軽蔑するように鼻を鳴らした。室内に向き直った顔には、嫌悪感がにじみ出ていた。「まあ、あの女の倫理観たるや、野良猫なみですからな。それぐらいはわかっていたことですよ、公爵さま」

　ジェルベイズはこぶしを握りしめた。何だか急にハリントンの顔を殴りつけたい衝動がわいてくる。この期におよんでも、エリザベスが他の男と関係を持っているとは、どうしても信じられなかった。

　ハリントンが机の前に立つ。「それから、未亡人だというのも嘘でしたよ。フォレスター氏から聞いたんです。無垢な乙女のふりをする方法を覚えたのは、もう何年も前だそうです」そう言って下卑た笑いを漏らす。「話によると、これまで何度も処女だと言って、男を騙してきたとか。何度も処女として生まれ変われるとは、奇跡ですな。どこかから入手した豚の血を使うのが、実にじょうずだそうで」

　ハリントンのエリザベスに対する罵詈雑言を、ニコラスが戒めようとしたが、ジェルベイズはさっと手を上げて青年を制止した。

「もういい。未亡人ということにしろと言い出したのは、俺だ。そのほうがいろいろ面倒がないと考えたんだ。彼女の考えではなかった」言葉を切って、自分の意図を明確にする。「彼女には暗号解読で力になってもらいたいだけだ。彼女の暮らしぶりに関する根も葉もない噂には、いっさい興味はない」次にニコラスに対してまた質問する。「彼女には確か、二人兄がいると聞いた。ジャック・ルウェリンが兄のどちらかの友人だという可能性はないのか？ ルウェリンは、その兄を訪問しに、彼女の実家に立ち寄っただけかもしれない」

ニコラスの返事をさえぎるように、ハリントンが口を開く。「兄は二人とも、現在フォレスター家にはいないようです。夫人から聞いたところ、長男のヒューはフランス占領軍の一員として従軍している、次男のマイケルについては詳しいことを話そうともしません。マイケルは自分にとって死んだも同然だ、とはちらっと言っていましたが」腕組みをするハリントンの顔に、尊大な表情が浮かぶ。「ジャック・ルウェリンという男が、兄のどちらかのふりをして彼女と情事を続けている、そういう意味ですかな、公爵さま？」

歯ぎしりしたい気持ちで、ジェルベイズは言った。「もちろん違う。俺はただ、あらゆる可能性を検証しているだけだ。それで、君のほうから何か報告はないのか？くだらんゴシップ話をしにきたわけではないだろうな？」

ハリントンがずり落ちたメガネを上げる。「では、こういう情報も伝えておきましょう。小耳にはさんだだけですが、重要な意味合い持つとおわかりいただけると思います。昨夜、フォレスター氏がかなり酔っぱらって口を滑らせたんです。継娘は最後の通信文を明日までには解読すると。そのことについて、彼女自身、何か言っていませんでしたか？」

ジェルベイズは首を振った。「昨夜彼女と直接話したが、正確な場所と時間は、これから解読すると言っていた」

ニコラスも残念そうに言う。「僕にも同じように言っていましたよ」

「つまり、彼女は重要な情報を出し惜しみしている可能性があるわけです。どうしても欲しい情報なのに、継父には知らせても我々に知らせないつもりですよ。実際には、我々に知らせるのを少し遅らせればいいだけですからね。パレードの当日、暗殺決行の直前にわかったとしても、こちらとしては打つ手はありません。狙撃犯にも逃げられてしまう」

ジェルベイズは、視線を不安そうなニコラスから、ハリントンに移した。勝ち誇った様子が腹立たしく、見なかったことにしようと思った。「今後どういうやり方で進めていくのか、考える必要があるな。へたに動いて、彼女に警戒されては困る」

ハリントンはお辞儀をして部屋から退いた。口元に満足そうな笑みを浮かべていた。

ニコラスはいつまでも部屋でぐずぐずしている。何か言いたいことがあるようだが、ジェルベイズの顔を見ると、黙って去って行った。

ひとりになったジェルベイズは、両手で顔を覆い、エリザベスに対する想いと、現在の問題を切り離して考えようとした。結局、彼女もイメルダと同じだったのか。自分を裏切っていたとは。エリザベスがジャック・ルウェリンに抱かれている姿が頭に浮かぶ。秘密を打ち明け、ジェルベイズのことを二人で笑っているのだろうか。その想像図が頭から離れず、落ち着いて何かを考えることができない。苛々して何も手につかない。心臓をぎゅっと握られ、干からびるまでゆっくりと締め上げられた気がする。これではハートにわき出した希望の泉がすっかり干上がってしまう。また愛を信じようかと思い始めていたのに。

ちくしょう。そうだ、認めよう。エリザベスが彼の心に夢を紡ぎ始めていたのだ。夢と希望でできた糸が紡がれ、しっかりとした生地が織り上がる気がしていた。しかし、状況のすべてが、彼女の裏切りを示唆している。過去の苦い経験から、ここまで偶然が重なることはないのはわかっている。それなのになお、エリザベスには何か事情があったのだろう、と理由を作ろうとしている。俺は何と愚かで情けない男だ、と彼は思った。裏切りが横行する世の中で、彼女に心のよりどころを求めた。彼女に癒されたかった。ベッドでの悦楽のせいで、惑わされてしまったのか。

彼は立ち上がると、呼び鈴を鳴らした。すぐに外出の準備をさせよう。アンジェリークに会わなければ。

＊　＊　＊

その日の午前中、彼女はずっと暗号解読に没頭するふりをしながら、文書が原本とすり替えられていることにサー・ジョンが気づくか、目を光らせていた。彼が自分の机の鍵を持っているのは間違いない。そのため、部屋を少しでも離れるときには、文書を自分のレティキュールに突っ込むようにし、そうしているところをサー・ジョンにも見させた。

昼はひとりで食べた。食事を終え廊下に出たところで玄関に向かうジェルベイズと顔を合わせた。彼は雨で濡れた帽子と外套をスタンディッシュに渡すと、エリザベスに向かって、堅苦しい口調で挨拶した。すぐに彼女の腕を取り、書斎へと一緒に入る。

「暗号解読は終わったか？」

「いえ、まだよ」

すると彼はよそよそしい表情になり、彼女から体を離した。雨に濡れた頭を指でときつける。彼が自分に触れようとはしないことに、エリザベスは胸を痛めた。広々とした絨毯が互いの距離の大きさを象徴しているようにも思え、彼女は何とか彼の気持ちをやわらげようとした。

「思ったより難しいの」何とも言えない恐怖を覚え、彼女はちらっと彼の顔を見た。そして凍りついた。

彼の瞳は厳しく冷たかった。完全に見知らぬ人に対する眼差しで彼女を見る。「いとこのビンセント・ドラクロア男爵が今日ロンドンに到着した。今夜は彼と一緒に出かける。君も付き合うように」

彼女の同意も待たず、ジェルベイズはくるっと背を向けて立ち去った。階段を上がっていく大きな彼の背中を見ながら、待って、と叫びたい気持ちを彼女は懸命にこらえた。今、どういう状況にあり、自分が何を悩んでいるのか、すべて彼に打ち明けたかった。しかし、彼が自分を信じていないと思うと、さらに自分の推理を根拠もないことだと一笑に付されるだろうなと考えると、どうしても今の段階で彼に何もかも話すことはできなかった。証拠がない以上、信じてはもらえない。他ならぬジェルベイズが、そのことを教えてくれたのだ。

彼女はドレスの裾を持ち上げると、仕事部屋へと歩き出した。サー・ジョンの棘のある言葉と、彼女を守ろうとするニコラスの無駄な努力に、まだ半日耐えなければならないのだなと思うと足取りも重くなった。

＊＊＊

夕方近くになってエリザベスが自分の部屋に戻ると、ベッドにドレスが広げてあった。つるっとした肌触りの紫のサテンと身頃にレースをあしらったそのドレスをよく見たのだが、どう考えても見覚えがない。ジェルベイズの趣味にしては、少々派手かな、というのが第一印象だった。

かなり細身の身頃に胴体を収めるのに少し苦労したあと、スカート部分も身に着けて、彼女は鏡の前に進んだ。その瞬間、はっと口を手で覆った。襟があまりにも大きくカットしてあり、呼吸するたびに乳房がこぼれ落ちそうになっているのだ。また身頃部分のレースはサテン地の上から飾りとして取りつけられていると思っていたのだが、実際はレースだけで肌が透けて見える。ゆっくり回転してみたが、スカート部分がほとんど広がらないデザインで、さらに生地も非常に薄いので、脚の形が完全に浮き上がって見える。このぴったりしたスカートの下には、ペティコート一枚すら重ねられない。

生地を撫でて体になじませると、彼女の顔が赤くなった。これでは裸に絵の具でドレスを描いたのと変わらない。こんなものをイブニングドレスと呼べるのだろうか。ベッドに入る前に着させるだけの目的で、ジェルベイズが購入したものなのか。これではまるで、街頭で客を取る売春婦ではないか。愛に満ちた週末を過ごしたと思っていたのに、彼が自分をそんなふうに見ていたとは。

一瞬、彼の命令に背いて慎ましいドレスに着替えようかとも思った。しかし、彼女の中でどんどん怒りが大きくなり、反抗心が勇気に結びついた。これで私を遠ざけようとしているのかもしれないけれど、挑戦なら受けて立つ、そう決めた。彼が選んだドレスを着よう。そして彼を苦しめてやるのだ。

ジェルベイズは玄関ホールで彼女を待っていた。懐中時計を見る彼の顔は険しく、眉間にくっきりと縦しわが見える。エリザベスは外套の前をぴったりと首元まで留め、裸同然の体を隠して、ごく普通の笑顔を彼に向けた。

「お待たせしたかしら？　早く出発したくて苛々しているように見えるけど」

こちらを見ようともしない彼の態度に、エリザベスの心に芽吹いた疑惑の種が、大きく枝を広げていった。何かがおかしい。

「先にアンジェリークを迎えに行くんだ。だから早く出発したい」そう言って、エリザベスを馬車に乗せるとすぐに乱暴に閉める。馬車は夜の闇の中、雨に濡れた路面をかなりの速度で駆け抜ける。エリザベスは窓の外を見ながら、胸にこみ上げる不吉な感覚を気のせいだと思い込もうとした。ジェルベイズはまるで敵を見るような視線を投げかけてくる。普段なら気になることがあるとすぐにたずねる彼女だが、今日は、彼が不機嫌な理由を問いただせずにいた。今はうかつに騒ぎ立てるのはよくない。

あくまでも他人行儀な彼の横顔を見て、彼女はふとあることに思い当たった。ジェルベイズは、フォレスター氏がフランス政府と通じている可能性があると、最初から知っていたのではないだろうか？　もしそうなら、彼とエリザベスとの関係は、まっ

＊＊＊

たく異なる意味を持つ。彼女は目を閉じ、彼の姿を視界から消した。これまでずっと、自分は利用されていたのだろうか？

アンジェリークが馬車に乗り込んできたが、彼女も今夜は口数が少ない。さらに三十分後、彼女の態度はまったくジェルベイズと同じになっていた。いったい何がどうなって、自分に対する逆風が吹き荒れ、馬車の中には緊張が満ちているのか、エリザベスにはさっぱり理解できず、理解することもあきらめた。自分の抱える問題だけでも、頭がいっぱいなのだ。やがて馬車は劇場らしき大きな建物の前で停まった。しかし彼女が抱えるジレンマを解決する手段はいっこうに見つからないままだった。

濡れた石畳に足を下ろすとすぐ、エリザベスはたくさんの露店に群がる人やその建物へ集まって来た人の波にのみ込まれそうになった。群衆はいつも見る人たちより大声で話し、生き生きしているように思える。ああ、なるほど。この人たちは貴族階級ではないのだ。建物の堂々たる正面にともされたかがり火を見上げ、ここが以前にジェルベイズに連れて行ってもらったような劇場とは異なるのがわかった。

入口に集まる人々のさまざまな服装から、中では誰もが参加できる仮面舞踏会が開かれているのだとエリザベスは推測した。不安もあったが、好奇心もわいてくる。仮面舞踏会では誰もがかなり放埓《ほうらつ》な振る舞いをすると聞いたことがあったのだ。

アンジェリークが彼女を入口横のものかげに引っ張り、刺繍の施された紫の仮面を取り出した。「これをかぶってちょうだい。これで誰だかわからなくなるから」アンジェリークは、大きなピンクの羽根がついた仮面でエリザベスの顔をうまく半分隠し、紐で固定するのを手伝ってくれた。二人が準備しているあいだ、ジェルベイズはどこかにいなくなっていたが、彼は自分の正体を隠そうという気持ちはまったくないらしい。いつもながらの漆黒の装いだ。ウェストコートにはビーズがきらめき、黒い髪が目立ち、ディアブル・デラメア公爵であることはすぐにわかる。

彼がいないあいだに、エリザベスは集まっている人々の様子を観察した。最初の印象は間違っていなかったようだ。ここは上流階級の女性が楽しむ場所ではない。非常に裕福そうな紳士階級の男性はあちこちにいるが、彼らが連れている女性の露出の多い服装から考えて、その女性たちが彼らの妻であるとは考えにくい。

兄たちがこっそり教えてくれたことがあった。こういった庶民階級が集う舞踏会などでは、浮かれ気分で誰もがみだらなことをするのだと。実際に自分の目で見て、確かにそうだろうと思った。ロンドンじゅうの高級娼婦、遊び人、ばくち打ち、女優のすべてが、この場に集まっているようだ。そして、公衆の面前でどこまでの行為が許されるのか、その限界に挑戦しているように見える。強い香水をまき散らす体の生ぬるい大気や、周囲に渦巻く興奮がエリザベスの体にも伝わってきて、彼女はぞくっとした感覚に唇を舐めた。不道徳な遊びへの期待が彼女の感覚をあおり、実際に体験する前から体がうずいた。

アンジェリークも普段とは異なって見えた。外套を脱ぎ、体の線を強調する襟の大きく開いたバラ色のドレスを見せる。仮面でブルーの瞳はよく見えないが、唇は真っ赤に塗り、頬には紅を差していた。

ジェルベイズが二人の前に戻って来ると、エリザベスは外套の前をさらにしっかり握った。彼の横には黒っぽい髪の男性がいる。アンジェリークは扇子で顔を少し隠してほほえみ、新しく現われた男性に深々とお辞儀した。そのせいで、彼女の乳房がドレスからはみ出そうになった。

「ねえ、ジェルベイズ。こちらはどなたなの?」アンジェリークが甘ったれた声で言うと、ジェルベイズはカーツィをしている彼女を起こし、彼女は彼の腕にしがみついた。

「これは俺のいとこの、ビンセント・ドラクロア男爵だ」彼は手を広げてぞんざいにエリザベスとアンジェリークを示す。「ビンセント、ブロンドがアンジェリークで、茶色の髪がエリザベスだ」

きちんと紹介されるものだと思って、前に出ようとしたエリザベスは、彼の説明にはっと足を止めた。怒りの形相《ぎょうそう》で彼をにらみつけてから、手を差し伸べる。「ごきげんよう、男爵さま。私はウォーターストーン夫人です。お目にかかれて光栄ですわ」

ドラクロア卿は不思議そうにジェルベイズを見てから、エリザベスの手を取って、手袋の上から甲に口づけした。「どうぞ、お見知りおきを」彼はそのまま自分の腕に彼女の手を置き、混雑する館内へと彼女を案内した。

彼は、エリザベスとあまり背丈が変わらず、ジェルベイズのように肩幅が広いわけでもないが、年齢としてはジェルベイズと同じぐらいだろう。派手な服装ではないのだが、非常におしゃれで、華奢とも言える彼の体形をうまく生かしている。

高級娼婦たちの嬌声《きょうせい》がうるさくて、彼はエリザベスの耳元に顔を近づけた。「仮面舞踏会にはよく来るのですか?」

エリザベスが首を振る横で、ジェルベイズがそっちの階段を上がれと身振りで示す。暗くて狭い階段を上がると、貸し切りのボックス席があり、騒がしさも少しはましだった。席からは下のフロアの喧騒がよく見渡せる。「いいえ、初めてですけれど、せっかくだからこの機会を楽しもうと思っていますの」

ドラクロア卿がほほえみ、彼女のために椅子を引いてくれた。いかにも女性への心遣いを示すことに慣れている男性という感じだった。ところが、座ろうとする彼女の肩に、ジェルベイズが手を置いた。

「外套を脱げよ、エリザベス。ここなら寒くないだろ」

「いいえ、実は寒いなと思っておりましたの」

彼はじっと彼女を見ていた。ぴりぴりした緊張が漂う。「脱ぐんだ」

エリザベスは彼を見上げた。何か問題があるのだ。非常に深刻で、どうすれば解決できるのか、彼女にはさっぱりわからない問題が。

嫌々ながらも、彼女は外套の前を握りしめていた手を離した。ドレスだけの姿になると、ドラクロア卿が大きく息をのんだ。その場で身動きできずに立ちつくしている。アンジェリークでさえも、ぼう然として近くの金細工の椅子に崩れ落ちる。ジェルベイズはエリザベスの肩をまたぎゅっとつかみ、自分のほうに向き合わせた。

「ほう」彼が感嘆のため息を漏らす。「この色は君に合うだろうと思っていたんだ。甘い果汁たっぷりにすっかり熟れた葡萄《ぶどう》を思わせる……触れなば落ちん風情だな」

その瞬間、エリザベスは悟った。残酷なまでにはっきりと、自分を切り捨てようとする彼の意図を。彼はその意図を、これほど大勢の人の面前で宣言したのだ。彼女にこんなドレスを着させてこの場に連れ出した目的は、タッターソールの競り市に牝馬《ひんば》を出展し、いい馬ですよ、と買い手に高値をつけさせるのと同じだ。彼女は胸を張り、その場で泣き崩れたい衝動と闘った。肩に置かれたジェルベイズの手を振り払い、ドラクロア卿にまた話しかける。

「こちらにはしばらくご滞在の予定ですの？」

彼女になおも無視されたジェルベイズは、小さな声で毒づいた。彼女は彼のいとことしか話そうとしなかった。

「いいえ、残念ながら。僕は普段、スイスで平穏に暮らしているんです。仕事で必要のあるときだけ、ロンドンに来るんですが、ええ、その際はいとこと会うのを楽しみにしています」彼が注いでくれたワインを、エリザベスはありがたく受け取った。手持ちぶさただったのだ。「それであなたは、僕のいとことはどうやって知り合いになったのですか？　失礼を承知で言わせていただくと、あなたは、普段ジェルベイズがこういう場に連れて来る女性とは、異なる種類の方のようにお見受けします」

二人の静かな会話にジェルベイズがあからさまな興味を示していることを意識しながら、エリザベスは笑みを作った。彼女が座る椅子の肘掛けに腰を下ろした彼は、聞き耳を立てているそぶりを隠そうともしない。彼女の肩に腕を回し、まるで自分の所有物だとでも言いたそうだ。さらにその位置からだと、彼女の胸の谷間が奥深くまで見えるはずだ。

「公爵さまのところで私がすべきことは、二つありますの」エリザベスはワインをすすりながら説明した。「ひとつめは、政府関係のお仕事の事務作業のお手伝いです。もうひとつは、私が寵姫となってふさわしいパトロンを見つけるための教育です。公爵さまがそのための手練手管を教えてくださっていますの」

ドラクロア卿はワインにむせ返り、体を起こして座り直した。青い瞳をきらめかせた表情から、話の展開を面白がっているように見える。「高級娼婦になるための手練手管を、僕のいとこから教わっているのですか？」彼女がうなずくのを確かめて、苦笑いしながら彼は話を続けた。「なるほど、事業を始めるには、その道の熟練者から学ぶのがいちばんですからね」

「ええ、そのとおりです」エリザベスはグラスをテーブルに置いた。「公爵さまが実に有能な先生でいらしたことは、はっきり申し上げておきますわ。それで、私ももう事業を始められるまでになりましたので、現在はもっとすばらしい生活のために、羽ばたこうとしているところです」彼女は言葉を切って、ドラクロア卿に笑みを向けた。すると呼応するように、彼がにやりとし、一方ジェルベイズは不愉快そうに鼻を鳴らした。彼女はドラクロア卿にワインを注ごうと腕を伸ばし、ドレスの肩紐を落として、肩から胸のあたりをあらわにした。ただ、ドレスがかなりきわどいものであることは覚えていたので、急に息を吸わないようにはしていた。彼のグラスにワインの代わりに乳房をこぼしてしまうのはさすがにまずいと考えたのだ。ジェルベイズが本当に彼女と縁を切ろうと考えているのであれば、別れを告げるのは自分からにしたかった。

彼女がワインを注ぎ終わると、ジェルベイズが、おほん、と咳ばらいして、自分のグラスを彼女の鼻先に突きつけた。彼女がびっくりして体を起こすと、彼はレースの肩紐を元の位置に戻したが、その際、意味ありげに彼女の肌に触れた。

エリザベスは最高に晴れやかな笑顔を見せた。「公爵さまもワインをご所望ですの？　もちろんお注ぎしますけれど、私のほうが低い位置に座っていますので、あなたのズボンにワインをこぼしてしまうのではないかと心配です」まつ毛をぱちぱちさせ、彼の内腿に指を這わせる。

彼がさっと彼女の手首をつかみ、膝のすぐ上で彼女の指の探索は終了した。「もういい。自分で注ぐよ」

彼女の肩越しに後ろから腕を伸ばしたジェルベイズは、ワインボトルを手に取ると、彼女の胸のふくらみを壜の底でなぞるようにして持ち上げた。急に冷たいガラスが肌に触れ、彼女の体が反応した。乳首が硬く尖っているのが、薄いレース越しにはっきりとわかる。腹を立てた彼女は、肩を丸めて前のほうに移動した。するとテーブルの下で、ドラクロア卿と脚が触れ合った

「フロアに下りてみませんか?」猫なで声で男爵を誘う。「踊ってみたくなったのです」

相変わらずの嬌声や建物全体のおしゃべりの中でも、オーケストラが調音を始めたのが聞こえた。ドラクロア卿は立ち上がってお辞儀をした。

「ええ、喜んでおともします」エリザベスが彼の腕に手を置くと、男爵はジェルベイズにウィンクした。「実のところ、ダンスなんて僕自身ずいぶん久しぶりですよ。楽しみだな」

ボックス席を出ようとすると、ジェルベイズがドラクロア卿の肘をつかみ、何ごとかをフランス語で耳打ちした。

「公爵さまから、あまり騒ぎすぎるなよと注意されたのですか?」そうたずねて、エリザベスはかなり強引に彼の腕を引っ張った。この押しつけがましさは、母譲りかな、とも思う。

ドラクロア卿は立ち止まって彼女のために扉を開ける。二人は自分たちも陽気に騒

ごうとフロアに向かった。「いや、あなたには気をつけるようにと言われたんです。今日のあなたは普段と違う、こういうあなたは気に入らないとのことで」感情を消した彼女の顔を、彼がじっと見る。「それから、あなたがあまりいかがわしいことに巻き込まれないよう、注意してくれとも言われましたよ」

そのとき彼女の背後で突然酔っぱらいの乱闘が始まり、男にぶつかられた彼女は、ドラクロア卿の腕に飛び込む形になった。彼は両手で彼女を支え、しっかりと自分の胸に抱き寄せてくれた。二人は群衆に押されるまま、フロアの中央部に出てしまった。

その場に並んで立ちつくすと、ドラクロア卿が話を続けた。「ジェルベイズが女性のことであんなに苛々するのは初めて見ましたよ。彼の最初の妻は、公衆の面前でも真っ裸になるような女性でね。そんなときでも彼は平然としていました。ところが今夜、あなたが外套を脱いだだけで、あの騒ぎようです――未婚の老婦人が、大切な姪《めい》の純潔を守ろうと立ち上がったみたいな態度でしたね」

エリザベスはため息を吐いて、彼の上着の袖をしっかりとつかんだ。「残念ながら、そのご意見には賛成しかねますわ。あの方はもう私と関係を続けていくことに興味を失われたのです。だから、私と縁を切りたくてたまらないのでしょう」

ドラクロア卿はフロアの端まで彼女を案内し、また彼女の体を抱き寄せた。「そういう目的で彼があなたをここに連れて来たのであれば、僕たち二人が仲よくしている姿を見て喜ぶはずですが」そしてぴったりと彼女の耳に唇をつけ、ささやいた、「あの席から、非常に恐ろしい顔で僕たちの一挙手一投足を見てますよ。あんなに険しい顔をしていたら、彼を誘いに来る女性なんていませんよ。どんな女性も彼に近づくのはやめるでしょうね」

音楽などほとんど聞こえなかったが、それでもいい。ただ踊るふりをしながら、ゆっくりとボックス席のある下まで移動し、彼女はちらっと視線を上げた。ドラクロア卿の言うとおりだ。ジェルベイズは鬱陰《いんうつ》な顔でこちらをにらみつけ、アンジェリークでさえ、近くの席には座りたくなさそうにしている。

そのとき、顔を赤くした初老の男が二人の前を通り過ぎた。乳房がほとんど丸見えのドレスを着た若い女性を連れ、その女性の襟元に手を突っ込んでいる。その場の雰囲気がだんだん変わってきたのにエリザベスは気づいた。みんなが陽気に騒ぐだけだったのに、あからさまに性的な行為が目立つようになっている。ドラクロア卿がうまく自分の体で隠し、フロアで繰り広げられるけがらわしい行為を彼女の目に触れないようにしてくれているのがわかった。ただそれでも、不快な場面はちらちらと視界に入る。

結局、ジェルベイズの指摘は正しかったのかもしれない。エリザベスは、自分が体を売って暮らすような生活には耐えられないのではないかと思い始めた。家庭教師とか、付き添い婦人とか、そういう穏やかな暮らしのほうが、ずっと魅力的に思えてきた。

「ウォーターストーン夫人、具合でも悪いのですか？」ドラクロア卿の心配そうな声が聞こえた。彼女は惨めなもの思いから覚め、体を震わせた。彼がもっとしっかりと抱き寄せてくれる。彼に導かれるままフロアの外に出る。彼はやさしく失礼します、とつぶやきながら群衆をかき分け、入口近くで女性を品定めしながら道をふさぐ若者の横を通り過ぎた。

玄関ホールに戻ったところで、彼がまたたずねた。「もうここを出ますか？　帰りたいのなら、私が家までお送りします」

彼は、エリザベスの手首にからみついていた扇子の紐をほどき、広げた扇子で彼女に風を送った。

ひんやりした風にあたって、彼女は息を整え、彼にほほえみかけた。「ありがとうございます。でも、まだ帰りません。人に押されて、ちょっとふらふらしただけですから。もうすっかり元気になりましたわ」力強くうなずくと、彼女は扇子を受け取り、ボックス席につながる階段へと歩き始めた。

すぐに追いついたドラクロア卿が、また彼女の手を取る。「ウォーターストーン夫人、率直におたずねします。ジェルベイズから、今夜はあなたかアンジェリークか、好きなほうを選べと言われていたんです」そこで彼が口ごもる。「つまり……一緒に夜を過ごす相手として。ジェルベイズは、これまでにもあなたに対して、こういうことをしたのですか？」

エリザベスの脳裏に、ジェルベイズと初めて会った夜の恐怖がよみがえった。継父がいっさいの良心の呵責もなく、彼女をジェルベイズの腕に引き渡したこと。当然、体を求められることを承知で。ただ彼女を辱めるだけのために、ジェルベイズは、あのときの継父と同じことをするつもりだったのだろうか？

「いいえ、公爵さまが私を他の方の慰めものにしようとされたことなど、これまでありませんでした。先ほども言ったとおり、私との関係を終わらせたいだけだと思います」

ドラクロア卿は、彼女を元気づけるように、握る手にぎゅっと力を入れた。「要らぬお節介だと言われるかもしれないが、ジェルベイズは自分で自分のしていることがよくわかっていないんだ。あなたと彼がとても似合いの男女だということは、誰だってわかる」自分の腕に置かれたほうの彼女の手に上から自分の手を重ね、二人は階段を上がって行った。「このあとずっと、あなたのほうから、僕にべたべたしてみるのはどうだろう？　ジェルベイズがどれまでそれに耐えられるかな。きっと自分の愚かさに気づくはずですよ」

エリザベスは胸の痛みをこらえ、いたずらっぽく瞳をきらきらさせるドラクロア卿に笑みを返した。彼がボックス席の扉を開ける直前に耳打ちする。「ええ、そうしましょう」二人は手をつなぎ、ジェルベイズと対決するためにボックス席の中へと入った。

29

ジェルベイズは、半分空になったブランデーのデカンタを手に持ち、長い脚を大きく投げ出して座っていた。ドラクロア卿がエリザベスのために椅子を引くのを見て、ふん、とあざけり、さらに彼が持ってきたワインをするエリザベスに、乾杯めかしてグラスを掲げる。

「ダンスは楽しかったか、ビンセント?」舌がうまく回っていない。「エリザベスはその気にさえなれば、実に楽しく相手をしてくれるんだ」

その侮蔑的な言い方を気にしないようにしながら、エリザベスはさらにワインを口に含んだ。笑顔で感謝の意を伝えると、ドラクロア卿は彼女のすぐ近くまで椅子を引き寄せた。

「まったくそのとおりだね。ウォーターストーン夫人は美しく、女性としての魅力にあふれているだけでなく、非常に頭がいい」彼はエリザベスの指にゆっくりキスし、そのまま手を握る。すべての所作が上品だ。「彼女を紹介してくれて、本当にありがとう。いくら感謝してもしきれないな」

ジェルベイズが真剣な目つきでにらみつけてくるので、エリザベスは扇子をひるがえして口元を隠した。彼はエリザベスの膝の上をじっと見ながら、グラスにまたブランデーを注ぐ。ドラクロア卿がつないだままの手をそこに置き、さらに親指の先で彼女の手のひらを撫でているのだ。

「ところで公爵さま、アンジェリークはどちらですの？」

ジェルベイズは肩を片方だけ、優雅にすくめてみせる。その態度が実に横柄だった。

「しばらく姿を見ていないな。俺が言ったことの何かが気に入らなかったらしく、ペティコートをひるがえして出て行ったよ」そう言って、ドラクロア卿にウィンクする。

「これほど多くの女たちと関係を持ったのに、女ってものがきれいな顔の上にあるちっちゃな頭で何を考えているのか、さっぱりわからんよ」

エリザベスは鋭い視線をジェルベイズに投げた。「当然そうでしょうね。わかっていらしたら、ここでこうやって独り酒を飲むような状況にもならなかったでしょうから」

彼はさっと体を起こした。ものうげな態度は完全に消えている。彼が体を近づけてくると、ブランデーが香った。高級な香水を身にまとっているように、彼の肌から強い匂いがにじみ出るように思える。エリザベスはその匂いを吸い込まないように気をつけた。この匂いを吸い込むと魔法をかけられたかのように、彼の言いなりになってしまう。

「特定の女性と永続的な関係を持つことは、俺には無理だと言っているのか?」

エリザベスは、ほほ、と短く笑い、ドラクロア卿のほうを向いて、面白がるような彼の目を覗き込んだ。「まさか、私ごときが、公爵さまにそのようなことを申し上げるはずがありません。女性についてわからないと公爵さまがおっしゃるのと同様、私にとっても男性というのは謎ですわ」

ドラクロア卿がエリザベスを抱き寄せる。「謙遜《けんそん》には及びませんよ、ウォーターストーン夫人。きっとあなたは、僕が今考えていることを正確に言い当てることができると思います」

エリザベスがはにかむように頭を下げると、その頰にドラクロア卿がキスした。するとジェルベイズにぐいっと手首をつかまれた。痛くて彼女が悲鳴を上げそうになると、ジェルベイズは手を放した。

フロアの天井の照明の火の勢いが落ち、室内はずいぶん暗くなっていた。実際に踊っている人はそんなにいないが、オーケストラの演奏は続いていた。ワインのシミが目立つ白い制服の男性がひとり、フロアを横切っていく。白いかつらがずれているが、おそらくこの会場の下働きの召使いだろう。彼が壁際のろうそく立てに火をともしていったので、また少し明るくなった。

そのときアンジェリークがブロンドの女性を連れてボックス席に戻って来た。仮面をかぶっているので顔はわからないが、何となく見覚えがあるような気がする。雰囲気としてアンジェリークと似ているからなのか？　女性がアンジェリークに何ごとかを耳打ちすると、その声も以前に聞いたことのある気がした。考え込んでいると、アンジェリークが女性を紹介し始めた。

「紹介します、こちらはイブリン、レディ・マ――」

ジェルベイズが、もういい、と手を振って、アンジェリークをさえぎった。「わかってるよ、この人が誰かは。こういう舞踏会ではファーストネームだけでいいんだ。謎めいた雰囲気を醸し出さないといけないんだから、それ以上は言うな」彼は立ち上がって感じのいい笑顔を見せる。「さて、イブリン、こちらの席にどうぞ」

「あら、ジェルベイズったら」イブリンが感激の声を上げる。「わかっていたわ、きっと私を許してくれるって。あなたが私とよりを戻したくなるだろうって、予想していたの」

考え込んでいたエリザベスも、そこで思い出した。そうだ、彼が、エロイーズと一緒に劇場に連れて行ってくれた日に会った女性だ。芝居が終わって多くの人がいる場所で、ジェルベイズは手ひどくこの女性をふったのだ。

イブリンはくすくす笑いながら、ジェルベイズの誘いを受け、彼の膝の上に座った。それを見てエリザベスは顔をそむけた。もうじゅうぶん、最悪の夜だとは思っていたが、ここまでひどいことになるとは。愛想笑いをする彼女の唇が、わなわなと震えた。愛人を捨てるにあたって、その前の愛人を呼び寄せていかがわしいところを見せつけるとは。この状況にエリザベスは、いっそう恥ずかしい思いをした。こんなことをするのはいかにもジェルベイズらしい。しかし、このイブリンという女性も、断ればいいものを。拒絶できなかったのだろうか？　さらにアンジェリークも、こんなひどい状況を作る彼の計画に加担したのだろうか？

アンジェリークのほうを見ると、さっと視線をそらされた。ドラクロア卿とのおしゃべりに夢中になっているふりをする。イブリンはジェルベイズの顔のいたるところにキスし始めたが、彼はそれを止めようともしない。

公爵が何をしようが、自分はまったく気にしていないところを態度で示したくて、エリザベスはドラクロア卿に手を預け、手袋を脱がされるままにしていた。彼の唇が感じやすい腕の内側を移動していく。半分目を閉じていたが、そう不快でもないと思った。

しかし残念ながら、ジェルベイズとイブリンが何をしているかがわかってしまう。あたりが暗くても、ぼんやりとした影だけで、エリザベスの気持ちをずたずたに引き裂いていく。するとエリザベスの視線に気づいたジェルベイズが、イブリンの人工的な金髪に指を入れ、頭をのけぞらせて濃厚なキスを始めた。彼がさらに強い反応を求めてむさぼるようにキスすると、イブリンは歓声を上げた。その間もずっと、ジェルベイズはイブリンの肩越しにエリザベスの目を見たままだった。

苦悩と怒りがエリザベスの体を貫いた。もうたくさん、これ以上この人のゲームに付き合っていられない、そう考えた彼女はその場を去ることにした。自分の信じていた世界が足元から音を立てて崩れ去るの見るのは辛い。

彼女の様子に気づいたドラクロア卿が、心配そうな声でたずねた。「もうすぐ芝居が始まるようですが、残って観劇しますか？　笑劇のようですが」

皮肉な目でこちらを見るジェルベイズから、どうにか視線をそらし、彼女は慌ててあたりを見回した。外套を捜さないと。「いえ、やめておきます。できれば、どこかで貸し馬車をつかまえたいのですけれど、どこに行けばいいか、教えていただけませんか？」

その後、仮面を取って、ボックス席にいる他の人たちに挨拶した。「公爵さま、いろいろと興味深い体験をありがとうございました。今晩のいちばんの出しものは、たった今こちらで見させていただきましたので、もうじゅうぶんだと思います」

ドラクロア卿が折り曲げた自分の肘のあいだに、彼女の手をはさみ、ボックス席の出口へと向かった。「僕が家まで送っていきます。本当にそうしたいのです」暗い廊下に出ると、彼が貸し馬車を拾ってくるから、とエリザベスを扉のすぐそばで待たせた。「すぐに戻りますからね。ここから動かないでください」

エリザベスはねっとりと汚れた壁に頭を預け、目を閉じた。壁のろうそく立てにある獣脂ろうそくが、ぱちぱちと最後の炎を上げ、すえた臭いが漂い、そして消えた。

ジェルベイズのプライドを刺激したのは失敗だった。彼はうるさくつきまとう女性を、適当にあしらうのには慣れている。先ほどのやり取りで、あらゆる意味において、自分は彼と張り合えるような人物ではないと、改めて思い知った。自分をさらに傷つけるだけの結果に終わった。また、彼と敵対したことにより、サー・ジョンに対する疑いを彼に信じてもらう機会も完全に失った。

何と愚かなことを。

そう思ったとき、慣れた感触をうなじに覚え、彼女は体を硬くした。

「本当に帰るのか?」ジェルベイズがすぐ耳の横でささやく。イブリンの甘ったるい香水の移り香《うつりが》で、息が詰まるかと思って、顔をそむけた。しかし一瞬遅かった。彼に唇を奪われていた。むき出しの欲望をぶつけ、自分のものだと主張する、荒々しいキスだった。相手の反応などいっさいお構いなしで、ひたすら奪うだけのキスが、彼女の魂まで破壊していく。

無慈悲で性的な服従だけを求める彼からの攻撃を受け、エリザベスは立っているのもやっとになり、懸命に逃れようとした。押しつけられる彼の体から離れようともがいているうちに、腕が自由になり、次の瞬間、パーン、と大きな音が響いて彼女の手が彼の頬を打っていた。彼の頬に、みるみる赤い手形が浮かんだ。

「近寄らないで」エリザベスは低い声で告げた。「もう目的は達成したでしょ? 私はここに残りたくないの」

にやりとした彼の顔を見て、エリザベスの中で彼への憎しみがふくらんだ。あまりに腹が立って、大声で叫びたくなった。「こういうふうに終わるのがいちばんなんだよ。さめざめと泣かれるより、怒りをぶつけられるほうが楽だ。そう思わないか？」

「私が怒るのがうれしいようね。これですっかりわかったわ」

彼が眉をひそめる。「どういう意味だ？」

「情熱と愛情の違いを私に教えてくれたのはあなたよ。そのことについては、本当に感謝している」彼女は勇気を振り絞って言葉を続けた。「だからこそ、私もやっと理解できたの。あなたはただの弱虫だって。自分の本当の気持ちを認めるのが怖いのよ」

彼が危険な表情を浮かべる。「まったく意味がわからないね」

「わかっているくせに。わかっているからこそ、私を捨てるために、わざわざこんな手の込んだことまでするのよ」エリザベスは彼の視線をまっすぐに受け止めた。「私はあなたを愛しているのだと思っていた。愚かな勘違いを正してくれて、ありがとう。私の頭にあったくだらない夢も、すっかり消えてなくなった。あなたは自分を守るためにしただけなのでしょうけど、私の目を覚ます効果もあったわ。ありがとう」

「エリザベス、俺は――」

もう彼の言葉など聞かなくてもいい。彼女は顎を高く上げ、戻って来たドラクロア卿のほうに歩き出した。ドラクロア卿と一緒にいるほうが、ずっと穏やかな気持ちでいられる。

＊＊＊

すきま風が入るタクシー馬車での帰途《きと》のあいだ、エリザベスはほとんど何も言わなかった。小雨の降るグロウヴナー・スクエアまで戻って来ると、ドラクロア卿は御者に運賃を支払い、馬車から降りるエリザベスに手を貸した。彼は屋敷の玄関の外階段まで、一緒に歩いてきてくれたが、今こうして見るとディアブル・デラメア公爵家のロンドンのタウンハウスというのは、足がすくみそうなほど堂々とした建物だなと思う。彼は段の前で足を止め、エリザベスの両手をしっかりと握った。

「ジェルベイズに立ち向かうように君に勧めたことを後悔しているよ。悪かった。彼があんな態度に出るとは予想できなかった。僕が事態をさらに悪化させたみたいで、申しわけない」

「いいえ、いいんですよ。悪いことはひと思いに終わらせるべきなんです。いつまでも引きずるのはよくないと思います」しっかりしなければ、とエリザベスは深く息を吸った。「おかげで、自分の立場がはっきりしましたから、今後の身の振り方も考えられます」

ドラクロア卿は顔を曇らせ、上着を探ってポケットから名刺を取り出した。「僕のスイスの住所です。ロンドンで僕の財産を管理してくれている銀行の名前も書いてあります。それからロンドンで常宿にしているのはナイツブリッジのペリカン・インで、今回もあと三日間はそちらに滞在予定です。もし僕のできることがあれば、そちらに連絡をください」

エリザベスは名刺を受け取ったが、再びしっかりと彼女の手を取り真剣に語りかける彼の次の言葉に驚いた。

「これだけは言わせてください。もしジェルベイズより先に、あなたと出会えていれば、僕は絶対にあなたへの好意がどこまで進展したかを確かめていました」彼女が言葉を返そうとすると、彼はやさしいキスで、彼女の口をふさいだ。「パトロンとして囲うつもりではありません。将来、ドラクロア男爵夫人になってもらいたかったのです。あなたのことをもっと知りたかった。二人できっと、楽しい時間を過ごせただろうと思います。しかし、今後もできれば、僕を友人として見ていただきたいのです」

彼はそれだけ言うと、手を放した。

エリザベスは複雑な思いを抱きながら玄関へと向かった。扉に鍵はかかっておらず、玄関ホールはがらんとしていた。ジェルベイズに初めてここに連れて来られたあの運命の夜を思い出す。あのときよりも自分の心がもろくなっているのを意識しながら、彼女は自分の部屋へと上がって行った。あれから彼を愛し、その愛を拒絶された。あの夜はほんの少し前のことのように思えるのに、自分はすっかり変わってしまったように思う。

いまいましい紫のサテン地のドレスを床に脱ぎ捨て、足で何度も踏みつけてから、ゆったりして分厚い夜着に着替え、首元までボタンを留めた。非常に疲れているのに、なかなか眠くならない。大声で叫びたくなり、その衝動を抑えるため、苛々と室内を歩き回った。他に気持ちを鎮める方法は思いつかなかった。

＊　＊　＊

ジェルベイズはそろそろと自分の居住区画の居間部分の扉を閉め、ぐったりと背中を扉板に預けた。エリザベスに嘘をつくのが辛くて、ずっとぴりぴりし続けていたため、自分の部屋に戻ると、どっと疲れが出たのだ。しかし、明日になれば、もっと辛いことが起きるのはわかっている。アンジェリークがそこにいることを思い出して、どうにか顔から感情を消し去った。アンジェリークがピンクの羽根のついた仮面を取って、彼の足元に投げ捨てるのを見て、彼ははっと背筋を伸ばした。

「これで満足なの、ジェルベイズ？」彼女が声を震わせて、彼に詰め寄る。「エリザベスをめちゃめちゃに打ちのめして、満足できたの？」

ジェルベイズ自身、まだ気持ちが落ち着かず、何も話せなかった。ブランデーをあおり、どうにか普通に声が出るようになってから、またアンジェリークのほうを見た。

「こんなことに、ひと役買うことになった自分が情けないわ」彼女は組んだ両手をくねらせながら、落ち着きなく部屋を歩き回る。

ジェルベイズは肩をすくめた。「君をここに連れ帰る必要があった。エリザベスがベッドで俺を待っていたかもしれないんだぞ」実際は、そんなことはなかった。「疑念どおりの筋書きなら、エリザベスはすぐにフランス政府の保護下に置かれる。もう彼女の姿を見ることは二度とない。彼女は非常に貴重な人材だから、フランス側もほうっておくはずはない」

濃い頬紅の下で、アンジェリークの顔が青ざめるのがわかった。「逆に、殺されるかもしれないわ。そのことを考えなかったの?」

アンジェリークの言葉に、苦悩が深まった。平気だと言い聞かせていたけれど、胸が痛い。けれど、まだ誰にも真実を知られるわけにはいかない。たとえアンジェリークでも。彼は無関心な様子で眉を上げた。公園に乗馬にでも出かけない、と誘われたのと同じぐらいの反応だ。

「では、英国政府に彼女を引き渡せと言うのか? 自分の祖国を裏切った売国奴だぞ。どのような罰を受けるか考えれば、まだフランス政府に身柄を拘束されるほうがましだろう」

手にしていたブランデーのグラスを、アンジェリークが叩き落とす。まるで無関心だという演技は、なかなかうまくいったらしい。ブランデーが胸からぽたぽたとこぼれる。彼はアンジェリークの手首をつかんで落ち着かせようとした。「家に帰りなさい。明日、君の顔を見に行くから」

彼女は手を振りほどき、床に落ちたグラスを拾い上げた。また体を起こした彼女の顔に嫌悪感がにじみ出ていた。「お気遣いなく、公爵さま。もうあなたの〝保護〟を受けたくはありません。あの家を出て行きます。荷物をまとめ終わったら、連絡しますから」

ジェルベイズは髪をかきむしった。「何でそんなことをする？　少しは落ち着け。それから考えよう」

彼女はグラスを彼の手に押しつけ、扉へと歩き出した。出て行く寸前、振り向いた彼女の目は涙で潤んでいた。「あなたのそばにいたくないの。以前のあなたとは別人よ。もうあなたのことがわからなくなってしまった。躊躇なく、自分の愛する人を見捨てるだなんて、考えられない。きちんと彼女の言い分を聞きもせずに。そんなの正義でも何でもないわ」

ジェルベイズは彼女のほうに手を差し伸べたが、彼女は構わず話を続けた。

「いずれあなたは、私のことも切り捨てるのよ。そして、次はニコラス、そしてエロイーズ。そのうちあなたの周りには、あなたのことを本当に大切に想ってくれる人なんていなくなる。あなたが、その人たちからの愛情を拒絶するからよ。すぐに、あなたを恐れ、恨みを持つひとばかりに囲まれるのでしょうね。あなたはそれで幸せなの？」

彼は大股で戸口に近づいたが、彼女はばたんと扉を閉めて出て行ったあとだった。分厚いオーク材の扉板に手をついて考える。アンジェリークには本当のことを言えない。疑念のすべてを打ち明けるわけにはいかないのだが、推測が正しいとすれば、この段階でエリザベスと周囲との接触を断つことで、彼女の命を救えるかもしれないのだ。ただし、彼女を英国の司直の手に渡すことになる可能性もある。自分の勘を信じなければ。彼女がジャック・ルウェリンと関係を持っていることへの感情は、今回のこととは無関係だ。絶対に。

ジェルベイズは扉を見つめながら、手を下ろし、こぶしを作って分厚い板を思いきり殴った。そして血が出るまで、打ち続けた。

30

空が白《しら》み始める頃、エリザベスは目を覚ました。屋敷の台所に食料品が配達される音が聞こえた。どうにかベッドから出て時計を見ると、六時だった。ほとんど一睡《いっすい》もできなかった。急いで化粧台に向かって鏡を見ると予想どおりのひどい姿だった。婚期を逃した魅力のない中年女性みたいだった。昨夜は、徹底的に侮辱された。思い出すと、自分の部屋にこもっていたくなる。この家の誰とも顔を合わしたくない、ここにいれば大丈夫、そんなふうに感じた。

どうにか自分を叱咤し、彼女は部屋を出て階段に向かった。玄関ホールの黒と白の大理石の床が見える。一刻も早くここを出て行きたい。そう思いながら、手すりに軽く手を置き、階段を下り始めた。

朝食室にはほとんど人がいなくて、ほっとした。ひとりで、紅茶とトーストの朝食をとっていると、空が暗くなり、雨が降り出した。窓ガラスを強い雨が叩く。ひと気のないホールを通り過ぎるとき、時計が七時を告げた。サー・ジョンがやって来る前に、そしてジェルベイズとニコラスが、朝の乗馬から戻って来る前に、自分の机にたどり着ければいいが、と願った。

結局、自分のレティキュールを机に置く間もないタイミングで、ジェルベイズの書斎に通じる扉が開いた。ああ、残念、と思っていたら、ニコラスが現われた。ニコラスなら大丈夫、と浮かべた笑みは、いつもとはまるで異なる彼の険しい表情を見て、すぐに消えた。

「ウォーターストーン嬢、書斎まで来てください」口調も普段のニコラスとは違う。

エリザベスは不安な気持ちを隠し、ニコラスに促されるまま書斎に入った。激しい雨で外が見えないので、分厚いダマスク織のカーテンが半分閉じてある。早朝の鈍い光の中、ランプはともされていない。

ジェルベイズは机を前に座っていた。横顔しか見えないので、彼の表情まではわからない。サー・ジョンは壁に悠然ともたれていた。ニコラスが彼女のために椅子を差し出し、彼自身はその横に立った。ジェルベイズが両手を机に置き、うつむいたまま彼女に語りかける。

「質問がある。暗号はどこだ？」

エリザベスは胸を張って答えた。「質問の意図がわかりません。公爵さまから渡されたいちばん最新の文書なら、自分の机の引き出しにしまってあります。言われたとおり、きちんと鍵をかけて」驚いたような表情で、サー・ジョンとニコラスを見る。

「つまり、暗号文書が消えたということですか？　それで私が盗んだとでも？」

ジェルベイズが、全体が青く染まった紙を取り出した。エリザベスにも見覚えのある紙だ。「暗号文書ならここにある。ただ、読めなくなっているんだ。解読した文章はあるのか?」

「残念ながら、ありません。見てのとおり、紙を濡らしてしまったんです。それで解読ができなくなりました」

「嘘をつくな」サー・ジョンが勢いよく口をはさんだ。「この二日間、ずっと解読を続けていたではないか」

サー・ジョンが壁から体を起こし、威嚇するかのように自分のほうに向かって来るのを見て、エリザベスは身構えた。ジェルベイズが咳ばらいすると、サー・ジョンはよく訓練された猟犬さながらに、ぴたりと動きを止めた。

「ここにいる俺たち全員が、君が解読に取り組んでいるところを見ている。さらに全員が解読の進み具合をたずねた」エリザベスの目を見たまま、意味ありげにジェルベイズが言葉を続ける。「恥ずかしい話だな、解読する能力がなかったとは。自分の無能ぶりを、認めたらどうなんだ?」

彼にここまであざけられ、エリザベスはもうすべてを投げ出したくなっていた。しかし、もういちど自分を奮い立たせた。最初から簡単ではないことぐらいわかっていた。これぐらいでくじけてはならない。「私がここで働く意味などなかった、と先日サー・ジョンに言われたので、解読ができないことを自分からは認めたくなかったんです」

ジェルベイズが立ち上がり、体を近づけてきた。「状況すべてを考え合わせると、君の言い分はすべて嘘だ。他の者が解読できないようにするため、わざと文書を水に濡らしたのか？　解読した文章はどこにある？」

「わざと濡らしたのではありません。事故だったんです」エリザベスは彼をにらみ返した。ジェルベイズの威嚇に屈するのは嫌だった。

彼がまた腰を下ろす。「解読した文章は今、ジャック・ルウェリンの手元にあるのか？　昨日喫茶店で会ったときに渡したんだろう。ずいぶん親密な間柄のようだが」

突然予期せぬ方向に話が展開し、エリザベスはびっくりして呼吸を忘れた。「ジャック・ルウェリン？　どうして彼のことを？　まさか、私を尾行させたの？」

「当然だ。どんな時でも、君の背後にはかならずニコラスがいたんだ。君がここにやって来た日からずっと。さて、質問に答えないつもりか？　暗号はルウェリンに渡したんだな？」

「渡していません」話の流れが急に向きを変えたことについていけず、彼女は反論の言葉も失っていた。「ルウェリンさんは暗号解読とはまったく無関係です。兄のマイケルが戦傷で体が不自由になったもので、あの方に介護を頼んでいるのです」

サー・ジョンが吐き捨てるように笑った。「そんな荒唐無稽《こうとうむけい》な話を、公爵さまが信じるとでも思うのか？　あの男はな、敵前逃亡で軍を離れた卑怯者だ。しかしカーマーゼン公爵家の子息だから許されたんだ。しかしそんな身分の高いやつが、どうしておまえの兄の介護をしなきゃならないんだ？」

エリザベスは驚いた。「公爵家？　ジャック・ルウェリンさんがそのような身分だったとは初耳です。履歴書を読んだ上で、きちんとした紹介状もあったので雇っただけなのです。紹介状には、公爵家のことなどまったく書かれていませんでした」

ジェルベイズは何も言わない。この件に関する追及はサー・ジョンにまかせておこうと考えているようだ。

サー・ジョンはエリザベスのすぐ前まで詰め寄り、彼女の視界からジェルベイズをさえぎった。「まったくとんでもない大嘘つきだな、おまえという女は。だが、もう逃げられないぞ。調べはもうついているんだ。ウォーターストーン家の二人の息子のうち、ひとりはフランスで従軍中、もうひとりは亡くなっているはずだ」

くじけそうになる自分を鼓舞して、エリザベスはサー・ジョンの視線をまっすぐに受け止めた。淡いブルーの彼の瞳で、勝利の輝きが躍っていた。「あなたは私の継父とも母ともずいぶん親しくしているわよね。だから当然マイケルのことは知っているはずよ。そんな男と会ったことはないと言い張るつもりかもしれないけれど、母がもうひとりの息子の話をしたはずだわ」

「ああ、確かにフォレスター夫人からマイケル・ウォーターストーンのことは聞いている。残念ながら、次男は戦地で負った怪我がもとで亡くなったとな。ところがなぜかエリザベスは、兄が生きているふりをし続けるとも聞いたぞ」

「私の母が、あなたと同様、嘘つきだからよ」エリザベスは自分の気力が萎《な》えていくのを感じていた。

「ハリントン、暗号の話に戻ろう」ジェルベイズの落ち着いた声に、狂暴な形相になっていたサー・ジョンもはっとしたようで、渋々ながら彼女から離れた。

自分を精神的にも肉体的にも痛めつけようとするサー・ジョンの強い意思に震え上がりながら、エリザベスはジェルベイズの目を見た。「公爵さま、私は暗号をジャック・ルウェリンに渡してはいません」兄をいたわってくれる親切な介護人を守ろうとするのだが、どう説明すれば信用してもらえるかもわからない。何を言ってもジェルベイズには届かない気がする。

彼が眉を上げた瞬間、もう彼女の言葉が彼に届く望みはないことがはっきりした。

「なるほど、暗号だけの話ではないわけか。喫茶店で秘密の逢瀬《おうせ》を重ねるほどだから、君たちが親密な仲だとは思っていた。当然君も知っているだろうが、ルウェリンは機会さえあれば祖国を裏切る性癖があるようだ。経歴を調べればすぐにわかるんだ」

ばかばかしい言いがかりだと反論するつもりで口を開いたエリザベスだったが、結局、押し黙った。ジャック・ルウェリンについて説明するだけの時間や証拠が今はない。とにかく、暗号解読の話題に戻さないと。ジェルベイズがジャック・ルウェリンに不審を抱いているとしても、あとで解決すればいい。

ありがたいことに、スタンディッシュが半分開いたままになっていた廊下側の扉をノックしたので、ジェルベイズはそちらを向いた。

「公爵さま、失礼いたします。お申しつけのとおり、ウォーターストーンさんのお部屋を調べましたが、不審なものは何もありませんでした」

「ご苦労だったな、スタンディッシュ。このあとも、言ったとおりのことを続けてくれ」ジェルベイズは執事にうなずきかけ、彼が去って行くとサー・ジョンのほうに向き直った。「ハリントンは、彼女のレティキュールをここに持って来てくれないか？　いつも持ち歩いているから、机のそばに置いてあるはずだ」

エリザベスは全身を強ばらせて、サー・ジョンが戻るのを待った。他人の私物を探らせるというジェルベイズの高圧的なやり方に憤りを覚え、その気持ちを抑えることができなかった。やがてサー・ジョンが、彼女のつぎはぎだらけのレティキュールを手に現われた。ジェルベイズは有無を言わさぬ態度で、いきなりバッグを逆さまにして中身を机の上に空けた。

彼女が大切にしているバッグの中身を確かめるジェルベイズに、やめて、と手を伸ばしたエリザベスの目に、きらりと何かが光るのが見えた。ジェルベイズがつまみ上げたのは、ブレスレットだった。

彼の指にぶら下がる金のブレスレットを、エリザベスはぼう然と見つめた。信じられない。金の鎖にダイヤモンドとハート型のルビーが付いたきれいなブレスレットが、いつの間に自分の持ちものの中に入ったのだろう？　さっきまでなかったのに。エリザベスをさらに疑わしく見せるために、サー・ジョンが入れたのだろう。

「これをいったいどこで手に入れた？」ジェルベイズのグレーの瞳が軽蔑と嫌悪に満ちていた。

「わかりません」衝撃のあまり、考えがうまくまとまらない。「似たものを、実家で見たような記憶は――」

「これはアンジェリークが失ったブレスレットだ。いかさま賭博で、君の継父に奪い取られたんだ」彼女のほうにブレスレットを投げる。「俺の大切な女性から奪い取られたブレスレットを身に着けるのがうれしかったのか？　俺をうまくたぶらかした褒美として、フォレスターのやつから与えられたのか？」

　エリザベスは怒りに震えながら、首を振った。そう言えばアンジェリークの家に行ったとき、彼女はブレスレットを見せてくれたときも、それまで見たことがなかったのに、何となく引っかかるものを感じていた。

　ここは口を閉ざしておかねばならないのはわかっている。自分の計画を知られてはならないからだ。それでも彼女は、サー・ジョンに飛びかかってほくそえむその顔を爪で引っかいてやりたくてたまらなかった。

　ジェルベイズは最後にもういちど軽蔑の眼差しを彼女のほうに向けると、レティキユールから出した他のものに注意を向けた。バッグの底から赤い本が出てくると、エリザベスはやれやれ、と安堵した。本を振るとはさんであった紙が机に落ちる。自分の〝裏切り〟の証拠だ。彼はすぐにブレスレットのことなど忘れ、その紙を広げた。彼が今、どんな顔をしているのだろうと思うと、エリザベスは視線を上げることができなかった。足元では、投げられたままのブレスレットが輝いていた。

紙を開いて読み始めたジェルベイズの横にサー・ジョンが駆け寄り、エリザベスの後ろにいるニコラスに笑顔を向けた。「よし、解読された暗号文が見つかったぞ。ル・フルールから狙撃手への指示だ。パレードのルートにあたる沿道の中で具体的な場所を示し狙う位置を伝えている。これで暗殺は阻止できるかもしれない」

ジェルベイズがうなずいた。「この文書を外務省に至急、持って行ってくれないか？　戦勝記念パレードは、もうあと二日後に迫っている」

サー・ジョンは紙を受け取ると、自分のポケットに入れた。出て行こうとして戸口で足を止めてエリザベスを見た。「ついでに、この女を警察に突き出してきましょうか？　こういう女にうってつけの監房を、喜んで用意してくれると思いますよ」

エリザベスはぎゅっと下唇を嚙んで、悲鳴をこらえた。サー・ジョンが文書を外務省に持って行かないのはもうわかりきっているが、このまま連れ出されてしまえば、彼女が監獄にたどり着くことさえないだろう。監獄なら少なくとも、すぐに殺されはしない。

「いや、いい。彼女のことは俺自身が始末をつける」

ジェルベイズがそう言って、サー・ジョンとニコラスが部屋から出て行くと、彼女はいくぶん体の力を抜き、肘掛けを持つ手を緩めた。机の前まで来て、自分を見下ろす彼の姿は、獲物を追い詰めて仕留めようとする捕食動物のようだった。

そのときふと彼女は気づいた。彼と二人きりでいられる機会も、これで最後になるのだろう。

「あの通信文を、どうするつもりだったんだ？　フォレスターに渡す手はずになっていたのか？」

「違うわ！」

彼の笑い声に、エリザベスはぞっとした。

「このあと、君をどうすればいいんだろうな。君は祖国への背信行為を働き、私を裏切った。ベッドでの情熱にほだされた俺なら、君の罪を見逃すだろうとでも思っていたのか？」

エリザベスは返事をしようと思ったが、うまく声が出なかった。ジェルベイズは彼女を立たせると、顎の下に指を置いて、彼女の頭を後ろに傾けた。目が合ったところで、彼が言葉を続ける。「お友だちのジャック・ルウェリンからは、必ず直接話を聞くからな。あいつにとって、逃げないほうが身のためだ。フォレスターの家から出るのは俺と会ってからにしろと伝えておけ」

彼はそのあと、エリザベスの鼻に載っていたメガネを取り去り、彼女の手に置いた。冷たい彼女の手の上から、彼が自分の指を重ねて、ぎゅっと握らせた。

「君の正体ぐらい、最初からわかっていたさ。情にほだされたことなんか、まったくない。君に快楽の世界を紹介するのは、いい暇つぶしだった。楽しかったよ」

彼が突然体を離したので、エリザベスは転びそうになって、椅子の背をつかんだ。彼は机に戻ると、机の上に散らばっていた彼女の私物をレティキュールに戻し、彼女に投げてよこした。そのあと、つかつかと戸口まで歩き、扉をいっぱいに開けた。すごすごと部屋を出て、玄関ホールまでたどり着くと、大理石の床に荷物が山のように積み重ねてあった。

廊下の向こうから、ジェルベイズの声が響く。「屋敷から出て行け。戻ってこようとしたら、探偵を雇って追い払ってやる」

エリザベスは彼の声など無視して、昂然と顔を上げ、しっかりとレティキュールを胸に抱えて歩き出した。積み上げられた荷物には目もくれず、まっすぐに玄関扉に向かう。スタンディッシュ氏が慌てて駆け寄り、彼女のために扉を開けてくれた。外は雨のカーテンを下ろしたようなひどい降り方だったが、彼女はひるむことなく、ただドレスをつまんで裾を持ち上げ、滑りやすくなった玄関の外階段を下りていった。

後ろから大声で呼ぶ声に足を止めたが、振り向くのは嫌だった。するとニコラスがすぐそばまでやって来た。彼女の帽子と外套を持った手を、無言で突き出す。彼女はどうにか笑みを作ろうとしたがだめだった。

扉が重々しく閉じられる音を背後に聞いたあと、彼女は握っていたこぶしをひらいた。割れたメガネのガラスが刺さり、手は血だらけになっていた。ぽたぽたと落ちる血など気にも留めず、彼女は帽子をかぶり、外套を着て、公園を歩き出した。

とぼとぼと通りへと進んで行くとき、タウンハウスの窓ガラスにジェルベイズの影が浮かび上がった。雨でよかった、と彼女は心から思った。とめどもなく流れ落ちる涙は、雨だと見間違えられるだろうから。

＊　＊　＊

歩いているうちにずぶ濡れになった足は冷えきって、感覚がなくなっていった。エリザベスは特にあてもなくハイド・パークの中に入り、柳の木の下にあるベンチでいくぶんなりとも雨をしのいだ。公園はしんと静まり返っていた。社交界シーズンの始まる前の今、本来なら午後の散歩を楽しむおしゃれな人たちでにぎわうはずなのに、今日は人の姿など、まったく見かけられない。

お腹がぐうっと鳴って、公爵家から追い出されてからの時間の長さを意識する。街をさまようあいだも、土砂降りの雨の、通りで見かけた人影と言えば、パレードの準備をする人たちだけだった。沿道にバリケードを作ったり、街頭に旗をぶら下げたりしていた。

エリザベスは足首を回して、もう捨てるしかなくなった仔牛革のしゃれた靴を恨めしく見下ろした。ニコラスが頑丈なブーツを持ってくることまで考えつかなかったのは、かえすがえすも残念だ。予想外のニコラスの親切を思い出すと、胸がいっぱいになった。要らぬことをしたと、ジェルベイズに叱られなければいいのだが。そして、執事が玄関に積み重ねさせた荷物のことを思う。あんなものを彼女が持って行くとでもジェルベイズは本気で考えたのだろうか。ふん。あの箱に詰められていた衣装は、自分で代金を支払ったものではない。だから自分のものだと主張する気などまったくない。次の愛人にでもあげればいいのだ。

そんなことを考えていると悲しくなった。ちょうど柳の枝が、さあっと揺れる。こんなにたおやかに風に揺れる方法を、学びたいものだ。さて、どこに行こう？　実家に戻れば継父と顔を合わせねばならない。面と向かうと、彼が陰謀に加担しているという疑念をごまかすのは難しい。ジェルベイズとの話し合いは惨憺《さんたん》たる結果に終わったことから考えても、いつもいかさま賭博をしているフォレスターのような人間を前に、素知らぬ顔で通す能力など自分にはないとしか思えなくなっていた。

そもそも、継父が自分をジェルベイズに差し出したのは、何かの役に立つと考えたからだったのだろうか？　考えれば考えるほど、その可能性が高いように思える。さらに、ジェルベイズの最後の言葉も、納得がいく。本当に辛い言葉だった。

軽蔑に満ちた彼の顔を思い出さないようにしようと思うのだが、一方で、ジャック・ルウェリンとマイケルに害が及ばないようにする方策も考えねばならない。自分とジャック・ルウェリンが親密な関係にあったと信じているのであれば、ジェルベイズの怒りの矛先は今後ジャックに向けられるはずだ。

アンジェリークのやさしい顔がぼんやりと浮かぶ。だめだ、アンジェリークは最終的には、心からジェルベイズを大切に思っている。彼女の家に行っても歓迎されないだろう。

突風が、エメラルド色の柳のカーテンを吹き上げ、どんよりと陰鬱な空が見えた。もうすぐ暗くなる。日没と同時に、公園の門は閉められる。仕方ない。彼女はレティキュールを手に、外套の襟元をしっかりつかんで南側の門へ歩き出した。その先はすぐ、ナイツブリッジ地区だ。

ペリカン・インに到着し、二十三号室の扉をノックした。息を凝らして待っていると、扉が少しだけ開いた。

「ウォーターストーン夫人？　何とまあ、ずぶ濡れではないですか！　さあ、早く入って。すぐに体を暖めないと」ドラクロア卿が引っ張るようにして、彼女を温かな雰囲気の部屋に通してくれた。

エリザベスは彼に感謝の笑みを向けた。「ありがとうございます。私、他に行くところがないんです」

31

彼女は否定しなかった。

ジェルベイズは机の前の空っぽの椅子を見つめ、裏切りの証拠を突きつけたときのエリザベスの表情を思い返していた。ちくしょう。スペイン産葉巻の端を嚙みちぎり、彼はまた椅子を見た。外のかすかな明かりが、半分開けたカーテンから入り、エリザベスに投げつけたブレスレットに反射した。

これを、彼女は持って行かなかったのだ。

床に落ちたままだったブレスレットを拾い上げ、その美しさをさびしく見つめる。ブレスレットは彼の指から机の上に滑り落ちた。これをどうやってアンジェリークに返せばいいのだ？　俺の下を去ると宣言していたが、あれは脅しではなく、本当に実行するかもしれない。たったひと晩で、自分にとって最も大切な女性を二人とも失ってしまったのだ。

いつの間にかまたエリザベスのことを考えている。心のどこかで、彼女が種をまき育ててくれた彼の魂の花園で、彼女がきちんとした弁解をしてくれることを望んでいた。

彼女には弁解する気さえなかった。

ジェルベイズは窓辺まで行って、くしゃくしゃになったクラバットを緩め、首の後ろをマッサージした。筋肉が凝り固まっている。あれから何千回、あのときの模様を頭で再生してみただろう。何かがおかしい。彼女の言葉や態度を何度思い返してみても、何がしっくりこないのか、わからなかった。そしてまた考える。なぜ彼女はひと言の弁解もしなかったのか？　普段の彼女を考えれば、機知に富んで威勢のいい言葉が返ってくるのが当然だった。あれほどあっさりと引き下がった理由は？

公園を見下ろしていると、震える吐息で窓ガラスが曇った。外は強い雨ではないが、いつまでもしとしとと降り続いている。公園には誰もいない。摂政王太子がいつもの気まぐれを起こして、雨に濡れて風邪を引くのが嫌だから戦勝記念パレードを取りやめるなどと言い出したら、皮肉としか言いようがない。

遠慮がちなノックの音が聞こえ、ジェルベイズが顔を上げると、ニコラスが部屋に入って来た。オレンジ色の髪はぐっしょりと濡れ、顔は強ばっている。

「それで？」ジェルベイズが先に口を開いた。

ニコラスは暖炉に近づくと、炎に手をかざした。「フォレスター家にはいませんでした」

「では、いったいどこに行ったんだ？」

「わかりません。昨日の午後、僕が捜しに出たときには、もうウォーターストーン嬢は、その影も形もなかったんです」

ジェルベイズは特に意識もせず、顎を撫でた。剃《そ》っていないひげがかなり伸びている。エリザベスは実家に帰るものだとばかり思っていた。「アンジェリークのところにもいなかったのか？　直接、アンジェリークに確かめたんだろうな？」

ニコラスはどさりと椅子に腰を下ろすと、組んだ両手をじっと見た。「アンジェリークの言葉をそのまま伝えます。『もしエリザベスがここに現われて、私に助けを求めたら、私は喜んで彼女を助ける。ジェルベイズの知ったことじゃないわ』とのことです」

ジェルベイズはそこで、最悪のシナリオを受け入れる覚悟をした。エリザベスは、すでに海峡を越えてフランスに渡り、革命政府に保護されているのかもしれない。そうであれば、ほんのわずかに残った彼女が無実だという希望は完全についえる。

「けれど、どうしても理解できないことがあるんですよ」ニコラスが言葉を選びながら話し出した。「ウォーターストーン嬢の部屋を調べても、金がどこにもなかったことです」

ふん、そんなことか、とジェルベイズは思った。「若い女性なんだぞ、ニコラス。きれいなドレスやリボンや、散財する品物ならいっぱいあるはずだ」

ニコラスはそれでも首を振る。「彼女の買いものに、僕は何度も付き添いましたからね。彼女が自分のために金を使ったことなんて、ほとんどありませんでしたよ。つまり、国を売って受け取ったはずの金を、彼女はどこにやったのか、という疑問が残るわけです」顔を上げた青年の瞳はジェルベイズのほうを向いていたが、何も見えていない様子だった。「もし彼女が本当のことを言っていたのならどうするんです？体の不自由な兄上がいるとしたら？」

「政府の関係部署には問い合わせているんだが、返事がないんだ」ジェルベイズは他の可能性を指摘した。「秘密に作った銀行口座にため込んでいたのかもしれんだろう？　国外逃亡に備えて。当初から逃げることは計画してはずだ」

ニコラスが、大きくため息を吐く。「そうですかね？　昨日、玄関を出て行くときの彼女は、あらかじめ逃亡計画を準備していた悪党には見えませんでしたが。ただ怯えていましたよ」そして両手で顔を覆い、声がくぐもって聞こえた。「あのときのウォーターストーン嬢の姿が、頭に焼きついて離れないんです。土砂降りの雨の中、行くあてもなく、あれから街をさまよったのだろうと思うと……」

ジェルベイズの脳裏にも、不安そうなエリザベスの顔がよみがえる。その映像を消し去り、ニコラスの言葉で呼び起こされた居心地の悪さを、他の人間にぶつけることにした。「ジャック・ルウェリンは、まだフォレスター家にいるのか？」

「はい。ただ、あの男が実際にあの家に住んでいるかどうかまではっきりしていません」問い詰めるようなジェルベイズの視線を浴びて、ニコラスは身を縮こまらせた。

「台所で下働きをしているメイドにたずねたところ、ルウェリンはロンドンの中心街に住居があるとのことでした。確かな話なのか、まだ調べてはいません」

ジェルベイズはニコラスに背を向けた。「それよりも、手っ取り早い方法がある。ここにジャック・ルウェリンを連れて来い。今すぐに。俺が直接、あいつにたずねる」

「わかりました、すぐにルウェリンを連れて来ます」

ジェルベイズは青年の腕に手を置いた。「先に、何か腹に入れてからにしろ。三十分ばかり遅くなったところで、ジャック・ルウェリンはどこにも逃げはしないだろう」

＊＊＊

ジャック・ルウェリンが悠然と部屋に入って来ると、ジェルベイズは机をまたいで男の首を絞め上げたい衝動を必死で抑えた。輝く金髪と整った顔立ちを持つ、いかにも女どもが夢中になりそうな男だ。ジェルベイズは立ち上がったが、握手の手を差し伸べようとはしなかった。

特に勧められたわけでもないのに、ルウェリンは勝手に椅子に腰を下ろすと、脚を組みジェルベイズを見た。ブーツの疵が目立った。

「それで、俺に何の用だ？　俺は仕事に戻らねばならないんでね」

予想どおりだ。ルウェリンの話し方には、きわめて高位の貴族階級で、さまざまな特権を享受して育ってきた人間特有の尊大さと知性が感じられる。かすかにウェールズ訛りもある。

「呼び方としては、ジャック・ルウェリン卿でいいのかな？」

ルウェリンが不快そうに顔を歪める。「あなたはずいぶん頭のいい方だと聞いているが、その評判どおりであるのなら、俺が貴族としての称号はいっさい捨て去ったことぐらい耳にしているはずだ。俺はカーマーゼン公爵である父から勘当されている。ディアブル・デラメア公爵からジャック・ルウェリン卿などと俺が呼ばれことを、お偉い俺の父上が知ったら、卒中でも起こして死ぬぞ。俺が貴族として扱われることは、断じて許さん、とはっきり公言しているんだから」

ジェルベイズも腰を下ろした。「君の軍歴を考えれば、お父上が縁を切りたいと考えるのも無理のない話だと思えるが、違うか？」彼が眉を上げて問いかけると、ルウェリンは軽く肩をすくめた。「それとも、勘当されたのは不当だと訴えるつもりか？」

ルウェリンの瞳が一瞬ぎらっと光った。彼は危険な気配を漂わせてジェルベイズを見たが、すぐににやりとした。「カーマーゼン公爵家の問題を話し合うために俺をここに呼んだわけではないだろう？　父の訃報を俺に伝える役目を引き受けたのなら、話は別だが」ジェルベイズが首を振ると、ルウェリンはがっかりと息を吐いた。「それは残念。ただまあ、兄のエドワードがそんな楽しい役目を人に譲るはずはないがな。父の遺言書には俺の名前が一切書かれていなかったと、大喜びで俺に知らせるだろうから」

ジェルベイズは居ずまいを正して口を開いた。「君と話したかったのはエリザベス・ウォーターストーンのことだ」

ルウェリンの顔から笑みが消えた。「俺は彼女に雇われているだけだ。あの人の身に、何かよくないことでも起きたのか？」

ジェルベイズは相手の表情をじっくりと観察した。エリザベスの話題になっても、ルウェリンの顔にも態度にも、恋人らしい関係を匂わせる様子はまったく見られなかった。

「先日喫茶店で会ったあと、彼女を見かけたか？」

「ふん、自分が雇った者に尾行をつけるとはな。それとも、彼女だけが特別なのか？彼女が疑われるようなことでもしたのか？」

「俺がどうやっていろんな情報を得ているかについて、君にとやかく言われる筋合いはない。今はただ、エリザベス・ウォーターストーンがどこにいるのか、そして君と彼女の関係についてたずねている」

ルウェリンが机に手を伸ばし、蓋の空いた葉巻の箱から、一本勝手に抜き取った。

「関係についてはもう言った。エリザベスは俺の雇い主だ。俺の働きに対して、彼女が賃金を払ってくれている。先日喫茶店で会ってからは、いちども彼女の姿を見ていない。実は毎週一回、彼女の兄上の体の具合を報告することになっている」

ジェルベイズははっとした。「そんな話が信じられると思うのか？　信頼できる筋から得た情報では、その兄上とやらは戦死したはずだ。死人の介護は、いくら君でもできないだろう」葉巻の箱を、ぱたんと閉めて立ち上がる。「正直に言わないと、警察に突き出してやるぞ。また罪に問われて家名に泥を塗りたいのか？　さっさと本当のことを白状しろ」

　ルウェリンも立ち上がると、目の高さが同じになった。まっすぐジェルベイズをにらみつけ、同じぐらい威嚇的だ。「ひとつ忠告してやろう。無実の人間を脅して回る前に、事実を正確に把握しておくことを勧める。雇い主にこんな扱いを受けるのなら、エリザベスが姿を隠すのも当然だ」

　ジェルベイズはルウェリンのすぐ前まで詰め寄り、襟元を握った。「ちくしょう！　いいから彼女の居場所を言え！　彼女が危険な目に遭うかもしれないんだ」

　ルウェリンが一歩退き、ジェルベイズは仕方なく手を放した。

「本当に彼女がどこにいるか、わからないんだ。だが彼女に万一のことがあったなら、それが誰の責任かははっきりしたな」

　そう言われて、ジェルベイズはぼう然と部屋の真ん中で立ちつくした。

　そのあいだにルウェリンは扉へと歩き出したが、戸口で足を止めた。「俺の言葉を疑うのなら、明日の早朝にでも一緒にフォレスター家を訪問するのはどうだ？　俺は七時にハイド・パーク・コーナーで待つ。エリザベスの兄、マイケルを紹介するよ。役に立つ情報が得られるかもしれない」

ジェルベイズの返事も待たず、ルウェリンは去って行った。残されたジェルベイズは、結局苛々と部屋を歩き回るしかなかった。何かすることがないと頭がおかしくなりそうだったので、彼は仕事部屋へと向かった。レースの縁取りのある布が床に落ちているのを見つけた。女性もののハンカチだ。拾い上げると谷間のユリの香りがした。そっと顔に近づけるとエリザベスを思い出し、体じゅうの感覚が刺激される。ここに座って、メガネを鼻に載せ、指をインクで汚しているところ。そして机に押し倒して彼女の中に入ったときの、ドレスがめくれ上がった姿。

ああ、エリザベスはどこにいるんだ？

ジェルベイズは彼女のハンカチを丸めて、こっそり自分のポケットにしまい込んだ。こんな情けないところを誰にも見られなくてよかった、と思った。

エリザベスの机は、ハリントンがすっかり片づけてしまい、彼女がここにいた痕跡はもう何もない。思い出に苦しむこともないわけだが……。感傷的な気分が抜けたとき、ふと、時計が視界に入り、彼は眉をひそめた。普段ならとっくに来ているはずの書記官の姿がない。

するとハリントンの机の上に、折りたたんだ紙があるのに気づいた。ハリントンからジェルベイズに宛てた手紙で、今日は家族の事情により休みます、と書かれていた。小さく読みにくい書記官の筆跡を、もういちど見る。ハリントンに家族があることも初耳だ。今日は特に書記官を必要としているのに。さらに苛立たしいのは、いつ仕事に戻れるかも書かれていないことだった。

「まったく、もう！」ジェルベイズは紙を丸め、火のない燃え残りの石炭だけの暖炉に向かって投げつけた。紙は柵に当たって跳ね返り、暖炉の前の床に落ちた。ジェルベイズはさらに苛立ちながら、暖炉に近づいて紙を拾おうとした。すると、同じように暖炉に入れられたが、燃え残ってしまったくしゃくしゃの紙が柵の横に引っかかっているのに気づいた。

政府の公印で封がされている。ジェルベイズは紙を手に取ってしわを伸ばした。端は茶色くなっていたが、中はじゅうぶん読めそうだ。

封を切って中身を読んだが、意味がわからず、また読み返した。マイケル・ウォーターストーン中尉についての詳細な報告書だった。エリザベスとルウェリンが言うとおりのことが書かれていた。中尉はウェリントン公爵の軍隊で勇敢にスペイン戦争を戦い、負傷して除隊した。その功績にもかかわらず、ほんのわずかな恩給しかもらっていなかった。そして現在の住所は、フォレスター家のある場所。

ジェルベイズはしばらくその文書を見つめていた。徐々に胸が締めつけられていくのを感じた。ハリントンは、マイケル・ウォーターストーンの死亡を確認したのではなかったのか？　文書の日付を見ると、三日前になっていた。エリザベスがこれを燃やすはずはない。とすれば、この文書を握りつぶそうとしたのはハリントンしかいない。さらに彼は、当分仕事を休むつもりのようで……考えれば考えるほど、事態の深刻さが増してくる。

ノックの音に、ジェルベイズは飛び上がった。スタンディッシュが、馬車のご用意ができました、と伝えに来たのだ。ああ、外務省に行かねばならない。パレードの警護に関する最終的な打ち合わせがあるのだ。議論の先送りはもう無理だ。はっきりした結論を求められている。

何もかもが思いどおりにいかなくて、叫びたい気持ちをこらえながら、かれは執事から手袋と帽子を受け取り、雨の中、外へ出た。こうなれば、今の願いはひとつ。エリザベスがどこか安全な場所にいること。そしてジャック・ルウェリンの勧めに従い、明日、パレードの前にフォレスター家を訪ねてみよう。

32

紫煙《しえん》に曇る部屋で、ジェルベイズは目をすがめ、苛々と暖炉の上の置時計を見た。いったい何時間続くのだろう。葉巻の臭いに加え、隣の部屋から漂ってくる料理の臭いが鼻につき、彼はできるだけ口で呼吸しようとしていた。焼きすぎたローストビーフの古い脂と、糖蜜《とうみつ》プディングの臭いだ。

理由の説明もないまま、なぜか大臣は警護手順の確認をもういちどすると言い出した。すべて準備は整い、何もかも決まっているのに。これ以上我慢できなくなったジェルベイズは、咳ばらいをして立ち上がった。「諸君、申しわけないが、緊急の要件があるんだ。ここで失礼する」彼はそれだけ言うと、返事を待たずに会議室を飛び出した。

堂々とした政府の建物から石畳に足を踏み出すと、馬車が待っていた。会議中、エリザベスはアンジェリークに匿われているに違いないという気持ちがどんどん確信めいた考えとなり、まずは彼女の無事を自分の目で確かめたくなった。

三十分後、彼は繊細な陶器の人形が後頭部に当たって砕けるのを感じることになった。慌ててアンジェリークの家の玄関扉を閉める。こちらに来てから、あなたなんか、道端のどぶにはまってくたばればいいわ、と彼女にフランス語で罵られ続けながらも、家の隅々まで捜索した。エリザベスはいなかった。

ここに来たのが、完全に無駄足ということでもなかった。アンジェリークの言葉で、新たな可能性に思い当たったのだ。強引に捜索を続けるうちに、アンジェリークが、これ以上続けるのなら、ドラクロア卿のところに助けを求めるわ、と言ったのだ。

ビンセントだ。いとこの存在をすっかり忘れていた。ジェルベイズはまた帽子をかぶり直すと、御者にウェスト・ミンスター地区に行くようにと命じた。ビンセントがまだ宿にいるのなら、エリザベスが英国を出て行くのを阻止するために手を貸してもらおうと思った。もし彼女がすでに英国を離れていた場合でも、スイス在住のビンセントなら、何かと力になってもらえるだろう。

ペリカン・インのフロントデスクで、自分の身分を明かして、いとこのビンセント・ドラクロア卿はどの部屋に滞在しているのかをたずねると、恐縮しきった宿の者が部屋までご案内しますと申し出た。宿の従業員は、部屋の前で膝に鼻の頭がつきそうなぐらい深々と頭を下げ、ジェルベイズが扉をノックする前に去って行った。鍵がかかっていないようだったので、ジェルベイズは返事も待たずに扉を開け、自分で中に入っていった。

「こんな朝早くに突然押しかけて、申しわけない――」そこまで言ったところで、自分のいとこがエリザベスと暖炉の前で仲よく座っているのを見て、ジェルベイズは言葉を失った。二人でカードゲームをしていたようで、ビンセントはクラバットを緩め、エリザベスは男性用の化粧着をはおるというくつろいだ姿だ。彼女はゆったりと一本の三つ編みにした髪を背中に垂らしている。ジェルベイズは無性に腹が立って、その三つ編みで彼女の首を絞めてやろうかと思った。

その気持ちが顔に表われたのか、エリザベスはビンセントのほうににじり寄り、彼のほうは彼女の肩を、大丈夫だよ、とでも言いたそうに抱き寄せた。

エリザベスが無事であると知ったことへの安心感は消え失せ、怒りや嫉妬や他にもさまざまな感情が彼の心を覆いつくす。目の前の二人に対する殺意を脳が認識するより先に、彼の指は懐の拳銃を捜していた。

「ビンセント」鋭い口調で呼びかける。「聞きたいと思っていた答を、質問するより先にもらえたわけだ。俺はエリザベスの居場所に心当たりがないかとたずねるつもりだったんだが」

ビンセントは冷静な表情で腰を上げ、エリザベスの体を隠すように彼女の前に立った。自分の体を盾にして、ジェルベイズから守ろうとするその姿が、ジェルベイズには我慢ならなかった。ひどい侮辱だ。

「彼女から聞いたよ、ジェルベイズ。君は彼女を追い出したそうだな。違うか?」

「違ってはいないが、彼女は女であることを利用して、周囲の人間を騙すんだ。平気で嘘をついて人を裏切る。詐欺師みたいなものだ。その話は聞いていないだろう?」

エリザベスが瞳を燃え上がらせて猛然と立ち上がったの見て、ジェルベイズは強い満足感を得た。彼女から反応を引き出すことには成功したのだ。

「私はあなたを裏切ってはいないわ。あなたも無駄にお利口な頭を少しは使って、自分の周囲を見てみればいいでしょ。誰が本ものの悪党か、ちゃんと考えてほしいものだわ」

「はん、どうしてそんな必要がある? 悪党そのものが目の前にいるのに」

こちらに詰め寄ろうとするエリザベスを、ビンセントが制止した。彼女の肘をつかんで体の向きを変え、スイートルームの寝室部分の扉のほうに案内している。「もうお休み、エリザベス。ジェルベイズのことは、僕にまかせてくれ」

子どものようにぐすんと鼻を鳴らしてから、エリザベスはビンセントに抱きつくと、唇にキスした。ビンセントがゆったりと彼女の体に腕を回しキスを楽しんでいるあいだ、ジェルベイズは、こぶしを両脇でぎゅっと握りしめていた。やがて二人は体を離し、ビンセントが彼女の丸いヒップを軽くぽんと叩いた。

エリザベスは蠱惑的《こわくてき》な笑みを浮かべ、ビンセントに声をかける。ジェルベイズの存在など、完全に無視して。「では、ベッドで待っているわ」

エリザベスが寝室に消えるまで、ジェルベイズは黙っていた。扉が閉まると、彼はいとこを見据えた。「あれほど俺に、キスを見せつけなくてもいいのではないか?

そもそも、君たちのそのなれなれしいしゃべり方は何だ？」

「これからの関係を考えれば、そのほうがいいだろうと思ってね」ビンセントが肩をすくめる。「彼女の相手をしてやってくれと言い出したのは、君のほうだぞ、ジェルベイズ。自分はもう彼女には興味がないからと言って。俺はエリザベスをすばらしい女性だと考えている。君に対していろいろ説明する責任はあるだろうが、彼女が僕に助けを求めてきた以上、できるかぎりのことをしてやりたいんだ」

ジェルベイズは歯ぎしりしたい気分だった。ハリントンは別にして、なぜ誰もがエリザベスは無実だと言い張るのだろう？「とにかく彼女を危険な目に遭わせるな。明日のパレードには近づかせないようにしてくれ」

ビンセントは仰々しくお辞儀をした。「もちろんだ。僕が必ず彼女守る。約束するよ」

「彼女がまさか君を頼るとはな。思ってもみなかった」ジェルベイズは手袋をはめて立ち去る準備をした。胸に後悔が募る。

ビンセントはにやりと笑ってワイングラスを手にした。「気に入らないんだろ？見ればわかるよ。特に、エリザベスがベッドで僕を待ってる、ということが」

いとこの口にワインではなく、ぞうきんでも詰め込んでやろうかと、ジェルベイズは思った。そんなはずがあるか、と言い返したかったが、エリザベスがビンセントとベッドで絡み合う姿が頭に浮かび、いっさいの気力を失った。黙って廊下側の扉を開け、外に出ると力まかせに閉めた。ばしんという音に少しばかりの満足感を得たものの、背後にビンセントの高笑いが聞こえた、階段を下りるあいだも、その声が追いかけてくるような気がした。

＊＊＊

「何なの、あれは？」エリザベスは自分の体に腕を巻きつけ、ベッドに腰かけるビンセントの前を行ったり来たりした。「私に事情を説明する機会さえくれなかったわ。あんな人に真相を教えてあげる価値なんてあるのかしら」それを聞いてくっと笑うビンセントに、彼女は詰め寄った。「ジャック・ルウェリンにも何も言わなければよかったわ。ジェルベイズへのことづてを頼んでおいたのだけど。あなたから決闘用の拳銃を借りて、ジェルベイズを撃ったほうが、手っ取り早かったんだわ！」

「その考え方も、言い方も、ジェルベイズそっくりだね」ビンセントが、身震いするふりをした、「あいつの目の前で、君が派手にキスしてきたときには、ああ、これで僕の命はない、と覚悟したよ」

エリザベスは彼のほうに手を差し伸べた。「本当にごめんなさい。あまりに腹が立って、そこまで考えられなかったの。ジェルベイズに殴られでもした？」

ビンセントは彼女の手の甲にキスをして、扉に向かった。「いや、あいつが決闘を思い留まってくれたのは、幸運だった。全身の力を振り絞って、君のことなど何とも思っていないんだと自分に言い聞かせていたよ。気がついていたかい？」その言葉の意味を彼女に理解させようと、ビンセントは言葉を切った。「僕もこの部屋で寝てもいいんだが、やはり、出て行ってほしいか？」そう言ってベッドを示す。「自慢じゃないが、僕だってベッドでの技巧には定評があるんだ。サン＝メイロ一族の男だからね。どちらがじょうずか比べてみたいのなら、いつでも言ってくれ」

エリザベスがそっと首を振ると、ビンセントはウィンクしたあと、大げさに落胆した顔を見せて部屋を出て行った。ベッドに入った彼女の胸に、希望がわいてきた。ジェルベイズは彼女のことを想っているというビンセントの言葉にすがりつきたかった。温かな気で寝返りを打とうとした拍子に、自分を『詐欺師』と言った際のジェルベイズの顔を思い出した。ビンセントのやさしさに包まれて平穏に暮らせたら、きっと幸せだろう。この部屋の扉の前に立つ自分を見た昨夜以来、ビンセントはずっと完璧な紳士だった。

エリザベスはベッドに起き上がり、ろうそくを消した。ジェルベイズに自分の無実を信じてもらうための試みは、あとひとつ残るだけ。彼はエリザベスの言葉は信じてくれなかったが、ジャック・ルウェリンとマイケルなら、彼を説得してくれるかもしれない。明日の朝、最後の機会だ。

＊＊＊

ジェルベイズは帽子と手袋を玄関ホールの台にほうり投げ、がらんとした大理石の床を通って階段を上がり、自分の部屋に入った。屋敷は静かで、わざわざジャンを呼ぶまでもないと感じてひとりで着替えた。エリザベスのいない孤独が全身をさいなむ。彼女の快活さが恋しい。こんなにさびしくなるとは思ってても見なかった。誰のことも信じられないから、周囲から人がいなくなる、というアンジェリークの言葉が頭の中に響く。孤独を嚙みしめながら、彼は服を脱ぎ、裸になるとベッドに入った。

心配ごとはそれだけではない。ハリントンの姿が見えないのだ。ニコラスに命じて行方を捜しているのだが、これまで真面目すぎるぐらいだった書記官が、このタイミングで突然いなくなった。偶然とは思えない。ジェルベイズの頭で、警報音が鳴り響いている。ル・フルールの暗殺計画を阻止するのがジェルベイズの仕事だった。ハリントンは、その仕事がうまくいかないように妨害工作をしたのだろうか？　さらにぞっとする事態なのかもしれない。つまり自分の書記官が最初から敵側の一味だったかもしれないのだ。

現在、確信を持って言えることなど何もないが、確実なのは自分のわびしい未来だ。想像するのも嫌だが、何の楽しみもない孤独な老人になった自分の姿がつい目に浮かんでしまう。そんなことを思っていると息が苦しくなり、ジェルベイズはベッドから出ると換気窓を開けた。気まぐれなロンドンの空は、戦勝記念パレードにはたっぷりの太陽を用意することに決めたらしい。ただし、警備する側にとっては晴天だと都合が悪い。たくさんの人たちが見物に集まるからだ。

エリザベスはパレード見物に出てくるのだろうか？　ビンセントと一日ベッドで過ごすのか？　ちくしょう！　ビンセントに抱かれるエリザベス、といういまいましい想像図をどうにか頭から消し去ろうと、ジェルベイズはまたベッドに戻った。頭の下に手を入れ、ぼんやりと見上げる。天蓋の黒いシルクが鈍い光沢《こうたく》を放っている。換気窓から入る風で天蓋が波打ち、黒のシルクが、獲物を狙って頭をもたげる蛇のように見える。

そうだ、エリザベスとの契約はまだ有効なはず。レッスンがすべて終わったわけではないのだから。彼女もそれはわかっているはず。明日の夜までビンセントが彼女に手を出さずにいてくれたら、そして安全な場所に隠しておいてくれれば、まだ打つ手はあるに違いない……。

33

朝日が公園の周辺のスレート葺《ぶ》きの屋根を照らす頃、ジェルベイズは身支度を整えた。愛用の拳銃を黒い上着の内ポケットに忍ばせ、長靴を履こうとしたのだが、ジャンの手伝いなしでは少々手間取った。そっと階段を下り、厩舎側にある裏口から外に出る。ひと気のない厩舎でひとりで馬装し、ジャック・ルウェリンとの約束の場所へ向かった。

パレードの開始は午後なのだが、沿道には群衆が繰り出し始めている。誰もがいちばんいい場所からパレードを見物しようとしているのだ。

雨に濡れて元気のない様子だった沿道を飾る旗が、風に揺れた。プロイセンの国旗が顔に当たりそうになり、ジェルベイズはさっと頭を低くした。

約束の場所に到着したが、ジャック・ルウェリンの姿はどこにもない。ハイド・パークの中まで入って、その周囲を何度も見てから、公園の南東角のコーナーに戻ったジェルベイズは馬から降り、新鮮な草地で馬を歩かせた。そのあとかなり待ったのだが、やがて懐中時計を取り出し、予定の時間をかなり過ぎていることを確認した。

苛々しながら、時計の蓋を閉め、遠くの西門のほうを眺めた。

隠れたって無駄だぞ、とジェルベイズは思った。害虫なみの男だ。ゴキブリみたいに燻《いぶ》し出してやる。そう心でつぶやくと、彼はまた馬にまたがり、フォレスター家へと馬を走らせた。

到着すると、家の裏に厩舎はあったが、長年使われていないらしく、厩務員どころか馬さえいなかったので、彼は玄関の外階段の錆びた手すりに馬をつないだ。すり減った段を上がると、驚いたことに扉が半開きになっている。何だか不吉な予感がして、ジェルベイズは拳銃を取り出し、靴の先で扉を押し開けた。みすぼらしい玄関ホールにも、人の姿はない。このまま入っていこうか、誰かが現われるのを待とうか、と悩む。扉に背をぴったりつけ、自分の位置を確認する。

そのときペティコートの衣擦れの音が聞こえ、階段を見上げると、色褪せた花模様の壁紙に、フォレスター夫人のシルエットが浮かぶのが見えた。ジェルベイズは腕を下げて拳銃を上着の中に隠し、帽子を取った。

「勝手に入ってしまったことを、許してもらいたい。玄関で誰も応答してくれなかったもので。緊急の用件があり、ジャック・ルウェリン氏を訪ねてきたんだ」

フォレスター夫人は、ジェルベイズと目の高さが同じになるところまで階段を下りてきた。「許すだなんて、とんでもない」レースのハンカチで鼻を押さえる。「公爵さまにお出ましいただいて、光栄です。ただ主人は娘のメアリーを連れて、パレード見物に出かけ、留守にしております。主人が公爵さまをおもてなしできないのは、実に残念ですわ」所在なさそうに周囲を見る。「召使いも出かけてしまったようですね。でもルウェリンさんならいますよ」彼女はハンカチを顔から離し、薄暗い廊下のほうを指差した。家の裏側につながっているようだ。「ルウェリンさんは、台所横の、昔の家政婦頭の部屋を使っています」

ジェルベイズは玄関ホールの台に帽子を置き、すぐに廊下へ向かった。フォレスター夫人にあれこれ詮索されたくなかったのだ。部屋の前に着くと、ノックもせずに扉を開けた。ルウェリンに不意討ちをかけたかったのだ。

部屋に足を踏み入れると、ジャック・ルウェリンともうひとり別の男性が、机の後ろに座っていた。面影《おもかげ》が似ているので、これがエリザベスの兄のマイケルなのだろう。

「これはいったいどういうことなんだ？」ジェルベイズは厳しい口調で声をかけた。

するとルウェリンが立ち上がって叫んだ。「危ない！」

その警告に反応するより先に、ジェルベイズは右手首をねじ上げられ、背中に回されて身動きできなくなっていた。指を何度も壁に打ちつけられ、感覚を失った手は拳銃を床に落としていた。大きくて汚らしい手が口をふさぐ。自分の背後に大男がいて、動けないように押さえつけているのだ。もがいたまま、部屋の中央を向かされる。ちょうど自分の書記官、サー・ジョン・ハリントンがジャック・ルウェリンを平手打ちした瞬間が目に入った。

「静かにしていろと言ったはずだ」汗びっしょりで真っ赤な顔をしたハリントンが怒鳴った。

ルウェリンはハリントンに向かって唾を吐いた。「手下に助けてもらうと、急に威勢がよくなるんだな、おまえは」

ハリントンがまたルウェリンを殴り、彼の口から血が飛び散った。ハリントンが笑う。「おまえのほうこそ、弱虫の卑怯者という評判じゃないか、ルウェリン。何回殴れば、やめてくれ、と泣き叫ぶんだ？」ハリントンがこぶしを振り上げる。「一回か、二回か？」

ルウェリンが口汚く罵る。

ジェルベイズは顔を振って、覆っていた手から口を離した。「これはいったいどういうことなんだ？　この大男に、俺を放せと言え」

「いや、それはだめだな。この機会をずっと待っていたんだ。長年あんたに仕えてきたのは、本当に無駄だった。やっと仕返しができるんだからな」ハリントンの敵意を目の当たりにして、ジェルベイズは凍りついた。

「考えてもみなかっただろう？」ハリントンが話し続ける。「あんたのような自堕落で不愉快な男に使われるのが、どれほど私のプライドを傷つけてきたか。あんたは生まれながらに特権に恵まれてきたのに、商売女と遊び賭けごとをして遊び暮らした」

ジェルベイズは笑みを浮かべた。「自分なら、もっとましな生き方ができるとでも思ったのか？　おまえは暗号のひとつも解読できない愚かな男じゃないか。エリザベスが現われるまで、暗号はすべて謎のままだった」

ハリントンが体を強ばらせた。「また私を侮辱するんだな。まあいい。ああ、あの女が来たのは幸運だったさ。あんたがフォレスターに騙されたおかげだよ。うまくあの女を公爵家にもぐり込ませることができたのは、本当によかった。きっと暗号を解読してくれるだろうと、期待していたんだ」

マイケル・ウォーターストーンが声を上げた。「僕の妹は国を裏切るような人間ではない！　エリザベスが暗号を解読したのなら、強制されたからに違いない」

ジェルベイズは皮肉っぽく笑い声を漏らした。「ウォーターストーン中尉、君も自分の妹がどういう人間かは知っているだろう？　暗号解読にかかわったのは、彼女自身の意思によるものだ。誰かに脅されたって、おとなしく従うような女性ではない」

さらに言葉を続けようとしたのだが、ハリントンに頰を引っぱたかれてしまった。

「なかなか興味深い会話を邪魔して悪いが、あの女にこちらの計画を知らせてはいないんだ。フォレスターの娘だから、当初は暗号解読を手伝せるつもりだった。ただ、いけ好かない女だし、聞くと継父とも非常に仲が悪いとのことで、計画に引き入れるのをあきらめた。ところが、余計なことに首を突っ込みたがる女だから、あいつのほうから興味を示し、結局あの女ひとりで暗号解読をすることになったわけだ」

「そうなったのは、エリザベスがおまえよりはるかに頭がいいからだ」ジェルベイズが口をはさんだ。「おまえは書類整理しか能のない、フランス政府の使い走りだ。はした金を見せられれば、何だってするんだろう。それでも、なぜここまでする？　ウォーターストーン中尉やルウェリンまで巻き込む必要はないだろうに」

「使い走りなんかじゃないぞ！　最初の暗号解読者が殺されたあと、計画を練り直したのはこの私なんだからな」ハリントンは見るからに興奮していた。「ル・フルールの計画が無駄になるのを見ていられなかった。だからわざとあんたの部下に通信文を横取りさせるよう手配し、その文書をあの女の目につく場所に置いておいたんだ。思ったとおり、あの女は大喜びで解読を始めたよ。見事な作戦だろ？　全部私が考えたんだ」

ジェルベイズは口を歪めて笑った。「国を裏切ったおまえに称賛の言葉でもかけろと言うのか？　頭がおかしいんじゃないか」

ハリントンが、横にいる別の男に目配せした。その男が前に出てくると、ジェルベイズは身構えたが、背後の男に腕をねじ上げられていて防御姿勢も取れないまま、迫ってきた男のこぶしが脇腹に食い込んだ。背後の男の体にもたれる形になったが、そうしなければ情けない姿で膝から崩れ落ちていただろう。脇腹から肋骨《ろっこつ》へと広がる激しい痛みに耐えながら、彼は何とか足を踏ん張った。

ハリントンはよし、と背後の男にうなずきかけた。「そいつを連れ出せ。もうそいつには用はない」ジェルベイズが口を開く前に、ハリントンがジェルベイズに向けて言った。「その男の良心に訴えようとしたって無駄だぞ。その男に良心なんてものはないし、たんまりと報酬をもらっているからな」そしてまた、男に向けて命令した。「始末してこい。そのまま川にほうり込めばいい」

手首を縛られ、扉へ引きずられていくあいだ、ジェルベイズは懸命に抵抗した。このまま悪者の思いどおりにされるのが我慢ならなかった。足裏を床に押しつけたのだが、腎臓の真上をひどく殴られてしまった。別の男も加勢に来る。最後にハリントンに向けて、大声でたずねた。「つまり、暗殺がどこで行なわれるか、具体的な場所は政府に伝わっていないわけだな?」

ハリントンがせせら笑う。「まだ私を低能扱いするのか? 政府には知らせたよ、別の場所をな。自分で書いた紙とすり替えたんだ」そこで高笑いする。「具体的な場所を知っているのは私だけだ。ああ、もちろんル・フルール本人を別にしてね」扉から引きずり出されようとするジェルベイズを見ながら、ハリントンは吐き捨てるように言った。「あんたがいなくなって、せいせいするよ。あんたの死体が発見されたら、仕事は私が引き継ぐから。摂政王太子の暗殺の中心人物として、被疑者死亡のままあんたは起訴される。そうなっても、公爵さまはそんな方ではなかった、とでも弁護してやってもいい」

ジェルベイズは、裏口からまぶしい太陽の下へ突き出された。かなりの勢いをつけて押されたので、転んで地面に手をついた。縛られた手首をまた引き上げられ、黒い馬車に乗せられるあいだ、彼の心で屈辱感がふくらんでいった。人相風体《にんそうふうてい》から考えて、この二人の大男なら躊躇なく人を殺すだろう。自分の人生がもうすぐ終わる。せいぜいあと数時間、悪くすれば数十分だ。

馬車はそう遠くへは行かなかった。こんな短距離の移動では、逃げ出すチャンスもない。テムズ川の汚泥の臭いがする。男二人は、彼を押しながら、じめじめした洞窟《どうくつ》のような場所に入った。立ち止まると、男二人の顔が迫ってきた。獰猛《どうもう》な顔に、ジェルベイズを痛めつけようという意図がはっきりと表われている。

男のひとりに顎を殴られ、ジェルベイズはすぐに応戦したが、二人がかりでの殴る蹴るには、太刀打ちできない。やがてその場に倒れ、上着とウェストコートを乱暴にはぎ取られるのをぼんやりと意識した。そのあと目の前が真っ暗になったのは、神の慈悲みたいなものだった。

＊　＊　＊

まだ午前九時になったばかりだったが、ビンセントの自分に対する苛立ちは相当なものだろうとエリザベスは思った。早く行動を起こさなければ、と彼をせっつくので、スイートルームの居間で朝食をとる彼も、落ち着いてお茶をすすってはいられないはずだ。

「ジェルベイズに会わないと。暗号について説明しなければならないのよ」

ビンセントがため息を吐く。「この話は、もう何度もしたよね？　ジェルベイズにはジャック・ルウェリンが情報を伝える。君の計画どおりだ」

「万一のこともあるわ」

「何らかの不都合が起きたとしても、君がどうこうできる問題でもないだろ？　僕はジェルベイズと約束したんだ。君をパレードの近くには行かせないって」

室内を歩き回っていたエリザベスは足を止め、ぼう然とビンセントを見た。「あなたが、何をジェルベイズに約束したですって？」

ビンセントは口元をナプキンで押さえ、困った顔で言った。「おっと、これは失言だったな。君は本当に厄介な人だね。とにかく、僕から聞いたと、ジェルベイズには言わないでくれ」

こうなったらぐずぐずしてはいられない。エリザベスは、ちょこんとカーツィをして、廊下側の扉に駆け寄った。「あなたとジェルベイズが共謀していたとはね。もっと早く気づくべきだったわ。でも、あなたと違って、私はジェルベイズが言うとおりには行動しないの」

ビンセントに止められるより早く、エリザベスはドレスの裾をつまみ上げて、階段を下りた。宿の外に出ると道路は人で埋めつくされていた。彼女は息を吸い込むと、特に人が多く群がっているあたりを狙って飛び込み、人ごみに紛れた。そのままハイド・パークの緑を左側に見ながらメイフェア方面を目指し、やがてグロウヴナー・スクエアにたどり着いた。あたりはいつになく静かで、中央の庭園部分にも人はいない。普段なら優雅な楡の大木の下で子どもと遊んだり、砂利道を散歩したりする乳母たちがいるのに。おそらく、誰もが召使いたちを連れてパレードを見物に出かけたのだろう。

エリザベスはデラメア・ハウスの玄関の外階段を駆け上がり、扉を叩いた。応答を待つ時間が永遠にも思えた。やっと現われたスタンディッシュ氏に、ほっとした笑顔を向けたが、執事からは笑みが返ってこなかった。

「おはよう、スタンディッシュさん。公爵さまはいらっしゃる?」

執事は顔を強ばらせた。「ウォーターストーンさまをお取次ぎしないよう、固く命じられていますので」

「緊急事態なの。私が訪ねてきたと伝えてくれさえすれば、公爵さまはきっと私と話したいとおっしゃるわ」

「申しわけございません。今すぐお引き取りください。警察を呼ぶようなことだけは避けたいのです」それだけ言うと、スタンディッシュ氏は扉を閉めた。

目の前で閉め出されたエリザベスはぼう然として、打ち上げられた魚のようにぽかんと口を開けた。やがて我に返ると、およそレディにはふさわしくない悪態をついて、真鍮の扉板を蹴り、足音も高く玄関の外階段を下りた。なおもその場に立ちつくし、このあとどうしようかと考えていると、また扉が開いた。

「エリザベス！」ニコラスが段を駆け下りてきた。慌てて転びそうになりながら、彼女の手を取り、屋敷の中へと引き入れた。

「公爵さまがいないんだ。ジャンの話では、今朝、誰にも何も告げずにどこかに出かけ、そのまま戻って来ていないようで」

「公爵さまは子どもではないのだから、誰にも告げずにどこかに出かけられることなんてよくあるでしょ」

「それはそうだが、他にも妙なことがあって……。サー・ジョンが昨日から行方不明なんだ。僕も捜しているんだが、どこにもいない。その上今度は公爵さまだ。きっとル・フルールの摂政王太子殿下の暗殺計画と関係があるんだと思う。とにかく、公爵さまを見つけないと」

エリザベスは頭をめまぐるしく回転させながらも、安心させるようにニコラスの袖に軽く触れた。サー・ジョンの逃亡については驚くまでもない。しかしジェルベイズまでも消えたとなると、事態は新たな様相《ようそう》を呈してきた。

「あなたはアンジェリークのところを確かめてきてちょうだい。もしかしたら彼女のところにいらっしゃるのかもしれないから。それから外務省に連絡して現在の状況を説明し、ストランド街にもっと警備の人を出すように伝えて」

ニコラスは、具体的な指示を受けて喜んでいるようだった。「あなたはこれからどうするんだ？」

エリザベスは不吉な笑みを浮かべた。「継父が家にいるかを調べてくるわ。もしかしたら公爵さまは、フォレスター家を訪問したのではないかと思うの」

＊　＊　＊

フォレスター家の玄関扉は開いたままになっていた。中に入ると台の上に見慣れたグレーの帽子が置かれていた。ジェルベイズのものだ。どうしようか悩んだが、エリザベスは階段を上がり、母が談話室として使っている部屋を覗いてみることにした。母はいつもの椅子に腰かけていた。頭に載せたキャップは繊細なレースで、大きさを調整するためにレースと合わせたリボンが縫い込んである。エリザベスが部屋に入ると、母はあからさまに嫌そうな表情を浮かべて顔を上げた。

「何しに来たんだい、エリザベス？」

「マイケル兄さまに会いに来たのよ。ルウェリンさんと一緒に、兄さまをパレード見物に連れて行こうと思って」

母は自分用に紅茶を注いだ。「入れ違いになったようね。あの二人は夜明け頃に出かけたよ。よく見える場所を取るんだとか言って。メアリーも父親に連れられて見物に出たのよ」

エリザベスは出口へあとずさりした。ジャックと兄が夜明けに出たのなら、ジェルベイズに情報を伝える機会などなかったのでは？　それでも自信に満ちた笑顔で、きちんと母に挨拶した。「お母さまの邪魔をするつもりはなかったの。兄さまの部屋に寄って、私に宛てた書き置きでもないか見てくるわ。そのまま帰るから」

言い終えて廊下に出た瞬間、サー・ジョン・ハリントンが現われた。息をのむエリザベスの行く手を彼がさえぎる。

「おっと、それは無理だな、どこにも帰らないさ。あんたには、ちょっと言いたいこともあってね。あんたが余計なことをしたせいで、公爵さまには私の判断と忠誠心を疑われることになったからな」

彼女の全身に緊張が走る。「いったい何の話でしょう？」

「ふん、何の話かわかっているはずだ」サー・ジョンは彼女の腕をつかんだ。「公爵さまに私の悪口を吹き込んだだろう？　そのせいで、おまえの言い分が通りそうになったんだ。おまえの体に夢中だからな、あの方は。私の言葉など、信じてもらえなくなった」

「よくもそんなことが言えたわね。アンジェリークのブレスレットを、私のレティキュールの中に入れたのはあなたでしょ？　私がお屋敷から放り出されるように仕向けたんじゃないの。公爵さまの意見を左右するような力は私にはないわ。私が何のためにここに来たと思うの？」

サー・ジョンは彼女の腕をつかんだまま放そうとしない。焦った彼女は、何ごともなかったかのように紅茶を飲む母に助けを求めた。「お母さま、この人はひどい悪党で、フォレスターさんと悪いことをたくらんでいるの。だから公爵さまを見つけて――」

「教えてあげるわ。サー・ジョンは私の遠縁にあたるの。二人とも、ひどい貧乏から這い上がってきたんだよ」母が立ち上がって、エリザベスに近づく。「ここは私の家なんだからね、この家で何が起きているか、私が知らないはずがないだろう?」母が笑顔でサー・ジョン・ハリントンを見上げる。「デニスは親切な人だからね。私とサー・ジョンのあいだの使い走りとして、ずいぶん役に立ってくれた。でもそれだけだよ、あの人は何も知らない」

「お母さまは、暗殺計画のことを知っていたの?」エリザベスは声を出すのもやっとだった。

「あたりまえだろ、知ってたさ。摂政王太子を亡き者にする計画をサー・ジョンと二人で練り始めて、かれこれ一年になるかしらね。その後、暗号解読ができる人間がいなくなって、代わりの人間を捜さなければならなくなった。そこで思いついたわけさ、血を分けた我が娘がいいって。あんな体になっていなければ、マイケルがよかったんだが、おまえでじゅうぶんだったよ」母が高笑いする。「それどころか公爵をベッドに誘い入れることまでやってのけたからね。そのおかげで、公爵は職務から気がそれることまであった。まったく、この私でもあそこまでのことはできなかったよ」

「どうしてこんなことを？　祖国を裏切る行為なのよ？」

フォレスター夫人は完璧な形の眉を、きれいに弧を描いて上げてみせた。「なぜですって？　お金のために決まってるでしょ。サー・ジョンは準男爵の家に生まれたのに、生活費を稼ぐために働かなければならないの。私はデニスと社会的な地位を守るために、それからメアリーにちゃんとした結婚相手を見つけるために、お金が必要なのよ」

こうまでぬけぬけと自分の強欲さを認める母親にかける言葉も見当たらず、エリザベスはただ首を振った。嫌悪感が顔に出たのか、母が体を硬くした。

「サー・ジョン、どうやらエリザベスは公爵に会いたくてたまらないらしいよ。そろそろこの子を公爵のところに連れて行ったらどうかしらね」

よくないことが起きるのを感じて、エリザベスは反論しようとしたのだが、どこからともなくこぶしが飛んで来て、意識が遠のき、なすすべもなく暗闇に落ちていった。

34

聞き慣れた声が自分を呼ぶのに気づいて、エリザベスは意識を取り戻した。かすれた声が、必死に何度も自分を呼んでいる。そのままかなりの時間が経過して彼女が目を開けると、レンガがアーチ状に積み重ねられた天井が見えた。ここはどこ？　思い出そうと起き上がると、痛みに悲鳴が漏れ、頭に手を当てた。頭が破裂しそうだ。何度も意識が薄れそうになり、地面がぐらぐら揺れる。

「エリザベス？　大丈夫か？」

何とかしっかりしようと、彼女は周囲を見た。そこはトンネルの中のような場所で、下り坂になっており、その先には川面が見える。川への出口には錆びた鉄格子があり、海藻やゴミがそこに溜まっている。隙間から絶え間なく水が入ってきている。川と反対側を見ると、壁の高い位置に扉があり、そこに行くには急な傾斜で五個の段を上がらねばならない。階段の上部に人影が見えた。ちゃんと足が立つかまだ自信がなかったので、彼女はゆっくりと段のほうに這って行った。

ジェルベイズが壁にもたれていた。頭上に掲げた手は縄で結わえてあり、段に座って脚を投げ出している。上着もなしで、シャツは汚水でぐしょ濡れになっている上に、こぶしの形の血や靴底の痕までついている。

「ああ、よかった」押し殺したような声だった。

エリザベスは引き寄せられるように、彼の足元まで這い進んだ。彼の左目は腫れ上がってきちんと開かないらしく、頰を血が流れ落ちシャツを汚している。うまく声が出ないらしく、しゃべろうとすると無理な呼吸になるのか、ぜいぜいという音が閉ざされた空間に大きく響く。「君はもう殺されてしまったのかと思った」

エリザベスは自分の後頭部に手を当てたが、痛みに顔をしかめた。「サー・ジョン・ハリントンに殴られたのね、きっと。母と話しているところを襲われたの」

「ああ、もう……。ビンセントでは君を止めておけないとは思っていたんだがな。ここまで俺のあとをつけて来たのか?」

エリザベスはふん、と鼻を鳴らした。「最初はあなたを捜してデラメア・ハウスまで行ったのよ。ところがスタンディッシュさんに、公爵さまはお留守ですと追い返された。行き先は誰にも言うな、特に私には絶対に話すなと命令されてるって」

彼は申しわけなさそうな顔をした。「悪かった、謝るよ。だがここに閉じ込められてどうすることもできなかったんだ」そして、縛られた手首を見上げた。「この腕を自由にしてくれないか?」

ずきずきとうずく後頭部の痛みも忘れ、エリザベスはすぐに立ち上がった。一瞬ふらついたが湿ったレンガの壁で体を支え、深呼吸する。下水と腐った潮水《しおみず》の強烈な悪臭に、またためまいがしそうになる。

彼の手首を縛った縄は、うまく壁の鉄製の杭《くい》に結わえてあった。エリザベスが縄の端を引っ張ると、ジェルベイズが悲鳴と悪態を漏らし、手首から袖を伝って血が流れ落ちた。エリザベスは数段下りて、彼の顔を見た。泥で汚れてわからなかったが、彼の顔からは完全に血の気が失せていた。

「私の力では、結び目を緩めることはできないわ。固く締めてあって、どうすることもできない」

「くそったれ！　それぐらいわかってるよ。俺はこの何時間か、ずっと縄を振りほどこうともがき続けたんだから」

「私に八つ当たりしなくてもいいでしょ。あなたをこんなひどい目に遭わせた張本人は、私じゃないんだから」

「君にされたのも同然だよ！」

そのとき街の鐘が鳴り始めた。地下通路に残響が響き、地響きのような群衆の歓声とともに、トンネルの壁を揺らした。

「二時だ」あたりがいくぶん静かになると、ジェルベイズがつぶやいた。「摂政殿下と同盟国の首脳は、あと一時間したらストランド街を通過する」彼がちらっとエリザベスを見た。「君ひとりでここを出て、助けを求めろ。扉に鍵はかかっていないから。君をここに投げ入れたあと、あいつらはそのままにしていったんだ。君はまだ数時間は意識を取り戻さないと考えたんだろう」

エリザベスは彼の言葉の意味を考えた。つまり、このままにしておけば彼女は死ぬと悪党ども考えたわけだ。母もそう考えていたのだろうか？　実の娘なのに？

そんなことを思うのは辛いので、彼女は別の問題に気持ちを向けた。下の鉄格子の先には荒々しいテムズ川の流れが見える。潮が満ちてくると川の水位が上がり、この内部は水浸しになるはずだ。さっきまでは見えていたレンガの床にも、今はもう血に染まった赤い水が溜まっている。

「私がここを出て行けば、あなたはどうなるの？　レンガの湿り具合を考えれば、排水口から入ってきた水は、天井まで達する。つまりあなたは溺れ死ぬのよ」

彼のほうを振り向き、二人の視線が合った。知り合って初めて、彼は自分から目をそらした。「国家の安全は、俺の命より重要だ。エリザベス、俺をここに置いて、君は行くんだ」

「私はあなたと一緒にいたいの」もうくるぶしあたりまで水は上がってきていた。ドレスが脚にまとわりつくのを蹴飛ばすようにして、彼女はジェルベイズと並んで座った。「あなたはディアブル・デラメア公爵なのよ。頭がよくて力もあるはずのお偉い公爵さまが、脱出計画すら立てられないなんて、信じられないわね」

ジェルベイズは弱々しくほほえみ、震える息を吸った。「どうしても俺を助けたいと言うのなら、長靴の中にナイフが隠してあるから、ブーツを脱がして取り出してくれないか」

彼は左膝を立てたが、そうするのもかなり辛そうだった。ドイツ軍兵士が使用したことで大流行となった、おしゃれなヘシアンブーツと靴下のあいだに彼女は自分の指を入れ、懸命に引っ張る。汗びっしょりになり、髪をかき上げてジェルベイズに文句を言った。

「この長靴、あまりにあなたの脚にぴったりで、引きはがすことができないわ」彼の反対側の脚にまたがり、体重を利用して思いきり引っ張ると、反動でどんどん水位の上がる川の水に頭からひっくり返ってしまった。ただやっとブーツは脱げ、やわらかな革の内部に手を這わせると、薄い刃のナイフがあった。すぐにその刃を水分を含んだ麻縄に当て、彼の皮膚を傷つけないようにと祈りながら、懸命に前後に動かした。

また鐘がなる。二時だ。遠いところで祝砲《しゅくほう》が撃たれるのが聞こえ、トンネルにその余韻《よいん》が反響して、いよいよ増してきた水にさざ波を立てた。

彼女は作業に集中するため、『オレンジとレモン』の童謡を口ずさんだ。鐘の音からその歌詞を連想したのだ。川の水はもうジェルベイズの長い脚のすぐ下まで迫り、足先を濡らそうとしている。いや、今はそんなことに気を取られてはいけない。

「えらく時間がかかるんだな」ジェルベイズの穏やかな声に、彼女ははっとして、危うくナイフを落としそうになった。「俺をここに置いて、君だけで行くんだ」

「嫌よ」彼女は歯を食いしばったまま言った。その瞬間、やっと片方の手首の縄が切れた。すぐにもう一方を切り始める。「私と一緒にここを脱出しても、悪者のところに連れて行かれるだけだとでも思っているの？　怖がりなんだから」

「エリザベス……」

「私があなたを自由にするのは、あなたが必要だからよ。二人で暗殺犯を捕まえないと」のこぎりを立てるように、彼女は懸命に刃を縄に押しつけて動かした。ジェルベイズが手をこぶしに握る。「あなたのせいで、私の評判は地に落ちた。私は売国奴と呼ばれるようになっているのよ。私ひとりで暗殺者を捕まえようとしたって、誰も手を貸してくれないでしょ」

＊　＊　＊

ジェルベイズは膝の上で指を曲げてみようとしたが、痛くて筋肉が思いどおりに動かなかった。エリザベスは青白い顔に軽蔑するような表情を浮かべ、復讐の天使みたいに彼の目の前に立っていた。やっと血流が戻ってきた感覚があったので、腕を動かしてみたが、その瞬間激痛が全身に走り、思わず悲鳴を上げそうになった。

そっと脇腹に手を当て、少しだけ押してみる。また新たな痛みを感じ、目を閉じた。

立ち上がろうとするときには、意識を失いそうになり、ぬるぬると滑る壁に手をついて体を支えた。

彼女はすぐにかたわらに寄り添い、情けない姿をさらさずに済んでほっとした。

「お体の具合が思わしくないようですのね、公爵さま。私にできることがございましたら、何なりとお申しつけください」

彼女の胸の谷間に顔を埋め、赤子のようになきじゃくりたい衝動をジェルベイズは懸命にこらえた。エリザベスが自分の顔をまともに見てくれさえすれば、『お体の具合も思わしく』なるのに。この体に触れて、愛し合ってくれたら……。ああ、もう少しで彼女を永遠に失うところだった。彼女だけでなく、自分が大切に思うすべてのことが、手の届かないところに消える寸前だったのだ。

「気分はずっとよくなった」石段の上にある扉を示す。「さあ、行こう」

壁から体を起こすと、肋骨がそれは困ると訴え、彼はまともに立つことができなかった。エリザベスが支えてくれなければ、今や膝の高さにまでなった水の中に頭から突っ込んでしまっていただろう。ああ、いまいましい。

彼の体勢をひとまず落ち着かせると、エリザベスは彼の胸を調べ始めた。冷たい彼女の指が脇腹に触れると、彼は、うっと息をのんだ。ジョン・ハリントンの雇った暴漢がいちばん痛めつけた場所だ。ふと気が遠くなり、次に意識がしっかりしたときには、段の上に座ってエリザベスの頭のてっぺんを見下ろしていた。彼女はペティコートを破って、包帯を作っていた。

「肋骨を固定しなければなりません。シャツを上げていただけますか？」

文句を言う気力もなかったが、それより水位がどんどんと上昇し、もうあまり時間がないのがわかっていた。エリザベスは急ごしらえの包帯を手早く彼の胴に巻きつけていく。彼女が最後の一周を巻き終えると、彼は腕を下ろし、その手で自分の胸元に置かれていた彼女の顎をつかんだ。

「俺の名前はジェルベイズだ」かすれた声が切迫感を出す。こんな必死に何かを訴えたことは、これまであまりなかった。「さっきからの召使いみたいな話し方は何だ？俺たちは肌を合わせた間柄なんだ。ちゃんと名前で呼べ」

彼女は少し体を離し、正式なカーツィをしてみせた。迫りくる水流の中でも、優雅に見えた。

「いいえ、違いますわ、公爵さま。私がベッドをともにしたジェルベイズは、あなたではありません。あなたは私の信頼を裏切ったのです。私を売国奴と決めつけたのですから。でも傲慢な貴族だから仕方ないと思うようにします」彼女の声が震え、彼が手を伸ばしてもさっと体をよけた。「そう思っていると、あなたと一緒にいることも耐えられるような気がするので」

裾の濡れたドレスをつまみ上げ、彼女は段を上がって行った。胸を張り、背筋をぴしっと伸ばして。ジェルベイズは、くそっとつぶやいて彼女のあとを追った。そして、しっかりと肋骨が固定されたおかげで、呼吸がすっかり楽になっていることに気づいた。

道路まで出ると、興奮した群衆の耳をつんざくような歓声が二人を襲った。まるで耳のすぐそばで拳銃を発射されたように思える。前を歩いていたエリザベスが足を止めた。彼と同じように、このすさまじい音にぼう然としているようだ。二人のひどい格好に気づく人はいない。誰もがパレードに夢中になっている。今道路の中央をゆっくりと進むのは、キルトをまとったスコットランドの衛兵だ。

人ごみの中でエリザベスを見失いたくなくて、ジェルベイズは彼女の手を取った。歓声がさらに大きくなる中、彼は体を倒して彼女の耳元で声を張り上げた。「ストランド街に行かないと。解読した暗号文書では確か、サマセット・ハウスからの狙撃を指示していた」あたりの騒音がピークに達し、また少し静かになる。

エリザベスがうなずいた。「ええ、そのとおりです。サマセット・ハウスからならパレードを狙うのは難しいと考え、私が決めたんです」

ジェルベイズは彼女の腕をつかんで、自分と正面から向き合わせた。「君が考えて、決めた？」

エリザベスは彼の手を振りほどこうとしたが、すぐにあきらめて、やれやれ、とでも言いたそうに彼の後ろの光景を眺めた。「私が暗号を書き換えておいたんです。ジョン・ハリントンがフォレスターと共謀して悪事を働こうとしているのだと推理し、それなら、と偽の暗号をわざと見つかるようにしておきました。あなたとハリントンに責められて見つかった、あの紙です」

彼女はちらっとジェルベイズに視線を戻し、また遠くを見た。腕をつかんでいた手を放すと、彼はじっと彼女の様子を見た。人々が彼にぶつかり、邪魔だと背中を押し始めたが、いっさい無視していた。

「つまり狙撃犯を、違う場所に誘導したわけだな」自分を納得させるように彼がつぶやく。「なるほど、そういうことだったのか。俺はなんて愚かだったんだ。ハリントンは、自分とル・フルールの他には場所を知る者はいないと言って、サマセット・ハウスに狙撃犯を連れて行ったんだ。一方、ル・フルールは指示した場所に現われるはずだ」ふと笑い声を上げてしまった。「サマセット・ハウスの前はものすごい人だかりだろうし、あの場所から狙っても群衆が邪魔になって、道路の中央を進むパレード参加者にはまず銃弾は当たらない。これから行けば、狙撃犯を捕まえることができる」ジェルベイズはエリザベスの泥だらけの手を自分の口元に運び、甲にキスした。「ありがとう、何もかも君のおかげだ。俺が少ししか君を信頼していなかったのに、君はそれを何千倍にもして応えてくれた。さあ、行こう。君の計画の成功を見届けるんだ」

群衆はもちろん、二人の行く手をさえぎる意図などないのだが、その圧倒的な流れの強さに逆らって進むのは困難をきわめた。ズボンのポケットには何も入っていなかったが、スリが探る手を少なくとも二度、はっきりと感じ取り、泥だらけのドレス姿のエリザベスも好奇の目で見られていた。できるだけ彼女をしっかりと抱き寄せ、人ごみに押しやられそうになる彼女を守った。彼は流れに逆らうのはやめ、上げ潮に乗って岸を目指すように進んでみようとしたのだが、途中で人の波におぼれそうになった。

ロシアのコサック部隊が特徴的な制服で行進するのを待つあいだ、ジェルベイズは彼女に質問した。「本来であれば、どこで摂政殿下を狙撃するようにル・フルールは指示していたんだ？」

エリザベスは半分だけ彼のほうを向いて答えた。「チャリング・クロスです。ちょうど、パレードがテムズ川べりを離れるあたり」彼女はぶるっと身を震わせた。「それなら、暗殺が成功する可能性はじゅうぶんありました」

ジェルベイズも同感だった。ただうなずき、人波が少し途切れたところを見計らって、エリザベスと一緒に道を渡る。バグパイプの音が華やかに響き、その音量で何を話すこともできなくなった。二人は近くの大きな建物の壁に身を寄せて、しばし人の流れをやり過ごした。先を急ごうとするエリザベスを押し留め、ジェルベイズはさらにたずねた。

「フォレスターの家で、今日ジャック・ルウェリンと兄上を見かけたか？」

「いいえ。二人ともパレード見物に出かけたと母から言われたんです」

彼の心に不安がよぎり、その気持ちが顔に表われたのだろう、彼女がジェルベイズの腕をつかんで質問する。「あなたは二人と話したの？　何か心配なことでもあるの？」必死の面持ちで、皮肉っぽく、公爵さま、と呼ぶことさえ忘れている。

彼は彼女の頰に落ちた髪をかき上げ、落ち着いた声で告げた。「二人と話す機会はなかった。俺が到着したときには、二人はすでにジョン・ハリントンに身柄を拘束されていた」そして彼女の唇に指を立てる。「今すぐ二人の身に危険が迫っているわけではない。いいか、すべては俺と君とで仕組んだことになるんだ。腐乱してふくれ上がった俺たちの死体がテムズ川で発見され、俺たちはフランス政府に協力したあげく、邪魔になって始末されたということになる」

誇張した話で笑いを取ろうとしたのだが、彼女の不安は消えなかった。そして体を離してぽつりと言った。

「そうね。戦争から逃げた卑怯者と戦争で体の自由を失った元軍人の言うことなんて、誰も信じないでしょうからね。ハリントンは、うまく考えたものだわ」

「いや、さほどうまい考えでもない」ジェルベイズは反論した。「俺たちはまだ生きているし、これから俺たちが狙撃犯を捕まえるんだから」彼は歩道の端まで進み振り返ってエリザベスを見た。「わかってるよな？　暗殺を阻止するのは俺たち二人でやらなければならないことを。ハリントンはおそらく、政府には偽の情報を渡し、何の関係もない場所に警備の者を多数配置させているはずだから」

エリザベスが覚悟を決めたような表情で追いついてきた。「ええ、わかっています。あなたの姿が見当たらないことなどの事情を外務省に連絡しておくように、今朝ニコラスには伝えたんですが、警備はストランド街に沿って配備するようにと言っただけで、具体的な場所までは明かせませんでした。あなたがどうなったのかもわからず、私が偽情報を敵に与えた話もジャック・ルウェリンからあなたに伝わったのかも定かではなかったからです」

なんとまあ、機転の利く女性だと、ジェルベイズは改めてエリザベスの頭のよさに感心した。二人で先を急ぎながら、この事件が無事解決できたら、二度と彼女から目を離さないぞ、と彼は心に誓った。

＊
＊
＊

サマセット・ハウスに近づくと、荘厳《そうごん》な建物の前には、多くの人々が集まっているのが見えた。人垣はまだ増え続け、道路のほうはまったく見えない。ここに来てやっと、彼女はジェルベイズが自分の手をしっかりと握っていてくれることを、ありがたいと思った。ストランド街のずっと先のほうで大きなどよめきが起き、それが波のようにこちらに向かって来る。金色のヘルメットが陽光にきらめき、そこに取りつけられた馬の毛の飾りが見える。王立騎馬隊が、このあと延々と続くパレードの主要先遣隊として行進してきたのだ。

砲兵隊が六頭の立派な馬で曳く砲車に載せた大砲を誇示しながら、何百人もの歩兵を従えて通り過ぎていく。地面が揺れるのがエリザベスの足にも伝わる。ジョン・ハリントンの姿はないかと、彼女はあたりを見回した。ジェルベイズも同じように悪者たちを捜しているはずだ。

「あそこよ!」はっと気づいて声を上げげた。「銅像の上を見て」

摂政王太子の父であるジョージ三世が、ローマ風の衣装を着て海の神と川の神を従える銅像は、低いほうの台座に神が、そこからさらに高い台座に王の像が飾られている。二人はそこに近づこうと人ごみをかき分けた。ジョージ三世像の高いほうの台座にジョン・ハリントンが立ち、陽射しを手で遮ってパレードの進行具合を確認している。彼が体を動かした拍子に、その後ろにいた人物の姿も見えた。継父と母だ。熱狂する人々の声がさらに大きくなると、継父が上着のポケットから拳銃を取り出すのが見え、エリザベスは恐怖に顔をひきつらせた。継父は銃身をハンカチで磨いている。

思わず叫び声を上げた。「やめて!」

ジェルベイズがこちらに向かって怒鳴り、そのまま銅像のほうへ突進した。フォレスターの動きに集中する彼が、ジョージ三世の台に飛び乗ったとき、エリザベスはまだ低いほうの台座にも到達していなかった。そこからは悪夢をみているようだった。

摂政王太子の馬車がストランド街をこちらに進んでくる。ジェルベイズは頭を低くしてフォレスターに突進する。エリザベスが像の足をつかんで、自分も台に上がろうとした瞬間、ジェルベイズがフォレスターを台から突き落とし、そのままの勢いで一緒に横の路面に落ちた。フォレスターの撃った銃弾は、危ういところでパレードからはそれたようだ。

ところが、その次に何をするかを考える暇もなく、エリザベスの視界に母の姿が入った。母が、ぞっとするほどの憤怒の形相をしているのに気づき、恐怖で息が詰まりそうになりながらも、エリザベスは母のもとへとにじり寄った。母は自分のレティキュールから拳銃を取り出し、通りすぎていく馬車のほうへと銃口を向ける。ジェルベイズがしたのと同じように、エリザベスも自分の体で母を台座から突き落とした。

銃声がして、母が大声で叫び、二人はもつれ合うようにして地面に転がった。右肩が石畳に当たったが、うまく転がって衝撃を緩和する。突然、銃を持った警備兵に取り囲まれ、群衆の怒声や悲鳴が聞こえるようになった。母の顔なんて見たくない、と思ったエリザベスだが、ちらっと眼をやると、地面に横たわる母の口から、細く血が垂れていた。さらにまだしっかりと銃を握るその姿は不吉に見えた。

ニコラスが心配そうな顔で目の前に現われた。彼の上着には血がついている。「エリザベス、怪我はないかい?」彼はエリザベスに手を差し伸べてくれた。

その手にすがって立ち上がったが、頭がふらふらするので、彼の体に寄りかかる。

「私の母は大丈夫なの？」

ニコラスは振り向いて、フォレスター夫人が助け起こされているところを確認した。

「そうみたいだね。それから公爵さまも大丈夫だから。銃弾がちょっと肩をかすめただけなんだ」

そう聞いて、エリザベスは慌ててあたりを見回した。ジェルベイズは銅の台座にもたれるようにして座らされていた。泥水にまみれた白いシャツに、赤く血のあとが広がっていく。目を閉じ、長いまつ毛が真っ白な肌にくっきりと見え、ますます心配になる。

「ジェルベイズ……」よろよろと前に踏み出した彼女を、誰かの腕が抱きかかえた。

「彼なら大丈夫だよ。ウィルキンソン先生が、これからデラメア・ハウスまで送って行き、怪我の具合を診てくれるそうだ」

驚いて見上げると、殴られて痛々しい顔をしたジャック・ルウェリンがそこにいた。彼はエリザベスの手を引いて、喧騒の中を馬車の待つ通りへと案内する。「一緒に来てくれるね？　マイケルが心配しているんだ。君が無事だと知れば、喜ぶよ」

エリザベスはジャックに案内されるまま、馬車に乗り込み、扉を閉めた。人の波が途切れ、ちらっとジェルベイズの姿が見えた。四名の兵士に地面から抱え上げられるところだった。彼女は汚れた窓に顔をくっつけ、いつまでもジェルベイズの姿を見ていた。

35

ジャック・ルウェリンが、フォレスター家の擦りきれた絨毯の上を軍隊の行進のように規則正しく行ったり来たりしている。パレードの翌日、もう午前十時をすぎたのだが、朝食のときからずっと、暗殺が未遂に終わったあのときまでのいきさつを説明してきた。窓辺で足を止めたジャックの顔は真剣そのもので、また新たな質問が来るとエリザベスは身構えた。

いつの間にか雨が降り出していた。重く鉛色の雲が垂れ込め、空全体が灰色になっている。

花火や祝砲による煙幕《えんまく》がまだ街を覆い、ひと気のない路上の隅々まで入り込み、蜘蛛の巣を張るように木々のあいだを抜けていく。昨日あれだけの騒ぎがあったとは思えないほど、今日はずいぶんと静かだ。メアリーは事情を知らないまま、知人の家に預けられしばらくは帰ってこない。家にいるのは、エリザベスの他にはマイケルとジャックだけ。

「もういちど聞くが」ジャックがくるりとこちらを向いた。「どうして偽の暗号を作ろうと思ったんだ?」

エリザベスはあきらめのため息を吐き、警戒感をにじませた視線を兄のマイケルと交わした。「前にも言ったけど、ジョン・ハリントンが自分の本に暗号を書き写していたのを発見し、その後、フォレスターの書斎に同じ本があるのを見かけた。そこで、この二人が共謀し悪事をたくらんでいるのだろうと推測した。私の解読した暗号が、英国を裏切ろうとする人たちの手に渡るのを阻止しようと思った」

そこでマイケルが口をはさむ。「しかし、どうしてわざわざ偽の文章を作ったんだ? ジョン・ハリントンが怪しいとにらんでいたんだから、あいつが外務省に知らせる前に内容を変えてしまうのもわかっていたんだろう?」

エリザベスは肩をすくめ、ドレスの襞の線を整えた。子どもっぽいデザインのモスリンの服だが、メアリーのものを借りるしかなかったので、仕方ない。「ジョン・ハリントンのことは怪しいと思っていたけど、確証はなかった。何にせよ、正確に解読したものを敵の手には渡してはならないと思ったから、偽の文書を作っておいたの」

昨日の恐ろしい光景が頭によみがえり、体がぶるっと震えた。彼女は体に腕を回した。「疑念を確かめるために、ジョン・ハリントンを直接問いただすつもりだったのよ。でもその前に、公爵家から追い出されてしまって。結果的にあなたたちまで巻き込むなんて、申しわけなかったわ。手を貸してと頼めば、危ない目に遭わせる可能性もあると認識すべきだったのね」

ジャック・ルウェリンがマイケルに笑顔を向ける。男ならそれぐらい平気さ、と二人が無言で会話しているみたいで、エリザベスは少々苛ついた。

「俺たちは、さほどひどい扱いをされたわけではないからね。ただ監禁されて部屋から出られなかっただけだ。顔のあざは、部屋に入って来た公爵に警告しようとしたからで、殴られたのはそのときだけだった」

　エリザベスは兄の様子をうかがった。ひどい目に遭わされたはずなのに非常に生き生きしていて、こんなに元気なのは帰国して以来初めてだ。男というものは、まったく理解不能な存在だ。彼女は気を取り直して、またジャックのほうに意識を戻した。

「ところで、ジャック」きっぱりした口調で切り出す。「今回の事件について、私のほうからはすべてを説明しつくしたように思うの。だからあなたのほうからもすべてを話してもらいたい。公爵家の子息が、介護人として働くことになったのはなぜ？　そして、昨日のことにあなたが強い関心を持っている理由は？」

　ジャックがエリザベスのほうを見て、二人の視線が絡み合った。彼の瞳の奥に鋼鉄の意志が見て取れた。普段は気さくな雰囲気に隠している彼の本質だ。

「すでに聞いているはずだ。俺は公爵家に生まれたが、父から勘当され、家族全員と縁を絶っている。だから財産はない。軍隊での生活が長かったので、闘うことと怪我人の手当てをする能力しかない。上流社会に属するにはふさわしくないと思われている。そうなれば、介護人として働くしかないだろう？」

エリザベスは自分で考えるいちばん険しい表情を作って、彼をにらんだ。彼がまだすべてを話していないのはわかっていたが、今は悩みごとが多すぎる。無理に追及して、事態を複雑にはしたくない。

「質問の答としては満足していないけれど、今はいろんなことを考える気力がないわ」彼女は兄のそばに座り、こめかみを指で押した。頭痛がひどかったのだ。

兄が彼女に手を差し伸べる。「なあ、エリザベス。政府から、おまえに対する疑いは晴れたと言ってもらったし、ジョン・ハリントンとフォレスター夫妻は逮捕された。おまえはこれからどうするつもりだ？」

エリザベスは顔を強ばらせた。実の母が自分を殺そうとしたという事実がまだ信じられなかった。「まだ決めていないの。仕事を見つけないと、ジャックに介護人としてのお給料を払えないけれど、誰にも紹介状を書いてもらえそうにないから」顔を伏せて、組んだ手を見る。「ドラクロア卿がスイスに一緒に来れば、と誘ってくださっているんだけれど、誤解させてしまっては申しわけないから。あの方をお慕いするようにはならないと思うのよ」

「俺のところに戻って来ればいいんだ」

その声に、エリザベスははっと顔を上げた。ジェルベイズがそこにいた。強い願望が魔法のように働いたとしか思えなかった。いつもながらのおしゃれな黒の上着は、片方の袖がだらりと下がったままになっている。左肩に巻かれた包帯が大きくて、上着に収まらないのだ。彼はジャックとマイケルに視線を向けると、頭を下げて丁寧に右腕を振ってみせた。

「少しのあいだで構わないのだが、ウォーターストーン中尉、君の妹と二人きりにしてもらえないだろうか。二人で話し合わねばならないことがたくさんあるんだ」

問いかけるように自分を見る兄に、エリザベスはうなずきかけた。二人が出て行くと、ジェルベイズは扉を閉める。彼と向き合うのが辛くて、エリザベスは立ち上がり、彼に背を向けた。窓辺に立ち、浅い呼吸の回数を数え、彼が沈黙を破るのを待った。

「あー、母上のことは残念だ。フォレスターが計画に夫人まで巻き込んでいるかどうか、はっきりしなかったから。俺の不注意で、君まで命を落とすところだった」

エリザベスは窓の外を向いたまま、肩越しに彼を見た。扉によりかかるようにしている姿は、昨日よりも体の具合が悪そうだ。おそらくこのおしゃれな服装と、懸命に背筋を伸ばすことによって、何ともないように見せかけているだけだろう。ただ本人の意図ほど、その試みは成功していない。

「あら、私の母の行動を残念だと言うために、わざわざお越しいただきましたの？まだ安静にしていなければならないのでは？　あなたがベッドにいないと知れば、お医者さまは大慌てではないでしょうか？」

彼がほほえんだ。「俺が来ることぐらい、君にはわかっていたはずだ。さっきも言ったが、話し合う必要がある。君に理解してもらわねばならないことが、たくさんあるんだ」

エリザベスの中で、ゆっくりと怒りの炎が燃え上がっていった。彼女はこぶしを握りしめ、言い返した。「いえ、ありませんわ。あなたのことは、完全に理解していますから。そもそも、私があなたを信頼するのと同じように、あなたも私を信じてくださっていれば、こんな話し合いは必要なかったんです。あなたは最初から、利用する目的で私を屋敷に住まわせ、もう役に立たないと判断するやいなや、私を道端に投げ捨てたんですよ」

「認めよう、君の扱い方に少々問題があったのは事実だ」彼が言葉を選びながら説明する。「しかし、俺は国家の安全を守るために奮闘していたんだ」

怒りのあまり、エリザベスはなりふり構わず彼に詰め寄った。「だから私は、その仕事を手伝おうとしたのよ！　ジョン・ハリントンが怪しいと説明しようとしたのに、私の言い分には耳も貸さなかった。そしてスイスからやって来たいとこに、私を押しつけたのよ。きれいなリボンをつけたお菓子を投げ与えるみたいにして。それなのに今さら、何もなかった顔をしてあなたのベッドに戻れと言うの？」

ジェルベイズははっと顔を上げた。口元から笑みが消えていた。「ビンセントに君を預けたのは、彼なら君を無事に守ってくれるはずだと思ったからだ」彼が近づいて、腕を差し伸べた。「エリザベス、俺と家に帰ろう。本心では、ビンセントに連れられてスイスに行きたいとは思っていないんだろ？　わかってるんだ」

「ビンセントは、関係ありません」彼女はまた公爵と距離を取った。「信頼の問題です。あなたには私への信頼がいっさいないことは、はっきりしています」

彼が眉をひそめた。「それは違う、俺は……」

彼の言葉を、エリザベスがさえぎった。「私があの方と一緒に英国を離れることの、何が問題なのでしょう？　あなたが私のことを信じてくれなかったのに、あの方には真実を見抜く目があり、私の言葉を信じてくださいました」

「そうやって、あいつは自分の愚かさを示したわけだ」彼が悔しそうに言った。「結局、君はあいつの制止を振り切ってパレードの場に来たんだからな」

「あなたの命を救うためにしたことです！」思わず、大声で叫んでいた。国家の安全を守るためには奮闘するが、彼女の身はいとこにでも預けておけばいいと気を抜いていたわけだ。この人は何もわかっていない。「私たちの取り決めは、もう無効ですね。これまでにも何度か、公爵さまご自身が言っておられましたように、私たちのあいだには、人と人との結びつきという関係は存在していなかったのです。ビジネスという意味でも、私をまったく信じてくださらないのですから、これ以上関係を続けることは不可能です。借金については、もう返済できていると思います。あらゆる形でお支払いしてきましたから」そして勇気を振り絞って彼の嵐のようなグレーの瞳を見つめた。「公爵邸に人質のように住まわされることになったとき、私はあなたを恨みました。そして今、私はもっといろいろなことを学び知り、あなたを憎むようになったのです」

彼は平手打ちでもくらったかのように、よろよろと退いた。「そうか、俺はもっといろいろなことを学び、君を愛するようになったんだがな」そしてエリザベスのほうに差し伸べていた手を、力なく下ろした。「では、これでお別れだ。ごきげんよう、ウォーターストーンさん」

君を愛するようになった？　それならなぜ、去っていくの？

彼が足を止めた。期待してはいけないと思いながら、エリザベスの胸が希望に高鳴る。ところが玄関で物音が聞こえ、二人のあいだの緊張に満ちた沈黙を破った。男らしい声が大声で挨拶を交わしている。

ジェルベイズが、ほうっと息を吐いた。「ただ、もう少しだけ私がここに残ることを辛抱してもらいたい。不愉快に思うのはじゅうじゅう承知しているが、あともうひとつ、片づけなければならないことがあるんだ。君のもうひとりの兄上、ヒュー・ウォーターストーン君が昨夜デラメア・ハウスにやって来た。妹をどうしてくれたんだと、ひどく責められたよ。今朝になって、彼にも少しばかりの説明をしたんだ」彼が少し困った顔をした。廊下の声がこちらに近づいてきて、どんどん大きくなる。「その際、君の兄上から、ウォーターストーン家は本来立派な家系だと聞かされ、さらに話すあいだに驚いたよ。君はマーマデューク・ウォーターストーン陸軍大将の孫娘だったんだな。大将は俺の父、先代ディアブル・デラメア公爵の大親友で、家族ぐるみの付き合いだった。君の母との結婚を機にご子息とは疎遠になっていたらしく、俺は大将夫妻に子どもがいたことも知らなかった。だからウォーターストーン姓であっても、非常に厳格な高位の軍人家庭と、フォレスター家にいた君を結びつけて考えられなかったんだ。この有益な情報を知らされていれば、最初に会った日に、すぐウォーターストーン家に君を送り届けたのに。そうすれば——」彼がぱちんと指を鳴らす。「——これまでの不愉快なことすべてを避けられていたはずだ」

彼が頭を下げてうやうやしく扉を開けた。周囲の人を威圧するような声が、階段の下から聞こえる。ヒューの声だ。エリザベスはその場から動けずにいた。少しでも動くと、ジェルベイズの腕に飛び込んでいきそうで怖かったのだ。

「信頼という話をすれば、君のほうも自分の家族について、俺にはまったく何も話してくれなかった。その理由を考えてみてもいいのではないか？」硬く組み合わせた彼女の手をジェルベイズが見下ろす。「真実を隠すという点では、俺と同じぐらい、君にも落ち度があったのではないか？」

36

「彼女は、にべもなく拒絶したよ」ジェルベイズは帽子と手袋をアンジェリークの家の居間にある、瀟洒なテーブルにほうり投げた。そしていとこが差し出すブランデーの入ったグラスを受け取ると、ひと息で飲んだ。そのままもういちどグラスが満たされるのを待ってから、バラの模様の布地が張られた肘掛け椅子に腰を下ろし、暖炉のそばに陣取った。

ものすごく肩が痛い。おそらく、熱もある。ベッドでゆっくりするようにという医師の命令を無視したせいだ。しかし、どうしてもエリザベスに会いたかったのだ。

ジェルベイズが必死に謝罪すると、アンジェリークはまあ仕方ないわね、と鷹揚《おうよう》に謝罪を受け入れ、この家に留まることを了承してくれた。今はピンクのベルベットのソファにゆったりと足を伸ばし、膝にはペットの愛玩犬を置いている。ビンセントはジェルベイズと向き合う形で座り、ブランデーのデカンタを手に、興味津々の様子で彼の話に聞き入っている。

「エリザベスが何をしたって?」ビンセントがたずねる。

「何度も言わせないでくれ。彼女から、あなたなんて必要ないと言われた」ビンセントはうれしそうにしていたが、ジェルベイズはいとこの希望も打ち砕いた。「それから君が喜ぶこともないぞ。彼女は君も要らないそうだ」そう言うと髪をかきむしった。「ああ、これから俺はどうすればいいんだ？」

ビンセントがくくっと笑い出し、その笑い声がどんどん大きくなる。いとこの首をクラバットで絞め上げてやろうかとジェルベイズは思った。ビンセントがどうにか笑いやむのを待って、空のグラスをぐっと差し出し、ブランデーのお代わりを頼む。

ビンセントは笑いすぎて涙を流していた。目元を拭いながらジェルベイズに応じる。「いや、確かに君には辛い話だろうが、実にけっさくだ。自分でもそう思わないか？泣く子も黙るディアブル・デラメア公爵さまが、しがない平民の娘に結婚を断られるだなんて……。まったく、こんな日が来ようとは、夢にも思わなかったよ」

ジェルベイズはグラスを手の中で揺らし、ブランデーの芳香を楽しんだ。「実際、結婚の申し込みをするところまでもたどり着けなかったんだ。一緒に家に帰ろうと誘ったら、急に怒りだしたんだから。えらい剣幕《けんまく》でまくしたてられた。結局、その後、こちらとしてはたいしたことも言えずじまいだった」ジェルベイズはそのときのことを思い出しながら、脚を伸ばし、足先を暖炉の覆いの上に置いた。こういう話をビンセントやアンジェリークに打ち明けねばならないのは辛いが、今は何をどうすればいいのか、さっぱりわからない。気を許せる者からの忠告が必要だ。これまで恋に落ちたことはなかったし、たかが女ごときに、心を悩まされることがあるとは想像もしていなかった。

ビンセントがじっと自分を見ているのに気づき、ジェルベイズは落ち着かない気分になった。「彼女に一緒に家に帰ろうと誘っただけなのか？　結婚してほしいとも言わずに？」ビンセントが、ちっちっと舌を鳴らす。「こういうのは何だか不愉快だ。叱られているみたいじゃないか。「彼女が憤慨《ふんがい》したのも無理はないさ。おそらく彼女は、このまま愛人として屋敷にいてもらいたいという意味に受け取ったんだろう」

ああ、そうか。ジェルベイズはそのときのやり取りを正確に思い起こした。さらにそのあと、彼女が『今さら、何もなかった顔をしてあなたのベッドに戻れと言うの？』と迫ってきたときも、特に否定はしなかった。だから彼女は、当然の推論に帰結した。ジェルベイズが愛人として自分を囲っておきたがっている、と思ったのだ。妻ではなく。だとしても、どうして彼女はこうまで愛する男を拒絶するのだろう？ジェルベイズ自身、彼女が自分を愛していることは確信していた。

つくづく自分が情けなくなり、ジェルベイズはそのときやっとアンジェリークと視線を合わせた。「遠慮するな。君だって言いたいことがあるはずだ。あなたって本当に愚かな男ね――そう言いたいんだろ？」

「そう？　本当に愚かな男なの、ジェルベイズ？」

「ええい、言わせておけば！　俺はエリザベスを妻に迎えたいんだ」激しい勢いでこぶしを握る。「彼女にはいつまでも俺のそばにいてほしい、いや、俺がいつまでも彼女のそばにいたい。そばにいてくれさえすれば、そのあとのことはまた考える……」ビンセントとアンジェリークが彼の様子に目を奪われているのに気づき、ジェルベイズはどさっと椅子に座った。

豊満な胸に、白くてふわふわの毛並みを持つ愛犬を抱き寄せ、アンジェリークが言った。「まだ手遅れではないと思うわよ、ジェルベイズ。エリザベスの性格から考えて、いちどはあなたに怒りをぶつけないと気が収まらなかったのだと思う。いずれ彼女も良識を取り戻すわ。彼女が落ち着いてものごとを考えられるようになったら、あなたはもっと論理的な話の進め方で、自分の本心を伝えるの。そうすれば、きっと彼女も理解してくれるわ」

「彼女に、俺は君を愛しているとちゃんと伝えたんだぞ。しかし彼女は、俺を恨んでいる、今は俺を憎んでもいる、とはっきり言った。誤解しようがないだろう?」

アンジェリークが鈴を転がすような声で笑った。「ばかをおっしゃい。もし本当に彼女があなたを憎んでいるのなら、そこまで怒りをぶつけてくることもないわ。情熱があるから怒りも生まれるの。その怒りは、あなたに裏切られたと感じたからで、彼女がそう感じるのは当然だと思うわ」アンジェリークは紅茶を飲み、茶菓子の皿から犬に小さくちぎったひときれを与えた。

ジェルベイズは火を見ているふりをしていたが、我慢しきれず、恥ずかしいと思いながらもたずねた。「それで君たちならどうする？　二人とも恋愛の達人なんだろ？」

アンジェリークは体を起こし、膝の上から犬を床に下ろすと、ビンセントと目配せし合った。「何もしないの。あなたはエロイーズを迎えに、バースまで行くことになっているのでしょ、違う？」

「ああ、金曜日にはあちらに着く予定だったんだが、この状態で、俺にバースに行けと言うのか？」ジェルベイズは視線をアンジェリークからビンセントに移した。誠実な忠告をしてくれるものと信じていたのだが、このままバースに行けなど、この二人とも正気とは思えない。

「まだわからないの？」アンジェリークが身を乗り出し、こぼれそうな乳房の下で手を組み合わせる。「あなたは、ウォーターストーン大将がエリザベスを引き取ってくださるように手はずを整えたのでしょう？　あなたのところにいるあいだに、エリザベスはかなり自由を謳歌《おうか》したはずよ。そんな暮らしを捨てたことを彼女はいずれ後悔すると思うの。しかも聞くところでは、大将はかなり保守的で、奥さまも厳格な方だとか。ウォーターストーン家では、彼女が社交界にデビューもしていないと聞けば、世間知らずのうぶな娘として扱うに違いないわ。そんな暮らしに、エリザベスがどれだけ耐えられると思う？　彼女は自立心が強く、そのことにプライドを持っている頭のいい女性なんだから」

ビンセントがにやりと笑い、ジェルベイズも少しは気持ちが明るくなるのを感じた。

ブランデーグラスを手にして、乾杯するようにアンジェリークにグラスを掲げる。

「エロイーズに英国の田園風景を見せてやるのも楽しいかもしれないな。あの子も喜ぶだろう。ロンドンに戻るのはそれからでもいい。ああ、誰かから聞かれたら、ディアブル・デラメア公爵は少なくとも一ヶ月はロンドンには戻らない、と言っておいてくれ」

37

「エリザベス、体を起こしなさい。レディたるもの、背筋はけっして椅子の背に触れないように」

彼女はその言葉にびくっと反応し、刺繍している布にぶすりと針を突き刺してしまった。うう、失敗。祖母がまた悲しそうにため息を吐いている。理知的で家事能力の高い孫娘が一緒に住んでくれることを、祖父母は大喜びしてくれるだろうと思っていた。ところが、どうもがっかりさせてばかりのような気がする。

祖父母が陰険だとか、そういうのではない。やさしい人たちなのだ。今回の騒動をディアブル・デラメア公爵から聞き、亡き息子の愛娘に住む家を与えてくれたのだ。ヒューはまた軍に戻り、マイケルも自分で仕事を捜すと言い出したので、エリザベスとしては祖父母からの親切な申し出をありがたく受け入れるしかなかった。

反対側の席にいるメアリーをちらっと見ると、妹はバイオレット・ウォーターストーン夫人のチェーンステッチでの刺繍の仕方の説明に耳を傾けている。この光景にはほっとする。ウォーターストーン夫妻は、メアリーも一緒に引き取ってくれたのだ。

そして妹のことをとてもかわいがってくれている。

「さあさ、もうすぐ音楽のレッスンの時間ですよ。十一時にはガサーリッジ先生がお見えになりますからね。そのあとはずっと、新しいドレスの仮縫いです」

ウォーターストーン夫人はメガネの縁の上からエリザベスを見た。ちょこんとボンネットを頭にかぶせ、そのレースの紐を二重顎の下で結んでいる。背の低い祖母をこうやって見ると、丸々太って羽根をふくらませた雌鶏みたいだ。祖母はまたエリザベスから拒絶反応を示されるのではないかと不安そうだ。祖母は実に人あたりのいい女性なのだが、そのやわらかな外見の下にエリザベスにも負けない頑固さを隠している。

「忘れていませんわ、おばあさま」進取の気概に満ちた自分の行動が、年老いた祖父母をいつも心配させているのはじゅうぶん承知している。本音を言えばエリザベスは、丁々発止で言葉をやり取りする祖父との口論のほうが、祖母のやさしいお小言よりも好きだった。祖父母にとっては、メアリーのほうがずっと扱いやすいらしく、妹はすんなりとここでの生活に溶け込んだ。これはエリザベスにとってはうれしい驚きだった。


暖炉の上の時計が針を動かし、自分の人生の貴重な一秒一秒がこうやって失われていく。それを思うとため息が出る。このまま家具でいっぱいの朝見の間に堅苦しく座ったまま、一時間が経つ。そのあとは、まったく意味のない音楽のレッスン。貴族の令嬢はみんなぼんやりして覇気がないが、こういう生活を送っているのではそれも無理はない。彼女自身、もし幼いときから体を動かすことを禁止され、頭を使うのも許されなかったら、頭が空っぽのつまらない少女として成長し、くすくす笑いをして髪型を整えることに固執するだけの娘になっていただろう。

デラメア・ハウスでの忙しい日々、そして夜が頭の中によみがえる。思い出したくないのに。彼女はそっとポケットに手を入れ、四週間前に彼女のもとに届けられた手紙を取り出した。

書かれている内容は、完全に覚えてしまった。兄のマイケルが、公爵の書記官として働くことになった、ただし、公爵さまは当分ロンドンには戻って来られないと伝えてきた手紙だった。

エリザベスは手紙をポケットに戻した。体の不自由な兄がこれほど地位の高い職に就けたことを彼女は喜んだ。ただ、誰の書記官か、ということに関しては、心の中で兄に対して、裏切り者、とつぶやいた。

この手紙を兄が送ってきた意図は不明だが、公爵がロンドンにいようがどこに行こうが、彼女には関係のない話だ。彼女はそう自分に言い聞かせた。彼に対して何を要求する権利もないのだ。あんなふうに憤りをぶつけてしまって、許してもらえるはずがない。自分でもあれほどまでに怒ったことが信じられない。

刺繍していた布が膝に落ち、彼女は自分の両手を見下ろした。あのとき、彼にはずいぶんひどいことを言った。憎んでいるとまで口にしてしまった。それでも彼は、エリザベスを愛していると言ってくれたのだ。そして彼女自身、彼の行動を責め立てようが何を言おうが、やはり彼を愛していた。そして当時の彼の行動を納得できるようにもなってきた。心の奥底で、自分が間違っていると伝えなければならなくなったらどうしよう、と思っていた。軽蔑する女性に対する彼の態度は無慈悲だ。だから、怖かった。

おずおずと扉を叩く音がして、家政婦頭が顔を出した。ウォーターストーン夫人と夕食の献立を相談するのだ。祖母が他のことに気を取られている絶好の機会に、エリザベスはそっと部屋を抜け出した。ここからは頭をたくさん使う時間だ。読まなければならないものがある。

ジョン・ハリントンとフォレスター夫妻の予備審問の際、エリザベスの出廷は認められなかった。検察官が、今後証人として彼女に本裁判での出廷を求める可能性があると言ったためだった。裁判の行方が気になる彼女は、新聞を読んで状況を知っておきたいと祖父母に訴えた。しかしウォーターストーン夫人の考えでは、新聞を読むという行為は、未婚夫人にはふさわしくないらしい。エリザベスは、自分はかなり年齢も重ねているからと懸命に反論したのだが、祖母は頑として譲らなかった。そこで、エリザベスは祖母の裏をかくことにした。

今日も、祖母の目を盗んで新聞を読みに行くいい機会がめぐってきた。エリザベスは部屋を抜け出すと、堂々とした玄関ホールにつながる正面階段を横目で見て、召使い用の裏階段に急いだ。執事室では、カーター氏が大将のところに届けられた朝刊のしわをアイロンで伸ばしていた。

「おはようございます、エリザベスお嬢さま。昨日の新聞をご覧になりたければ、テーブルの上に置いてありますよ」

エリザベスは執事に笑顔を向けた。「ありがとう、カーターさん。用意しておいてくれたのね」大将に長年つかえるこの執事とエリザベスは不思議にうまが合い、彼からあれこれと親切にしてもらっている。きっかけは、彼女が大将の書斎でひっくり返した紙くずかごをあさっているところをカーター氏に見つかったことだった。どうしても新聞が読みたかった、さらにその理由についても彼女が説明すると、カーター氏のほうも彼の秘密を打ち明けてくれた。実は彼自身、大将が捨てた新聞を執事室に持ち帰り、夜にゆっくり読むのが楽しみなのだという。前日の新聞であれば執事室で読めるから、気軽に顔を出してください、と言われ、エリザベスは毎日執事室で新聞を読むことになった。祖父はこのあたりの事情を察しているようだが、特に彼女や執事を叱るわけでもなく、さらには妻にも内緒にしておいてくれている。

彼女は執事室に入ると、疵だらけのオーク材のテーブルの前にいそいそと座り、新聞を熱心に読み始めた。紅茶とスコーンをそっと肘の横に置いてくれたカーター氏に、機械的にありがとうと伝え、記事に没頭する。

祖父とは、もうすぐ始まる裁判の傍聴についても議論した。判決の結果いかんで、彼女の人生は根底から覆されるかもしれない。それなのに傍聴席に座れないのは納得できない。裁判での論点を理解する知性がないと思われているのも同然だった。安定して何不自由のない生活というものを手に入れる代償が、さまざまな〝自由を失う〟ということだと知り、彼女はがく然とした。息が詰まりそうだ。

さて、これまでの新聞報道では、フォレスター夫人が問われるのは、比較的軽度の罪だけになるだろうとのことだった。夫と親戚である男性二人の命令で、彼らの罪に手を貸しただけだということになりそうだ。さらに刑罰の減免のために男性二人の犯罪の証拠を提出したおかげで、フォレスター夫人自身は数年監獄で過ごすだけで世間に戻って来られるはずだ。母が国外追放や、最悪の場合、縛り首になることも覚悟していたので、エリザベスはひそかに胸を撫で下ろした。デニス・フォレスターとジョン・ハリントンに関しては、縛り首になるのは間違いないだろう。自分が助かるためなら何でもする母に対して強い嫌悪感を覚えながらも、母の罪を決定づける証言を自分がせずに済んだことに、エリザベスはほっとしていた。記事を読み進めると、デニス・フォレスターとジョン・ハリントンの裁判は十一月に中央刑事裁判所で予定されていると書かれていた。

そのときカーター氏が軽く咳ばらいして時計を見た。そろそろ戻ったほうがいいと、エリザベスに警告しているのだ。彼女は大急ぎで何枚かめくると、ゴシップ欄に目を通した。指で文字をなぞり、〝公爵〟と書かれた箇所を確認する。

『悪名高き遊び人、デ○○公爵は、我らが美しき都市を離れ、田園地帯を楽しんでいるとの噂が流れていたが、どうやら女性をともなっている模様。外国語を話すうら若きこのレディは、社交界でもまだ知られていない存在。ロンドン一の放蕩者も、ついに落ち着き先を見つけたか？ 魅力にあふれた公爵が結婚の罠にかかり、身動きが取れなくなったのか、成り行きに注目！ 次回の報告をお楽しみに』

ふん、と鼻を鳴らし、エリザベスは胸の痛みを隠した。新聞をテーブルに戻し、つぶやく。「注目したって無駄よ。この公爵さまは、あちこちでレディを傷心させるのに忙しくて、落ち着く暇なんてないんだから。こんなことの成り行きに注目することの、どこが楽しいのかしら」当惑げなカーター氏を見ながら、さらに独り言を口にした。「公爵さまがいつロンドンにお戻りになるとか、もう少し有益な情報を伝えるべきだわ」

カーター氏が、もうお戻りくださいと言いかけたとき、玄関扉の呼び鈴が鳴った。執事は上着に袖を通し、押すようにしてエリザベスを外に出した。「申しわけありませんが、お客さまに応答しなければなりません。お嬢さまも急がなければ、音楽のレッスンに遅れますよ」

エリザベスは階段のほうに駆け出した。誰もが自分を五歳児のように扱う。一生こんな生活に耐えなければならないなんて……。だめだ、できるだけ早く結婚しよう。既婚婦人になれば、ある程度は、自分の裁量でものごとを決められる。そう考えたが、玄関ホールに通じる扉の前で、ふと足を止めた。男性は結婚すると、妻に子どものように甘えるのが近頃の流行らしい。おとなとして成長しようとしないのだ。そんな男性と一緒に暮らすのも耐えられない。

召使い用の通路からホールに出ると、周囲が不思議な静寂に包まれているのに気づいた。どきっとして扉のほうを見ると、ディアブル・デラメア公爵その人が執事の前に立っていた。穏やかに手袋と帽子を脱ぎ、執事に渡している。エリザベスのほうをちらっと見たあと、まるで気づかなかったように、執事のほうを向く。カーター氏が先に立って、階段へと案内する。朝見の間に向かっているのだ。祖母はこの部屋で訪問客を迎える。

エリザベスは大急ぎで召使い用の通路に戻り、裏階段を駆け上がった。カーター氏とジェルベイズが階段を上がりきる寸前に、エリザベスは部屋の扉にたどり着き、祖母が驚いて質問してくるのも無視して、元の席に座った。その瞬間、執事が公爵の訪問を告げた。

呼吸を整えながら、彼女はジェルベイズが部屋の中に入ってくる姿を見ていた。彼は祖母の手を取り、気さくに言葉を交わしている。長年の知り合いだというのがこのやり取りを見ていてもわかる。ウォーターストーン夫人がメアリーとエリザベスを紹介するまで、彼は礼儀正しく待ち、その後握手したが、指が触れるとすぐに手を放した。

苛立ちが募る中、エリザベスはメイドを呼んでお茶の用意をさせ、身分の高い紳士からの訪問を受ける上流社会の儀礼的プロセスを耐え忍んだ。ほとんど拷問だった。話題は天気のこと、彼の娘のエロイーズのこと、そして彼が娘と一緒にキューガーデンに行って、その美しさに感銘《かんめい》を受けたことなどで、エリザベスは黙って聞いていた。社交的儀礼でふさわしいとされている十五分が経つと、彼が立ち上がっていとまを告げた。エリザベスもつられて立ち上がっていた。最後にもういちど社交辞令の褒め言葉を口にすると、彼は〝訪問〟を終えた。エリザベスはあんぐり口を開け、ぼう然とその後ろ姿を見送った。いろいろな想いが彼女の頭で渦巻いた。もう我慢できず、あと先のことなどすべて忘れて、彼女は階段を駆け下り、彼に追いついた。ホールに下り立ったところで、二人は面と向き合った。

「私とひと言も話さずに帰る気?」息を切らして胸を押さえながら詰め寄る。「ただの知り合いの親戚だ、みたいな扱いで済まそうとするの?」

ジェルベイズは眉を上げ、カーター氏に無言で指示すると、執事はさっとウォーターストーン大将の書斎の扉を開けた。エリザベスは胸を張って足音も高く書斎に入って行った。ジェルベイズはそのあとから入るとすぐに扉を閉めた。彼女が腕組みをして見ていると、彼は目の前を通り過ぎて祖父の机の椅子に着席した。すぐに話を続けようとする彼女を、ジェルベイズがさっと手を上げて制止した。

「君も座ってくれたまえ。紳士のマナーとしては、レディだけを立たせているわけにはいかない。だが俺の体はまだ元どおりにはなっていないから、座っていないと疲れるんだ」

彼の言葉の信ぴょう性を疑いながらも、エリザベスは渋々机の前に置かれた椅子に座った。しかし彼を近くでよく見ると、かなりやつれたのがわかり、罪悪感を覚えた。

「俺が君を避けているように思わせてしまったのなら、謝る。俺の印象では、君は俺のことなど地獄にでも落ちろと願っているようだったからな。今日訪問したのは、君がここで元気にやっていることを確かめたかったからだ。エロイーズも心配していてね」彼が言葉を切る。「それで、何か特別な話でもあったのか？」

話したいという欲求が、エリザベスの中でしぼんでいった。あっさりと謝罪され、激しい口論を覚悟していきり立っていた気持ちが萎えたのだ。ただ自分のほうから謝る気にはまだなれなかった。「兄を採用してくださったお礼を申し上げようとしただけですわ、公爵さま」澄ました顔で、とりつくろう。自分の感情をそのまま伝えられる勇気が欲しいと強く思った。「きっと有能な書記官として、公爵さまのお役に立てると思います」

彼がほほえみ、つい自分のほうからも笑みを返したくなったが、エリザベスは真顔でいた。

「マイケルは君と似たところがある。君を思い出すよ。彼への褒め言葉として、これ以上のものはないと思う」

エリザベスは頬を赤らめた。顔が熱くなるのを感じたが、まだ何を言えばいいのかわからなかった。

「それから、ジャック・ルウェリンがどうなったかについても知りたいんじゃないか？」

「あの、個人的なことはさておいて、新たな職が見つかったかどうかは気にしておりました」ジャックに特別な感情を抱いていたと思われたくない。「私からのお給金がなくなったせいで、あの方が暮らしにも困窮されたとあっては申しわけないですから」

ジェルベイズが顔を曇らせる。「その点に関しては心配要らない。彼はどうも、あちこちから給料を得ているらしいんだ。実は、あの男がマイケルの介護人として君に雇われたのは、今回の暗殺計画についての情報収集のため、フォレスター家に入り込むのが目的だったのではないかと俺は思っている」彼が肩をすくめる。「詳しいことはわからんが、問い詰めると、フランス政府のために働いているのではないことは明言してくれた。それ以上は明かしてくれなかったが、その言葉は信じられたし、それならまあいいと思った」彼が少し口ごもる。「それから、もうひとつ、伝えておこう。今朝、フォレスター夫人と監獄で面会した。慰めになるかどうかはわからないが、ジョン・ハリントンが君を殺すつもりだとは知らなかったと言っていた。俺のところに連れて行けと言っただけで、娘の命が奪われるとは思わなかったそうだ」

母のことだから、また口先だけの言葉なのかもしれない。それでも母のひどい仕打ちによってできた大きな心の傷が、いくらかは癒される気がした。「ありがとうございます。母がそう言っていたと聞けて、本当にうれしく思います」

すると彼が突然立ち上がり、部屋の中を行ったり来たりし始めたので、エリザベスは驚いた。普通の男性なら、この人は緊張しているのだな、と思うところだ。

「改めて言おう。最初のときは、言い出し方を間違えた。国の安全に対する責任や忠誠心の話から始めてしまったので、本当に言いたかったことを言えずに話が終わってしまった。君にきちんと謝罪もするつもりだったんだ」

胸が詰まって、エリザベスは声を出すのもやっとだった。「謝るのは私のほうよ。あのときに感情にまかせて言ってしまったこと、何もかもごめんなさい」

彼女の言葉など、彼の耳にはまるで入っていないようだ。また椅子に腰を下ろし、机にあった羽根ペンを指でいじる。さらに書類の位置を直してから、彼女のほうを見た。

「大将夫妻は、喜んで君を引き取り、このまま君がここで暮らすことにも何の不満もないようだ。君を社交界にデビューさせ、上流社会のレディとして通用するようにするつもりだと聞いている。だが、君はそれでいいのか？　未婚のレディにはさまざまな制約があるんだぞ。不自由を我慢する生活が本当に君の望みなのか、きちんと考えてみたか？」

彼女はどきっとして、あきらめたような笑みを彼に向けた。そして、窓の外を見る。胸が張り裂けそうだった。

彼は、ふっと笑い声を上げた。「しっかりした意見を持つ女性だと上流社会で知れ渡ったら、大変な目に遭うぞ。ウォーターストーン夫人だって、君が自分の考えを主張するのを喜ぶはずがない。もちろん、上流階級に属する男性への反論など、もってのほかだ。そんなことをしていたのでは、求婚してくる紳士はいない」

エリザベスは腕組みをして、顔を上げた。「そんなことを言って、私を脅そうとしても無駄ですわ。私はもう世間知らずの十七歳の乙女ではないのです。子ども扱いされるいわれはありません。祖父母もすぐに、それぐらいのことは理解してくれるはずです」

「すぐに？　つまり、君のこれまでの行動をウォーターストーンご夫妻は理解しているわけか？　どういう職業に就こうとしていたか、そのために俺とどのような取り決めをしたかも説明したわけだな？」

エリザベスは顔を赤らめた。だめだ、彼にはすっかり自分の心の中を読み取られてしまう。「だったら、私にどうしろと言うのです？」

彼がエリザベスの瞳を覗き込む。「君のために、別の役割を用意した」

「これまでにも、ありとあらゆる役割を試してきたと思いますけれど」

彼がにやりと唇の端を持ち上げる。「ありとあらゆる、とまでは言えないな」彼は両手を机に置き、覚悟を決めたように深呼吸した。「新たな役割とは、ディアブル・デラメア公爵夫人だ」

　エリザベスはぽかんと彼を見ていたが、ふと視線を下げると、彼が自分のほうに手を差し伸べていた。「今、何と？」

「俺の妻になってほしいと言ったんだ。俺が妻に望むことすべてを、君は叶えてくれる。君ほど頭のいい女性はいないし、人を裏切ることがない――これは頑固さにも通じるから欠点とも言えるほどだが。何より、君がいればベッドでも俺は幸せだ」彼がふうっと大きく息を吐き出す。「前回会ったときも、結婚を申し込むつもりだったんだ。だが、話の順序がぐちゃぐちゃになって、うまく言えなかった」

「結婚しようかなとは、私も考えましたのよ、公爵さま」エリザベスは澄ました顔で応じる。「すでにお二方から妻にと望まれておりますから。そのうちのおひとりは、あなたのいとこのビンセント・ドラクロア卿です」

　ジェルベイズがポケットから拳銃を取り出し、机に置いた。「なかなか面白い話だな。ああ、どちらとでも結婚するがいい。結婚式の日に、君を未亡人にしてやるから」

　エリザベスはほほえんだ。「あなたが口をはさむ権利などありませんのよ。私は自由に結婚相手を選べるのですもの」

「俺と一緒にいれば、もっと自由になれるぞ」

エリザベスは彼に背を向けてたずねた。「それはどういう意味ですの？」

彼がすぐそばまでやって来て、彼女の肩に手を置く。「君が自分らしく生きることを、俺が許すという意味だ。女だから談話室から出るなとか、女らしいことをするだけで満足していろとか、俺が君に言うことはない。君が俺の仕事に口出しするのも構わないし、状況次第では、俺の命を救ってくれる場合もあるだろう。好きなだけ救ってくれてもいいぞ」

うなじにキスされると、エリザベスの体が喜びに震えた。「君のおかげで、永遠に失ってしまったと思っていた自分の中の大切な部分を取り戻すことができた。また人を愛すること、信じることを君が教えてくれた。君は俺のすべてなんだ」

手に置かれた彼の手に力が入り、彼女は体の向きを変えさせられた。正面から向き合うと、おしゃれで複雑なクラバットの結び目が彼女の目の前にあった。良識のすべてが吹き飛んでしまった気がしたが、どうにか残った理性で自分を抑える。彼の指が顎の下に置かれ、顔を上向きにされる。彼と目が合った。

「君と人生を分かち合いたい。俺のベッドには君が必要だ。俺の子どもを産んでほしい。俺と一緒に年老いてもらいたい」彼がエリザベスの鼻先に口づけする。「それから約束する。もし君がその願いを叶えてくれるのなら、一生、君以外の女性を求めることはない」

彼の顔をよく見ると、これまでにはなかったしわが刻まれていた。この数週間の心配や疲労が、彼の体を痛めつけたのだ。彼はほほえむと、彼女の肩から手を下ろし、彼女の手を自分の口元に運んだ。

「急には何も決められないだろう。その気持ちはわかる。だが心配するな。俺の妻になるよう、誰からも無理強いされることはない」彼が言葉を切ったが、エリザベスはまだ何も言葉を発することができずにいた。彼はうなだれるように足元に視線を落とし、しばらくブーツの先を見ていたが、やがて彼女の手を放して扉へ歩き出した。

彼が戸口でためらうのを、エリザベスは体を硬直させながら見ていた。彼は扉に手をかけ、辛そうな笑みを浮かべている。

「何かを言い捨てるように部屋を出て行くのは、いつも俺だったよな。だが、今回ばかりは、どうか最後に君の声を聞かせてくれ」汚れてもいない袖を払うふりをして、彼が待つ。「もう何を言ってもだめなのか？　ただこれだけはわかってくれ。俺の心はこれからもずっと君のものだ」

「ジェルベイズ……」やっと声が出るようになり、エリザベスはそうつぶやくと彼に向かって走り出した。扉を開けかけていたジェルベイズの首に腕を回し、力のかぎり強く抱きつく。「あなたを憎んでなんかいないわ。あなたを嫌いになったこともない。私はあなたが大好きよ。愛しているわ……」

彼の腕がエリザベスの体に回される。彼のキスに、その想いの強さが込められていた。二度と離さないぞ、という気持ちが伝わってくる。彼女はキスに身をまかせ、しみじみと感じた。二人のあいだには何の障壁も、嘘もないと。想いはすべて伝わるのだと。

＊　＊　＊

しばらくしてからジェルベイズは顔を上げた。呼吸が荒く、興奮して股間のものが痛いぐらいになっていた。あたりを見回して、不満そうにうめく。「ここで君を奪うことはできないが、結婚まで待つ気はないからな。式の準備にどれだけの時間がかかることやら。とにかく特別結婚許可書を手に入れるから、今週中には夫婦として認められるはずだ」

エリザベスが少し体を離す。彼女は顔を曇らせ始めていた。「いかにも男性が言いそうなセリフだわ。私は派手な結婚式を挙げたいの！　うらびれたどこかのお役所で夫婦になることが認められたって、世間としては、私を妻にすることをあなたが恥じていると思うわよ」

ジェルベイズは大げさにため息を吐いたが、幸福感でいっぱいだった。怒りっぽい花嫁だ。もう今から夫婦喧嘩を始めるとは。しかしそれが彼には楽しかった。彼女に知られると困るが、彼女の尻に敷かれることをジェルベイズはひそかに楽しみにしていた。できるだけ穏やかな笑みを浮かべ手を差し伸べると、エリザベスからは疑うような眼差しが返ってきた「とにかく、このうれしい知らせを、ウォーターストーン夫妻にも伝えよう。それから、二人で妥協点を見つければいいのではないか？」

エリザベスは彼の手を取ると自分の頬に押し当て、指にキスした。「わかったわ。でも――」きっぱりとした口調で付け足す。「あなたが公爵さまであろうとなかろうと、間に合わせの結婚式は嫌だから」

訳者あとがき

扶桑社ロマンスから新たにケイト・ピアースのリージェンシー作品をお届けします。ケイト・ピアースはニューヨークタイムズやUSAトゥデイのベストセラー作家として英語圏では非常に人気があり、日本でも過去に別シリーズが紹介されたことがあります。米国では主にケンジントンブックスのロマンス・レーベルからたくさんの作品が刊行されていますが、本作は作家本人がデジタルで配信したもので、これまで紙媒体の書籍として書店に並んだことはありません。日本での出版権を獲得するにあたり、日本の大手版権エージェントから連絡を取っていただいたのですが、作家からまったくなしのつぶて、一時は困り果てていました。どうやら登録されていた作家の代理人が変更され、それで連絡がつかなかったようです。最近、作家個人によるデジタル配信が増え、実は非常に面白い作品で紹介したいのにいまだに連絡が取れない、という作家も多いのです。今後はそういったことも増えてくるのかな、と考える次第です。

さて、ケイト・ピアースは英国出身、さらに歴史を専攻していたようで、作品にもうまく史実が散りばめられているのが、楽しいところです。本作のクライマックスである第六次対仏大同盟の国々の君主が集まるナポレオン戦争の祝勝パレードは、一八一四年六月八日に実施されています。また、この前後からヨーロッパ各国では諜報活動が活発になり、フランス政府のほとんどの通信文が暗号解読されていたとも言われています。さらに〝ホルバイン作の肖像画〟の話もちらっと言及されますが、こちらは英国の歴史好きの人たちが夢中になるヘンリー八世をめぐる逸話に関係しています。ホルバインによって美しく描かれたクレーヴズのアンの肖像画を信じて四人目の王妃として結婚したヘンリー八世は、実物のアンを見て落胆し、半年で離婚した、とされています。

本作品はロンドン名所めぐり、のような趣向も楽しめますが、何と言ってもヒーローとヒロインのキャラクターとしての魅力と緊張感あふれるラストへの展開が際立っていると思います。訳者個人としてはこのヒーローがとても好きだったのですが、担当編集者はジャックがいいと言っております。おそらくそういう読者の方も多かったのか、このディアブル・デラミア公爵が登場する作品のシリーズはあと三作あり、第二作目のヒーローはジャック・ルウェリンです。彼が公爵家を勘当された理由や、なぜ推薦されてフォレスター家に突然現われたのか、本当に敵前逃亡する卑劣な行為があったのか、などの秘密が明かされます。またそれぞれの作品はもちろん単独で楽しめますが、あちこちの伏線が回収される第四作目まで通して読むと、満足感も大きいのではないかと思います。

◉訳者紹介　上中 京（かみなか　みやこ）
関西学院大学文学部英文科卒業。英米文学翻訳家。訳書にライス『真夜中の男』他シリーズ九作、ジェフリーズ『誘惑のルール』他〈淑女たちの修養学校〉シリーズ全八作、『ストーンヴィル侯爵の真実』『切り札は愛の言葉』他〈ヘリオン〉シリーズ全五作(以上、扶桑社ロマンス)、パトニー『盗まれた魔法』、ブロックマン『この想いはただ苦しくて』(以上、武田ランダムハウスジャパン)など。

公爵の甘美な手ほどき

発行日　2021年2月10日　初版第1刷発行

著　者　ケイト・ピアース
訳　者　上中 京

発行者　久保田榮一
発行所　株式会社 扶桑社
〒105-8070
東京都港区芝浦1-1-1　浜松町ビルディング
電話　03-6368-8870(編集)
03-6368-8891(郵便室)
www.fusosha.co.jp

印刷・製本　図書印刷株式会社

ISBN978-4-594-08713-5　C0197